替天行道

—北方水滸伝読本

北方謙三 編著

集英社文庫

替天行道――北方水滸伝読本　目次

水滸クロニクル　9

著者からのメッセージ　**北方謙三**　11

不自然さ消え去って現代に蘇る義の物語　**北上次郎**　13

［対談1］掟破りの『水滸伝』を語ろう　**加藤徹／北方謙三**　15

北方「水滸」、新しい古典へのあくなき挑戦　**山田裕樹**　27

奇書の老軀に時代の息吹与える　**王勇**　31

これぞ神技、北方「水滸」。文学史上の事件である。　**茶木則雄**　33

［対談2］今『水滸伝』、文化を超えて　**王勇／北方謙三**　37

いま、〝北方水滸〟が熱い！　**吉田伸子**　48

新しき「水滸」、驀進中　**山田裕樹**　52

ひっくり返された豪傑群像のイメージ　**張競**　56
折り返し地点を過ぎました　**北方謙三**　60
［**対談3**］運命が梁山泊に微笑んだ　**ムルハーン千栄子／北方謙三**　67
北方謙三の力技に感服　**北上次郎**　82
漫画ではこう描く、北方「水滸伝」　**井上紀良**　86
北方「水滸」に首ったけ！　**吉田伸子**　89
『水滸伝』さし絵余話　**西のぼる**　93
年表　97
漢詩＋装画　111
人物事典　**北方謙三**　137
編集者からの手紙　213

九千五百枚を終えて　255
本懐の日　北方謙三　256
［対談4］極上の銘酒「北方水滸伝」に酔う　川上健一／北方謙三　263
［対談5］「水滸伝」続編、「楊令伝」執筆宣言　北上次郎／北方謙三　278

【文庫版・特別増補の章】

完結後、それから　295
わが「水滸伝」血と汗と涙の完結　北方謙三　297
現代性と男らしさ　筆力光る再創作大河　張競　310
大いなる里程標　北方謙三　314
作者から読者へ　北方謙三　318
［対談6］ロックンロールと水滸伝　吉川晃司／北方謙三　338

いきなり場外乱闘が始まった。 351
食と空気と、体力と。 北方謙三 353
取材の基本は食にあり 山田裕樹 361
俺たち団塊世代を悪者にしやがって! 北方謙三 365
団塊の恐怖 山田裕樹 368

そして、編集者は堕ちていく。 373
男の約束 山田裕樹 375
ザ・水滸伝 山田裕樹 377
同じ試みをしたヒトがいた。 山田裕樹 387
[対談7] 北方謙三の起・承・転 北方謙三/山田裕樹/〈司会〉大沢在昌 389

執筆者紹介 418

地図 10 110 136

替天行道

――北方水滸伝読本

水滸クロニクル

——エッセイ＆対談＆書評

関係地図

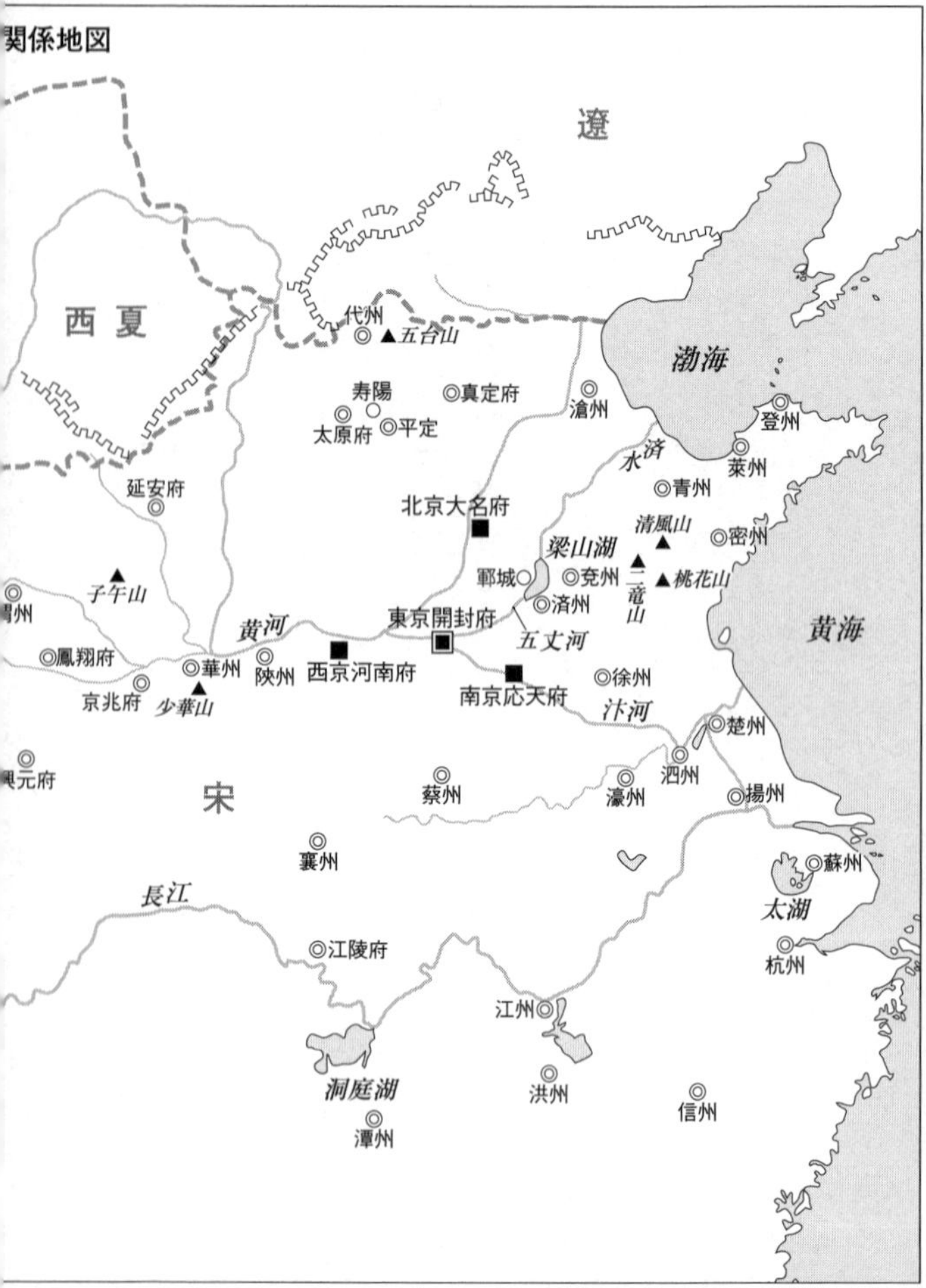

（文庫版『水滸伝』第１巻より）

著者からのメッセージ
――『水滸伝』刊行にあたって――

北方謙三

人間の想像力が及ぶかぎりの、壮大な物語を書きたい。この場合、人間といっても私自身のことである。ただ、私もほかの創造物を吸収する。吸収して嚙《か》み砕くことで、自分の想像力に刺激を与えてきたという側面も、強く持っている。

これまで私を刺激してきた創造物は、数えきれないほどあるが、その中で最大のもののひとつが『水滸伝』であった。

演義という形式で書かれた『水滸伝』を、現代日本語に訳することに、私はなんの意味も見出《みいだ》せなかった。私の中で『水滸伝』は変質し、別の創造物としての再生の時を待っていたのだ、という気がする。私は、自分自身の『水滸伝』を、作家という創造者の矜持《きょうじ》をかけて書いてみようと思った。

多分、長い歳月をかけた仕事になるだろう。苦しい道程も、いやというほど見えている。しかし私は、最初の一行を書いた時、かつてないほど充実していた。その充実は、弱まることがなかった。ひとりの男が、物語の中で立ちあがってくる。別の男が立ちあがってくる。

四人、五人と立ちあがってくると、物語は重層性を増し、ひとりひとりの存在感も強くなり、彼らは私に挑みかかってくるのだった。ひとりひとりの登場人物と闘いながら、物語のありようをも、深く重層的な方向に向けている。気づくと、私はきわめてスリリングな物語の創造行為の中に没入し、充実し、狂喜し、そして苦闘していたのだった。

私の『水滸伝』の全体像がどうなるか、私は嗅覚《きゅうかく》のようなものでわかっている。しかしまだ、言葉で説明できない。いや、永遠に説明することはできないだろう。説明できればいい、というものでもない。

ただ、私は最後の一行まで、私の『水滸伝』を書ききれる、という自信は持っている。まだ、踏み出したばかりである。数歩進んだだけで、ふり返るということはしたくない。私の行手には、これまでよりさらに手強《てごわ》い男たちが、待ち構えているのである。私はただ、無心に闘い、その男たちと心を通わせることだけに専念したいと思う。

完成した時に、私はどれだけの物語の魅力とダイナミズムを、読者に提示し得ているだろうか。不安はない。私は、この物語とともに滅びてもいい、と覚悟しているからだ。

（二〇〇〇年一〇月）

不自然さ消え去って現代に蘇る義の物語

──『水滸伝』第一巻・第二巻──

北上次郎

読むと、ぶっ飛ぶ。原典を読んでいて、さらに吉川英治《よしかわえいじ》『新・水滸伝』と柴田錬三郎《しばたれんざぶろう》『われら梁山泊《りょうざんぱく》の好漢』を読んでいると、もっとぶっ飛ぶ。吉川英治も柴田錬三郎も成しえなかったことを北方謙三がやってしまったからだ。何とも、すごい。

「水滸伝」は、もともと不自然な物語だ。いちばん理解しにくいのは主人公の宋江《そうこう》という男のキャラクター設定で、どうしてこんな優柔不断な男が梁山泊のリーダーであるのか、現代の読者にはまったく理解できない。理由もなく残虐な描写が挿入されるところも理解しにくいし、全体的にヘンな話なのだ。それは幾つもの説話が積み重なってできた話であることや、当時との価値観の違いなど、理由はもちろんあるのだが、吉川英治も柴錬《しばれん》もその不自然な箇所を消し去る努力はしているとはいえ、完全に払拭《ふっしょく》してはいない。「水滸伝」前半の趣向である列伝体を踏襲しているので、ストーリーを大幅には変えていないのである。吉川版に比べると自由奔放な柴錬版ですら、「水滸伝」の不可解さは残ったままである。

ところが、北方版「水滸伝」はその列伝体をやめてしまったのだ。すると、「水滸伝」の持っている不可解さがものの見事に消え去るから驚く。たとえば、王進《おうしん》が山にこもる挿話を読まれたい。原典にはない挿話をこうして作ることで、北方謙三は「水滸伝」を自然な物語に変貌《へんぼう》させていくのだ。

それはけっして原典の無視ではない。少華山《しょうかざん》の山賊が史進《ししん》の家を襲うくだりなどは、むしろ吉川版や柴錬版などより原典に忠実になっている。つまり北方謙三が本書で試みたのは、不可解な「水滸伝」を徹底的に解体し、現代の物語として再度構築する作業であり、その本質である「義に生きる好漢たちの物語」を現代に蘇《よみがえ》らせる壮大な実験なのである。

これが本当に「水滸伝」なのか、と驚きを禁じえないのは、これこそが我々の読みたかった「水滸伝」だからである。北方謙三という作家の凄味《すごみ》が手に取るようにわかる傑作といっていい。

（「朝日新聞」二〇〇〇年一〇月二九日）

―対談―1

掟破りの『水滸伝』を語ろう

加藤　徹
北方謙三

キューバ革命と『水滸伝』

加藤　まず最初に、北方さんが『水滸伝』をお書きになろうと思われたきっかけから伺わせていただけますか。

北方　ぼくが前から書きたかったのはキューバ革命なんですよ。アメリカの傀儡《かいらい》政権たるバティスタ政権が独裁的な政治をやっていて、それを打倒するべく、わずか八人ばかりの同志がジャングルのなかに入って、少しずつ同志を集めて、最後にはバティスタ政権を倒す。その中にはゲバラ、カストロといった、その後のキューバ政権の要人になった人たちがいたわけですが、キューバ革命こそ、最後のロマンチックな革命だと思ったんですよ。

　ぼくは一九七〇年に大学の四年生だったものですから、ちょうど七〇年安保にはまっていて、実際に、新左翼にゲバラ派と呼ばれる連中がいたくらい、ゲバラという存在は大きかったし、なんとかキューバ革命というものを小説化したいと思ってたんですね。ただ、カストロとゲバラがキューバ島に上陸して、ゲリラを訓練したりというようなものをそのまま書いても面白くない。実際の評伝のほうがはるかにリアリティがあるわけですよ。ならば、日本の南北朝を『三国志《さんごくし》』に移し替えたように、キューバ革命がもっていた変革へのロマンチシズムをどこかに移し替えればいい。それで、梁山泊をキューバ島に見立てたわけです。まず梁山泊に男たちが寄ってきて、それから宋《そう》王朝（アメリカ）と対決していくという構図を描いて、同時にもっと違う物語もいろいろと作り上げていく男たちのドラマに仕立てていく。動機はキューバ革命なんですけれども、結果としては、男の生きる姿みたいなものに持っていきたいんですよね。

加藤　『水滸伝』というのは十六世紀のなかごろにまとまった小説なんです。それ以前にプレ『水滸伝』といいますか、水滸説話群といいますか、十二世紀の前半に、まず宋江を頭《かしら》とする三十六人の草賊が集まって反乱を起こしたという史実を基にした話があって、そこからいろいろなヴァリアントが生まれたんです。つまり、もともと『水滸伝』というのは一人の人間が創作した話ではなくて、何百年ものあいだに語り物とか芝居などによって尾ひれがついて糸玉のように膨らんでいき、それを十六世紀の半ばに羅貫中《らかんちゅう》という人がまとめたといわれていますが、実はこの作者の実態もよくわからないんです。

ですから、いわゆる小説の『水滸伝』は一人の作家が書いたものではなくて、エディターシップによってまとめられたものなんです。だから『水滸伝』のいい面も悪い面も、そうやって何百年もかかってつくられた糸玉の要素を引きずっているんですね。

北方　いま流布しているのは『忠義水滸伝』ですよね。日本語では岩波文庫版（吉川幸次《よしかわこうじ》郎《ろう》・清水茂《しみずしげる》訳）が代表的な訳なんですが、ぼくはそれを読んでいてもリアリティが感じられないんですよ。

加藤　たとえば有名な話で、これと見込んだ人物を仲間に引き入れるために黒旋風《こくせんぷう》の李逵《りき》が四歳の子供を殺してしまう、そういう場面なんかも本当にリアルだったら救いがないけれども、逆に漫画的というかお芝居的だから救いがあるんですね。また、十六世紀にまとまる前に、語り物として練られているので、文体もすぐれているんです。中国人に聞くと、『三国志演義』や『西遊記《さいゆうき》』と比べても、文体として一番生き生きしているのは『水滸伝』だというんですね。『水滸伝』のストーリーや思想が嫌いな人でも、口語体の小説、白話《はくわ》文学の最高峰であることはみんな認めている。

ただ逆にいうと、白話文、しゃべり言葉として練られているというのは、よい意味でも悪い意味でもその影響を引きずってるんですね。行者《ぎょうじゃ》の武松《ぶしょう》なんていう人は、「武十回」といって、十回にわたって大活躍するんですけれども、どうも性格が分裂していて、虎《とら》退治のときの武と西門慶《せいもんけい》、潘金蓮《はんきんれん》殺しの知能犯的な武とでは性格がそうとうに分裂している。

ですから、北方さんがリアリティがないと感じられたのは、長い間あちこちで流布していたものが統一しきれずに残っているからだと思います。二つ目は、もとは芝居ですから、京劇《きょうげき》でも歌舞伎《かぶき》でも二時間とか三時間で、それぞれの場面だけ見るじゃないですか。だから多少前後が矛盾していても気にならない。それから、『水滸伝』の好漢という人たちは、人を殺したり人肉を食ったり、いろんな悪さをしてるんですが、よく見ると絶対しない悪事というのがあるんです。たとえば、自分の親に対しては暴力を振るわない、性的な犯罪は絶対しないとか。実はそれが芝居上演のコードといいますか、自主規制的なものがあって、リアリティがないとおっしゃったのはまさにその辺なんです。これは誰が決めたというものではなくて、たとえば人を殺す場面はいいですけれど、性的に暴行を加える場面というのは舞台ではやりにくい。そういうものを小説でも引きずっているんです。

　十六世紀以降、中国ではアレンジものがいろいろ出ていますし、日本でも翻訳以外にいろんな作家の方が翻案をやられていますけれど、そのコードは壊れてはいなかった。ところが今度の『水滸伝』を読んで驚いたのは、小説以降の五百年の歴史の中ではじめて梁山泊のコードが破られている。それは痛快ですね。

北方　たとえば、武松という男を最初からずっと書いていくと、原作にはなくても、兄嫁の潘金蓮に対しても多少性的な暴行を行うという形にならざるを得ないんですよ。

加藤　多少ではないですけれどね（笑）。

北方　でも、たぶん読者はあそこで性的なものを読むよりも、武松の愛の激しさみたいなものを象徴的に読むんだと思うんですよ。それから現代小説では、いまおっしゃったようなコードがあるとつまらなくなるんですよね。だから今後、宋江が何かする場合でも、彼だってセックスはしてるだろうし、人を殺したりなどもありうるだろうと思うんですよ。私の場合は、原作の『忠義水滸伝』は眺める程度で、面白いエピソードは活《い》かすという感じなんです。

武松が虎と戦うのだって、人間と虎が戦ってどれくらいリアリティがあるのかということから始めなきゃいけない。そうすると、幼いころから大木や岩を相手に拳《こぶし》を固めに固めてとんでもない鉄みたいな拳になっていた、というような状況をつくらざるを得ないんですよ。

馬の上の芝居、馬の下の芝居

加藤　ぼくが『水滸伝』を最初に読んだのは、中学生のときで、いくら残酷な場面が出てきてもあまり怖くはなかったんですね。ある種、漫画的なものとして読んでいたんだと思いますが、今度のを読んではじめて『水滸伝』の怖さがわかりました。先ほどおっしゃったキューバ革命が底流にあって、そこにあるリアリティというものが迫ってきますね。

ただ一つ気になったのは、あの時代、識字率がもっと低かったという気がするんですが、今度のではみんな文字が読めるような設定になっていますよね。

北方　結局、志というものを掲げて集まった人間は、そこそこインテリであったという設定にせざるを得ないところがありましてね。

学生のころ、アジビラというのがあって、アジビラを撒《ま》くとみんな読むわけですよ。そんなイメージなんです。結局のところ、ぼくにはあの時代の青春を再現したいようなところがあって。で、あの時代の青春というのはじつにばかげていて、当時の全共闘運動はマルクス主義運動、革命運動のはずだったんだけれども、誰も階級意識なんてもっていなかった。マルクスを読んでいたやつがデモ隊の中に何人いたかというと、ほとんど皆無といってよかったでしょうね。少なくとも、『共産党宣言』は読んでいても『資本論』は読んでいない。

革命運動というのは、職業革命家の中には存在はしているんだけれど、それに乗っかった学生たちは、きっかけみたいなものがそこにあっただけで、あとは政府をひっくり返したい、東大を解体したい、もっというと、ただ暴れたい、街を壊してみたいということだったんですね。いまの社会は欺瞞《ぎまん》に満ちていて、それをどこかで根底から覆《くつがえ》したい、という熱気みたいなものが充満していたんですよ。それがなんだったかというと、思想的な言葉で表現できるようなものでは決してなかった。

全共闘って何だったんだろうってよくいわれるんですよ。あれで何かが変わったのかって。一応あるんです。一つは、入試が中止になって東大の卒業生が一年間だけいないという状態。もう一つは、学生が歩道の敷石を剝《は》がして投石するため、それをできなくしようと日本中の歩道がアスファルトになった。それくらいの変える力しか学生にはなかったし、純粋で過激な連中はどんどん過激になって自滅的な道をたどっていく。そういう哀《かな》しみのなかで仲間が死んでいったり、殺されたり、それはそれでかなり苛烈《かれつ》な体験ではあったんです。

そこでそういうことをやってみることが、われわれにとっては、唯一自分を投げ出せる場所だった。そのときに感じていた熱気みたいなものを小説で再現してみたい、小説家というのは自分が過去に通りすぎてきたところの熱さを捨てきれないというのがあって、それが書く動機になったりするんですね。

加藤　私は一九六三年の生まれで、いまおっしゃった時代は六歳くらいなので、記憶にあるのは、テレビで浅間山荘《あさまさんそう》の事件を一日中見ていたくらいのものなんですが、私のような世代でも、何か熱いものがあって、ものすごく引きこまれるのを感じますね。それから、六〇年代末の全共闘運動というのは、日常の生活の延長というか、国の外へ戦いに行ったわけではなくて、ふだんすごしている街の中で機動隊と衝突した。

それに引きつけていうと、『水滸伝』が『三国志』と一番違うのは、日常の場がそのまま戦いの場に繋《つな》がっていくことなんです。これは中国でも独特で、小説としては総じて『三国志』のほうが評価が高いんです。が、芝居に仕立てたときの面白さでは『水滸伝』の方が勝っている。中国では、馬の上の芝居、馬の下の芝居といういい方をするんですが、『三国志』というのは馬の上の芝居なんですよ。つまり登場人物がみんな馬に乗って、大鎧《おおよろい》を着て、英雄豪傑が出てくるんですけれど、その意味では同じパターンになってしまう。ところが『水滸伝』が面白いのは、馬の下の芝居で、騎馬武者も出てはくるんですけれども、石を投げる人とか、斧《おの》を振り回す人とか、短刀を投げる人とかなんでもありなんですね。二本足で地面に立って、ふだん市民みたいな恰好《かっこう》をしている人が戦うというのが『水滸伝』の醍醐味《だいごみ》で、『水滸伝』が十六世紀に小説になる前に、長い間語り物とか演劇の世界で愛されてきた理由の一つも、そういう面白さがあるからなんですね。

その意味でも北方さんの学生運動の体験というのは、まさに『水滸伝』の本質的なところと繋がる。ふつうの学生が、それまで歩いていた歩道の敷石を剥がして投げるというのは、

『水滸伝』的なものを感じますね。

リアリティを突きつめる

加藤　阮《げん》氏三兄弟が鍋《なべ》料理を作って、宋江たちがそれを囲むシーンがありましたけれど、あいうところが意外といままでのアレンジものではなかったんですよね。細かいところですけれども、いま新聞でお書きになっている「楊家将演義《ようかしょうえんぎ》」（単行本化の際『楊家将』と改題）でも、それぞれの地域性というかその場にあった料理が出てきて、すごいなあと思ったんですが。

北方　料理人になっても結構やっていけるんじゃないかと思うほど、小説を書いていると思いつくんですよ。そういう細かい部分は大事で、そこでも読者をつかまえようと思ってました。

加藤　そこを入り口として、殺人シーンに引きずりこまれていくわけですが、それがまためちゃくちゃリアルなんです。王進が史進を鍛える、史家村《しかそん》の場面、あそこもすごくリアルですね。マラソンランナーがいわゆるランナーズハイになるのと同じようなものだと思うんですが、あれはどういうところから？

北方　死相というのがあるんですよ。たとえば、斬《き》り合いをしていて、死相がただよってきはじめると死なないんです。痛みも感じずに向かってくるから、死相がただよっているやつは槍《やり》で殺せとかいわれるような死ぬ前の超人的な状態というのは、人間の体にはあるらしいんですよ。

死域《しいき》というのはぼくが創作したものなんですけれど、武術をやっている人の鍛錬の仕方は半端じゃなくて、死すれすれまで体を鍛えているわけです。たとえば極真《きょくしん》空手に百人組み手というのがあって、百人相手に戦うわけですから下手《へた》すると死にますよ。死なないまでも、やり終わったときにはその人間はその人間じゃなくなっている。そのまま担架で運ばれて、脱水症状を起こしていますしね。なにか極限までいったときに獲得するものって、あるはずなんですよ。

加藤　とにかく、そのへんまでリアリズムが徹底していると、創作であっても、たぶん武術をやっている人なんかは膝《ひざ》を打ってああそうだなと思うんじゃないでしょうか。

原作の『水滸伝』と比べると、そのへんのリアリティへの突きつめ方が、今度の北方版『水滸伝』の方向を示しているような気がしますね。

北方　原作のように、強い人間が強いままで出てくるというのは、最近では通用しないんです。強い人間にも弱さがある。その弱さを克服してさらに強くなる。もう少し強くなったらまた別の要素が出てくる。もしくは、最初はものすごく弱くて臆病《おくびょう》だったのが強くなる。たとえば、剣が来ると怖くて怖くてしようがないという臆病な人がいて、怖いから本能的にかわすのが非常にうまくなる。何が飛んできてもさっとかわしながら、相手にバッと斬りつけることができて、端から見るとすごく強く見える。ただ、その域に達するのは大変で、そこまで修練を積まなければ強くなれない、そういうこともあると思いますね。

加藤　それはやはり六〇年代末の実践の賜物《たまもの》でしょうか。

北方　いや、ちがいますよ（笑）。あそこで学んだことはみんな怖いということだけですね。ぼくなんかはとくにイデオロギーがありませんでしたから。というよりあった人間は少なかったと思います。さっきもいったように、八割九割は、イデオロギーらしき言葉を発したけれど、本当のイデオロギーはなかった。そうすると、イデオロギーなんかどうでもいいんだというぼくみたいな人間が一番前に立たされるんですよ。一番前に立たされて突っ込んでいったときに何を考えるかというと、頭をポーンと殴られる。殴られると痛いわけじゃないですか。痛い、誰が殴ったんだ、機動隊が殴った、この痛みは国家権力から与えられた痛みである。そういうふうにして反権力思想を流しこみやすいということで一番前に立たされるんです。突っ込んでいくと機動隊が構えている。向こうも怖いわけですよ。やけになって無茶苦茶に突っ込んでくるやつには向こうも向かってこない。よけるだけですよ。ああいうところでは給料もらってる人ももらってない人も、互いに怖いんだということがわかりました。

　臆病な人間は絶対にいるわけで、どんなに強い思想を持っていても、白刃を突きつけられた瞬間にもらしちゃう人間がいても不思議じゃないんですよ。だから、恐怖感なんていうものは克服してしまえばなんでもないんだけれども、克服するまではとんでもない壁なんですよね。そういうリアリティみたいなものを男たちの中で書いていきたいなと思ってるんです。

加藤　ますます怖い『水滸伝』になりそうですね。

第二次大戦中に日本と八路軍《はちろぐん》が戦争をしていたときに、毛沢東《もうたくとう》は、自分が子供のときから読んでいたこともあるんですが、『水滸伝』を教科書的に普及させようとしたんですね。当時、田舎《いなか》では漢字が読める人が少なかったですから、芝居にしたんですよ。「三打祝家荘《さんだしゆくかそう》」といって、梁山泊の祝家荘攻めをやる。それで面白いのは、三回攻撃するうち、一回目は情報戦の模範、二回目は各個撃破の模範、三回目は内外呼応戦略の模範にする。とくに三回目の攻撃については、「日本の占領下にある地域をわれわれが回復するときに、この芝居の戦略を模範とする」という見方をしているんです。

そういう意味では『水滸伝』は危険な書であって、事実、歴史上何度も禁書になっているんですよ。『水滸伝』の歴史は禁書との戦いでもあるんです。ですから、リアルにしないというのは禁書にしないための工夫もあったと思うんですね。ところがその封印を、中国版の冒頭で洪信太尉《こうしんたいい》が百八人の妖魔《ようま》の封印を解いたように、北方さんがいろいろな「水滸」にかけられた封印を解いて、本当に怖くて危険でリアルな『水滸伝』を復活させてしまったのです。だからもし、北方さんのこの本が何百年か前の中国で出ていたら、危険な書として禁書になったでしょうね。

北方　下手すると打ち首ですね。

加藤　それから、『水滸伝』にはいろんな人が登場しますから、中国では百八人の中に必ず自分の分身的なものを見出すということを聞いたことがあるんですよ。

北方　ぼくも、読んだ人がこれは俺だよな、というような人が一人はいるように書いてみたいですね。それにぼくは現代の『水滸伝』を書いているわけです。読者も現代の人です。ならば、友情とか愛とか怒りとかの心情も現代的なものにして読者に提供したい。これは日本が舞台の時代小説を書いていても同じです。常に現代をどう歴史の場に移し替えられるか、という気持ちで書いているんです。そのうえで、この登場人物は自分だ、と読者が思ってくれたら、それこそが小説の普遍性なんだろうと思います。

（「青春と読書」二〇〇〇年一一月号）

北方「水滸」、新しい古典へのあくなき挑戦

山田裕樹

中国の「水滸伝」には数々の版本がある。

大別すると二種である。南宋《なんそう》から元《げん》にかけて演劇などでとりあげられていた「水滸戯」を、明《みん》代に羅貫中とか施耐庵《したいあん》とかが編纂《へんさん》したともいわれる百二十回本と、清《しん》初に金聖嘆《きんせいたん》が編纂した七十回本である。

そも、百二十回本の「水滸伝」とは異民族の脅威にさらされている北宋《ほくそう》末、徽宗《きそう》皇帝の頃、官に容《い》れられなかった軍人、文官から僧侶《そうりょ》、豪族、盗賊、漁師などの百八人が巨大な湖に浮かぶ梁山泊を本拠にして、時の朝廷に反乱した。そして、何度も戦闘で勝利しながらも、招安《しょうあん》を受けて帰順し、今度は朝廷の走狗《そうく》となって、異民族と戦わされて滅びていくという長大な物語である。

その百八人の英雄、豪傑たちが梁山泊に集うまでの七十回までは、まことに胸が躍る痛快譚《たん》だが、官の手先となって百八人のうち八十人近くが犬死していく後半はまことにつまらない、そう考えた清代の金聖嘆は、後半を捨てて、百八人が集うまでの七十回をもって定本

「水滸伝」と決めてしまった。以後、中国では「水滸伝」といえば金聖嘆版七十回本と信じられ、それは毛沢東の時代まで革命の書として愛読されてきた。

いっぽう日本でも、江戸時代の滝沢《たきざわ》馬琴《ばきん》以来そうそうたる作家たちが「水滸伝」に挑戦してきたが、金聖嘆版「水滸伝」を明確に超えたもの、となると思い浮かばない。

北方「水滸伝」は、かつて金聖嘆が百二十回本「水滸伝」に異議を唱えたように、既成の「水滸伝」に異を唱えた結果である。しかし、金聖嘆の異は、当時の明末の時代背景を踏まえ、印象批評による後半の削除にとどまったようだが、北方謙三の異は、豊穣《ほうじょう》な近現代小説の歴史を踏まえて、中国版「水滸伝」の物語の構造に立ち入った異議である。それは、強引に要約をすれば、以下の三点に集約される。

一　断片的な講談や演劇を長編化したせいで、作中の時間の流れが恣意的《しいてき》で、精読するにいつ何が起こっているのか、誰が何をしているのかが、きわめてあいまいなこと。

二　人物の個性が数人を除いてはあいまいで、単純で粗暴な乱暴者とか、忠義な武将とか、人格者の地方豪族とかが複数登場して、その描《か》きわけができていないために、物語全体を通読すると、著しく起伏に欠けること。

三　あくまで百八人の英雄が偶発的に梁山泊に集結したとされているが、そのために筋立ては偶然につぐ偶然の集積になってしまったこと。

北方謙三はこの三点をクリアすれば、言葉の真の意味での新しい「水滸伝」を構築できると確信して、その難関に挑戦したのだろう。

一については膨大な時制表を作成し、不要なエピソードや意味のない反復に大鉈《おおなた》をふるい、また挿話を追加して、物語の中の時間の流れの一本化をはかっている。そのために、きわめて読みやすくなり、山場が無理なく連続していく結果となっている。

二については北方「三国志」で呂布《りよふ》の性格を変えたようなことを完全に徹底して行った。たとえば、人気登場人物のひとり、花《か》和尚《おしよう》魯《ろ》智深《ちしん》。中国版では、稚気あふれているが、酒乱の乱暴者。人助けのために殺人を犯し、出家して放浪の後に梁山泊に流れつく。北方版では、総師宋江と少年の時からのつきあいで、宋江の語る世直しの檄《げき》を筆写して「替天行道《たいてんぎようどう》」という冊子にし、それを持って全国を行脚《あんぎや》する。全能の伝道師、という役どころである。妖術《ようじゆつ》使いの公孫勝《こうそんしよう》は特殊部隊「致死軍《ちしぐん》」の隊長に、巻き込まれるただの大商人の盧俊義《ろしゆんぎ》は闇塩《やみしお》のルートを作る組織のボスに、虎殺し、行者の武松は兄嫁への禁断の恋に悩む青年に、それぞれアレンジされている。類型的な百八人に陰影と個性をつける描きわけに挑戦し、三巻分脱稿の現在、百八人のうち五十二人が登場して、順調に成功への道を歩んでいる。

三については、偶然を必然に変更している。つまり革命をめざすふたりの首領、宋江と晁蓋《ちようがい》が綿密な戦略のもとに、経済力を闇塩によって入手し、しかるべき人材をてなずけ、来《きた》るべき戦闘の本拠として梁山泊を入手した。梁山泊にただ迷いこんで来た者はひとりもいない。キューバ革命が北方謙三の脳裏にあった、というので、いずれある対立構造が梁山泊の内部で起こってくるであろうが、それは、かなり先のことであろう。

全十三巻ともいわれる北方「水滸伝」はかくのごとき作品である。

この北方「水滸伝」全巻が完結して、しかるべき後、かつての金聖嘆版の七十回本が「水滸伝」定本とされたように北方「水滸伝」が定本になる。

そんな予感がする。

（「青春と読書」二〇〇〇年一一月号）

奇書の老軀に時代の息吹与える
――『水滸伝』第一巻・第二巻――

工　勇

書物はまるで生き物のように、呱々《ここ》の声をあげて生まれると、人間の意志とは関係なく独り歩きし、弱いものはあっけなく淘汰《とうた》され、強いものはどんどん繁殖していく。『水滸伝』はその顕著な例で、幾度か禁書リストに加えられながらも、子孫を増やしつづけ、独自な作品群をかかえる大家族を築きあげている。そして今なお生命力が衰えていないことを、北方謙三氏の新作『水滸伝』が物語ってくれる。

中国の「四大奇書」の一つとされる『水滸伝』は、一七三四年のツングース語訳をはじめ、アジア諸国における翻訳・翻案・改作が盛んに行われ、倣作《ほうさく》続書なるものは数えきれない。十九世紀からは、フランスを筆頭に欧米諸国にも次々と紹介され、今や世界に享受される文学遺産となっている。

日本では、一七五七年に岡島冠山《おかじまかんざん》の和訳『水滸伝』が世に出ると、たちまち「水滸ブーム」が巻き起こった。「夜講釈しびれの切る水滸伝」といった俳諧《はいかい》は、当時の世相を的確にとらえている。一七七三年には建部綾足《たけべあやたり》の読本《よみほん》『本朝《ほんちょう》水滸伝』が上梓《じょうし》され、日本を舞台にした英雄豪傑が登場しはじめた。これを契機に、さまざまな「水滸物」が世に迎えられ、本場と一味違う庶民文学の領域が拓《ひら》かれていく。

さて、北方謙三氏の構築した水滸の世界は、和漢のどちらとも言えぬ雰囲気《ふんいき》を漂わせている。水滸マニアを自称する私は、懐旧感と新鮮味とを満喫することができた。

暴れん坊の魯智深が同志を募るために思慮深く走り、淫蕩《いんとう》な潘金蓮が武松との純潔な愛に命をささげる。著者は『水滸伝』という老軀《ろうく》に、時代の息吹を与え、心魂から湧《わ》き出る泉を注ぐことによって、人物が進化し、舞台が様変わりし、物語がおのずと成長する。

まるで久闊《きゆうかつ》の知人の豹変《ひようへん》ぶりに驚かされたかのように、その紆余曲折《うよきよくせつ》の経歴を知ろうとする衝動に駆られながら、第一巻『曙光《しよこう》の章』と第二巻『替天《たいてん》の章』を一気に読み終えた。宋江をはじめとする百八人の豪傑が生き生きと蘇り、これからどんな運命を辿《たど》り、どんな奇跡を演じ、どんな感動を与えてくれるか、著者とともに全十三巻の完結まで追ってゆきたい。

（「中日新聞」二〇〇〇年一二月三日）

これぞ神技、北方「水滸」。文学史上の事件である。

茶木則雄

噂《うわさ》には聞いていたが、まさかこれほど凄いとは思わなかった。北方版『水滸伝』である。
よく言われるように『水滸伝』は、断片的な説話や演劇を長編化した物語の性格上、時制やプロットなど全体像に曖昧《あいまい》な部分がある。また、日本人の感覚からすると容易には受け入れ難い度を超した残虐性も目に付く。たびたび出てくる人肉食はさておくとしても、「替天行道」の旗を掲げる英傑が、重要人物を梁山泊の仲間に引き入れるためとはいえ四歳の小児を惨殺する件は、どう贔屓目《ひいきめ》に見ても説得力に欠けている。読んでいて納得できない齟齬《そご》や不可思議な設定が、原典には少なくないのだ。

その代表的な例が、百八人の豪傑・好漢の頂点に立つ総大将宋江の人物造形である。

いずれも一騎当千のつわもの揃《ぞろ》いの中にあって、宋江はおそらく最も弱い。いや、弱いだけではなく、意気地もない。原典には梁山泊に入って大将になるまでの宋江が、強いやつにやられそうになってぶるぶる震えたり、這《は》いつくばって命乞《いのちご》いする場面がたくさん出てくる。容姿はずんぐりむっくりだし、頭も性格も決して良い方ではない。『三国志演義』の劉備《りゅうび》や

『西遊記』の三蔵法師《さんぞうほうし》を持ち出すまでもなく、凡庸な人物が並外れた才能をもつヒーローたちの上に立つことは、中国文学ではある種の伝統と言ってもいいだろう。しかしそれにしてもだ。宋江の取り柄のなさは尋常ではない。

さらには、梁山泊で第二位の席次を占める副将盧俊義である。この人物も宋江に負けず劣らず取り柄のない人間で、高島俊男《たかしまとしお》『水滸伝の世界』によれば、七十回本を作った金聖嘆でさえもこう嘆いていたそうだ。

「盧俊義の伝も、つとめて英雄員外《いんがい》（員外とは金持の旦那《だんな》というほどの意）として描き出そうとしたのだろうが、しかしどうもいささか呆気《たいき》を帯びていると言わざるを得ぬ」

なぜそのような人物が人々の尊敬を集め、豪傑・好漢の指導者たれるのか。原典を読んで首を捻《ひね》った読者は、決して少なくないだろう。凡庸であっても、キャラクターが魅力的ならまだいい。だがこの二人の人物像からは、まったくと言っていいほどそれが窺《うかが》えないのである。

そういう意味で『水滸伝』は、現代の読者からすると粗《あら》の目立つ作品と言わざるを得ない。にもかかわらず、『水滸伝』は抜群に面白い。これほど血を熱くし、胸躍らせる小説は、世界中捜しても珍しいだろう。

では、もし仮に、そうした欠点をすべて修正し、原典の持つ躍動感や波瀾万丈《はらんばんじょう》の物語性を損なうことなく再構築した作品が誕生したら、それこそまさに比類なき傑作と呼べまいか。

だがこれは、言うは易《やす》しで、あの吉川英治でさえも、柴田錬三郎でさえも、なし得なかった偉業である。

北方版『水滸伝』は、その偉業を実現しつつあるのだ。そればかりか、キューバ革命をモチーフに、〝官対民の対決〟を前面に押し出し、抵抗と叛逆《はんぎゃく》の文学としての『水滸伝』を、極限まで昇華させようとしている。

驚くべきは、その徹底したリアリズムである。池宮彰一郎《いけみやしょういちろう》が『四十七人の刺客』で、「忠臣蔵《ちゅうしんぐら》」を〝闘争〟という観点から再構築してみせたように、作者は『水滸伝』を〝革命〟として捉《とら》え、拠《よ》って立つべき思想や戦略、兵士の教育や軍備の充実はもちろんのこと、その経済的基盤に至るまで、徹底的に描き出している。そこには、道士・公孫勝の妖術に代表される伝奇的要素は微塵《みじん》もない。あるのは、リアリズムに立脚した革命の細部と男たちの荘厳なロマンだ。公孫勝は梁山泊軍の特殊部隊とも言える「致死軍」を率いることによって（その苛烈極まりない訓練のディテールを見よ！）、盧俊義は闇塩のルートを確保する経済担当として、宋江は大石内蔵助《おおいしくらのすけ》のごとく志を胸に秘めた〝昼行灯《ひるあんどん》〟として、生き生きと、そしてよりリアルに、物語の中に溶け込んでいる。さらに作者は、敵方にも「致死軍」に相当する闇の組織「青蓮寺《せいれんじ》」を配することによって、原典にはない熾烈《しれつ》な情報戦や殲滅戦《せんめつせん》を作中に取り入れているのだ。これには驚嘆するしかない。

一方で、作者は原典の有名なエピソードを、ほぼ忠実に再現している。たとえば武松の虎殺しだ。この凄絶《せいぜつ》な死闘は読んでいて息が詰まるほどだが、重要なのは、なぜ武松が虎に挑むかというその動機付けである。そこには、これまでとはまったく違う、コペルニクス的転回とも言うべき新解釈が潜んでいる。宋江の愛人殺しもまた然《しか》りだ。しかも北方版の解釈は、彼らの人間性を映し出す上で、より重層的かつリアルなのである。

まったくもって神技に近い所業と言わざるを得ない。北方『水滸伝』の唯一の欠点は、いまだ完成途上にあることくらいだ。

これはもはや、文学史上の〝事件〟である。

（「青春と読書」二〇〇〇年一二月号）

今『水滸伝』、文化を超えて

――対談――2

王　勇
北方謙三

新しい土壌から生まれた北方『水滸伝』

王　北方さんが、最初に『水滸伝』に出会われたのは、いつ頃ですか。

北方　まだ学生であったか、もう卒業していたかの頃だと思います。とりあえず、岩波文庫で読みました。

王　吉川幸次郎先生の訳ですね。翻訳の途中で吉川先生は亡くなられて、最後のところは清水茂先生が訳されたんですね。翻訳だけでも二代にわたる大事業で、それを今回おひとりでやろうというのは、大変なことですね。何巻くらいまでいくつもりなんですか。

北方　いや、見当がつかない。書いてみないとわからないんですよ。

王　『水滸伝』の前に『三国志』を書かれていますよね。

北方　ええ。でも、ぼくは突然中国の古典を書き始めたわけではなくて、小説家としての内面的な連関があったんです。これは何度もいっていますが、ぼくが歴史小説というものを書いた最初は日本の南北朝時代、つまり天皇が二人いた時代のことなんです。その時代は非常に政治的な混乱があって、そのために日本の社会に潜んでいたいろいろな問題がむき出しになった。差別の問題、天皇制の問題、天皇の出自の問題……。

王　乱世の中で人間の本性が現れてくるんですね。

北方　それまでの日本は、封建領主制というかたちで、大名がいて――その前は貴族でしたが――、庄園《しょうえん》という土地を支配して力をもっていたわけです。土地イコール経済力、経済力イコール軍事力だった。ところがそういうものとはまったく違う悪党《あくとう》というものが、南北朝の時代に出てきた。悪い奴らというのではなくて、反体制というのが一番近いでしょう。

王　『水滸伝』でいう義賊ですか。

北方　非常に先見性をもっていて、商品の流通や交通といったものを押さえていくんです。交通手段を全部押さえていると情報が速いんですよ。

王　南北朝時代に、商品経済はどれだけ発達していたんですか。

北方　かなり発達していました。貨幣もだいぶ流通していましたし。

王　中国から宋銭《そうせん》がかなり入ってきています。商品経済が発達すると、新しい階層を生み出す。江戸時代なら町人ですか、南北朝時代にもそういう階層が現れてきたということですね。

北方　物流を支配する人間たちが登場しました。それと天皇家が結びついて、旧来の封建領主と対立する。連綿と続いてきた封建領主制と天皇制とが対立したわけですが、天皇制の背後にそういう勢力があったということなんです。

王　宋の時代も商品経済がすごく発達してきて、権力にものをいわせる時代ではなく、商売にものをいわせる時代になってきた。勤勉であれば富を積めるということで、庶民層が台頭してきました。

北方　庶民層が台頭してきたのにつれ、少しずつ役人の腐敗も始まる。

王　特権が失われてしまうと何らかの方法で赤字を補わなければならない。正当な手段で赤字を埋められなければ、当然そういうことになります。

　しかし、『水滸伝』を書くにあたって壮大な中国の歴史をだいぶ調べられたようですね。

北方　ええ。ただ、日本で『水滸伝』を書いているわけですから、ある程度日本の社会を移し替えてはいますので、当然中国の歴史そのものではありません。

王　それがあるんですね。私たち中国人が北方さんの『水滸伝』を読むと、原作の『水滸伝』らしいところとらしくないところがあるんです。ただ逆に、そうした移し替えがうまくおこなわれているから新鮮味を感じるんでしょう。

『水滸伝』というのはいろいろと出てまして、私も何種類か読みましたが、原作の上に無理矢理新しいものを積み木のように付け加えていますから、だいたい原作に劣るんです。今回の北方さんのを読みますと、まず、原作にとらわれずにしっかりした地盤が築かれていますから、人物がその土壌から自然に生まれてくる。特に魯智深が冒頭から登場してくるし、だいぶ原作と変わっていますね。

北方　原作を読むと不満がいっぱいあるんです、小説家として。まずきちんとした小説の体《てい》をなしていない部分がある。特に時制ですね。時制がきちんと統一されていない。これは多分いろんな人が書いたいろんな場面を寄せ集めたので、そういうことが起きたんだろうと思います。それから人格の統一がなされていない。

王　魯智深という名前は「智恵《ちえ》が深い」というイメージを与えるんですが、原作では智恵があまりないんです（笑）。北方さんは逆に名前から人物を作り直したのかなと思ったんですが。

北方　そうでもないんです。全部をバラバラにして、一人ずつその人間に過去を与えるというかたちで書いていったら、ああいうふうになったんです。

人格というのは個別にあるわけではなくて、その人の人生が形作ったものですから、その人間の人生もある程度書かなければいけない、というかたちになってくる。そうすると、書いていくうちに変な人が存在感をもってきたりするんです。王進という人なんかは、原作では最初に母親を連れて逃げるだけであとはまったく出てこないんですが、ぼくの小説では子午山《ごさん》という山に籠《こも》って晴耕雨読の生活をしていて、そこに百八人の中で落ちこぼれたような連中を魯智深が連れてくる。それを王進が鍛え直すということをやるんですよ。

王　人物が原作とは様変わりしても、しっかりとその土壌から生まれてくるという自然さがあるんですね。そこは、われわれ中国の読者にとっても原作とまったく違ったものとして、おもしろく感じました。

運河と塩の果たした役割

王　私は今度の北方さんの『水滸伝』を読んで不満が一つあるんです。何かといいますと、挿絵がない。中国のこの時代の小説は挿絵を見ながら人物の容貌を想像して読むのがふつうなんです。日本では小説には挿絵を入れないんですか。

北方　雑誌や新聞の連載中には挿絵があっても、単行本になったときに挿絵があるというのは少ないですね。

王　そこは唯一慣れないところですね。

北方　それは多分小説観の違いという問題にもなってくると思います。ぼくらは、読者が一万人いれば一万人の魯智深がいると思うわけです。ところが、絵を入れると一人の魯智深のイメージになってしまう。そうすると、絵による制約を逆に取り除いたほうがいいのかなということがあるんです。

作家としては読者との出会いは一対一、要するに頭の中で一人でロードショーを見ているという感じで物語を展開したいんです。一万人いれば一万通りのロードショーがあるように。

王　なるほど。そういう文化の違いがあるのかもしれませんね。

ところで、中国に行かれたことはありますか。

北方　ええ、『三国志』を書いたときにずいぶんいろんなところへ行きました。中でも印象深かったのは、新疆《しんきょう》ウイグル自治区のカシュガルから道なき道を走って敦煌《とんこう》まで行き、そこから少し北へ行ってゴビ砂漠へ出て、さらに北京《ペキン》に入るという車の旅行をしたことです。車で走っていると遠くに土煙が見えるので、その下に何か生き物がいるかもしれないと思って近くに寄ると竜巻だったり。名所旧跡よりそういう自然風景のほうが印象深かったですね。

王　飛鳥《あすか》時代から、日本のお坊さんが仏教を学びに中国へ渡っていますが、平安時代になると、「聖地巡礼」といって自然風光に親しむことも大きな目的となっています。つまり文字に書かれた古典を学ぶにしても、中国の自然を体感しないと違った解釈の仕方になってしまうんです。山とか川とかいっても、日本の山や川と中国の山と川とではずいぶんイメージが違う。自然に親しむことで、中国の本来もっているおもしろさがあらわれてくると思います。

それに一口に中国文化といっても、南と北はだいぶ違います。おそらく聖徳太子《しょうとくたいし》以前に日本に入ってきた中国文化は、朝鮮半島を経由した南の文化が主流だったと思いますね。北の文化は日本の風土に合わないような気がします。この二月に京都のある講演会で申し上げたんですけれど、南の文化は春の小雨のように音も立てずに日本の土壌に染みこんだ。北の文化は雷と稲妻を伴いながら日本の大地を洗った、と。

北方　南船北馬《なんせんほくば》といいますね。南のほうは何となく水に親しんで船が発達し、北は騎馬民族ですよね。そのあたりが合わなかったんですかね、日本と。

王　橋も違うんです。『日本書紀』などに出てくる橋は呉橋《くれはし》といって、アーチ型。古代の北方ではアーチ型は必要ではないんです。

北方　船が通らないからでしょう。運河を造ったのも南ですよね。開封府《かいほうふ》から汴河《べんが》という運河を造ったのは宋代ですよね。

王　あれは隋《ずい》の煬帝《ようだい》のときに着手して、その後も何度も改築しましたが、運河によって中国の文明は大きく方向換えをしたんです。古来、中国の文明は西の山から水が流れて東の海に入るという、西から東へ文化が伝播《でんぱ》するというのが一般的でした。だから、西と東とでは文化の一致が見られるんです。ところが、南と北とではすごく異質で、違和感を感じるんです。方言でも、西と東ではそんなに差はないのに、南と北とでは村一つで言葉が違うほどです。それが、運河を造ることで文化の流れが変わったんですね。

今でも北と南では生活の習慣が違う。私の故郷は杭州《こうしゅう》で南なんですが、大学院は北京でした。苦労したのは北京には米が少ないんです。食堂の食券もパンの食券とラーメンの食券が主で、米の食券はわずかでした。しようがないから北方の女性と友だちになって、パンの食券を米の食券に換えたりして院生時代をしのいだんです。南方の人は米がないと一日元気が出ない（笑）。今でもそのくらいの差がある。

北方　『水滸伝』を書くために調べていて、運河というものがいろんな役割を果たしていることが印象的でした。それから塩です。つまり権力の象徴のようにして塩がある。

王　それはかなり専門的な見方ですね。

北方　反体制を標榜《ひょうぼう》するからには、梁山泊が闇の塩を持つということが条件になると思ったんです。

王　その着眼は素晴らしい。宋代の研究者も文句は言えませんよ。中国では漢代《かん》に『塩鉄論《えんてつろん》』という本があるくらいで、塩と鉄を握れば政権の半分を握るといわれています。宋代になると闇ルートの塩の売買が活発になる。揚州《ようしゅう》には、こぢんまりとしていて小さな庭園がたくさんあるんですが、その庭園を造った人はほぼ皆塩商人なんです。塩の売買でお金を稼いで故郷に錦《にしき》を飾る。屋敷を造るときには必ず庭園を造る。庭園の立派さを隣同士で競う、それがいまも揚州に残っているんです。

人物の性格をあらわすあだ名

北方　王さんの『水滸伝』との出会いは？

王　私の故郷の杭州には魯智深の墓とか、『水滸伝』関係のいくつかの遺跡があって、民間に伝わるいろいろな伝承を小さい頃から聞きながら育ちました。中国では『水滸伝』を読むのはだいたい中学生か高校生くらいまでなんです。正義感をもつようになって人生の悩みが出てくるときに『水滸伝』を読んで、自分が『水滸伝』の中の人物になったような気になったり、周辺の人物を『水滸伝』の中に出てくる人物になぞらえたりするわけです。

　中学生のときに同級生にあだ名をつけるんですが、それもやはり『水滸伝』の影響かもしれません。『水滸伝』の人物も私たちはあだ名で覚えるんです。そうじゃないと百八人も覚えきれない。あだ名だとその人物が生き生きと思い浮かんでくる。たとえば、時遷《じせん》という人物がいますけど、時遷といっても実感がない。鼓上蚤《こじょうそう》というと、鼓《つづみ》の上に音を立てずに飛び上がるという身軽な姿がくっきり浮かんでくる。

あだ名は、中国では自分でつけることも他人につけられることもあります。他人がつけるときには、いくつかの規則があるんです。その人の面相、ネズミのような顔で色白なら白日《はくじつ》鼠《そ》とか、あるいは使っている兵器、あるいは手柄とか、その人の一番特徴的なものをあらわしているから、あだ名によって、すぐに人物を連想できるんです。

北方　魯智深の花和尚というのはどういうイメージですか。

王　戒律を守らない、女色を犯す淫乱なお坊さんという意味で、破戒僧の意味です。でも、魯智深はあまり女色は犯しません。原作では肉を食べたり豪快に破戒してますから、そういう意味で使っていると思います。宋江の及時雨《きゅうじう》というのは一番大事なときに天から降ってくる命綱、だからいつもすぐに困った人を助ける善人のことだとわかる。

北方　ただ、及時雨と書いて日本人の中に立ち上がってくる明確なイメージはないような気がするんです。青面獣《せいめんじゅう》とか豹子頭《ひょうしとう》、黒旋風くらいならなんとなくわかりますけど、及時雨とか混江竜《こんこうりゅう》、これは長江《ちょうこう》をかき回すという意味でしょう、これはわかりにくい。だから、イメージの湧きやすいあだ名は使っていますが、わかりにくいものは使いづらいですね。

王　あだ名はその人物の性格をあらわしているものですから、あだ名を書かないと帽子とか服装を書いているのに顔つきを書いてないようなものなんです。是非とも書いていただきたいです。

それから、中国の小説でおもしろいのは戦いの場面です。私は『平家物語《へいけものがたり》』なども読みましたが、戦いが単純で、あっという間に終わってしまう。どうも物足りないんですよ。『水滸伝』では、戦う前に兵器の描写、顔立ちの描写、性格の描写、その過程がおもしろいんです。日本では大人気の吉川英治の『宮本武蔵《みやもとむさし》』なども、戦いの場面がおもしろくない。恐らく中国の読者には受けないでしょう。

北方　日本の剣豪小説では、お互い黙ったままずっと向かい合っていて、すれ違ったら勝負がついていたというのが多いですからね。

王　それに比べると、今回の北方さんの小説は戦いの場面が割と長いですね。

北方　私の場合はそれを書くタイプなんです。そういうところで逆に人の性格だとか臆病さとかが出てきたり、臆病だったはずの人間が勇敢になったり、ということが起きてくるんです。それが人間描写にもなってくるんですけれど、極端な話、日本文化というのは省略の文化なんです。ある剣豪小説家が名場面を書いているんですよね。剣術の達人同士が向かい合っている、次の行では位置が入れ替わっている。で、片方が血をたらたらと流している。つまり、バーンとぶつかって戦った部分を行間の中に入れてしまったわけです。

そのあたりが日本人の楽しみ方と中国の方の楽しみ方の違いだろうと思うんです。そういう文化が俳句を生んだり、和歌を生んだりしたのだと思います。

王　たしかに文化の違いがありますね。たとえば、美人像も日本と中国とでは違います。昔の中国の美人の条件というのは、歯が白いことと足の小さいこと。ご存じのように中国の女性は昔、纏足《てんそく》といって足に布を巻いて足を無理矢理小さくしていましたし、『金瓶梅《きんぺいばい》』の潘金蓮と西門慶のむつみあう場面は決まって足の描写が出てくるんですね。それだけ、中国人には足に対するエロチシズムがあるんです。

もちろん、それは過去の話で、私たちも今では変形した小さな足を見ますと不気味さを感じますけれど。

北方　それは日本にも同じような事例があります。お歯黒なんていう、女性が歯を真っ黒に塗る習慣がかつてありましたけれど、今見ると本当に気持ち悪いですよ。キスをしようなんて絶対に思わない。

王　それぞれの時代のスタイルがあるわけですね。もちろん中国と日本の文化の違いもある。それらをどうミックスさせていくか。

北方さんの『水滸伝』、今後の展開を楽しみにしています。

（「青春と読書」二〇〇一年六月号）

いま、〝北方水滸〟が熱い！

吉田伸子

一年前〝北方水滸〟と初めて出会った時の、あの興奮を今でもはっきりと覚えている。

そもそも、中国古典文学なんて、小学生の時に、ジュヴナイルで辛《かろ》うじて「三国志」「水滸伝」を読んでいた程度。それだって、「何か、漢字の名前の人が沢山《たくさん》出てきた物語だったよなあ」ぐらいの、うすぼんやりとした感想しか持っていなかった私が、である。

〝北方水滸〟には、出会い頭にガツンとやられてしまったのである。

そもそも、〝北方水滸〟を読もうと思ったきっかけは、発売前からのその前評判の高さだった。私が個人的に信頼している本読みたちが、こぞって絶賛していたのだ。

「不可解な水滸を徹底して解体し、現代の物語として再度構築する壮大な作業。これが、本当に水滸伝なのか。しかし、これこそが、我々の読みたかった水滸なのだ」（北上次郎）

とりわけ、この北上おぢの評には、ぐらっと胸が動いた。

さらに、さらに、作者の北方氏の言葉。

「最後の一行まで私の『水滸』を書く自信がある」

この力強さに、ぐらぐらっと来てしまったのである。

刊行直後に読んだ。

一巻と二巻が同時刊行だったので、一気に読んだ。読ませるだけの迫力に充《み》ちていた。

〝北方水滸〟が出てしばらくは、本読みたちの間では、その話題で持ちきりだった。

誰かとこの面白さを語り合いたい、熱く熱く語りたい！　読んだものに、そう思わせるものが、〝北方水滸〟にはあったのである。

その後、たまたま件《くだん》の北上おぢ（おぢ、おぢ、と気安く呼んでいるのは、氏が私の元上司でもあるからである）と飲む機会があり、私は、〝北方水滸〟にいかに胸熱くしているか、を滔々《とうとう》と語った。

おぢは、頷《うなず》きながら聞いていたが、最後にひと言、こう言った。

「お前さぁ、そもそも元々の『水滸伝』読んでるか？」

首をぶんぶんとふる私。

「吉川英治の水滸は？」

これまた首ぶんぶん。

「柴錬の水滸は？」

またまたまた首ぶんぶん。

「〝北方水滸〟がいかにすごいか、は、それらを読んで初めて分かるんだよね。北方謙三がどんなにすごいことをやっているか、それが分かると、お前、ぶっ飛ぶぜ」

それから、北上おぢは、原典の『水滸伝』や、吉川水滸からのエピソードを引用し、〃北方水滸〃のすごさ、を語ってくれたのだが、悔しいので、あんまり聞かないようにした。

〃北方水滸〃の本領は、そういったマニアックな通を唸《うな》らせるところにあるのだろう。

しかし、しかし。負け惜しみで言うわけではないが（ま、ちょっとはあるけど）、それよりも何よりもすごいのは、私のような〃水滸音痴〃が、こと〃北方水滸〃には夢中になってしまう、ということだ。

漢字の人名の読みにくさ、など、これっぽっちも感じない。通名である、「青面獣」「活閻羅《かつえんら》」「矮脚虎《わいきゃくこ》」なんて文字を見ても、どんと来い！　楊志《ようし》に阮小七《げんしょうしち》に王英《おうえい》と、頭の中で即時変換できてしまうくらいなのだ。

それは何故《なぜ》か、といえば、こんなにも多くの男たちが動き回る物語でありながら、その男たち全《すべ》てに「顔」があるから。

「顔」があり、「匂い」があり、「温度」があるからだ。

そして、何よりも、彼らの裡《うち》にある「思い」が、読み手であるこちらに、ぐいぐいと伝わってくるからだ。

「義」があって、「信」がある。

男たちが、みな熱いのだ。

さらにさらに、物語のなかにちりばめられた、「玉」のような言葉の数々。

例えば、この『水滸伝』六巻、風塵《ふうじん》の章に出てくる、花和尚魯智深が言う。女真族《じょしん》の地から九死に一生を得て、魯達《ろたつ》となった男の口から出るのは、こんな言葉だ。

「なに、命というのは、投げ出してみれば、なんとかなる。死ぬ時は死ねばいい。生きたいという思いは、捨てられることがあるのだ。いまの俺は、そうだ」

「命が惜しくてできなかったことが、これでできるとも思った」

また、今は宋江につき従う武松。彼は自らのせいで、兄と兄嫁を死に追いやっている。その彼が思うことは、こうだ。

「死ぬべき時。いまも、心の底ではそれを待っている。ただ、ほんとうに死ぬべき時を、見失うまいと思うようになった。それが、むなしく消えた二つの命に対する、礼儀ではないのか」

〝北方水滸〟は、こういう男たちの物語なのである。

惚《ほ》れずにはいられない。

（「青春と読書」二〇〇二年二月号）

新しき「水滸」、驀進中

山田裕樹

江戸時代、正月の空には「水滸伝」の英雄たちが飛翔《ひしょう》していた。

高島俊男氏『水滸伝と日本人』（大修館書店刊）によれば、江戸後期には、「水滸伝」のほうが「三国志」よりも人気が高く、「水滸」の英雄たちが描かれた凧《たこ》をあげるのが流行していたという。

では、百八人の英雄たちの誰の凧が一番多かったのだろうか？

九紋竜《くもんりゅう》史進が人気ナンバーワンで次が花和尚魯智深であったと高島氏は書いている。おそらくその次が豹子頭林冲《りんちゅう》。根性なしの宋江や陰険な呉用《ごよう》や頭の悪い盧俊義の凧をあげる子供は、当時もいなかったのではないか。

右にあげた「水滸」の英雄たちは、今風にいえばキャラの立った人物たちである。もっと多くのそれほど立っていない英雄、さらに多いあまり記憶に残らない英雄、全部合わせて百八人。これが中国版「水滸伝」である。記憶に残らないのになぜ英雄なのかとは聞かないで欲しい。

六巻が近々刊行される北方謙三の「水滸伝」は、登場人物の性格属性を徹底的にアレンジしているところに最大の妙がある。

犯罪者の群れが梁山泊に逃げ込んで起こる「乱」を書いたのが中国版「水滸伝」なら、革命をめざす同志が必然的に梁山泊に集まって別の国を作り、宋国と戦争をする「役《えき》」を書いているのが北方「水滸」である。

とすれば、登場人物の性格が変わっていくのも、また必然である。

酒乱で乱暴で人殺しの魯智深は、世直しの檄文を持って全国を巡る伝道者に。腕は立つが単細胞の林冲は、死なせた妻への愛慕に悩み死に場を探す騎馬隊長に。始めに大活躍するも作者に忘れられる史進は、強さをもてあまして孤独に押しつぶされかけている若武者に。さらに根性なしの宋江は、人望にあふれ洞察力にすぐれた総帥に。陰険な呉用は、人知を超えた実務家に。ともかく存在感の希薄な盧俊義は、茫洋《ぼうよう》たる闇塩商の元締めに。

北方謙三のアレンジの筆は冴《さ》えわたっている。

しかも、勢いあまって、あまり記憶に残らないはずの英雄たちにさえも、記憶に残ってしまう性格造形をしてしまったのである。

例を挙げる。

まず、喪門神《そうもんしん》の鮑旭《ほうきょく》。

鮑旭の名前と性格がすぐに出てくる人がいたら、相当の「水滸」マニアと言っていいだろう。中国版では最後のほうで初登場して、あとは李逵の小軍団に所属して一緒に破壊殺人を続けるだけで、招安後の南征でいつのまにか死んでいる。職業は盗賊、特技は殺人、性格はひたすら粗暴。中国版「水滸伝」にはよくいる人材なのである。

この鮑旭が北方「水滸」ではどうなったか？

こちらの鮑旭は孤児である。道理道徳がわからない。なぜ嘘《うそ》がいけないか、なぜ人殺しがいけないか教えてくれる相手がいないまま大人になってしまった。そしてある日、旅の魯智深を襲って一蹴《いっしゅう》される。魯智深に殴り続けられ、しかしなぜか食事はきちんと与えられる。魯智深の思考、行動が理解できず、ついて行くままに、子午山の王進に預けられる。王進は、北方版では山に隠遁《いんとん》している。王進はきびしく武術を叩《たた》きこむが、食事を与え人の道を説く。さらに王進の老母が、礼儀作法と文字を教える。初めて自分の名前が書けた時、鮑旭は落涙して、人間に戻る。

もうひとり、白日鼠の白勝《はくしょう》。

「智取生辰綱《ちしゅせいしんこう》」として有名な楊志が輸送する十万貫の賄賂《わいろ》を詐取する晁蓋たち八人組のひとりだから、名は通っている。その賄賂の分け前をもらって村に帰ったが捕縛・拷問《ごうもん》されて仲間のことを吐いてしまう。それから梁山泊入りするが、たいした見せ場もないままにいるだけはいて、最後のほうで病死する。職業は博打《ばくち》打ち、序列は百八人中百六位、性格はともかく軽率。

この白勝が北方「水滸」ではどうなったか？

こちらの白勝は滄州《そうしゅう》の牢獄《ろうごく》にいた。そこに流罪になった林冲が移送されてくる。白勝と林冲とそれに医者の安道全《あんどうぜん》は友人になる。白勝は初めて友情、という言葉を理解する。豪雪の夜、白勝は盲腸で苦しんでいた。放置すれば死ぬ。林冲は白勝をかついで雪の中を脱獄し、吹雪《ふぶき》の下で安道全は白勝の腹を裂いて手術する。白勝が平癒《へいゆ》した時には、すでに林冲も安道全も梁山泊に入っていた。白勝が梁山泊に入りふたりと再会するためには、晁蓋の仲間に入って賄賂強奪に成功しなくてはならない。志でつながれた仲間。しかし白勝には国家転覆の志などない。追及された白勝、安道全に裂かれた腹の手術跡を見せてたんかを切る。「われに志などなし。されど、友への想《おも》いは誰にも負けじ」。やがて、梁山泊で林冲、安道全と再会する。

現在、北方「水滸」は六巻三千枚を突破してさらに書き続けられている。中国版「水滸」の時間軸を一本化し、人物造形を書き換え続けながら、ある一点に収斂《しゅうれん》する、その日を目指して驀進《ばくしん》中である。完結まではあと三年か四年か。

若者よ、北方「水滸」の生き方に学べ。

老人よ、北方「水滸」完結まで息災で。

（「青春と読書」二〇〇二年二月号）

ひっくり返された豪傑群像のイメージ
——『水滸伝』第一巻～第六巻——

張　競

『水滸伝』なら、と高をくくっていたが、読み出したら止まらなくなった。懐かしい人名は次々と出てきたが、いずれも性格のちがう人物に変わってしまった。翻訳ではないから、筋運びが変わるのはむろん承知している。最初はむしろちがった物語を期待していた。ハードボイルドの作家は歴史物を果たしてどう料理するのか。前作の『三国志』とは題材が異なるだけに、興味がそそられた。しかし、今回もまた北方流の換骨奪胎《かんこつだったい》に意表をつかれた。

『水滸伝』の群雄といえば、まず思い浮かぶのは素手で虎を退治した武松であろう。ハンサムで背が高く、武芸に秀でて正義心がつよい。理想的な男だが、女色にはまったく興味はない。『水滸伝』にかぎらず、中国では英雄といえばそのような聖人君子ばかりだ。彼らは天涯孤独の身か、さもなくばいきなり子供が八人いる。恋なんかけっしてしない。ましてや女のことで悩み、迷うことなどとんでもない。

そんな約束ごとは、北方版『水滸伝』でいっぺんにひっくり返されてしまった。潘金蓮と武松は幼なじみだったが、親の取り決めで潘金蓮は武松の兄と結婚した。武大《ぶだい》は救いようのない醜い男ではなく、華奢《きやしや》な体をしている反物屋の番頭になった。武松は宋江の麾下《きか》に入っても、潘金蓮のことを忘れられず、日夜思い苦しんでいた。

そんな武松が八年ぶりに故郷に帰り、酒に酔って彼女を犯してしまう。貞節を守れないことを恥じて、潘金蓮はみずからの命を絶ったが、最後まで武松の名前を明かさなかった。彼女もひそかに武松のことを愛していたからだ。良心の呵責《かしやく》にさいなまれた武松は山に入り、虎と闘って男らしい死を遂げたいと思った。だが、気づいてみたら、倒れたのは自分ではなく虎のほうであった。原作のストーリーは跡形もなく解体され、読者のまえにあらわれたのは、想像もつかない別の『水滸伝』であった。

第六巻「風塵の章」は、元官軍の兵である欧鵬《おうほう》の登場からはじまる。魯達の策略で秦明《しんめい》が梁山泊に加わり、史進は少華山に戻った。緑林《りよくりん》の勢力は拡大し、闇の塩による資金調達、兵卒の訓練、騎馬隊の拡充など、周辺から梁山泊を支える体制は徐々に固められていった。

中国の土俗信仰では天上の星は神々で、地上の大物は下界に降りた「星」つまり神の化身だとされている。『水滸伝』の原作では百八の星は世直しのために人間界に降り、百八人の豪傑としてあらわれた。北方版『水滸伝』の各章に「天猛《てんもう》の星」、「地闊《ちかつ》の星」といった見出しがつけられているのも、そのことを踏まえている。

『水滸伝』の原作にはそれまでの講談、民間伝承などからの借用が多い。とくに前半は長篇《ちようへん》というより列伝の寄せ集めに近い。それぞれの人物伝のあいだにつながりがあるものの、一つの中心へと収斂されていくのではない。むしろ連歌のようなひろがりの中で、一人一人の武勇伝が語られている。

そのような表現法は現代小説のなかにそのままは持ち込めない。星宿《せいしゅく》別の章立てはこの難問を解決するのに役立った。各章の見出しは、原作の語り口を連想させるが、ほんらい形式上でも粉本《ふんぽん》とはほとんど呼応していない。ましてや話の運びにおいて原作にとらわれることはまったくない。事実、第六巻になると、どの章も特定の人物を中心とした叙述は姿を消した。そうした工夫によって、原作とのあいだにイマジネーションの往還が可能になる一方、人物伝を中心とした構造の制約からも解放された。

古典小説を題材とする場合、史実対想像力という問題ははじめから存在しない。そのかわり、過去の想像力にどう応答するかが問われることになる。『水滸伝』という世界の名作と相対するとき、この作家の挑戦が力負けしなかったのは、原作をもしのぐ構想力を持っているからだ。

欧鵬は宋江の一行を襲ったが、撃退されて帰服したことや、楊令《ようれい》に対する林冲のスパルタ教育などの場面から見られるように、北方版『水滸伝』では筋立てが一新されただけでなく、細部表現においても、趣向をこらしている。それに加えて、冒険小説の創作に磨《みが》かれた硬質の文体も威力が発揮された。

現代的な感受性を通して歴史的時空を照射するのはおもしろい着想だ。主人公たちの義《ぎ》侠心《きょうしん》はもちろん、その無謀な行動も、不躾《ぶしつけ》な振るまいも、粗野な言葉遣いも、現代人のあくせくする日々から眺めると、心の感傷と郷愁をさそう。義賊たちの豪放な生き様に共感し、遠い過去に心のやすらぎを感じるのも、反復される日常が背後にあったからであろう。
波瀾万丈の物語はいよいよ佳境に入る。梁山泊とスパイ機関である青蓮寺との激突は果たしてどのような結果を迎えるのか。次作が待ち遠しい。

（「毎日新聞」二〇〇二年三月二四日）

折り返し地点を過ぎました

北方謙三

十巻に到達した。
長かったのか、あっという間だったのか、両方の感慨があるような気がする。第一巻を書いたのがついこの間のようであるのに、そのころ起きていたことを思い出すと、もうかなり前なのである。

全十三巻とか十七巻とか、二転三転したのは、これだけの長さになると全体を読み切れなかったということで、いまはほぼ中間地点を過ぎたあたりという感じがあり、ある時から言いはじめた全十九巻は、なんとか守っていけそうである。

最初に書く時、私が特にエネルギーを遣ったのは、原典では曖昧、というよりでたらめに近い時系列を揃えていくこと、やはり原典ではお座なりにされている、存在の必然性のようなものを、きちんとしていくということであった。

原典を貶《おとし》めて言っているのではない。どんな素晴しい物語にも、欠点があり、隙間《すきま》が見える。その隙間を埋めようという作業から、はじめたということだ。隙間を埋めれば、それで原典を凌《しの》げるわけではなく、逆におかしなことにもなりかねない。

そう考えていくと、人物の設定が変り、人格が変り、梁山泊のありようも変ってくる。つまり、まるで違うものになっていくわけで、その変貌こそが私にはスリリングであった。創造力を注ぎこめる場がなければ、書いていて意味がない。

まだ完結への途上だが、どういう事態になったかというと、原典とはまるで違う物語に変貌してしまったのである。私が自ら変貌させたと言うべきか。

原典を愛する人たちから、あれで水滸伝ですか、と言われたりした。その意見も、もっともである。さらに言えば、水滸伝を愛する人たちは、それぞれの水滸伝を持っているのではないだろうか。私は、私の水滸伝を書くしかなかったのである。

それが、十巻まで進んでいる。

百八人の中の、最初のひとりを殺した時、えっと言われた。梁山泊に百八人が勢揃いするまで誰も死なない、とその人は思っていたようだ。男女の交合シーンを書いた時も、まさか、と言われた。水滸伝の掟《おきて》を破るのか、とも言われた。

破ります。ごめんなさい。掟だけでなく、梁山泊を中心にした、あの痛快で妖《あや》しい作品世界を、すべて解体します。そして、再構築します。そう言うしかない。

物語にリアリティを与えようと思ったら、梁山泊に集った百八人が、どうやって生活していたか、から書かなければならない。原典では、梁山泊がこれは悪いと断定した村などを襲うが、現実に考えれば、糧道はそれでは不足である。不足などというものではない。周囲の村を襲いまくったぐらいでは、なにほどのものでもないのだ。もっと大きな城郭《まち》を、襲い続けることにするか。しかし、それだとただの賊徒ではないか。『替天行道』の旗を掲げるかぎり、無辜《むこ》の民を襲うわけにはいくまい。

私は、闇塩という糧道を考え出した。それによって、糧道は確保できる。しかも、塩を扱うということは、あのころは重罪であった。権力者が、その力の象徴のようにして、塩の分配権を持っていたのだ。ならば塩は、反体制、反権力の象徴にもなり得る。

これを考えついて、私は梁山泊にいる多数の人間を、餓死させなくて済んだ。

商業自由都市というのも考えたし、自給態勢も当然整えさせた。これからも、いろいろ考えていくつもりである。

そしてまた、ひとりひとりのキャラクターが、ずいぶんと変った。

原典では、このキャラクターが魅力なのである。林冲を愛し、魯智深に親しみを覚え、武松や李逵の純粋さに心を打たれる。百八人全員ではないにしろ、原典のキャラクターは実に魅力的である。

私は、このキャラクターに関しては、解体はしなかった。といっても、私の意識の中の問題だが、キャラクターを毀《こわ》さず、大事に胸に抱いた。そうしていると、キャラクターが胸の中でさらに育ち、新しい似ている人間を生んだ。それを、私は息子と呼んだ。息子を抱き続けていると、また似ている人間を生んだ。それも息子。つまり、原典のキャラクターの孫である。

孫と正対できるようになって、はじめて私は原典の人物名でその人間を描いた。私の水滸伝は、キャラクターから言えば、孫たちの物語なのである。

そうやって、私の水滸伝は進んできた。

毎月、百枚か百五十枚、そしてこれからは、百五十枚か二百枚になる。それを、書き続けてきて、これからも続く。

正直、苦しくてどうにもならないこともあった。編集部や校正者、印刷会社などには、多大の迷惑をかけてきただろう。これからも、多分、頭を上げられないだろう。お願いします、と言うしかない。

苦しさの中にも、愉《たの》しみを見つけることはできた。たとえば、私が書いたキャラクターが、成長していく。私は、眼を細めて、それを見ている。しかし、おや、と思った時は、私に制御できない人格を持ってしまっている。突っ走っていくのだ。待てよ。私は声をかける。どこへむかうか、私には見えている。そこへだけはむかわないでくれ。願いながら、筆を進める。つまり、そのキャラクターは、物語の中で完全に生きて、作りものとは違う存在になってしまっているのだ。

そうなった人間は、大抵、滅びにむかう。そういう予感がありながら、私はやはりキャラクターの成長を愉しんでしまう。

そうやって、すでに何人殺したか。十巻までで、十数人に達している。これは、かなりの死亡率ではないか。

いかん。どこかで食い止めねば。そう思っても、私が作った殻を蹴破《けやぶ》り、男たちは飛び出してくる。そして、勝手に成長しはじめる。私は唸りながら、ただそれを見ている。

これからも、そんなことが続くのだろう。闘いの様相を呈してくるかもしれない。

そういうキャラクターとの関係と較《くら》べると、梁山泊の地図を描いたり、職人の仕事ぶりを書いたりするのは、愉しい作業だった。頭の中が、次々に湧く想像でふくらんでくる。あれをこうしたい、ここにそれを作りたい。現実の建設は大変でも、頭の中にはいくらでもできる。砦《とりで》を築く。武具を作る。ただの家を建てる。

十一巻に入ると、水軍の活躍もはじまってくる。私は、さまざまな型の船を考案した。水路図も作った。たとえば、金沙灘《きんさたん》にむかう水路は、きちんと陸の物標に合わせて進むようになっている。夜はそこに明りがつく。物標に合わせながら進むのは、レーダーやＧＰＳが故障した時の、現代の航海術でもある。そんなものを採り入れる愉しさも、これからはありそうだ。

そしてこれまでで最も愉しかったのは、版元が梁山泊の会というものを設けてくれて、読者と出会えたことである。

読者と作者の出会いは、本を介在させて、常に一対一の出会いである。それが何万、何十万通りある、と私は思ってきた。

だから、作者から読者は見えない。原則として、それは見えない。

ちょっと変則的に、会ってみたらどうですか。

言われた時は、緊張した。実際にそれが行われた時、私の第一声は上ずっていた。講演でも、そんなことはない。

そこで、私は自分の水滸伝を語り、読者の水滸伝を聞いた。私の水滸伝が、来てくれた人たちの心の水滸伝になり得るかどうかは、完結してみなければわからない。

私が話をしたあと、質問を受けるというかたちをとったが、私は自分の水滸伝を抱えてきている、ひとりの参加者のような気分で、話をしていた。

これほど熱っぽく語った思い出は、ふり返ってもほとんどないほどだ。その熱のようなものだけはっきりと躰《からだ》が覚えていて、なにを語ったかは記憶に定かではない。それでいいと思う。人と対したどんな時より、私は私自身であった。

これからも、梁山泊の会は時々やってあげましょう。版元では、そう言ってくれている。今度こそ作者でいようと思いながら、私はまた参加者のように語っているに違いない。

その時の熱が、少しずつ躰の底に溜《た》めこまれ、やがて沸点に達する。それはそのまま、私の書く力に転じていけるものだ。

十巻を書き終え、私の構想は始動時とかなり違ってきているが、ここで語ったりはしない。読者が求めているのは、私の構想ではなく、現実に書かれた本だと思うからだ。

原典が、この物語を私に書かせてくれている。

私は、そう思い続けてきた。原典ファンからは、こんなに変えてと叱《しか》られもしたが、許していただきたい。私の創造の核には、常に原典があるのだ。

いま、十一巻目にかかったばかりのところである。

十九巻まで、すぐに行きそうな気もするし、遠い道だとため息をついたりもする。

五十六歳である。作家として脂《あぶら》が乗った時に、こういう長大な物語に挑戦できる私は、幸福である。さらに、熱心な読者に支えられて、至福である。

全身全霊で、私は書き続ける。


（「青春と読書」二〇〇三年六月号）

—対談—3
運命が梁山泊に微笑んだ

ムルハーン千栄子
北方謙三

『水滸伝』、中国版と北方版

ムルハーン　北方さんの『水滸伝』、のめりこんで読んでます。まずはこの超大作を思い立たれた動機からお聞かせ下さい。

北方　『南総《なんそう》里見《さとみ》八犬伝《はっけんでん》』や『銭形平次《ぜにがたへいじ》』などなど……『水滸伝』は、日本の文学に古くから影響を与えているんです。ただ、最後まで『水滸伝』を書いた人は日本にはいない。じゃあそれに、自分が挑んでやろう、と。

ムルハーン　原典の和訳はありますよね？

北方　岩波書店から吉川幸次郎・清水茂訳、平凡社から駒田《こまだ》信二《しんじ》訳などは出ています。ただ、これはあくまで原典の直訳でして。

ムルハーン　回（章）数の違う三種が流布していますが、北方さんの『水滸伝』はどれをベースにされてるんでしょう？　百二十回本は後半が水増しなので別として、十七世紀の七十回本が一般受けしてきました。十九巻まで計画していらっしゃるそうですし、やはり最も古い十六世紀の「百回本」の方ですか？

北方　ええ。ただそこに完全に準拠することはせず、原典の根本的な結構を一度全部解体して、それから改めて人物を一人ずつ立ち上げながら、組み立て直していこう、と。でもそうすると宋の滅亡まで続かないいんですよ。梁山泊に集う豪傑は百八人もいて、それがコツコツ死んでいくわけですから。だから時代も、少し前という設定に変えています。

ムルハーン　主人公の宋江は平忠盛《たいらのただもり》と同時代ですね。魯智深と王進の話から始まって、のっけからハマッちゃった。ただ、北方さんの小説は死傷率が高いと言われてますが、ここでもったいないと思うような男たちが華々しく死んじゃう。

北方　ただ原典と同じような死なせ方をすると、有名な奴《やつ》を五人も六人もまとめて殺さなきゃいけない。それよりも一人一人、その場その場でキャラクターを立てて、きちんと読者にインパクトを与えた上で死なせていこうと。ストーリーというものには時間の流れがある。その中に人の生死があるわけで、そこに、きちんと整合性をつけていこう、と。

ムルハーン　素手で虎も殺せるような強い男が二、三人出て来て、一緒に固まって行動する。それぞれに個性を出すのは大変だろうと思ったら、ちゃんと書き分けてあるのが凄いですね。李逵のように不思議に無邪気な巨漢とか。現実にああいう人、いますからね。

北方　ぼくは原典を読んで、これはキャラクターの物語だと思ったんです。ところが原典では、キャラクターをちゃんと書き分けてあるのはせいぜい十五人ぐらいなんですよ。非常に妖しい奴など魅力的なのもいるんですが、完全に〝頭数〟扱いの人間も大勢いる。

ムルハーン　北方さんはそれぞれの人物造形をちゃんとされている。百八人のコントラストも、バラエティーも。大勢のキャラクターがそれぞれ結びついたり、衝突したりというのがドラマでしょ。そんな中でお互いを補い合うような僚友もいるし、なぜ志の仲間に入るかという動機付けも必要になる。それが百八人分――同じのは一つもない。

北方　現代小説には、それが必要だろうと思うんです。そもそも昔は、『水滸伝』なんか紙芝居みたいなもんだったわけですから。

ムルハーン　そうそう、単純な善と悪とかね。

北方　ところが本当の悪、絶対悪などというのはあり得ない。相対的にいろんな正義があって、それがぶつかり合っている。それぞれが信じている考えがぶつかり合って、どちらが勝つか。そういうような物語にしたいんです。

ムルハーン　お見事と思ったのは、敵が凄い。スパイ機関である青蓮寺の、李富《りふ》、袁明《えんめい》といった好敵手の造形も重層的ですから、作者までつい感情移入しちゃって、味方したくなるんじゃないかとさえ思ってしまうくらい。

北方　青蓮寺の誰かに読者が感情移入してくれれば、ぼくは成功なんですよ。李富は閻婆《えんば》惜《しゃく》の母に惚れて、いろいろ苦しんで、彼女の死にまた苦しんで。そこで人の苦しみ、男と女の悲しさは何なのか……と、思い入れを込めて読んでくれる読者がいれば、大成功。

ムルハーン　この李富に限らず、北方作品では女性絡みの弱味を持つキャラクターが多いですね。そういう身近な、誰にもあるようなアキレス腱《けん》を持たせることで、敵にも人間的な深味を与えてあるのが素晴しい。

北方　これは原典の欠点でして。原典では敵も梁山泊の連中も、どうしようもない人間ばかりなんですよ。例えば梁山泊の連中が近隣の村を、「気に食わない」だの「お前らは正義ではない、俺達が正義だ」だのと言って襲ったりする。結局彼等はそこの穀物とかを全部奪って、生活しているんです。

ムルハーン　それじゃただの山賊ですよね。

北方　そうなんです。でもそれではおもしろくない。やっぱりきちんとしたイデオロギーを持って、英雄達が梁山泊に集まったという物語にしたいじゃないですか。じゃあ彼等はどうやって食べていたという話にするか。それを考えてみるとあの当時、権力の象徴は塩と鉄なんです。それじゃあ塩を関係させよう、と。あの国で塩をヤミで売買すると、それは犯罪というより反権力なんですね。それを梁山泊にやらせる。そうすれば無辜《むこ》の民を襲わず食べていける、生活していける、と。

ムルハーン　そういうディテールがきっちりしているから、現実感があるんですよ。

北方　そうすると敵方もしっかりしていないと釣り合わない。だから敵もきっちり書き込むしかないわけですね。だからもうこれは、最初からぼくの『水滸伝』を書いてやろうということですよ。元々中国の『水滸伝』だって、いろんな人が書いているといわれるわけですから。

ムルハーン　完全に北方『水滸伝』だなと感じます。巻ごとに一ページ目と最後では、主人公も変化しているんですもの。人間（特に男性）が自分を探してみつけ出すという形で成長、変化していく。現代物、時代物に関係なく、北方文学の大テーマですよね。

北方「水滸」の女と男、そして料理

北方　ぼくは男が成長する際の一つの要素として、女というのは必ず存在していると思うんです。その男の人生を映す鏡――何か男と女の機微が、そこにいつも映っている。

ムルハーン　組み合わせがどれもユニーク！『水滸伝』の中でご自分が特に気に入っている、男と女のエピソードってどれですか？

北方　武松の話ですね。自分の好きな女が兄と結婚してしまうんですが、とうとうある時手込めにしてしまう。で、女の方は武松の愛を受け入れるんだけれど、そうなると夫を裏切ったことになるから、手首を切って自殺する。ところが武松はなぜ彼女が死んだのかが理解できない。そういうものが、本当の男の悲しみなんだろうと思うんです。女が本当はどこで傷つき、許し、相手に愛情を感じたのかが分からない。ただ死んだことについてだけ悲しんでしまう。傍《はた》から見ると愚かなんですけれども――ぼくは、武松は純粋な男として書けたなと思っています。

ムルハーン　あの女性の描き方は抜群だと感嘆しました。北方さんの女性イメージは、アメリカのフェミニストには絶対褒《ほ》められますよ。あっちの旗印は日本みたいに被害者意識むきだしの「男は敵」じゃなくて、「イコール・バット・ディファレント」。同格だけど違う、違いも尊重してほしいと。北方さんの女性達は、母親、恋人、娼婦《しょうふ》……みんな女として自分なりに自信を持っている。女性ならではの能力を非常に尊重して、志を持たせて下さってますね。そういう女だからこそ、彼女達を得ることで男性も完璧《かんぺき》になっていく。どんな女も、使い捨てにはされていない。

北方　ところが原典の中ではみんな使い捨てなんですよ。それが非常に不満で。ぼくの「水滸」では宣贊《せんさん》という顔の醜い男と結婚する金翠蓮《きんすいれん》というのがいますが、原典では金翠蓮も結局金持ちの妾《めかけ》になって終わりなんです。でもぼくのではそうじゃなくて、彼女のおかげで宣贊も、顔が醜くても社会に、世の中に出ていっていいんだという意識を持つ。そういう存在として位置づけました。

ムルハーン　彼女はまだ若くて純真な人だけに、癒《いや》しの効果がありますものね。

北方　宣贊が、金翠蓮を連れて群衆の中を行こうとする。群衆が押し寄せてきた時に、自分の覆面をパッととるんです。それだけで女は宣贊に対して心を開いてしまう。結局女性が男のどこを醜いと感じるかというと、やっぱり心の醜さなんですね。だから宣贊はそこで自分の心の美しさを、顔ほど傷ついていない綺麗《きれい》な心を、覆面をとることによって女性に見せたわけです。金翠蓮は元々それが分かるような女性だった。だから今後、あの夫婦は凄くいい夫婦になっていくんですけれどね。

ムルハーン　やっぱり女は男の人を癒したい。君でないとダメだという男性を見つけたいんです。そこで、体か心が傷ついた男性に女性が近寄っていく設定が活きてくる。男女の間の磁力というか、理屈では説明できないものなのに、それを分かるように描くのは至難の技でしょう。だから、北方さんのセックス場面は女性からみても絶品ですよ。それぞれ違うでしょ。ちゃんと方向性があって、それによって何かが変わっていく。

北方　原典ではセックス場面を書いちゃいけないんですよ。人は食べちゃったりしているけれども。親を、子供を殺しちゃいけないというのと同列に、セックス場面を書いてはいけないという取り決めみたいなものがあるんです。でもぼくは、そういうものは全部取っ払おうと。ただ、人を食べるというのはどうしても、自分の感覚としてなじめませんで。中国は食人の習慣がなかったわけではないんで、原典ではわりと露骨に書かれているんですけれどね。それでぼくとしても、人の肉を食べるシーンもゼロにはできないな、と。

ムルハーン　カフカを超える魯智深の変身！

北方　魯智深が腕を落とした時に、自分の腕を焼いて食う。林冲がそこに箸《はし》を伸ばしてきて、喧嘩《けんか》しながら食べるという……。あの辺りが限界かなと思ったんです。

ムルハーン　あの二人の共喰《ともぐ》い・連れ喰い、馬桂《ばけい》の皮剝《かわは》ぎ、武松の拳など記号学にぴったり。北方『水滸伝』の身体論も書けそう。それに、男が作る料理は詳しく書かれますね。生活感たっぷり。お料理はなさるんですか？

北方　ぼく自身も料理しますし、作品の中ではわりと、ものを作るのにこだわる男はよく出しますね。例えば湯隆《とうりゅう》という男が鉄を打つ。そういうシーンに、徹底的に凝《こ》ってしまう。

ムルハーン　さきごろ、北方さんの『水滸伝』に出てくる料理を復元して食べる会を、開催されたんですって？

北方　ええ。今年の春に、十人くらい集めて。魚肉まんじゅうとか鯉《こい》とかについては、中国人シェフが「この通りに作ったら食えませんよ」と言うんで、それはやめて、まあマコガレイにしようかとか。その程度はあったんですけれど、原則的には復元……。

ムルハーン　わあ面白そう。

北方　料理にいろいろと中国語の名前をつけてやりましてね。イノシシの丸焼きはさすがにできないんで、子豚の丸焼きを作って、それを食うとか。

ムルハーン　作品に書かれたのとプロのレシピは違ってた？　でも『水滸伝』メニュー、読者フレンドリーでいいじゃない。

北方　いや本当に、おいしかったですよ。

『水滸伝』の頃の中国

ムルハーン　ものを作る男で印象的なのが金大堅《きんだいけん》。偽造文書を作る場面で、独り真剣に苦闘してるでしょ。戦場で輝く男ばかりじゃない。文官の方だって盧俊義、呉用なども実に、男らしく描かれてますね。

北方　文系というか、職人系の人ですよね。これはこれで、こだわりの人ばっかり。

ムルハーン　医者の安道全と、もう一人、薬をつくる薛永《せつえい》もいますね。北宋時代の医療法とかも、研究されたんですか？

北方　そうですね。当時、骨折なんかも手術で治しているんです。鍼《はり》も紀元前ぐらいからやっている。その打ち方まで文献で調べました。薬師《くすし》の話は、紀元前の薬草学から連綿と継承されているものがある。宋の後半の時代になったら、相当高度な薬草学があったということになっていますね。

ムルハーン　南北戦争後に軍医に支給された『インディアン・メディスン』という本の自然薬物や傷の手当て法など、安道全がやっている治療によく似ているんですよ。アメリカのインディアンはシベリアから渡っていったアジア人種の末裔《まつえい》と言われてますから、不思議じゃないですけれどね。でも『水滸伝』の原典にはそんなの書いてないんでしょ。

北方　書いてないですよ。安道全は、あだ名が神医《しんい》——神の医者といいまして、ちょっと触ると、死んでる人が生き返ったりする。でもそういうのはやめようと。人を救えない無力感も感じる医者という設定にしました。

ムルハーン　原典にないような人間の有り様について、いろんな試みをされてますね。例えば、盧俊義と浪子燕青《ろうしえんせい》。豪商とハンサムボーイのお稚児《ちご》さんってペアにみえる。

北方　盧俊義は腐刑《ふけい》を受けているんです。睾丸《こうがん》をとる普通のではなく、もっとひどい、睾丸を残す腐刑。女への欲望はあるけど性交はできない。だから苦しむわけですよ。女をそばに近づけない。おかげで周りからあの二人は男色関係なんだろうと思われている。でもそれでいいと燕青は思っている……。そんな父子的な関係を書いてみようと思っているんです。

ムルハーン　その辺り、昔の中国の刑法まで知らないと書けないテーマですね。キャラクターやエピソードを構想なさる際、中国人らしさは意図しておられますか？

北方　意図してないです。多くの中国人は結構強烈な性格ですから。むしろ一般的に日本人でも中国人でもない、ただ男という形で書こうというのが基本です。

ムルハーン　私、博士課程の中国人留学生を十数人も受け持ちました。彼等の一つ大きな特徴に、目上に対する敬意があるんです。誰に先生とか殿とかをつけるか、つけないか。彼等にとっては、大切なケジメですね。

北方　ああそれは、本当にその辺りでは苦労してますよ。そいつは誰に殿をつけてきちんとしゃべっているのか。これは百八人いると、一人一人が違うわけですよ。例えば林冲の呼び方でも、「林冲」と呼んでいる奴もいれば「林冲殿」と呼んでいる奴もいるわけですよね。その辺りがやはり、混乱してきます。

パール・バック訳『水滸伝』と英訳『棒の哀しみ』

ムルハーン　北方さんの『水滸伝』を読んでいて、実は連想した人があるんです。それは女性作家、パール・バック。

北方　『大地』を書いた、ノーベル賞作家の？

ムルハーン　ええ。アメリカ人で三番目、アメリカ人の女性では初の受賞者。宣教師の娘で、ちいさい頃から中国で育って、『三国志』『西遊記』『金瓶梅』を全部原典で読んでますけれど、『水滸伝』は英語で完訳まで出しているんです。『大地』は三部作。第二部の『息子たち』は、末息子が百八人の男を集めて革命軍を作る話なんです。それを、彼女は『水滸伝』のゲラ校正中に書いた。それでバックの文体に『水滸伝』の影響が出るんです。深遠な心理描写より会話体。エピソードで筋を運ぶ。読者を楽しませる。ナチュラルな設定とか描写。北方さんの手法と共通でしょ。

北方　ぼくも『大地』は、中学生の時かな、読みました。文学全集には三部作で入っていますから、『息子たち』も全部読んでいます。

ムルハーン　北方さんの小説は、みんな飾りの少ない男らしい文体ですね。実は私、『水滸伝』の四巻まで、あるページをポッと開けたりして品詞別の数を勘定してみたんです。そしたら形容詞なんて、一ページに二つぐらいしかない。それも「熱い血」とか「高く売る」とか、綺麗に飾りたてるための形容詞じゃないし、副詞的用法が多いんですね。それに「うまい」とか「浅ましい」とか、形容詞が述語の役をしてるでしょ。そういう使い方は言葉の無駄がなく、非常にダイナミックで男性的な文体。バックの英文と同じく珍しいんです。

北方　そうですか。バックと比べられると、恐縮してしまうな……。

ムルハーン　北方さんの文体って英語に訳しやすいんですよ。ヤクザ物の『棒の哀しみ』が英訳されましたよね。あれが全米の書店員さんの投票で、「一番喜びを持ってお勧めできる本」として入賞しているんです。

北方　向こうでは『ASHES』（灰、燃え殻、亡きがら）というタイトルになってますね。訳もとても質が高かった。

ムルハーン　忠実な訳で、味も損ねていません。あんまりごてごて修飾句のついた文章は、いくら奮闘しても英語になりにくい。北方さんは説明や描写より行動で語らせる作風だから、そのまま英語で通用するんです。

北方　なるほど。そういう面もあるのかな。

ムルハーン　ただ一つ残念なことに、「棒のような」が「犬」になっちゃった。アメリカ人は警官の悪口を言う時は「ピッグ」とか「ドッグ」って呼ぶでしょ。「犬」は豚なみで人間以下って意味なんです。でも「棒」には感情さえないという含みがあるのに、犬なら感情を持つだけ救いもある。だけど「棒のような」男の哀しみなんて、すごい説明が要《い》る。訳す時は、あれだけはしようがないと。

北方　ははは、そうか。でも『水滸伝』を書く時もわりと、棒っ切れみたいな男をね……書きたいなという意識はありますね。

北方謙三の現在と未来

ムルハーン　北方さんの語りには能の序破急とは違う、スロー・アンド・クイックのリズムがあります。意識してらっしゃる？

北方　いや、頭の中で論理的には考えていないと思います。ただ自分の中で、小説を書く上で一番座りがいい、一番落ちついて書ける自分の描写のリズムはあるとは思います。これが、なかなか出せないで書く場合もあるんですけれどね。

ムルハーン　王進と母の家がスロー・ペースで、癒しタイムと強烈なパワーの待機ゾーンを兼ねるなんて、文学史上まれな発想！

北方　まあそうですね。それからもう一つ、二十代の頃に原稿を書いて書いて書いて……という時は、これは削る作業だったんです。でもそうしてほとんど削って削って削って、だと、何がどうなっているか分からない文章になってしまう。ではどこをどう削るのか、削りたくないところをどう残していくのか。そんな修練を、十年ぐらいやりました。その時に体に染みついたリズムが今、出て来ているんだろうとは思いますね。

ムルハーン　人間を描く時も、頭で考えてというよりは感性ですか？　お宅は奥様が健康管理までしっかりしておられるし、お母様もお元気だし。現実に頼りになる自立した女性をご存知だから、女性のイメージにもリアリティがあるのでしょうね。

北方　ぼくは今、本当に女性の中で暮らしてますんで。父が亡くなってからは娘二人に、家内に、母に、秘書がいて……と。犬までメスという環境ですからね。何かどこかで、女性を感性的に分かっている……というような部分は、あるのかもしれません。

ムルハーン　そんな〝異文化交流〟が豊かな生活環境で、太宰《だざい》治《おさむ》なみに甘えちゃうどころか、男性原理を代表してこられて、よかった！

北方　まあ、どうなんでしょうかね。

ムルハーン　それで今、書かれているのは『水滸伝』だけじゃないですよね？　同時進行で、作品を幾つぐらい……？

北方　今は三つぐらいですね。今度、十一月から、藤原《ふじわらの》純友《すみとも》を新聞連載（『絶海にあらず』）で書きます。

ムルハーン　じゃ、海賊？　水軍戦が楽しみ！

北方　そうです。藤原純友という人物は、実はよく分かっていないんですよ。それに少し関心を持っていまして、それを書いていこうと。それと同時に、現代小説で「ブラディ・ドール」シリーズの次に書き続けているシリーズと、単発のハードボイルド小説。例えば『冬の眠り』『擬態』『白日《はくじつ》』……あの系統の作品を、少しずつ書いていこうと。

ムルハーン　主人公が芸術家、職人みたいな。

北方　ええ。まあ職人だけとは限らないんですけれども。それから『煤煙《ばいえん》』というのを、先日講談社から出しました。

ムルハーン　こうやって日本の現代物に歴史物、それに外国の時代物まで同時進行で……。ごっちゃにならないですか、意識の中で？　文化事情の考証とか、言葉とか？

北方　言葉はならないですね。結局、ぼくは非常に単純な創作をしているんだろうと思うんですよ。一人の人間を、一人の男をどうやって書くか。それだけ考えて書いていると思うんです。それに付随する細かいことは、それはそれで、この作品の時はこうだったな、ああだったなということを考えればいいだけで。その男の有り様みたいなものというのは、『水滸伝』に出てくる人間も現代小説に出てくる人間も、そんなに根本的には変わらないんだろうと思いますね。

ムルハーン　いわば男の行動をそのまま修飾句の少ない簡潔な文章にするだけで、永遠に普遍的な物語となる。ハードボイルドも、『水滸伝』も変わらないってことだね。

北方　まあ、そうですね。

ムルハーン　パール・バックは『水滸伝』を訳すことで、ヘミングウェイより先に能動的な語りを身につけてノーベル賞をとった。そして今、ドライ文体の北方さんが『水滸伝』に挑み、現代小説が英訳されて欧米で高い評価を受けている。英語的にいえば、「運命の微笑《ほほえ》み」を感じますねえ。

北方　いやいやこれはまた……今日は最後まで、恐縮のしっ放しですね。

（「小説すばる」二〇〇二年一〇月号）

北方謙三の力技に感服

北上次郎

北方謙三『水滸伝』第一巻「曙光の章」を読んだときの驚きは、まだ忘れない。これが「水滸伝」なのか、本当に「水滸伝」なのか、という喜びに似た興奮をいま懐かしく思い出す。まだ、あれから三年しかたっていない。その北方版「水滸伝」はこの秋、第十一巻が刊行されるという。そこで第一巻から第十巻まで改めて読んでみた。すごいな、やっぱり。血湧き肉躍る書、というのはこういうものをいう。巻を追うごとに興奮が高まってくる。

その興奮の因は大きくわければ、ふたつ。まずひとつは、原典を大胆に構築しなおしていることだ。その細部を語る前に、原典の「水滸伝」に触れておくと、周知のように、「水滸伝」は民間説話が集大成されたもので、その編者は施耐庵とも羅貫中とも言われている。各種のテキストがあるが、その完成度から主に七十回本、百回本、百二十回本の三種にわけられる。百回本はそのまま百二十回本に組み込まれているから、実のところ七十回本と百二十回本の二種といっていい。七十回本の作者は金聖嘆といって、ようするに梁山泊に好漢たちが集まってくるまでを描く。対する百二十回本は、その後帰順し、梁山泊軍が賊を討伐する側にまわって滅んでいくまでを描く。金聖嘆の七十回本に対する幸田露伴《こうだろはん》の批判は有名で、たしかに小説としてのロマンは百二十回本のほうにあるものの、しかし七十回本の銘々伝としての面白さも捨てがたいから、むずかしい。どちらにしても、長い間語り継がれてきた説話の集大成であるから、随所に不自然さが残っているのが「水滸伝」の特徴といっていい。

北方版「水滸伝」のもうひとつの驚きは、その不自然さをすべて払拭してしまったことだ。たとえば、冒頭に出てくるだけですぐに物語から退場する武術師範王進が、ここでは山にこもって無法者たちを再教育する人間となる。物語的には重要な役を与えられるのである。同じく冒頭に出てくるだけで活躍の場を与えられない九紋竜の史進も、こちらでは早々と梁山泊軍に参加して大活躍する。あるいは、馬泥棒の段景住《だんけいじゅう》や、鍛冶屋《かじ》の湯隆《とうりゅう》なども、原典では登場するのが遅く、しかも名のみの紹介にとどまっているのに、北方版では、ずいぶん早くに登場し、梁山泊のシステムを支えるリアルな役どころを与えられている。他にも、祝家荘《しゅくかそう》の戦いのくだりに出てくる猟師、解珍《かいちん》、解宝《かいほう》を兄弟ではなく親子に変えるなど、原典との異同は無数にある。こういう例は他にもたくさんあって、とても全部は書き切れない。武松とその兄嫁潘金蓮の挿話が特に異同が際立つが、これもここでは省略する。

吉川英治『新・水滸伝』も、柴田錬三郎『われら梁山泊の好漢』も、実は原典との異同は少なくない。しかし、人肉茶屋のシーンに見られるように、根本的には変えていないのである。吉川版ではそのディテールを省き、柴錬版ではそのまま描きながらも説明を加えることでその残虐性を中和するといったように、その本筋は変更していない。ところが、北方版では物語そのものを変えてしまう。驚嘆すべき力技といっていい。

いちばん顕著なのは、宋江と魯智深の造形だ。梁山泊のリーダー宋江が女好きの人間として登場するのにはのけぞる。女色には興味のない人間を、まったく正反対の人間にするのだから、施耐庵もびっくりだ。しかしそのおかげで、宋江がなぜリーダーなのかという「水滸伝」最大の不自然さが解消される。すこぶる人間的な男として浮かびあがってくるのだ。魯智深の造形も同様である。陽気な乱暴者がここでは思慮深く、懐《ふところ》の大きい男として生まれ変わっている。

原典には登場しない人物を造形したり（楊令の挿話を見よ）、オリジナルな挿話を作り上げているのも北方版の特徴で、塩の闇ルートを作り、そこから梁山泊の資金を捻出《ねんしゅつ》しているという背景と（百二十回本にも、闇の塩商いは李俊《りしゅん》の弟分、童威《どうい》と童猛《どうもう》がやっているとの数行の記述は出てくるが）、李富や聞煥章《ぶんかんしょう》など青蓮寺の人間を作り上げたのが、そのもっとも大きな違いだろう。だから祝家荘の戦いが、単なる脇筋《わきすじ》ではなく、李富や聞煥章などの青蓮寺と梁山泊との、つまりは好漢たちの理想と現実政治との凄絶な戦いになる。

つまり、「水滸伝」を徹底的に解体し、再度大胆に再構築したのが、北方版「水滸伝」なのだ。そのことによって「水滸伝」がきわめて自然な物語になったといっていい。私たちの読みたかった「水滸伝」がここにある。

戦闘場面の迫力などは、原典にはないものだ。林冲の虚無も、武松の孤独も、そして多くの男たちの夢も、かくて鮮やかに描かれる。すなわち、北方謙三の力技によって、「水滸伝」が初めて現代の小説になったのである。その独創と完成度は何度称賛されてもいい。北方版「水滸伝」はそのくらいの傑作である。

（「小説すばる」二〇〇三年一〇月号）

漫画ではこう描く、北方「水滸伝」

井上紀良

「ビジネスジャンプ」の増刊、「BJ魂《ビージャンこん》」という漫画誌で北方先生の「水滸伝」を漫画化しています。始めて、一年弱なんですが、何よりアクション・シーンが格好よくて、まさに血湧き肉躍りますね。あと、エッチな場面もいやらしくて迫力があるので、どのような絵にしようか悩みます（笑）。今回漫画を描くにあたって、物語のリアリティーを出すために、タッチも自分の今までの絵柄よりも劇画風にしています。小説がこれだけ力が入っている作品だと自分も負けていられないな、と気合いが入りますし、できるだけ近づけようと思っていますが、表現方法が違いますから、全く一緒のものを作ろうとは思っていません。

例えば、林冲が一対十六で戦う場面も、原作では林冲の動きが細かく書かれているんですが、漫画では一挙手一投足まで書いているとどうしてもページ数が足りなくなってくるので、一コマで見せました。ただ、大人数の合戦シーンの場合、どうしようかと今から戦々恐々としています（苦笑）。

あと、心象風景をどのように描くかも、腕が問われるところです。林冲の奥さんが高俅《こうきゅう》たちに凌辱《りようじよく》され、その話を林冲が聞かされるところは、原作では目を瞑《つむ》って耐えていたので、あえてスミベタで塗りつぶして音だけ聞こえているように表現しました。

　隔月刊の雑誌なので、その回だけ読む人もストーリーがわかるように、読切感を強めようとしています。今は一回二十四ページが二回分で一話になるように書いていますが、キャラクター一人に対してアクション・シーンを一つというように、シンプルにしているので、なかなか一人一人を掘り下げて描けないのが残念です。キャラクターが再登場する際には更に個性が出るように描いていきたい、と考えております。

　作画をしていて楽しいのは、梁山泊の敵を含め、毎回登場する豪傑たちの顔や個性を描き分けることですね。ただ、それぞれの特徴を出すのが難しくて。九紋竜史進の刺青《いれずみ》は、一人の背中に九匹の竜を描く、しかも迫力を出すというのが大変だったんです。「水滸伝」のそれぞれのキャラクター自体は架空の人間なので、誰も実物を見たことはないでしょうが、読者が個々にイメージを抱いているわけじゃないですか。読者の想像から外れずに、更に超えて、「なるほど、凄い」と思わず目から鱗《うろこ》が落ちるような絵を作ることが、ぼくの仕事だと思っています。

　人物以外で苦労したのは、武松と戦った虎です。虎というのがどういう動物か、読者は皆知っているわけじゃないですか。なおかつ、小説よりも怖いな、これは武松が殺されてしまうかもしれない、という迫力を出すのが大変でした。

　ぼくは漫画を描くとき、比較的原作がついていることが多いということもあって、「ヤングジャンプ」の原作大賞という、漫画の原作を審査する賞の選考委員をしているんですね。応募作を読んで、漫画にしやすいキャラクターがいるかどうかを判断基準にしています。失礼ながら、北方先生の小説を漫画のシナリオとして読んだのですが、会話ばかりでなく、動きが活発で、絵になりやすいシーンが多く、また人物の心の動きが明確に書き込まれているので、漫画向きだと思いました。「水滸伝」は、北方先生の多くの小説の中で数少ない漫画化された作品なので、他の人が先生の小説を漫画で描く時の指針になるような作品に仕上げたいですね。

漫画ではやっと林冲が梁山泊に入山して、これから宋江や晁蓋などの活躍が始まるところで、物語が大きく動いていきます。原作に比べるとペースは遅いですが、頑張ってぼくなりの「水滸伝」を作りあげていきますので、皆さん是非読んでください。北方先生の小説を読んだ人がぼくの漫画を、漫画を読んだ人が小説を手に取ってくれたら嬉《うれ》しいです。(談)

(「小説すばる」二〇〇三年一〇月号)

北方「水滸」に首ったけ！

吉田伸子

北方「水滸」が刊行されるたびに、私はジレンマに襲われる。

読みたい、でも、読めない。

読めない、でも、読みたい。

何故かといえば、北方「水滸」が刊行される前後に、何故か締切が重なることが多いから、である。

もっとも、これは、私の自己管理能力の欠如によるもので、北方「水滸」には、何の咎《とが》もない。

一月、五月、九月、と、刊行される月は決まっているのだから、せめてその月は、締切を自己調節して、心静かに下旬の北方「水滸」の刊行を待てばいいだけの話なのである。

が、言うは易し、行うは……。

毎回毎回、もう二度と同じ轍《てつ》は踏むまい、と固く心に誓うのに、気がつくと、書きかけの原稿と、北方「水滸」の板ばさみになっている自分がいるのである。

すぐ読みたい。今すぐ読みたい。

しかし、目の前には書かなければいけない原稿がある。

これが、北方「水滸」ジレンマ、である。

それでも、ほんの少しの理性に促されるようにして、北方「水滸」を横目で見ながら、原稿に向かいはするのである。向かいはするが、一向にはかどらないのだ。

ダメだ、こりゃ、と音《ね》をあげるまでに、一時間はかからない。後はもう、「猫まっしぐら」状態である。

それからは、至福のひととき。

熱い男たちの、熱い物語に、どっぷりと浸る。

が、北方「水滸」が凄いのは、ここから、なのである。最新刊を読み終えると、遡《さかのぼ》って順次、読み返したくなってしまうのだ。

繰り返し、繰り返し、その物語世界に、身を委《ゆだ》ね続けていたくなってしまうのである。

信というものに、義というものに、ほろほろと酔い続けていたくなってしまうのである。

締切の二文字は、もはや、頭の中にはない。

全く、どうして、こんなにも北方「水滸」に魅せられてしまうのか。

それは、物語に出て来る男たちが、みな精一杯生きているからだ。精一杯生きると同時に、精一杯死んでいくからだ、と私は思っている。

精一杯死ぬ、というのは、変な言い方だが、それが一番私にはしっくりと来る。

例えば、第五巻「玄武《げんぶ》の章」の、「地会《ちかい》の星」における、楊志の最期《さいご》を見よ。束《つか》の間《ま》の〝家族〟のひとときに安らいでいる楊志を、敵方の暗殺部隊が急襲する。楊令という息子を守るために、最期の最期まで闘い続ける楊志の姿。

「ふり返る。楊令。済仁美《さいじんび》に庇《かば》われるようにしながら、顔だけこちらにむけていた。眼が合った。笑いかけようと思った。笑えたかどうかは、よくわからない。父を見ておけ。その眼に、刻みつけておけ」

楊志の急を聞きつけ、駆けつけた石秀《せきしゅう》が見たものは、全身に矢を受けた楊志の姿だった。

「楊志と、一瞬眼が合った、と石秀は思った。そして、楊志は微笑んだ」

その石秀も、楊志の死からほどなくして死んでいく。

例えば第七巻「烈火《れっか》の章」の、「地理《ちり》の星」における、雷横《らいおう》の最期を見よ。宋江らを逃がすために、自分が囮《おとり》になり、闘いに闘って、そして命を終える雷横を。

「よく見ろ、これが梁山泊の雷横だ。挿翅虎《そうしこ》と呼ばれた、雷横だ。空を飛ぶ虎。そう呼ばれるわけを、いまから見せてやる」

そうやって、「五百騎を、六百騎を、ひとりで引き回し」た挙げ句に、静かに生を終える雷横を。

「音など、なにも聞えない。雷横は、空を見続けていた。愉しかったな。ただ、そう思った」

「愉しかったな」このひと言を読んだ瞬間、胸の奥から熱い塊《かたまり》がつき上げてきて、しばらくの間、次の文字を追えなくなってしまった。その時、確かに私の耳には、雷横の声が届いていた。

楊志、雷横だけではない。数多《あまた》の男たちが死んでいく。志のもとに、信のもとに、義のもとに、男たちは命を散らせるのだが、みな、一様に、いい顔で死んでいく。

それは、彼らが精一杯生きた証《あかし》であり、精一杯死んだ証しでもある。

誰かの心の中で生き続ける限り、その人間は死なない。これは、他の北方作品にも通底するテーマでもあるのだが、北方「水滸」では、それがより力強く、より明確に表れていると思う。

次々と死んでいく男たちは、残された男たちとともに北方「水滸」を生き続けるのだ。この壮大な物語が終わるその時まで、いや、物語が終わってからも、読者の心の中で。いつまでも、いつまでも。


（「小説すばる」二〇〇三年一〇月号）

『水滸伝』さし絵余話

西のぼる

最近、勝ち組負け組という言葉がよく耳に入ってくる。

もしかしたら、企業間競争の中で生まれた言葉なのかもしれない。

組というからには、集団を指しているのだろうと思うが、どうした訳かここに来て個人にも当てはめ、

「あの人は、勝ち組だ」

「負け組だ」

などと、平然とうそぶく人がいる。

長い人生には、山もあれば谷もある。どれだけ努力しても報われない雌伏《しふく》の時もあれば、思いがけず雄飛する時もある。それをひと括《くく》りにしたのが人生というものだと思う。

生涯の或《あ》る一時期を区切って勝ったの負けたのというのは、愚の骨頂である。

前置きが長くなってしまったが、北方謙三さんの『水滸伝』では世直しを目指し、武術、度胸、知略に優れた実に多彩な人々が登場する。

この五月で、十巻目が刊行された。最初に「小説すばる」誌上で掲載されたのは、一九九九年の十月号だからもう四年になる。

この原稿を編集部から依頼され、あらためて単行本で読んでみて、あまりの登場人物の多さに今更ながら驚いてしまった。

第一巻だけでも、五十人以上もの人物が登場していて、その後も軍人、文官、豪族、間諜《かんちょう》、盗賊、漁民、飛脚などが出てくる。それこそ雌伏の人もあれば、雄飛する人もいる。

必然性のある偶然によって、この世に生命を受けた人々の濃縮された物語が、実にリアリティーをもってちりばめられている。

これを巧みに書き分け、それぞれに人格と血肉を与え、屹立《きつりつ》させる北方さんの筆勢にはただただ感服するのみである。

これは、最早余人をもって替えがたい。なにしろ、俯瞰《ふかん》の位置は天空に達しているのだ。

活字になり、刊行された小説からはうかがい知ることは出来ないかもしれないが、立ち上る作者の熱気のようなものは、肉筆の原稿を通してひしひしと伝播してくる。

時に、戦って、潰《つい》え、消えていった人々の雄叫《おたけ》びが、時空を超えこちら側に突き刺さってくる。

日本ものから中国を舞台とした歴史小説と出会って、私のさし絵は確実に変わったと思う。

それまでの、絵になるところを探して、文章の中をやみくもにほっつき歩いた野良犬の如《ごと》きそれではない。

小説の中から、さし絵の枚数分だけ必要な「語句」を選び出し、そこからイメージを広げ、画像として定着させる。

これで直截《ちょくせつ》な表現ができるようになった。

正直言って、中国もののさし絵を描くようになって、時代考証が一段と繁雑になり、手数も掛かるようになった。大体が外国のことであり、日本で買える資料は限られている。この連載を始めるにあたっても、古書店などに足を運び、必要な資料を買い集めてまわった。

因《ちな》みにこの中には、江戸期の画人葛飾北斎《かつしかほくさい》の『新編水滸画伝』も含まれている。だが、絵としては完成されていても、北方『水滸伝』の資料としては使えない。これは江戸の画人の目が捕らえたその時代の迫真性であって、現代のそれではない。

手元にある僅《わず》かな資料をつなぎ合わせて、それらしくさし絵を描いていても、本心は心許無《こころもとな》い。深夜、

「もう、駄目だ」

と、何度観念したことか分からない。でもその度に救いの手が差し伸べられ、苦しみの中の愉しみというものも味わうことができた。

小説の入稿からさし絵の出稿まで、時間は限られている。従ってこの間、この仕事以外には何の予定も入れない。

贅沢《ぜいたく》にも『水滸伝』三昧《ざんまい》になる。

机上でそれぞれの登場人物の人生に、自分のそれを重ね合わせると、作中人物がボリュー

ムを持って私の内側から盛り上がり、せり出してくる。

北方『水滸伝』はこのままいくと、全十九巻の長大な小説になるのだという。ということはこの先、まだまだ、魯智深や、宋江、武松、林冲、といった魅力あふれるキャラクターの人生と付き合っていけるのである。

これは、さし絵画家冥利《みょうり》に尽きる。

北方さん自身どこかで、

「『水滸伝』は、戦いの小説だと言われるが、人生の小説だ」

と、言い切られている。

この言葉が後ろ盾にある限り、私はこの先も素朴に奮い立ち、絵筆を執《と》り続けていくことが出来ると思う。

（「小説すばる」二〇〇三年一〇月号）

年表

魯《ろ》が奔《はし》って礎《かた》め、晁《ちよう》に拠《よ》って興《おこ》る。
宋《そう》が籠《こも》って盛《さか》り、呉《ご》に因《よ》って誤《あやま》る。
寨《さい》が栄枯《えいこ》、年表《ねんぴよう》に明《あき》らかなり。
請《こ》う、読者《どくしや》。友《とも》なる読者《どくしや》。
本巻十九章《ほんかんじゆうきゆうしよう》読《よ》まずして
此《こ》の年表《ねんぴよう》に挑《いど》むこと勿《なか》れ。

西暦	出来事
一一〇一	魯智深《ろちしん》、王進《おうしん》を訪《おとな》い、改革に立つように勧めるも応ぜず。叛乱《はんらん》の嫌疑をかけられた王進、老母とともに開封府《かいほうふ》を逃れ、史家村《しかそん》に滞留、史進《ししん》の武術の師となる。 魯智深、闇塩《やみしお》の道を握る盧俊義《ろしゅんぎ》、燕青《えんせい》と接触。 林冲《りんちゅう》、高俅《こうきゅう》の策に嵌《は》まって入獄。 宋江《そうこう》登場。林冲の身を案じる。同志は他に、花栄《かえい》、武松《ぶしょう》、戴宗《たいそう》、雷横《らいおう》。
一一〇二	王進、史家村を去り、子午山《しごさん》に老母と籠《こも》る。 晁蓋《ちょうがい》、柴進《さいしん》、盧俊義と、宋江、魯智深の二組の同志が初めて出会い血盟を誓う。 林冲、滄州《そうしゅう》に流罪となる。 魯智深、鮑旭《ほうきょく》と遭遇、子午山の王進のもとへ連れて行く。 史進、陳達《ちんたつ》を捕らえるも解放し、朱武《しゅぶ》、楊春《ようしゅん》と友誼《ゆうぎ》を結び、少華山《しょうかざん》に籠って反

	旗を掲げる。 林冲、安道全《あんどうぜん》と白勝《はくしょう》を連れて脱獄、柴進の屋敷に到着。 武松、故郷の寿陽《じゅよう》で、兄嫁潘金蓮《はんきんれん》と再会し、乱暴に思いを遂げる。金蓮、自害。 武松、谷川に身を投げるも死ねず、虎《とら》と闘い打ち殺す。
一二〇三	林冲、安道全とともに梁山湖《りょうざんこ》の山寨《さんさい》に入山、楊志《ようし》と闘う。 青蓮寺《せいれんじ》の総帥袁明《えんめい》、李富《りふ》以下四人の幹部と会議を開く。 魯智深、武松を子午山の王進に預ける。 晁蓋と史進、渭州《いしゅう》の牢獄を襲い、公孫勝《こうそんしょう》を救出する。公孫勝、致死軍《ちしぐん》を組織。 楊志の護送する生辰綱《せいしんこう》を晁蓋、呉用《ごよう》、公孫勝ら七人が謀《はかりごと》をもって奪い、官軍に追わせて、梁山湖の山寨を訪ねる。 入山を拒否する王倫《おうりん》を、林冲が杜遷《とせん》、宋万《そうまん》と語らって殺害。 晁蓋、山寨を梁山泊《りょうざんぱく》と命名し、頭領となり『替天行道《たいてんぎょうどう》』の旗を掲げる。 楊志、孤児を連れ帰り、楊令《ようれい》と名づけて養子にする。 楊志と魯智深、二竜山《にりゅうざん》を奪い、楊志、頭目となる。 致死軍、青蓮寺の間者《かんじゃ》を殲滅《せんめつ》するが、石秀《せきしゅう》、致死軍を去り、二竜山に合流する。
一二〇四	宋清《そうせい》、鄧礼華《とうれいか》と出会い、宋江のもとを訪ねる。

一二〇四

魯智深、子午山に史進を預け、武松を連れ出す。

武松、桃花山《とうかざん》に乗り込んで、李忠《りちゅう》を引き入れる。

楊志、二竜山、桃花山を攻める官軍を撃退する。

閻婆惜《えんばしゃく》、礼華を誤解と嫉妬《しっと》から殺害。宋清、婆惜を殺害。

宋江と武松、宋清と朱仝《しゅどう》、二組に分かれて逃亡する。

李富、婆惜の母馬桂《ばけい》と接触して宋江への憎悪を植えつける。

雷横、疑惑を受けて軍を離脱して逃亡する。

李富、開封府にて馬桂を囲う。

宋江と武松、穆家村《ぼっかそん》にて穆弘《ぼくこう》と知り合う。

魯智深、北の女真《じょしん》の土地に行って行方不明となる。

宋江と武松、掲陽鎮《けいようちん》で李俊《りしゅん》と知り合う。

李俊、穆弘の援助を受けて、砦《とりで》を築いて叛乱を起こす。

宋江と武松、李逵《りき》と遭遇。

李逵の母が虎に食われ、李逵と武松、現われた二頭の虎を倒す。

宋江ら、江州《ごうしゅう》に到着、戴宗と合流。

青蓮寺の黄文炳《こうぶんぺい》、宋江を確認し、包囲に向かう。

宋江、戴宗や武松、李逵とともに長江《ちょうこう》の中洲《なかす》の隠し砦に籠る。黄文炳と官軍、中洲を厳重に包囲する。

李俊、穆弘、梁山泊から晁蓋、林冲騎馬隊、致死軍が宋江救出に向かう。

乱戦を林冲騎馬隊が断ち切って、公孫勝、黄文炳の首を刎《は》ねる。

一二〇五

鄧飛《とうひ》、通州《つうしゅう》の牢《ろう》で魯智深を発見、脱獄に成功し、渤海《ぼっかい》を渡り柴進の屋敷に到着。

安道全、魯智深の腕を切り落として助ける。これより、魯智深は還俗《げんぞく》して魯達《ろたつ》と名乗る。

呉用、北の守りに双頭山《そうとうざん》を建設。春風山《しゅんぷうざん》の指揮は朱仝、秋風山《しゅうふうざん》の指揮は雷横。

青蓮寺の王和《おうわ》、馬桂の手引きにより謀をもって楊志を包囲、百人を斬《き》るも楊志戦死、楊令のみ生き残る。

二竜山に官軍の攻撃、石秀、戦死。

林冲騎馬隊が官軍を分断して、二竜山を救う。

晁蓋、林冲に二竜山、桃花山の総指揮と楊令を託す。

旅を続ける宋江ら、欧鵬《おうほう》、馬麟《ばりん》を供に加える。

宋江、子午山で王進と語る。馬麟を預け、史進を連れ出して少華山隊長に戻す。

劉唐《りゅうとう》、闇塩の道を護《まも》る飛竜軍《ひりゅうぐん》を組織。鄧飛、王英《おうえい》が参加する。

秦明《しんめい》、魯達に誘われ、花栄とともに梁山泊に合流、二竜山の指揮を任される。

秦明、襲ってきた官軍を追い払う。黄信《こうしん》、合流。

阮小五《げんしょうご》、少華山に派遣される。

一一〇五

聞煥章《ぶんかんしょう》、青蓮寺に参加。宋江の情報をさらに収集する。
太原府《たいげんふ》の近くで宋江らは、通信を遮断され王和の軍に包囲される。
宋江ら、襲って来た官の大軍に石積みを倒して抵抗を続ける。
朱仝、劉唐、林冲、駆けつけ、宋江らを救出。雷横、戦死。宋江ら双頭山に入る。
了義山《りょうぎさん》に官の偽装叛乱隊が籠る。
史進ら、少華山を放棄、了義山を叩《たた》いて、梁山泊に合流。阮小五、戦死。
魯達、雄州《ゆうしゅう》にて関勝《かんしょう》と接触。

一一〇六

魯達、保州《ほしゅう》にて肉屋の鄭《てい》を撲殺、金翠蓮《きんすいれん》を助ける。
史進、梁山泊の北に九竜寨《くりゅうさい》を築き、遊撃隊を組織する。
聞煥章、祝家荘《しゅくかそう》に入り、扈三娘《こさんじょう》と会う。
祝家荘の軍、扈家荘《こかそう》、李家荘《りかそう》とあわせて一万五千に達する。
晁蓋と宋江、祝家荘攻めを決意。
花栄と柴進、登州《とうしゅう》にて孫立《そんりつ》一族を誘い、祝家荘に送りこむ。
魯達、猟師の解珍《かいちん》と解宝《かいほう》を梁山泊に誘う。
鄭天寿《ていてんじゅ》、高熱を発した楊令のための薬草を採取していて、転落死。
対祝家荘戦、開始。

	梁山泊、十七度祝家荘を攻めるが落とせず、戦死者増える。 林冲、妻の張藍《ちょうらん》生存の情報を聞き、扈三娘を岩に叩きつけて骨折させる。 梁山泊同心を決めた李応《りおう》を王和が殺そうとして、逆に李逵に討たれる。 解珍、孫立らの内応で祝家荘壊滅。聞煥章は顧大嫂《こだいそう》に槍《やり》で膝《ひざ》を突かれる。 索超《さくちょう》と呂方《りょほう》、遭遇した林冲と立ち合う。 呉用、南の守りに流花寨《りゅうかさい》を築くことを決める。指揮官に花栄、軍師に朱武。 林冲、張藍を探すが罠《わな》と知って脱出を図る。矢を受けるも索超、公孫勝が救助。 林冲、軍令違反で馬糞《ばふん》の始末を命じられる。 魯達、楊令を子午山に連れて行き、王進に預ける。鮑旭と馬麟を連れ出す。 官軍の楊戩《ようせん》出撃。晁蓋が対峙《たいじ》する。 扈三娘、入山を申し出て認められる。 博州《はくしゅう》軍に追われて、柴進は北に逃れ、盧俊義は森に逃げる。 晁蓋と李俊、史進、盧俊義を救出する。
一一〇七	青蓮寺、史文恭《しぶんきょう》に梁山泊の指導者暗殺を依頼する。 高唐《こうとう》にて包囲された柴進を鄧飛が救出。鄧飛は崩れた城壁で圧死する。 武松と李逵、代州《だいしゅう》に潜入、呼延灼《こえんしゃく》の動静を探る。 流花寨、完成する。

一二〇七

童貫《どうかん》、呼延灼に梁山泊攻めを依頼。呼延灼、趙安《ちょうあん》と会う。
青蓮寺、威勝《いしょう》の田《でん》一族に鈕文忠《ちゅうぶんちゅう》、唐昇《とうしょう》を送って、叛乱を起こさせる策を練る。
呼延灼、凌振《りょうしん》らとともに出陣。禁軍の高俅同行。北京大名府《ほっけいたいめいふ》の東に布陣。
魯達、策をもって徐寧《じょねい》を同心させる。
連環馬《れんかんば》の攻撃で呼延灼、晁蓋の梁山泊軍を敗走させる。
呼延灼、単身、北京大名府の帝《みかど》の使者に報告に行く。
高俅、呼延灼の留守に連環馬で梁山泊を攻めるが、徐寧の策で撃退。
呼延灼、梁山泊に入山し、本隊の総指揮官の一人になる。
索超、子午山を訪ね楊令と立ち合い、その成長に驚く。
樊瑞《はんずい》、公孫勝に請われて致死軍に入り、暗殺を担当する。
李応、攻城兵器を扱う重装備部隊の編制にとりかかる。
史文恭、晁蓋の従者として潜入する。

一二〇八

趙安、青蓮寺と友誼を結ぶ。
晁蓋と扈三娘、曾頭市《そうとうし》の賊徒を追い払う。帰途、史文恭の毒矢で晁蓋死亡。
索超、田一族の叛乱軍に逗留《とうりゅう》したあと、梁山泊に入山する。
流花寨に官軍進攻、呼延灼、史進、林冲が敗走させる。
董平《とうへい》、雄州の関勝の獄舎より脱走し、梁山泊に入る。

	青蓮寺、闇塩の道の要《かなめ》として、盧俊義を特定、捕縛する。沈機《しんき》、盧俊義を拷問《ごうもん》。 燕青、王英の助けを借りて盧俊義を救出し、梁山泊へ運ぶ。 梁山泊、兵を動かして北京大名府を制圧する。 関勝軍、梁山湖辺に現われる。 梁山泊、北京大名府から撤収、関勝も撤退する。 解珍と楊春、子午山の王進を訪ねる。 関勝一派、梁山泊に入山する。
一一〇九	阮小二《げんしょうじ》、軍船の改良、水軍の拡大に努力する。 宋の水軍も、開封府の西の巨大な造船所で軍船を建造中。 武松と李逵、宋江の父の村に滞在する。 趙安の大軍が流花寨に向けて出撃、寨付近で梁山泊本隊と膠着《こうちゃく》する。 北京大名府軍も出撃、秦明、董平が迎撃する。 董万《とうまん》軍、双頭山を大軍で奇襲。二山の山頂を残して占領される。 援軍の秦明、双頭山に到着。朱仝は戦死する。 双頭山には董平が入って指揮をとることになる。 呉用、軍師をはずされ、後任には宣贄《せんさん》が命じられる。 宋江、父の死を報告される。

一二〇九	孔明《こうめい》、官軍の造船所を焼き討ちする。
一二一〇	張横《ちょうおう》、息子の張平《ちょうへい》とともに威勝の石梯山《せきていざん》に行く。張平、武松の持ち物を盗む。 張横、張平を子午山に連れて行き、王進に預ける。 史進、済州《せいしゅう》の妓楼《ぎろう》で刺客《しかく》団に襲われる。 樊瑞、袁明暗殺を仕掛けるも洪清《こうせい》に討たれる。 南京応天府《なんけいおうてんふ》軍、西京河南府《せいけいかなんふ》軍、趙安軍、董万軍、いっせいに梁山泊壊滅のため進撃してくる。 董万軍の清風山《せいふうざん》攻撃が始まる。 童貫、副官の酆美《ほうび》、畢勝《ひっしょう》に交代で調練を命じる。 董万、清風山を陥《おと》すも、二竜山への道は塞《ふさ》がれていて進攻ならず。 花栄、ついに流花寨で強弓を執《と》る。 官の水軍が流花寨上流に進軍。魏定国《ぎていこく》、官水軍の兵站《へいたん》基地を焼き討ちする。 六万の官軍に双頭山の本営を陥される。 穆弘、趙安の首を狙《ねら》うも戦死。 顧大嫂、李応らの活躍で梁山泊は再び北京大名府を制圧するが、聞煥章は逃亡。 梁山泊との停戦の勅令が下る。 不服な宿元景《しゅくげんけい》、流花寨を総攻撃して花栄の強弓に射られる。朱武、戦死。

	魯達と張清《ちょうせい》、威勝で田一族を壊滅させる。張清は梁山泊に同心。百八人が集結。
一一二一	扈三娘と王英が結婚する。 梁山泊、官と講和を望む声があるという噂《うわさ》を流し、戴宗と高俅が会見する。 童貫、対梁山泊戦の本格的な準備を始める。 史文恭、偽名で孫《そん》二娘《じじょう》に近づき、柴進の信頼も得る。
一一二二	白寿《はくじゅ》と扈三娘、王英の子供を懐妊。扈三娘は白寿のことを知り、梁山泊に連れて来る。 柴進、史文恭に毒殺される。史文恭、裴宣《はいせん》も殺害。 史文恭、劉唐に殺される。 董万、北京大名府軍の全指揮権を持つ。 童貫軍、調練中に、史進の遊撃隊と遭遇するが、一蹴《いっしゅう》する。 致死軍、青蓮寺の本拠を襲い、公孫勝、袁明を刺殺する。 李富、袁明の遺言で青蓮寺を統括することになり、帝の耳目だった李《り》師師《しし》を与えられる。 阿骨打《アクダ》、女真族だけの部隊をつくり遼《りょう》軍に入る。 童貫、双頭山を攻撃。董平が戦死して双頭山は占領される。

一一二	盧俊義の死の虚報を持って、解珍、高俅と講和の会談を行う。 魯達、衰弱して子午山に運びこまれる。
一一三	講和が決裂する。 盧俊義、兵たちに別れの挨拶《あいさつ》をして死ぬ。 関勝、童貫軍と交戦中に戦死する。 童貫、張清の飛礫《つぶて》に当たって負傷、撤退する。 致死軍と高廉《こうれん》軍が最後の闘いを行い、公孫勝、高廉を討つ。劉唐戦死、公孫勝も負傷する。 魯達、子午山で楊令にすべてを伝えた後、自裁。
一一四	呼延灼、再び連環馬を用いて童貫軍を破るが、すかさず童貫は夜襲する。 李俊、海鰍船《かいしゅうせん》と交戦する。 楊令、二竜山に現われ入山を希望し、林冲と立ち合い、二竜山の騎馬隊の指揮権を与えられる。 趙安、二竜山を陥落させる。解珍、秦明、戦死。楊令は北の女真の地に向かう。 唐昇、梁山泊側に寝返り、董万を欺《あざむ》いて北京大名府を奪う。 童貫、董万を処断する。

楊令、阿骨打と合流し、遼と闘う。

一一二五

楊令、梁山泊に戻り、呼延灼の麾下《きか》に入る。
林冲、乱軍の中で扈三娘をかばって戦死する。
楊令、林冲騎馬隊の指揮を命じられる。
呉用、開封府奇襲の策を練り、李俊らが実行するも帝暗殺はならず。
楊令、青面獣《せいめんじゅう》と呼ばれ、初めて童貫騎馬隊と衝突する。
五丈河《ごじょうが》河口に童貫軍が拠点を作り、趙安軍が流花寨に進軍する。
徐寧、戦死。張順《ちょうじゅん》潜水部隊、全滅。
趙安、流花寨を陥し、花栄が戦死する。
阿骨打、女真族の国を建国する。
李逵、撤退中に梁山湖に落ちて水死する。
凌振の大砲、海鰍船を燃やすが砲台ごと爆発する。
童貫軍、ついに梁山泊に上陸、戦死者多数。
宋江、死亡。『替天行道』の旗は楊令に託される。

梁山泊全図

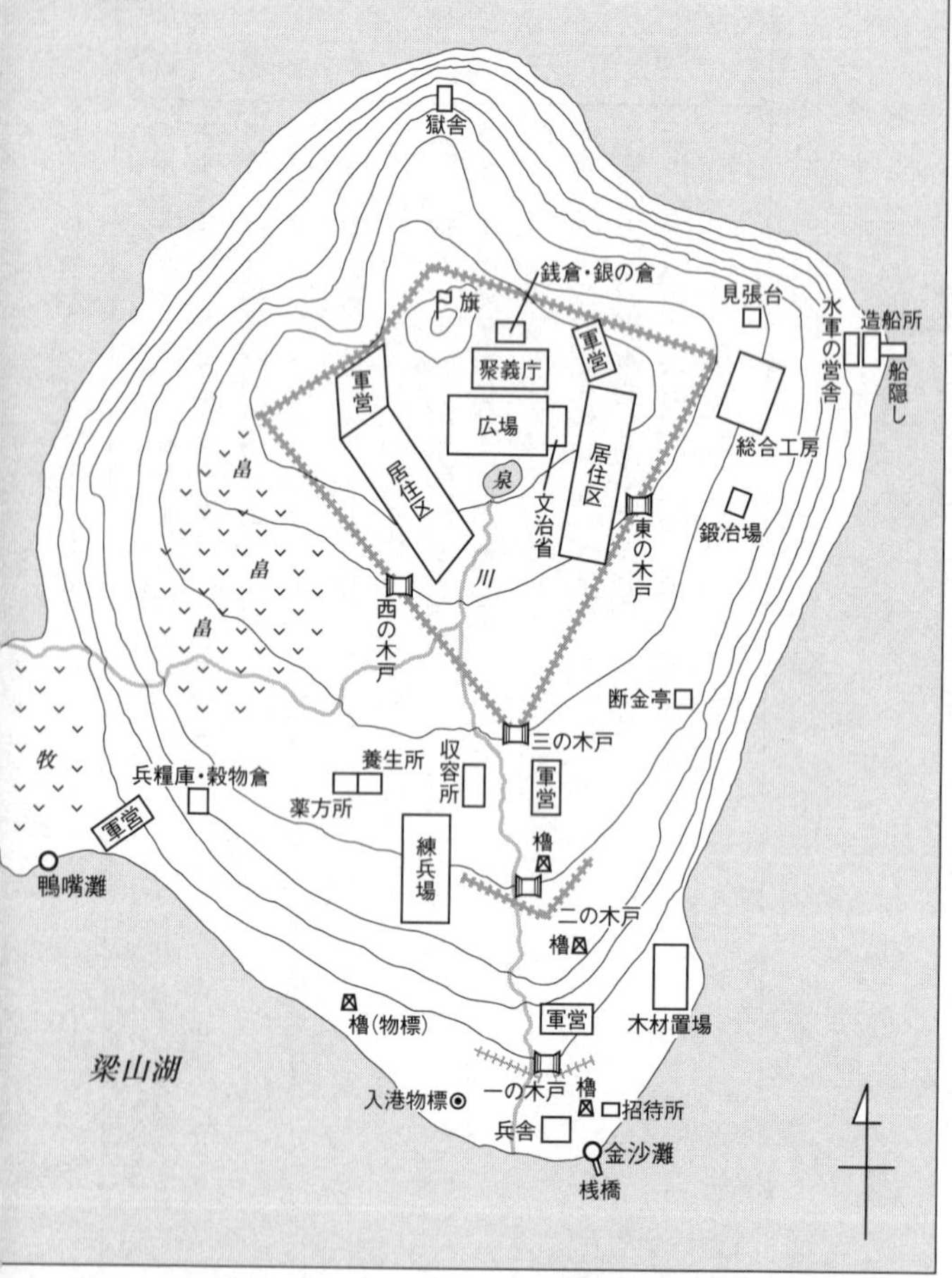

（文庫版『水滸伝』第13巻より）

漢詩＋装画

カンシとカバーの好漢たちについて

カンシ、というものをご存知か?

漢詩のようなもの、ということに「小説すばる」編集部ではなっている。

リード、というのはご存知か?

雑誌に掲載される作品の冒頭につける数行の内容紹介コピーである。

「小説すばる」掲載時の北方「水滸」のリードは漢詩のようなカンシだったのである。

これは、説明を要しますな。

一九九九年夏に、ついに北方「水滸」の「小説すばる」連載が満を持して始まった。当然その冒頭にはリードが必要である。

第一回目はごくごく普通にリードを書いた。しかし、なにかしっくりこない。

中国のこの手の小説にはだいたい漢詩が出てくる。初登場したら容貌《ようぼう》服装から人の噂《うわさ》にあだ名まで漢詩が詠まれる。誰かに会っては漢詩が詠まれ、誰かを殺しては漢詩が詠まれ、馬を奔《はし》らせては漢詩が詠まれる。なにかというと漢詩なのである。

これをリードのかわりにやってやろう。

実は前からやりたかったのである。「水滸伝」の原典はもとより、フィールディングの「トム・ジョウンズ」でもスウィフトの「ガリバー旅行記」でも「西遊記《さいゆうき》」でも古い長い小説では、章の冒頭に簡単な紹介がそれっぽい文章で載っているのである。

「トム・ジョウンズ十四歳になりし時より十九歳に達する迄《まで》の間にオールワージ家に起こりし記憶すべき出来事を収む、読者は本巻より子女の教育に就き若干の暗示を受けることもあらむか」(岩波文庫、朱牟田夏雄《しゅむたなつお》訳)

「著者(ガリバー)、奇想天外の戦略をもって、敵の侵入を阻止する。最高名誉の称号が

著者に授けられる」（角川文庫、斎藤正二《さいとうしょうじ》訳）

「袁守誠《えんしゅせい》　妙《たく》みに算《うらな》って私曲《わたくしな》無く　老龍王《ろうりゅうおう》
計拙《はかりごとつたな》くして天《てん》の条《おきて》に犯《そむ》く」（岩波文庫、小野忍《おのしのぶ》訳）

　こんな具合である。

「西遊記」だけは漢詩になっておるが、まあだいたいこういうふうにやればいいらしい。

　しかし、漢詩なるものには韻《いん》、というものが必要であることくらいは知っていた。俳句に季語があるように漢詩には韻が不可欠なのである。だから、武松《ぶしょう》が漢詩の中で、武行《ぎょう》者《じゃ》になったり武都頭《ととう》になったりするのは韻を踏む関係なのであろうと邪推する。

　そんな韻についての教養が私にあるわけがない。韻がないから「漢詩」ではなくて「カンシ」なのである。

　三十分と決めた。

　北方さんがその月の原稿を脱稿し、ゲラの校正をしている時間のうちの三十分。その時間ででっちあげる。出来が悪くても、それはしょうがない。そのまま入稿して、もう完全な間違い以外は直さない。

　作り方はといえば、たとえば豹子頭《ひょうしとう》林冲《りんちゅう》と青面獣《せいめんじゅう》楊志《ようし》の決闘のくだり。原作では朴《ぼく》刀《とう》をひっつかんで向かってくる林冲にあの宝刀（吉川英治《よしかわえいじ》本のみ吹毛剣《すいもうけん》）を使えば簡単に勝てると思うのだがそれはさしおき、吉川幸次郎《よしかわこうじろう》・清水茂《しみずしげる》訳の岩波文庫の原作から林冲楊志決闘のくだりのページを開き、そこで詠まれている漢詩の一行なり一言なり変な字などをピックアップする。

「一個《ひとり》は是《こ》れ天を擎《ささ》ぐる白玉の柱、一個《ひとり》は是れ海に架《わた》す紫金の梁《はし》」

　とあったから、「擎」の字と「架」の字を借用して字数をそろえてなんとなく対句《ついく》みたいにすればいいのであろう。再構築、といえば聞こえはいいけれど、オマージュといいますかエピゴーネンといいますかリスペクトといいますかパスティーシュといいますか、そういう作業を追加した末にでっちあげた三十分の労作の結果が、これからの上段のカンシの羅列なのであります。

そのカンシからさらに文章をひっこ抜いて、単行本時の帯のネームを作っていったのであるがそれは後の話。

ところで、このカンシを北方謙三作だと勘違いした読者がシベリアのイナゴのように発生し、インターネット上で「今月はお疲れのようで」とか「このごろ難しい漢字がない」とか「キタカタももう終わった」とか「人生相談はいつ再開するのか？」とか「韻を踏んだつもりらしいぞ」とかのさまざまな発言があった、と北方さんから聞いた。北方さんは、明らかに事態を楽しんでいた。私はだんだん本気になって力が入り、力が入るたびにカンシは長くなり意味不明になり面白くなくなっていったのである。

これは蛇足だが、四十八回目からは、担当者がイワタという青年に代わった。理由は私が編集長になってしまったからである。

イワタ青年は、漢字の素養がないのみならず「水滸伝」原典の教養にも欠けているのだが、カクテルを作るトム・クルーズの如《ごと》くに複数の漢和辞典をぶん回して難解極まる漢字をまろび出させてはカンシを量産した。

途中で作者が変わるのも水滸伝的でいいではないですか。

しかし、読み直してみるとわずか三十分の苦闘はたかだか三十分労働に正比例した出来栄えで、同じような言葉の羅列が、実に恥ずかしい。恥ずかしいが一切、手を入れずにお目にかける。

この恥ずかしい七十本を再録するのは、決して私らの本意ではなく、北方さんの強い希望であることを特記しておきます。

さて、単行本である。

原稿は着々と進み、二〇〇〇年十月と十一月に三冊発売、ということになった。この時点では全十三巻である、と北方さんは言っておられた。理由は「三国志《さんごくし》」が十三巻だったからだそうです。

装丁をどうするか。北方「三国志」も手がけた菊地信義《きくちのぶよし》氏にお願いするが、当然、絵柄が必要になる。

全十三巻ということになると、なにか絵柄がないと持たない。

普通に考えれば葛飾北斎《かつしかほくさい》の「水滸伝」の絵を借りるというのはスタンダードではある。中村敦夫《なかむらあつお》主演の日本テレビの連続ドラマ「水滸伝」でも北斎が使われていた。だが、それでは、「新しい水滸」という基本コンセプトに抵触する。

しかし、そういう難しいことは菊地さんの領分である。

初めて菊地さんと仕事をしてから二十六年目になるが、菊地信義の頭脳の隅から、いままでのように、ほろり、といいアイデアがまろび出してくるのを待っていればいいのである。

菊地さんと二度目の打ち合わせをした時に、彼は一冊の冊子を黙って手渡した。

古書店の通販カタログであった。

水滸伝なんとかかんとかの画集で、値段が二十万円。古い中国のものらしい。

不思議なのは、催眠術にかかったかのように、その画集をたちまち購入してしまったことである。使えなかったら転売してしまえばいいではないか、という深い考えがあったわけではない。ただ、魅入られるように電話をして社費を振りこんでしまったのである。

やがて、それが送られてきた。

木箱入りの大きな巻物である。描き手は陳《ちん》なんとか。達筆すぎて判読できない。縦七十センチ、横五メートル。右端の宋江《そうこう》からそれぞれの決まりのポーズをとって左端の金毛犬《きんもうけん》の段景住《だんけいじゅう》までが並んで、その肩のところにそれぞれのあだ名と名前が書いてある。だが、古いものらしく、ところどころ墨がにじんで判読不明。使用不可かな、と一瞬思った。

しかし、菊地信義は平然としていた。こういうものを修復するプロがいて、その人に頼めばなんの問題もなく描きおこしてくれるそうだ。

版権の問題も残っている。高校時代の同級生でこういうものの専門家に鑑定してもらった。「清《しん》代のものらしい」「作者の名は陳仁《ちんじん》柔《じゆう》」「版権は今はないと思う」「二十万円はばられた」。これがナンデモ鑑定結果であった。問題なし。ということにしよう。

菊地氏と相談し、カバーの表1、つまりタイトル著者名の入るところですね、ここにその巻で客観的に一番目立っているであろう人物を配置して、それのみ私が指定をする、ということになった。

しかし、菊地氏は気前よく人物を使ってしまうのである。第一巻だけで、林冲、柴進《さいしん》、李逵《りき》、武松《ぶしょう》、魯智深《ろちしん》、徐寧《じょねい》、史進《ししん》、石秀《せきしゅう》と八人も使ってしまった。八人掛ける十三巻は百四人であるから勘定は合っているようだが、十三巻で終わらないことは私はすでに予感していたから、不安になった。第二巻のトップは公孫勝《こうそんしょう》で以下ぞろぞろ。

アドリブを入れることにした。

一番私にとって目立った人物をトップに持

ってくることにしたのである。

鮑旭《ほうきょく》、白勝《はくしょう》、宋清《そうせい》。

つまり北方版第三巻の時点で性格再構築にもっとも成功した男たちである。

悲劇は、しかしここから起こった。

鮑旭も白勝も絵巻のレベルでは墨にじみゾーンにいるらしく、どうも特定ができない。

宋清は、いた。で、第三巻のトップは宋清。なぜかこの宋清、身分不相応に前のほうにいるうえに不思議な踊りを踊っている。

二カ月後、第四巻作成のために巻物をにらんでいて気がついた。

こやつは宋清ではないじゃないですか。張《ちょう》清《せい》であった。踊っているのではなく、飛礫《つぶて》を投げていたのであった。「清」という字だけが判読可能で間違えてしまったのである。

おのれ憎《に》っくきは没羽箭《ぼつうせん》張清、死して九百年、我をたばかりしか。

張清と張青《ちょうせい》を間違える、という古典的な間違いではなかったのが救いではあるが、いつも画竜点睛《がりょうてんせい》を欠くのが私の人生なのであった。

恥ずかしいので、ひらすら沈黙した。さいわい読者の指摘がないまま今日を迎えた。だから、これが初の告白ということになる。

まあ、そんなことはさておき、カバーのために描きおこしてもらった八十三人を見てください。

大鉞《おおまさかり》をぶん回している索超《さくちょう》。狼牙棍《ろうがこん》をあやつる秦明《しんめい》、二挺《ちょう》の斧《おの》の李逵。両目がある穆《ぼく》弘《こう》（後ろ姿だけど）。北方版とはちがうのは、原典のほうではそうなっていたからです。

誰が誰だか特定してから、もう一度十九冊の単行本のカバーを眺めてみてくださいな。

長い前ぶり、失礼しました。

（二〇〇五年九月　山田）

宋末《そうまつ》。
この国《くに》は腐《くさ》っている。この混濁《こんだく》の世《よ》をどう糺《ただ》すか？
その人の意《い》を受《う》けて、花和尚《かおしょう》・魯智深《ろちしん》が疾《はし》る。豹子頭《ひょうしとう》・林冲《りんちゅう》が叫《さけ》ぶ。
そして、九紋竜《くもんりゅう》・史進《ししん》、華麗《かれい》なる登場《とうじょう》。
やがて梁山泊《りょうざんぱく》に集《つど》う漢《おとこ》たち！

短命二郎《たんめいじろう》　密州《みっしゅう》にて製塩《せいえん》を奪《うば》い
托塔天王《たくとうてんおう》　梁山湖《りょうざんこ》にて宋江《そうこう》と出逢《であ》う。
豹子頭《ひょうしとう》　鄆城《うんじょう》にて魯智深《ろちしん》に救《すく》われ
小旋風《しょうせんぷう》　滄州《そうしゅう》にて林冲《りんちゅう》を饗《もて》なす。
花和尚《かおしょう》　拳《こぶし》もて鮑旭《ほうきょく》を打《う》ち
喪門神《そうもんしん》　子午山《しごさん》にて王進《おうしん》に学《まな》ぶ。
九紋竜《くもんりゅう》　棒《ぼう》もて陳達《ちんたつ》を打《う》ち
神機軍師《しんきぐんし》　少華山《しょうかざん》に史進《ししん》を迎《むか》う。

呉用

燕青
宋江
花栄

小李広《しょうりこう》　鄆城《うんじょう》にて宋江《そうこう》と語《かた》り
小旋風《しょうせんぷう》　滄州《そうしゅう》にて刺客《しかく》を弑《しい》す。
晁天王《ちょうてんおう》　梁山湖《りょうざんこ》にて宋江《そうこう》と遊《あそ》び
豹子頭《ひょうしとう》　剣《けん》もて死囚《ししゅう》の獄《ごく》を脱《だっ》す。

潘金蓮《はんきんれん》　寿陽《じゅよう》にて賊《ぞく》に襲《おそ》われ
猛虎《もうこ》　景陽岡《けいようこう》にて武松《ぶしょう》を襲《おそ》う。
安道全《あんどうぜん》　陳麗《ちんれい》の高熱《こうねつ》を解《さ》まし
呉学究《ごがっきゅう》　智《ち》もて奪寨《だっさい》の策《さく》を練《ね》る。

青面獣《せいめんじゅう》　剣《けん》を架《わた》して林冲《りんちゅう》を穿《うが》ち
豹子頭《ひょうしとう》　槍《そう》を擎《ささ》げて楊志《ようし》を戮《つ》く
花和尚《かおしょう》　仁和寺《にんなじ》にて行者《ぎょうじゃ》を釈《ゆる》し
王教頭《おうきょうとう》　子午山《しごさん》にて武松《ぶしょう》を迎《むか》う

九紋竜《くもんりゅう》　鉄棒《てつぼう》を執《と》って敵陣《てきじん》を砕《やぶ》り
入雲竜《にゅううんりゅう》　月光《げっこう》もて傷眼《しょうがん》を癒《いや》す。
白衣秀士《びゃくえしゅうし》　毒酒《どくしゅ》を捧《ささ》げて林冲《りんちゅう》を饗《もてな》し
玉麒麟《ぎょくきりん》　大杯《たいはい》もて楊志《ようし》に勧《すす》む。

晁天王《ちょうてんおう》　棗水《そうすい》もて楊志《ようし》を饗《もてな》し、
青面獣《せいめんじゅう》　黄泥岡《こうでいこう》にて大《おお》いに睡《ねむ》る。
公孫勝《こうそんしょう》　草原《そうげん》にて致死軍《ちしぐん》を奔《はし》らせ、
赤髪鬼《せきはっき》　湖岸《こがん》にて済州軍《せいしゅうぐん》を潰《はし》らす。

晁蓋《ちょうがい》　梁山《りょうざん》の嶺《れい》に替天《たいてん》の旗《はた》を豎《た》つ。
王倫《おうりん》　聚義《しゅうぎ》の堂《どう》に白面《はくめん》の首《こうべ》を懸《かか》げ、
林冲《りんちゅう》　山寨《さんさい》にて黒帯《こくたい》を繋《し》む。
七星《しちせい》　湖岸《こがん》にて紅焔《こうえん》を包《かこ》み、

操刀鬼《そうとうき》　棒《ぼう》もて楊志《ようし》に挑《いど》み
花和尚《かおしょう》　杖《じょう》もて二十賊《にじゅうにん》を誅《ころ》す。
青面獣《せいめんじゅう》　剣《けん》もて三十徒《さんじゅうにん》を斬《き》り
青蓮寺《せいれんじ》　策《さく》もて塩道《えんどう》を捜《さぐ》る。

入雲竜《にゅううんりゅう》　瞋恚《しんい》もて石秀《せきしゅう》を逐《お》い
青面獣《せいめんじゅう》　孤剣《こけん》もて孔明《こうめい》を追《お》う。
智多星《ちたせい》　山寨《さんさい》の生死《せいし》の席次《せきじ》を定《さだ》め
晁寨主《ちょうさいしゅ》　庁壁《ちょうへき》に墨朱《ぼくしゅ》の木札《ぼくさつ》を並《なら》ぶ。

宋公明《そうこうめい》　棒《ぼう》を擎《ささ》げて朱仝《しゅどう》を劈《う》ち
鉄扇子《てっせんし》　酒碗《しゅわん》に従《お》いて真情《しんじょう》を露《あら》わす。
九紋竜《くもんりゅう》　棒《ぼう》を揮《ふる》って官軍《かんぐん》を鬧《さわ》がせ
花和尚《かおしょう》　逆鱗《げきりん》を突《つ》いて史進《ししん》を諭《さと》す。
朱武《しゅぶ》　少華山《しょうかざん》にて替天《たいてん》の旗《はた》を立《た》て
武松《ぶしょう》　子午山《しごさん》にて史進《ししん》の棒《ぼう》を折《お》る。
青面獣《せいめんじゅう》　二竜山《にりゅうざん》にて大《おお》いに兵馬《へいば》を養《やしな》い
打虎将《だこしょう》　桃花山《とうかざん》にて怯《おび》えて行者《ぎょうじゃ》に降《くだ》る。
小李広《しょうりこう》　軍扇《ぐんせん》を返《かえ》して紅炎《こうえん》を鎮《しず》め、
閻婆惜《えんばしゃく》　星眼《せいがん》を瞠《みは》って燐火《りんか》を露《あらわ》す。
宋兄弟《そうきょうだい》　行者《ぎょうじゃ》に率《ひ》かれて夕闇《ゆうやみ》を奔《はし》り、
美髯公《びぜんこう》　死枝《しし》を辿《たど》って宋江《そうこう》を追《お》う。
挿翅虎《そうしこ》　跳《と》んで志隊長《したいちょう》を劈《き》り、
武行者《ぶぎょうじゃ》　過《わた》りて小遮攔《しょうしゃらん》を穿《うが》つ。
唐牛《とうぎゅう》　青蓮《せいれん》に心腸《しんちょう》を訴《うった》え、
李富《りふ》　馬桂《ばけい》の心洞《しんとう》を癒《いや》す。

没遮攔《ぼっしゃらん》　隻眼《せきがん》を睜《みは》りて鍾静《しょうせい》を睨《にら》み、
宋公明《そうこうめい》　閣額《かつがく》を傾《かし》げて花和尚《かおしょう》を想《おも》う。
安道全《あんどうぜん》　鍼《はり》を翳《かざ》して呉学究《ごがっきゅう》を打《う》ち、
豹子頭《ひょうしとう》　長駆《ちょうく》して致死軍《ちしぐん》を救《たす》く。

湯隆《とうりゅう》　山寨《さんさい》にて晁蓋《ちょうがい》の剣《けん》を鍛《う》ち、
武松《ぶしょう》　掲陽《けいよう》にて宋江《そうこう》の志《こころざし》を護《まも》る。
混江竜《こんこうりゅう》　碧江《へきこう》を眺《なが》めて乱《らん》を要《ほっ》し、
没遮攔《ぼっしゃらん》　翠草《すいそう》を噛《か》んで義《ちぎり》を認《むす》ぶ。

忽《たちま》ち聞《き》く一声霹靂《いっせいへきれき》の響《ひび》き、
双虎《そうこ》　牙《きば》を張《む》いて宋江《そうこう》を襲《おそ》う。
黒旋風《こくせんぷう》　左右《さゆう》に盤《めぐ》るは敵《むか》う呂布《りょふ》に好《さ》も似《に》、
武行者《ぶぎょうじゃ》　前後《ぜんご》に転《てん》じるは戦《たたか》う馬超《ばちょう》が如《ごと》し。

鎚《つち》打《う》ち就《つ》ける銀《しろがね》の人《ひと》、浪裏白跳《ろうりはくちょう》、
煉火《れんか》で鍛《きた》えし鉄《くろがね》の人《ひと》、黒旋風《こくせんぷう》。
張順《ちょうじゅん》　碧波《へきは》を盤《めぐ》ること久《ひさ》しく、
李逵《りき》　水底《すいてい》にて天《てん》を掀《か》き開《ひら》く。

黒旋風《こくせんぷう》　叫《さけ》びて単斧《たんぷ》を揮《ふる》い
武行者《ぶぎょうじゃ》　馳《めぐ》りて双拳《そうけん》を搠《つ》く。
公孫勝《こうそんしょう》　闇夜《やみよ》を奔《はし》ること蛟竜《こうりゅう》が如《ごと》く
豹子頭《ひょうしとう》　白日《はくじつ》を駆《か》けること長箭《ちょうせん》に似《に》たり。

鄧飛《とうひ》　西《にし》に向《む》かいて櫓《ろ》を遣《つか》い、
神医《しんい》　北《きた》を目《め》ざして馬《うま》を奔《はし》らす。
花和尚魯智深《かおしょうろちしん》　女真《じょしん》の地《ち》に死《し》し、
豹子頭林冲《ひょうしとうりんちゅう》　弔《とむら》いて腐肉《ふにく》を食《しょく》す。

白嵐《びゃくらん》　欣喜《きんき》して楊令《ようれい》の跡《あと》を追《お》い、
穆弘《ぼくこう》　火《ひ》を囲《かこ》みて替天《たいてん》の志《こころざし》を語《かた》る。
短箭《たんせん》　樹間《じゅかん》を奔《はし》りて楊志《ようし》を襲《おそ》い、
破剣《はけん》　大地《だいち》を貫《つらぬ》いて天《てん》を哭《な》かしむ。

聚義庁《しゅうぎちょう》　楊志《ようし》の名《な》は血《あか》く染《そ》まり、
二竜山《にりゅうざん》　林冲《りんちゅう》の隊《たい》は蛇《おろち》に似《に》たり。
石秀《せきしゅう》　楊令《ようれい》に与《あた》うは致死《ちし》の剣《けん》、
周通《しゅうとう》　賭《と》して守《まも》るは桃花《とうか》の壁《へき》。

欧鵬《おうほう》　虚雲《こううん》を蹴《け》りて鉄槍《てっそう》を薙《な》ぎ、
馬麟《ばりん》　鉄笛《てってき》を吹《ふ》きて巨岩《きょがん》を奔《はし》らす。
美髯公《びぜんこう》　戟《げき》を奪《うば》いて帰《かえ》る双頭山《そうとうざん》、
九紋竜《くもんりゅう》　鯨波《とき》に包《つつ》まれ還《かえ》る少華山《しょうかざん》。
魯達《ろたつ》　火炎《かえん》もて信義《しんぎ》を説《と》き、
秦明《しんめい》　靂声《れきせい》もて山寨《さんさい》を震《ふる》わす。
豹子頭《ひょうしとう》　竹棒《たけぼう》執《と》りて楊令《ようれい》と対《たい》し、
小李広《しょうりこう》　箭《や》を放《はな》ちて巨岩《きょがん》を砕《くだ》く。
青蓮寺《せいれんじ》　賺計《はかりごと》を議《ぎ》して湖寨《こさい》を狙《ねら》い、
黒旋風《こくせんぷう》　双腕《そうわん》を輪《まわ》して銀魚《ぎんぎょ》を抱《いだ》く。
霹靂火《へきれきか》　大剣《だいけん》を拈《にぎ》りて清風《せいふう》を降《くだ》り、
錦毛虎《きんもうこ》　火炎《かえん》を疾《はし》らせ官兵《かんぺい》を焚《や》く。
聞煥章《ぶんかんしょう》　理《り》もて青蓮寺《せいれんじ》を閙《さわ》がし、
李鉄牛《りてつぎゅう》　双斧《そうふ》もて山岩《さんがん》を穿《うが》つ。
武行者《ぶぎょうじゃ》　死域《しいき》に入《い》りて両《ふた》たび虎口《ここう》を劫《おびやか》し、
王定六《おうていろく》　黒夜《やみよ》雲《くも》に騰《の》りて書《ふみ》を山寨《さんさい》に寄《とど》く。

裂岩《れつがん》　烈火《れっか》を鎮《しず》めて千兵《せんぺい》を埋《う》め、
金眼彪《きんがんぴょう》　替天《たいてん》の書《しょ》を抱《いだ》きて虚空《こくう》を舞《ま》う。
双箭《そうせん》　乱軍《らんぐん》を抜《ぬ》きて朱仝《しゅどう》に中《あた》り、
挿翅虎《そうしこ》　行道《ぎょうどう》の夢《ゆめ》を見《み》て死《し》の澗《たに》を過《わた》る。

陳達《ちんたつ》　黒熊《こくゆう》の首《くび》を劈《き》りて心肝《しんかん》を擺《ひろ》げ、
九紋竜《くもんりゅう》　赤雲《せきうん》となりて双頭山《そうとうざん》に入《はい》る。
童貫《どうかん》　青炎《せいえん》の瞳《め》を睜《みは》って太師《たいし》を譏《そし》り、
宋公明《そうこうめい》　白光《はっこう》に騎《の》りて梁山泊《りょうざんぱく》に還《かえ》る。

九紋竜《くもんりゅう》　湖寨《こさい》にて灼鉄《しゃくてつ》を購《あがな》い、
魯達《ろたつ》　単拳《たんけん》を揮《ふる》いて鎮関東《ちんかんとう》を打《う》つ。
醜郡馬《しゅうぐんば》　雄州《ゆうしゅう》にて面貌《めんぼう》を失《うしな》い、
関勝《かんしょう》　大刀《だいとう》を掌《かか》げて梁山泊《りょうざんぱく》を想《おも》う。

聞煥章《ぶんかんしょう》　祝家荘《しゅくかそう》に海棠花《かいどうか》と目見《まみ》え、
鼓上蚤《こじょうそう》　独竜岡《どくりゅうこう》に致死軍《ちしぐん》と馳《か》ける。
青蓮寺《せいれんじ》　迷路《めいろ》を築《きず》きて猛《たけ》き要塞《ようさい》を構《かま》え、
晁総師《ちょうそうすい》　替天《たいてん》を叫《さけ》びて灼《あつ》き軍扇《ぐんせん》を捧《ささ》ぐ。

両頭蛇《りょうとうだ》　鄒淵鄒潤《すうえんすうじゅん》に志魂《しこん》を語《かた》り、
解宝《かいほう》　遠《とお》き湖寨《こさい》の夢《ゆめ》を見《み》る。
病尉遅《びょううっち》　花栄柴進《かえいさいしん》の烈弁《れつべん》を聞《き》き、
李富《りふ》　赤《あか》き血肉《ちにく》の夢《ゆめ》を見《み》る。

白面郎君《はくめんろうくん》　乱陣《らんじん》に薬蔓《やくばん》の草《そう》を捜《さが》し、
李富《りふ》　絶叫《ぜっきょう》して謀声《ぼうせい》を失《うしな》う。
行者鉄牛《ぎょうじゃてつぎゅう》　秦明《しんめい》に敗戦《はいせん》の策《さく》を伝《つた》え、
楊令《ようれい》　慟哭《どうこく》して訥声《とっせい》を得《え》る。

撲天鵰《ぼくてんちょう》　天《てん》に寄《よ》りて黙思《もくし》に沈《しず》み、
宿元景《しゅくげんけい》　緋扇《ひせん》を拈《にぎ》りて禁軍《きんぐん》を動《うご》かす。
矮脚虎《わいきゃっこ》　地《ち》を割《さ》きて火炎《かえん》を迸《はし》らせ、
林冲史進《りんちゅうししん》　槍棒《そうぼう》を攞《なら》べて乱軍《らんぐん》を壊《やぶ》る。

扈三娘《こさんじょう》　剣《けん》は両条《にほん》の竜《りゅう》の赤尾《せきび》を舞《ま》わし、
双尾蝎《そうびかつ》　黒陣《こくじん》に刃《やいば》ある猪《しし》を発《はな》つ。
林冲《りんちゅう》　槍《そう》は一串《ひとつづき》の豹《ひょう》の白牙《はくが》を横《よこ》たえ、
李逵《りき》　碧空《へきくう》に翼《つばさ》ある首《こうべ》を迸《と》ばしむ。

殺気《さっき》四面《しめん》を蓋《おお》い、森森《しんしん》と剣槍《けんそう》を排《なら》ぶ。
冷箭《れいせん》五矢《ごし》　身《み》に在《あ》り、百里《ひゃくり》逝《ゆ》かず。
張 藍張藍《ちょうらんちょうらん》　余《よ》が名号《めいごう》は豹子頭《ひょうしとう》、
この想《おも》い　友《とも》より志《し》より強《つよ》し。
公孫 勝《こうそんしょう》　聚義庁《しゅうぎちょう》にて林 冲《りんちゅう》 怯懦《きょうだ》を指弾《しだん》し、
宋江《そうこう》　死罪《しざい》の断《だん》を下《くだ》すこと、馬謖《ばしょく》を斬《き》る孔明《こうめい》が如《ごと》し。
小 温侯《しょうおんこう》　流花寨《りゅうかさい》にて敵兵湧 出《てきへいゆうしゅつ》を夢想《むそう》し、
王進《おうしん》　左右《さゆう》の棒《ぼう》を盤《めぐ》らすこと、魏兵《ぎへい》を奔《はし》らす関羽《かんう》に似《に》たり。
晁 天王《ちょうてんおう》　替天大旗《たいてんたいき》を靡《なび》かせて北寨《ほくさい》を鬧《さわが》せ、
燕浪子《えんろうし》　技《わざ》もて白《しろ》き飛剣《ひけん》を拈《にぎ》る。
海棠花《かいどうか》　紅紗翠袍《こうさすいほう》を纏《まと》いて白馬《はくば》を遊《はし》らせ、
聞煥章《ぶんかんしょう》　謀《ぼう》もて冥《くら》き塩道《えんどう》を照《て》らす。
晁 天王《ちょうてんおう》　青眼《せいがん》を睜《みは》りて宋江《そうこう》の指針《ししん》を喝《ののし》り、
霹靂火《へきれきか》　遠《とお》く子午山《しごさん》を想《おも》いて鮑 旭《ほうきょく》を拝《はい》す。
史文恭《しぶんきょう》　赤手《せきしゅ》を拡《ひろ》げて謀殺《ぼうさつ》の姓字《せいじ》を摑《つか》み、
呼延灼《こえんしゃく》　双鞭《そうべん》を撚《しご》きて遠《とお》く梁 山泊《りょうざんぱく》を睥《にら》む。

黒旋風《こくせんぷう》 虚空《こくう》にて大刀関勝《だいとうかんしょう》の鉄兜《てっとう》を穿《うが》ち、
呼延灼《こえんしゃく》 鉄塔《てっとう》に攀《のぼ》りて高俅《こうきゅう》を罵《ののし》る。
百勝将《ひゃくしょうしょう》 河床《かしょう》にて李逵鉄牛《りきてつぎゅう》の鯉魚《りぎょ》を偸《ぬす》み、
轟天雷《ごうてんらい》 鉄箸《てっちょ》を撚《よじ》りて湖寨《こさい》を想《おも》う。
風塵《ふうじん》もて江州寨《ごうしゅうさい》を劫《やぶ》り、太原《たいげん》を砕《くだ》くこと青龍《せいりゅう》の如《ごと》し。
烈火《れっか》もて祝家荘《しゅくかそう》を焼《や》き、高唐《こうとう》を鬧《さわが》すこと玄武《げんぶ》に似《に》たり。
替天旗《たいてんき》 飄《ひるがえ》るところ猛《たけ》き常勝《じょうしょう》あり。
されど心《こころ》せよ、双鞭輪舞《そうべんりんぶ》して湖賊《こぞく》を破《やぶ》らん。
轟天《ごうてん》の砲《ほう》 天《てん》を砕《くだ》いて骨肉《こつにく》を穿《うが》ち、
連環馬軍《れんかんばぐん》 地《ち》を裂《さ》きて同志《どうし》を散《ち》らしむ。
呼延将軍《こえんしょうぐん》 火箭《かせん》となりて本陣《ほんじん》を襲《おそ》い、
李逵燕青《りきえんせい》 水壁《すいへき》となりて双鞭《そうべん》に向《む》かう。
高大将《こうたいしょう》 謀《はか》りて連環馬軍《れんかんばぐん》を動《うご》かし、
金鎗手《きんそうしゅ》 潜《ひそ》みて鉤鎌鎗法《こうれんそうほう》を遣《つか》う。
呼延灼《こえんしゃく》 単騎《たんき》にて晁蓋陣《ちょうがいじん》へ疾《はし》り、
菜園子《さいえんし》 双身《そうしん》にて神医寨《しんいさい》へ奔《はし》る。

樊瑞《はんずい》　赤岩《せきがん》に座《ざ》して闇《やみ》を睥《にら》み、
李俊《りしゅん》　江底《こうてい》を覗《のぞ》きて開封北京《かいほうほっけい》を夢《ゆめ》みる。
急《きゅう》先鋒《せんぽう》　短杆《たんかん》を架《わた》して楊令《ようれい》を睨《みつ》め、
美髯公《びぜんこう》　髀肉《ひにく》を嘆《なげ》きて軍鼓兵燹《ぐんこへいせん》を想《おも》う。

美髯公《びぜんこう》　双頭山《そうとうざん》にて大《おお》いに敵寨《てきさい》を鬧《さわが》し、
解宝李忠《かいほうりちゅう》　戦陣《せんじん》に復《かえ》ること憘憘《きき》たり。
鬼臉児《きれんじ》　九竜寨《くりゅうさい》にて忿《いか》りて部下《ぶか》を煞《ころ》し、
呂牛高廉《りょぎゅうこうれん》　闇道《あんどう》を滑《はし》ること趨趨《そくそく》たり。

渓《けい》に在《あ》りて生《うま》れ、盧《ろ》に遇《あ》いて富《と》む。
江《こう》に逢《あ》いて興《おこ》り、史《し》に遭《あ》いて円《えん》す。
嗚呼《ああ》、天《てん》、燄燄《えんえん》たる天《てん》、この心《こころ》に刻《きざ》め、托塔《たくとう》の名号《めいごう》。
胸奥《きょうおう》に抱《いだ》かば、君《きみ》は永遠《とわ》に馬右《ばゆう》にあり。

急《きゅう》先鋒《せんぽう》　青備《あおぞな》えにて林冲《りんちゅう》と轡《くつわ》を並《なら》べ、
宋公明《そうこうめい》　晁天王《ちょうてんおう》の志《し》を全軍《ぜんぐん》に告《つ》げる。
双槍将《そうそうしょう》　天《てん》に昇《のぼ》りて関勝宣賛《かんしょうせんさん》を睨《にら》み、
燕浪子《えんろうし》　騎上《きじょう》にて史進索超《ししんさくちょう》を投《な》げる。

阮小二《げんしようじ》　単棒《たんぼう》もて迅風船《じんぷうせん》を創《つく》り、
九紋竜《くもんりゆう》　双掌《そうしよう》にて急先鋒《きゆうせんぼう》を投《な》げる。
沈機《しんき》　刀峰《とうほう》もて盧俊義《ろしゆんぎ》の三指《さんし》を潰《つぶ》し、
林冲《りんちゆう》　四度《よたび》、棒《ぼう》もて燕青《えんせい》を倒《たお》す。

燕浪子《えんろうし》　一身《いつしん》にて重《おも》き荷《に》を負《お》うて奔《はし》り、
呼延灼《こえんしやく》　鉄鞭《てつべん》にて十《じゆう》の首《くび》を虚空《こくう》に趨《はし》らす。
渾鉄槍《こんてつそう》　火啖《かえん》もて百勝将《ひやくしようしよう》の鉄鎧《てつがい》を貫《つらぬ》き、
趙安撫《ちようあんぶ》　千兵《せんぺい》もて宋公明《そうこうめい》の本陣《ほんじん》を鬧《さわが》す。

趙林《ちようりん》　流花寨《りゆうかさい》にて黙《もく》して艦底《かんてい》に潜《ひそ》み、
董万《とうまん》　白眼《はくがん》を剝《む》いて睥《にら》む双頭山《そうとうざん》。
秦容《しんよう》　二竜山《にりゆうざん》にて須臾《しゆゆ》に当歳《とうさい》を過《す》ぎ、
呂牛《りよぎゆう》　赤掌《せきしよう》を擎《かか》げて睨《にら》む宋家村《そうかそん》。

冷気《れいき》　北面《ほくめん》を蓋《おお》うこと、項王《こうおう》を囲《かこ》む楚軍《そぐん》の如《ごと》し。
鎮三山《ちんさんざん》　索敵《さくてき》より還《かえ》らず、打虎将《だこしよう》　乱陣《らんじん》に消《き》ゆ。
剣折《けんお》れ矢《や》尽《つ》き兵馬《へいば》は驟《はし》らず、
美髯公《びぜんこう》　竟《つい》に挿翅《そうし》の虎《とら》を眼底《がんてい》に剗《きざ》む。

天目将《てんもくしょう》　趙旗《ちょうき》に趨《はし》りて黒《くろ》き棺柩《かんきゅう》に入《い》り、
宋公明《そうこうめい》　老父《ろうふ》円寂《えんじゃく》に鬼哭《きこく》せり。
毛頭星《もうとうせい》　紅炎《こうえん》を浴《あ》びて皓《しろ》き煤煙《ばいえん》と化《か》し、
盧俊義《ろしゅんぎ》　杖下《じょうか》の刻《とき》を回起《かいき》せり。
白寿妓《はくじゅぎ》　呻《うめ》きて矮脚《わいきゃく》小虎《しょうこ》に跨《また》がり、
母大虫《ぼだいちゅう》　夢中《むちゅう》にて武松《ぶしょう》、林冲《りんちゅう》を殪《えい》す。
孫二娘《そんじじょう》　笑《わら》いて鉄面孔目《てつめんこうもく》に酒《さけ》を勧《すす》め、
一丈青《いちじょうせい》　馬上《ばじょう》にて日月《にちげつ》の二剣《にけん》を抒《ふる》う。
楊令《ようれい》　王進《おうしん》の影《かげ》を斬《き》ること火炎《かえん》の如《ごと》く、
史進《ししん》　九紋《くもん》の竜《りゅう》を昇《のぼ》らしむること烈風《れっぷう》に似《に》たり。
宋公明《そうこうめい》　怨《えん》もて托塔《たくとう》の剣《けん》を研《と》ぎ、
黒旋風《こくせんぷう》　想《そう》もて官兵《かんぺい》の腕《うで》を蒐《あつ》む。
器《き》は鞭《べん》に非《あら》ず、斧《おの》に非《あら》ず、矛《ほこ》に非《あら》ず、弓《ゆみ》に非《あら》ず、
ただ花項中箭《かこうちゅうせん》の二虎《にこ》と錦袋《きんたい》の石礫《つぶて》あり。
緑衣《りょくい》の将《しょう》の名号《めいごう》は没羽箭《ぼつうせん》、
英雄《えいゆう》集《つど》いて、一百八星《いっぴゃくはっせい》、此処《ここ》に在《あ》り。

穆弘《ぼくこう》 隻眼《せきがん》もて趙播《ちょうはん》に趕《はし》り、
風塵《ふうじん》の鍼《はり》 差《たが》わず凜《りん》たる壮士《そうし》を遮《さえぎ》り攔《とど》む。
李応《りおう》 隼瞳《しゅんとう》もて鉄杭《てつごう》を認《みと》め、
撲天《ぼくてん》の翼《つばさ》 烈風《れっぷう》もて聳《そび》ゆる城壁《じょうへき》を穿《うが》つ。
扈三娘《こさんじょう》 日月剣《にちげつけん》もて、聞煥章《ぶんかんしょう》の首《くび》を断《た》ち、
花栄《かえい》 神箭《しんせん》彎《ひ》いて、宿元景《しゅくげんけい》の胸《むね》を搠《つ》く。
鎮三山《ちんさんざん》 喪門剣《そうもんけん》もて、北京府《ほっけいふ》を大《おお》いに鬧《さわが》し、
項充《こうじゅう》 飛刀《ひとう》擲《な》げて、梁山湖《りょうざんこ》を鮮紅《くれない》に染《そ》める。
魯達《ろたつ》 単拳《たんけん》もて田豹《でんぴょう》田定《でんてい》を虎穴《こけつ》に派《おく》り、
林冲《りんちゅう》 短棒《たんぼう》もて聖水将軍《せいすいしょうぐん》を死域《しいき》に遣《おく》る。
高俅《こうきゅう》 招安《しょうあん》を唆《そそ》かすこと毒酒《どくしゅ》の如《ごと》く、
童貫《どうかん》 敵陣《てきじん》を殲《つく》すこと火箭《かせん》に似《に》たり。
黒旋風《こくせんぷう》 築《きず》けし首塚《くびづか》を踏《ふ》みて死舞《しぶ》を踊《おど》り、
黄信《こうしん》 砕《くだ》けし瓶底《かめそこ》を睥《にら》みて青雲《せいうん》を叫《さけ》ぶ。
公孫勝《こうそんしょう》 青眼《せいがん》を睁《みは》りて青騎黒騎《せいきこつき》の兵《へい》を罵《ののし》り、
林冲《りんちゅう》 黒槍《こくそう》を拈《にぎ》りて致死飛竜《ちしひりゅう》の軍《ぐん》を嘲《わら》う。

海棠花《かいどうか》　替托《たいたく》の剣《けん》を揮《ふる》いて白寿《はくじゅ》を襲《おそ》い、
矮脚虎《わいきゃっこ》　黒天《こくてん》の隙《すきま》めざして奔《はし》ること懦懦《じゅじゅ》たり。
史文恭《しぶんきょう》　五行《ごぎょう》の偈《げ》を詠《えい》じて碧鍼《へきしん》を埋《う》め、
赤髪鬼《せきはっき》　段亭《だんてい》の道《みち》を塞《ふさ》ぐこと歓歓《かんかん》たり。

緑《りょく》　沈《ちん》鴉角《あかく》の長槍《ちょうそう》　騈《なら》ぶこと林《はやし》の如《ごと》く、
碧油宝纛《へきゆほうとう》の童旗《どうき》　翩《ひるがえ》ること風《かぜ》の如《ごと》し。
九紋竜金鎗手《くもんりゅうきんそうしゅ》　すでに死域《しいき》に存《あ》り、
禁軍童貫総帥《きんぐんどうかんそうすい》　ついに戦陣《せんじん》に在《あ》り。

董平《とうへい》　乱陣《らんじん》にて双《ふた》つの槍《やり》を喪《うしな》い、
魯達《ろたつ》　瀬《せせらぎ》を聴《き》きて一篇《いっぺん》の頌《じゅ》を認《したた》む。
燕浪子《えんろうし》　簫笛《しょうてき》を執《と》りて円寂《えんじゃく》の曲《きょく》を奏《そう》し、
楊公子《ようこうし》　死域《しいき》にて吹毛《すいもう》の宝剣《ほうけん》を擎《ささ》ぐる。

緑《りょく》　竜《りゅう》の礫《つぶて》　乱陣《らんじん》を奔《はし》りて軍神《ぐんしん》を狙《ねら》い、
玉麒麟《ぎょっきりん》　志旗《しき》を抱《いだ》きて湖底《こてい》に潜《ひそ》む。
偃月《えんげつ》の刀《とう》　禁軍《きんぐん》の宙《ちゅう》を過《わた》ること飛竜《ひりゅう》の如《ごと》く、
楊公子《ようこうし》　未踏《みとう》の湖《うみ》を泳《およ》ぐこと漆膠《しっこう》に似《に》たり。

潮信《ちようしん》　蕭蕭《しようしよう》として泉水寒《せんすいさむ》し。
身《み》に要《い》らず　神医《しんい》錫杖《しやくじよう》病大虫《びようだいちゆう》。
吾《あ》が捨《す》てし名《な》は　花和尚魯智深《かおしようろちしん》。
去《さ》りて帰《かえ》らず塵《ちり》となりても　志《こころざし》永遠《とわ》なり。

呼延灼《こえんしやく》　復《ふた》たび馬軍《ばぐん》を横《よこ》に連《つら》ね、
童元帥《どうげんすい》　騎《き》を縦《たて》にして梁山泊本陣《りようざんぱくほんじん》を突《つ》く。
鎮三山《ちんさんざん》　目《め》を睜《みは》り声《こえ》を上《あ》げて呉学究《ごがつきゆう》を罵《ののし》り、
青面獣《せいめんじゆう》　蘇《よみがえ》りて豹子頭林冲《ひようしとうりんちゆう》と剣槍《けんそう》を交《まじ》える。

鉄縄《てつじよう》の蛇《へび》　中箭虎《ちゆうせんこ》めざして虚空《こくう》を翔《はし》り、
白花蛇《はつかだ》　楊公子《ようこうし》を十度《とたび》打つこと哄笑《わら》う高俅《こうきゆう》に似《に》たり。
両頭《りようとう》の蛇《へび》　長槍《ちようそう》もて趙安撫《ちようあんぶ》の胸奥《きようおう》を穿《うが》ち、
百一箭《ひやくいつせん》　天《てん》に向《む》いて霹靂《へきれき》を遮《さえぎ》ること千丈《せんじよう》の蛇《へび》の如《ごと》し。

燕《つばめ》の頷《あぎと》と虎《とら》の鬚《ひげ》　満寨称《まんさいしよう》して翼徳《よくとく》と為《な》す。
義《ぎ》に仗《よ》って興《おこ》り　志《こころざし》に遇《あ》って奔《はし》る。
時利《ときり》あらずして百里《ひやくり》走《はし》らず妻《つま》の名《な》は識《し》らず。
吾《あ》が想《おも》い解《よ》く白空《はつくう》に満《み》ちて　童旗《どうき》に槍箭《そうせん》を降《ふ》らしめよ。

黒旋風《こくせんぷう》　祈《いの》りて赤雨《せきう》飛頭《ひとう》を降《ふ》らせ、
青蓮寺《せいれんじ》銀鉱《ぎんこう》を拓《ひら》き　孟康《もうこう》銀《ぎん》を勘《かぞ》える。
宋公明《そうこうめい》　終《つい》に托塔天王《たくとうてんおう》の白刃《はくじん》を抜《ぬ》いて馳《はし》り、
青面獣《せいめんじゅう》　黒騎《こっき》赤騎《せっき》と共《とも》に白《しろ》き宋旗《そうき》に迫《せま》る。

武松李逵《ぶしょうりき》　狂《くる》いて濺血《せんけつ》の渠《うみ》に潜《もぐ》ること玄武《げんぶ》の馳《はし》るが如《ごと》く、
呉学究《ごがっきゅう》　軍令《ぐんれい》を発《ほっ》すること朱雀《すざく》の啼《こえ》に似《に》たり。
花栄火将《かえいかしょう》　忿《いか》りて灼炎《しゃくえん》の中《なか》を奔《はし》ること青龍《せいりゅう》を縦《はな》つが如《ごと》く、
呼延灼《こえんしゃく》　鞭《べん》を哮《うな》らしむこと白虎《びゃっこ》の咆《こえ》に似《に》たり。

罡煞《こうさつ》の星群《せいぐん》　潮《うしお》に随《したが》って帰《かえ》り去《ゆ》き、
憐《あわ》れむべし　天《てん》を凌《しの》がん　志《こころざし》は千古《せんこ》の夢《ゆめ》。
嗚呼《ああ》、風《かぜ》は蕭蕭《しょうしょう》　星《ほし》は瑟瑟《しつしつ》、
されど替天《たいてん》の旌旗《せいき》　青史《れきし》に永遠《とわ》なり。

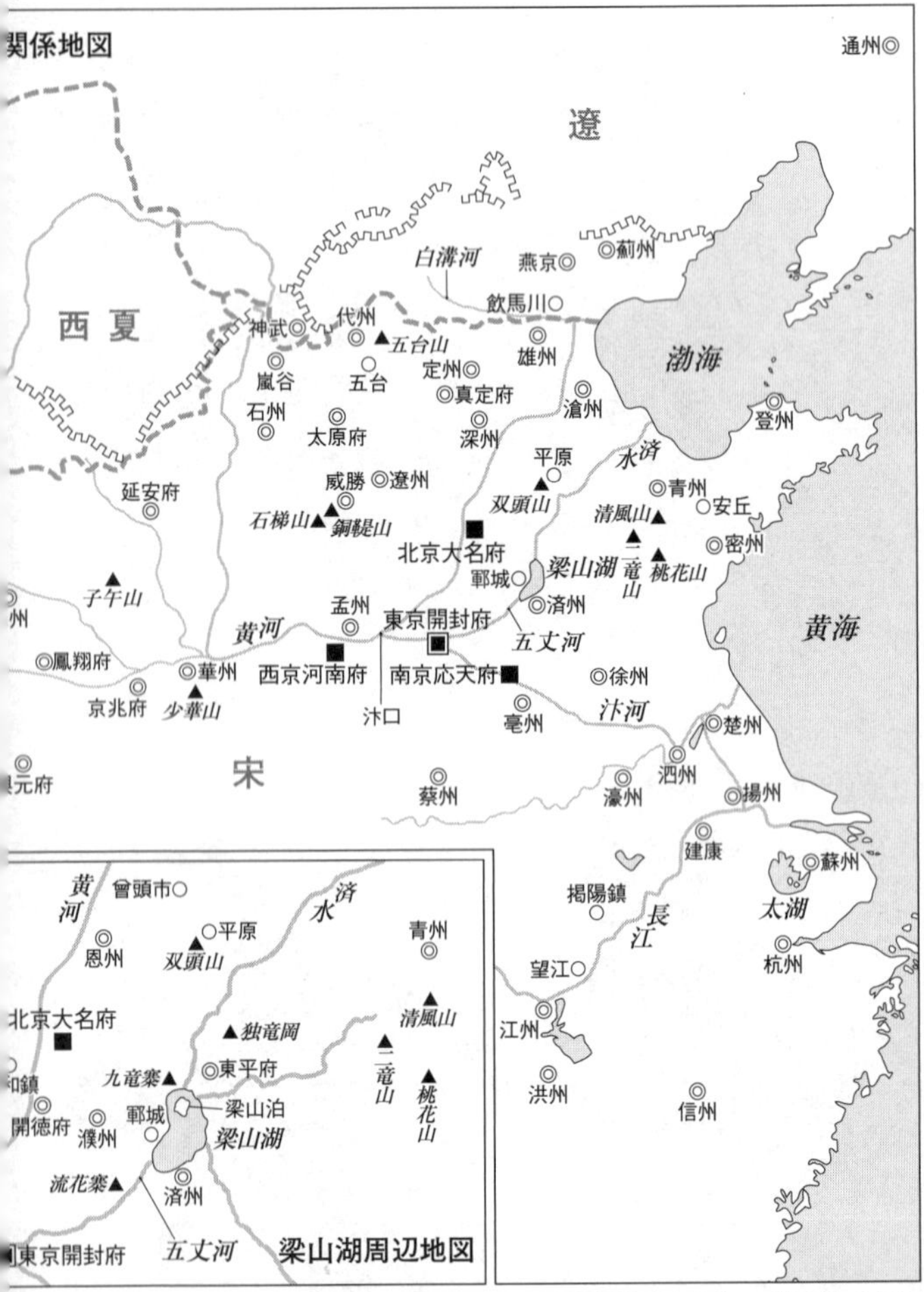

（文庫版『水滸伝』第19巻より）

人物事典

北方謙三

登場人物について

あくまで実作のためのメモが基本で、それに手を入れたものである。実作の進行中に、微妙に変化するのは当然で、ここではその変化をすべて拾い上げることは、できていないと思う。ただ大きな部分は、変わっていない。登場人物のイメージは、読者それぞれの頭の中にあるものであり、この人物一覧が、そのイメージの整理に役立てばいいと思っている。「水滸伝」の登場人物は膨大で、こういうものがあるのも悪くないだろう。また、実作の台所がいくらかは見えるわけで、その方面に関心をお持ちの読者には、私としてはめずらしいサービスになる。

実作中に書いた部分もかなりあり、進行中の表現になっていたり、予想になっていたりもするが、創作の臨場感が多少は伝わると思い、そのままにしてある。

年号など、頭の中で整理しやすいように、すべて西暦である。その方が、作者の頭の中で、全体像を摑《つか》みやすいからである。

なお、晁蓋《ちょうがい》、宋江《そうこう》は、ここにはない。強烈な存在感を持って、作者の頭の中にあり、メモなどを必要としなかった。

ちなみに、一一〇一年時点で、晁蓋（托塔天王《たくとうてんおう》）は三十四歳、東渓村《とうけいそん》の保正《ほせい》（名主）。宋江（呼保義《こほうぎ》・及時雨《きゅうじう》）は三十六歳、鄆城《うんじょう》県の下級役人。

●**盧俊義**《ろしゆんぎ》（**玉麒麟**《ぎよつきりん》）　一一〇一年時点　四〇歳　一九八㎝　一三〇㎏
北京大名府《ほつけいたいめいふ》の大商人は、表の姿。晁蓋《ちようがい》の同志として、決起に備えて塩の道を作り、梁山泊《りようざんぱく》結成後は、その糧道の大部分を担う。作り上げた塩の道は、複雑をきわめ、青蓮寺《せいれんじ》最大の標的になる。梁山泊の糧道のすべてを担った、大物中の大物である。燕青《えんせい》が常にそばにいるので、男色の噂《うわさ》があったが、腐刑《ふけい》を受けていたのであった。それも陰茎を切断され、睾丸《こうがん》は残されるという、残酷な刑で、性欲に苦しみ続けたのであった。燕青を側《そば》に置いていたのも、男色の噂で女を近づけない意図もあった。北京大名府で捕らえられるまで、その秘密は守られる。

北京大名府では、青蓮寺の沈機《しんき》の過酷な拷問《ごうもん》を受け、廃人になる寸前のところを燕青に救い出され、梁山泊に運ばれる。それからは、宋江《そうこう》の相談役のような役目を果たしながら、自らが作り上げた塩の道のすべてを、燕青に伝えていく。

死期が近いことを予感し、自分の死を、宋《そう》との偽装講和工作に使うことを提案。見事に高俅《こうきゆう》を嵌《は》めたが、その後命の灯は消える。自らの過去も、その死とともに葬られる。梁山湖《りようざんこ》への水葬であった。

盧俊義の過去を書かなかったことで、読者の批判を受けるかもしれない、というのははじめから覚悟していたことだ。謎《なぞ》に包まれたまま、梁山湖に消えていく、そういう存在もまたあっていいと思う。盧俊義という男の大きさを、それによって表現できたのだと、自負しているのだが。

●呉用《ごよう》（智多星《ちたせい》）　一一〇二年時点　三九歳　一六〇cm　五五kg

もともと晁蓋の同志で、東渓村《とうけいそん》で塾の教師をしていた。志を抱き、やがて宋江や魯智深《ろちしん》と出会い、志の実現のために動きはじめる。まずは梁山湖の山寨《さんさい》の奪取からはじめ、宋打倒計画の大きなビジョンを描き始める。糧道を担う盧俊義、柴進《さいしん》などもいたので、現実性に欠けるビジョンではなかった。

二竜山《にりゅうざん》、双頭山《そうとうざん》を築き、梁山泊との三角地帯を作る。広大なものであったが、開封府《かいほうふ》、北京大名府を視野に入れた、合理性のあるものでもあった。実際に、緒戦は梁山泊軍優勢で推移した。

鄆城《うんじょう》、済州《せいしゅう》、平原《へいげん》など、自由経済圏を作る卓抜な発想も、呉用のものであった。それは、梁山泊をひとつの国として成立させ、宋との戦《いくさ》をより意味のあるものに高めた。兵の戸籍のようなものも作り、梁山泊は国家としての色を深めていく。その働きは、まさに超人的であった。

軍師でもあったが、はじめはともかく、宋軍が本腰を入れはじめると、作戦に支障をきたすこともしばしばであった。現場の軍人を責め、軍師として次第に人望を失う。呉用にとっての痛手は、軍師として育て上げようとしていた、阮小五《げんしょうご》の死であった。自分が軍師向きでないことは、はじめから自覚していたといっていい。頭の中に、古今の軍学が詰まっているだけだったのである。やがて、現場の軍師は宣賛《せんさん》に譲ることになる。戦術家というより、戦略家の側面が大きかった。

戦略家の側面がもっとも強く出たのが、流花寨《りゅうかさい》建設である。これは、開封府に攻め入って、宋国を倒すという、思想の具現でもあったのだ。結果として、それは宋の総攻撃の時期を早めることになったのかもしれないし、水軍まで含めた総合力の勝負に行き着いてしまうことだったかもしれない。しかし私（作者）は、呉用に間違ったことをさせたとは思っていない。流花寨は、思想的拠点としても必要であった。私の水滸伝は、宋の招安《しょうあん》を受け入れるのではなく、国と国の闘いという風にはじめから構想されていたからだ。旗とともに、木を倒す意思の、象徴的存在であったのである。

ゆえに、かすかな異論は抱きながら、誰も正面からは批判できなかった。

呉用の不幸は、常に発想が先へ行きすぎたことかもしれない。しかし、そういう男がいてこそ、組織は整い、梁山泊は闘いの目的も見誤ることがなかったのだ。

盧俊義がもっと長く生きていれば、戦略のありようも、いくらか変わったかもしれない。いずれにせよ、呉用が梁山泊にとって、大きな存在であり続けたことは、間違いないのである。

●**公孫勝**《こうそんしょう》**（入雲竜**《にゅううんりゅう》**）**　一一〇三年時点　三〇歳　一七〇cm　六五kg

晁蓋、宋江に先立ち、西京河南府《せいけいかなんふ》（洛陽《らくよう》）から河水《かすい》（黄河《こうが》）沿いに、いくつかの拠点を作り、河水の一部を押えて叛乱《はんらん》を起こそうとした。そこは叛乱の賊徒の、集結場所になる。私は、叛徒、叛乱の賊徒、賊徒と、書き分けをしようと試みている。叛徒は完全に叛乱軍。宋という国家と対峙《たいじ》している。叛乱の賊徒は、国家に反逆しようとしている賊徒。食糧庫や役所を襲い、強奪をなす。叛乱軍のように、自らの糧道は持たず。賊徒は、盗賊の集団。

公孫勝は、叛乱の賊徒として活動し、一度捕らえられた時、鄆城の役人であった宋江と会い、言葉を交わしている。この時宋江の印象に残り、渭州《いしゅう》の牢城《ろうじょう》からの救出作戦が実行されることになった。

脱獄については、実績もあり、本人も自信を持っていた。しかし、兵営の地下に厳重な牢がある、渭州の牢城に移される。二年、光のない地下牢で過ごす。その間も、絶望することはなく、体を動かして筋力の衰えを防ぐ。

牢城から救出されてからは、梁山泊の影の軍を作ろうとする。つまり、特殊部隊である致《ち》死軍《しぐん》である。劉唐《りゅうとう》は、河水沿いの拠点のひとつを、公孫勝が出てくるまで守り抜く。その劉唐が片腕となり、また石秀《せきしゅう》、楊雄《ようゆう》がそれに加わる。致死軍は、いわばグリーンベレーであり、陣形を組んだ直接的な戦闘は得意としない。奇襲、待ち伏せ、攪乱《かくらん》などの隠密《おんみつ》作戦を得意とする。宋には、青蓮寺に王和《おうわ》の軍があり、王和の死後は高廉《こうれん》に率いられるが、致死軍と似たようなものである。梁山泊結成時から、致死軍は大きな役割を果たし、やがて劉唐が、北の塩の道の守備のために、独立して飛竜軍《ひりゅうぐん》を作る。梁山泊全体のゲリラ戦を、公孫勝は指揮する。

しっかりした体つきだが、肌が透けるように白い。眸《ひとみ》も薄い茶色で、笑うと不気味な感じを人に与える。感情は一切顔に出ず、初対面の時は嫌われることが多い。晁蓋、宋江に出会う前から、強固な反国家思想を持っていた。頭で逆立ちをし、血を全身に回す習慣を牢内でつけた。またそれを、完全な闇《やみ》の中でやったので、三半規管も異常に鍛え上げられる。林冲《りんちゅう》とは、罵《ののし》られ、冷笑を返すという間柄で、不仲のように見えるが、どこか通じ合うところがあり、騎馬隊と致死軍の連携は絶妙。林冲が、青蓮寺の罠《わな》に嵌まり、開封府郊外で暗殺されかかった時、任務にかこつけて救援に向かったのも、公孫勝率いる致死軍の一隊だった。呉用は黙ってそれを認めた。

致死軍の最大の敵は、青蓮寺の王和、それに続く高廉の軍であった。致死軍の戦果でもっとも大きなものは、青蓮寺に対する直接攻撃であった。頂点にいた袁明《えんめい》ほか、中心スタッフのかなりの部分を殺し、青蓮寺は李富《りふ》の体制へと移っていく。致死軍は、高廉の軍と決戦。高廉の首を取るが、損害も大きく、公孫勝自身も傷を負った。

公孫勝が自らの過去を語ったのは、林冲騎馬隊に助けられ、撤収する時である。聞いていたのは、林冲と馬麟《ばりん》の二人であった。

●**関勝**《かんしょう》（**大刀**《だいとう》）　一一〇五年時点　三六歳　一八〇㎝　八五㎏

若くして武挙《ぶきょ》（武官登用試験）を通り、禁軍《きんぐん》（近衛軍《このえ》）で出世し、三十歳で将軍に昇るが、高俅と合わず、地方軍の将軍に転出し、三十二歳で雄州《ゆうしゅう》へ。乱れていた雄州の治安も、僅《わず》かの間に回復させた。将軍としての力量は、呼延灼《こえんしゃく》と並ぶと称され、童貫《どうかん》もそれを認めていた。ただ鬱々《うつうつ》としたものは拭《ぬぐ》いがたく、しばしば城外の宣贊の庵《いおり》を訪《おとな》う。

国について、人間について、社会について、軍学について語り合う。インテリゲンチャーの悩みを抱えた豪傑で、しばしば自己撞着《じこどうちゃく》に陥っている。そういうところに、魯達《ろたつ》のオルグが入るが、すぐには動かない。子供っぽい、やんちゃな部分も持っていた。部下は、みな慕う。梁山泊の思想が、徐々に関勝を動かす。その時、部下たちも宣贊も、すでに梁山泊入りを決意していた。そのまま官軍にい続ければ、やがて叛乱の嫌疑をかけられる、と判断していたのだ。入山は、堂々としたものになり、すぐに本隊の指揮を任される。関勝、呼延灼という二頭体制であった。

呼延灼と較《くら》べると、どっしりしたところがある。

入山してすぐに激戦の日々を送ることになる。やがて童貫軍が出撃し、まともにぶつかる。関勝は、軍学を究《きわ》め、実戦の経験も積み、梁山泊の中でも一、二を争う指揮官だったが、戦が好きというわけではなかった。軍の生活などは好きだったが、生き方に思い悩むようなところも持っていた。見識は一流であり、文治の才も充分に持っていたが、それを生かす機会には恵まれなかった。

●**林冲**《りんちゅう》（**豹子頭**《ひょうしとう》）　一一〇一年時点　二九歳　一八〇㎝　八〇㎏

もの心がついたころから、伯父に育てられる。父母について、伯父は黙して語らず。ひたすら幼い林冲に、槍《やり》を教えた。金州《きんしゅう》西域の近くだが、棲《す》んでいた山中に、名はない。書見と、槍の日々。心になにごとか期していた気配の伯父が、急死。天涯孤独となる。林冲、十六歳。槍一本を担いで、全国放浪。魯智深と出会う。鄆城の宋江に引き合わされ、私淑《ししゅく》。開封府にて禁軍槍術《そうじゅつ》師範となる。武術師範教頭、王進《おうしん》と交流を持つ。

開封府にいて、宋江の眼の役割をしていたが、王進の叛乱疑惑に関わりを持ったとされ、捕縛投獄。釈放を願う妻の張藍《ちょうらん》は、高俅一派の陵辱《りょうじょく》に遭い、縊死《いし》したと獄中で聞かされる。失って後、その大切さを痛感し、打ちのめされるタイプの男であった。滄州《そうしゅう》の牢城に移され、そこを安道全《あんどうぜん》、白勝《はくしょう》とともに脱獄。王倫《おうりん》が頭領であった梁山湖の山寨に入り、同志を待つ。

梁山泊結成後は、騎馬隊の指揮。黒備えの直属百騎をはじめとして、その数を増やし、各地で官軍を撃破。林冲騎馬隊として恐れられる。愛馬は、百里風《ひゃくりふう》。

無類に強く、切ないほどの弱さも併《あわ》せ持つ。その本質を、宋江は見抜いている。祝家荘《しゅくかそう》戦では千五百騎を率いるも、決戦前夜に戦線離脱。張藍の生存の噂がそうさせたのだった。鍛え上げた筋骨は強靭《きょうじん》で、棒打ちの刑も撥《は》ね返すほどである。加えて、武芸には天稟《てんぴん》があり、猛々《たけだけ》しい気力を持つ。

林冲の強さは、私の憧《あこが》れであり、弱さは自分自身を振り返っての、悔悟のようなものかもしれない。小説家は、作品の中で、別の人生を生きる特権を持つのである。こんな発言は、読者に叱《しか》られるかな。

林冲騎馬隊は黒騎兵、青騎兵、その他に分かれ、宋軍に計り知れない脅威を与え続けた。部下の隊長には、索超《さくちょう》、馬麟、扈三娘《こさんじょう》などがいた。

●**秦明《しんめい》（霹靂火《へきれきか》）**　一一〇五年時点　四七歳　一七五㎝　七〇㎏

官軍の中で、実力の認められた将軍だった。ただ直情的な性格のために、開封府からは疎《うと》まれ、小規模な青州《せいしゅう》軍を指揮する。青州は古来より叛乱の多い土地で、過酷な任務を押し付けられたかたちだった。副官に花栄《かえい》、下級将校に孔明《こうめい》、孔亮《こうりょう》兄弟、黄信《こうしん》などがいた。指揮能力については、官軍屈指であった。その実力と、官軍内での不遇に眼をつけた魯達が、オルグにかかる。蕭譲《しょうじょう》が書いた偽《にせ》手紙がその道具であったが、魯達はそれを秦明の前で焼く。やがて秦明は花栄とともに官軍を離脱し、梁山泊に合流。楊志《ようし》亡き後、林冲が指揮していた二竜山に入る。林冲もそれでようやく騎馬隊の指揮に戻れた。二竜山、桃花山《とうかざん》、清風山《せいふうざん》の三山を総称して二竜山としたのは、三山を結んだ広い地域をすべて寨《さい》にするという、秦明の発想から来たものであった。これにより、二竜山は、入山希望者の窓口になり、調練した兵を梁山泊本隊に補充するという役目を果たしながら、ある程度の自給も可能になる。梁山泊入りを求める者は、ますます多く集まってくる。

二竜山には、楊志の遺児、楊令《ようれい》と、それを見守る公淑《こうしゅく》がいた。秦明は、自分でも気づかぬ間に、公淑に魅《ひ》かれていく。微笑《ほほえ》ましいほどの恋であった。やがて秦明は、楊令を子午山《しごさん》にやることに決める。そして、公淑と結婚。子を生《な》す。

祝家荘戦後の軍の再編で、副官解珍《かいちん》、大隊長燕順《えんじゅん》、黄信、上級将校鄒潤《すうじゅん》、郭盛《かくせい》、楊春《ようしゅん》、兵站《へいたん》に蔣敬《しょうけい》という陣容になる。

背筋が伸びていて、引き締まった体。眼は落ち着いていて、白いものが混じった髭《ひげ》と髪。

怒った時の、雷鳴のような声。いかにも軍人らしく、もの言いもはっきりしている。愛妻家であることが、徐々に判明。

董万《とうまん》の攻囲を受けた時は凌《しの》ぎきるが、燕順を死なせた。解珍を軍師、郝思文《かくしぶん》を副官として、趙安《ちょうあん》の一年余の攻囲に耐える。生死に拘泥《こうでい》せず、自らの闘い方にこだわる。

●**呼延灼**《こえんしゃく》（**双鞭**《そうべん》）　一一〇七年時点　三五歳　一八〇㎝　八〇㎏

宋建国の英雄、呼延賛《こえんさん》の血を引く、軍人の名門の家に生まれる。用兵にも大才的なひらめきを見せた。若くして将軍に昇るが、自ら志願して地方軍に回り、辺境暮らしに甘んじる。ただ、代州《だいしゅう》は民兵組織を充実させ、国境に兵力を取られても、きわめて安定した地域であった。禁軍総帥の童貫が、梁山泊戦に一度だけ勝利せよと、呼延灼を起用。連環馬《れんかんば》で見事勝利するが、その戦捷《せんしょう》を高俅に台無しにされる。梁山泊に走ったのは、もともと帝《みかど》に不信感を強く持っていたことも、起因している。つまり、国そのものに絶望しかかっていたと言っていい。高俅の愚行は、ただきっかけになったに過ぎなかった。

入山してからは、本隊の指揮に専念。戦を積み上げながら、自らも、梁山泊軍も、更なる成長を遂げていく。一時は、童貫軍を壊滅寸前にまで追い込んだほどだった。

騎馬による野戦に本領があるところなど、関勝とは対照的だった。張清《ちょうせい》もまた野戦を得意としていたので、関勝の死は惜しまれる。

公正な人格で、林冲や史進《ししん》とはまた印象の違う英傑であった。

呼延灼の苦労は、梁山泊軍における、絶対的な上級将校の人材不足であった。大隊長クラス、つまり一千以上の部隊指揮ができる将校が、極端に少なかったのだ。そのため、四千、五千の単位で部隊を動かすことを余儀なくされた。それは、兵力差がもろに出てしまう闘い方になるのだ。ただ、騎馬隊には恵まれ、そちらでは童貫軍と拮抗《きっこう》する闘いを展開した。

愛馬は、踢雪烏騅《てきせつうすい》、名は朝影《あさかげ》。得物《えもの》は双鞭。半ば伝説化した戦歴。

代州には穆秀《ぼくしゅう》という女がいて、十六歳の娘と、十三歳の息子を残す。

●花栄《かえい》（小李広《しょうりこう》）　一一〇二年時点　三二歳　一七五㎝　七五kg

青州の軍人で、秦明の副官であった。以前より、宋江、魯智深、盧俊義などと、交流を持つ。当然ながら、世直しの志もともに抱くことになるが、秦明抱き込み工作と、塩の産地に近いという青州の特殊性から、梁山泊結成後も、しばらくは官軍に残る。秦明とともに梁山泊に合流し、二竜山、桃花山、清風山の副官となる。三山はこれより二竜山と総称される。

髭も蓄えぬ、精悍《せいかん》な美男で、弓の名手。気合とともに、岩にも矢を突き立てる。二竜山副官として、堅実だが地味な存在だった。祝家荘戦後、梁山泊南方に流花寨を築くことになり、その指揮官に起用される。

流花寨は五丈河《ごじょうが》にあり、そのまま進めば開封府である。宋という国を倒すという、梁山泊の思想的拠点であり、開封府ののどもとに突きつけられた、刃《やいば》であった。たえず宋軍の攻撃にさらされ、ここが落ちるかどうかが、勝敗のひとつのポイントであった。

強弓の凄《すさ》まじさを見せつけながら、最後の最後まで持ちこたえ、力尽きる。

青州に残してきた妻子がいて、息子の花飛麟《かひりん》は梁山泊入りを望んでいたが、果たせぬまま戦は終わる。

●柴進《さいしん》**（小旋風**《しょうせんぷう》**）**　一一〇二年時点　三四歳　一六五cm　六五kg

滄州に住む。大周《だいしゅう》の柴世宗《さいせいそう》の直系の子孫。いわゆる、高貴顔。性格は、苛烈《かれつ》なものを内に秘め、鷹揚《おうよう》な外見からは想像できないものを持っている。生まれた時からの、安定した生活にあき足らず、また宋の国情に耐えられず、叛乱を志して、晁蓋、盧俊義らと交わる。家柄ゆえに、屋敷内は治外法権で、それを利用して、さまざまな人間を匿《かくま》う。闇の塩の道の、北への経路の最大重要拠点で、梁山泊の糧道に少なからぬ貢献をした。ただ本人は、名もなき兵士として、官軍との闘いで死んでいくことに、ロマンを感じている。

だが事態はそれを許さず、塩の道の関係者として青蓮寺に追及され、それまでに蓄えたものを梁山泊に運び込み、自身もかろうじて逃れる。梁山泊に入ってからは、膨大なすべての物資の管理を一手に引き受ける。夢はともかく、軍人としての才能より、その方面の才覚に優れていた。

済州で倒れ、梁山泊に運ばれたが死去。史文恭《しぶんきょう》による暗殺であった。

●李応《りおう》**（撲天鵰**《ぼくてんちょう》**）**　一一〇六年時点　三八歳　一七〇cm　六五kg

中肉中背で、目立つ容姿ではない。独竜岡《どくりゅうこう》、李家荘《りかそう》の保正《ほせい》。少年のころ、同じ独竜岡の解家村《かいかそん》の解珍に憧れていた。役人ともきちんとやり合って筋を通す姿に、あるべき保正の姿を見ていた。しかし解珍は祝朝奉《しゅくちょうほう》に嵌められ、村を乗っ取られる。李応は、ごく普通の保正として、役人対策も杜興《とこう》などの助言を受けて身につける。軍学は学び、民兵の中から選《よ》りすぐった二百名を私兵として養う。ただなにが正しいのか忘れがちになっている自分にも気づき、ある焦燥感は抱いていた。そういう自分に嫌悪感も持つ。梁山泊の祝家荘攻めがはじまるが、盟約の信義を守ろうとするため、思想的に近い梁山泊になかなか同心できず。しかし、信義と大義のはざまで悩みながら、ついに大義を取る。祝家荘攻略では、内部に入り込み、重要な役割を果たす。梁山泊入山後は、兵站の担当となる。梁山泊全体の兵站は膨大で、規模の大きな経済を知る者でなければ、務まらなかった。やがて柴進が来て、兵站からはずれ、念願の部隊指揮に回される。攻城兵器などを備えた、重装備の歩兵部隊の編制にかかる。性格は温厚で、判断力にも富み、部下に慕われる大らかさも持つ。

育ちがいいのだ。妻帯していたが、梁山泊に加わると決めた時、離縁。妻と子は、山中の別邸にやる。妻は、李応を待ち続けている。また、決起に際し、家財を処分して使用人に分け与える。李俊が水軍の統括をするようになったので、穆弘《ぼくこう》、呼延灼とともに、梁山泊軍本隊の指揮を執《と》る、将軍格の一人であった。

●朱仝《しゅどう》（美髯公《びぜんこう》） 一一〇一年時点　二八歳　二〇五cm　一一〇kg

もとは禁軍将校であった。平然と高俅などを批判したためか、地方軍に回され、鄆城県の騎兵将校となる。そこで雷横《らいおう》と出会い、宋江も知ることとなる。禁軍を中心とした軍批判から、反国家意識を育ててきたタイプ。宋江が閻婆惜《えんばしゃく》殺しの嫌疑を受けた時、実際の下手人《げしゅにん》である宋江の弟、宋清《そうせい》とともに北へ逃亡。雷横とともに同志を集め、双頭山を築き、北の拠点とする。太原府《たいげんふ》戦では、宋江救出に奔走。祝家荘戦でも、北の官軍を引きつけ、拠点を守り抜く。雷横の死後は、双頭山の総隊長。根っからの軍人であり、軍規を守れない李逵《りき》とは犬猿の仲。小気味のいい、すっぱりと割り切った生き方が好きで、自身であまり深い悩みは抱えこまない。梁山泊軍実戦部隊の、指揮官の典型のひとつ。三国志《さんごくし》の関羽《かんう》に憧れ、見事な髭を蓄える。ただ、同輩の雷横が死んだ時、自慢の髭は短く刈り込んだ。

北の拠点、双頭山は、梁山泊、二竜山への攻撃の、強力な防御となると同時に、北辺から西にかけての志を抱く者たちを集める、重要な場所となった。

やがて双頭山は、北京大名府の董万の大軍による奇襲を受け、崩壊。

私は、死と気力というものに強い関心を持っていて、朱仝でそれを書いてみようとした。楊志の死で描いたものが、まだ足りないという気がしていたのだ。書き終えた時は、過剰になったかもしれないと思った。読み返すと、これはこれでよかったのだ、と思い直した。夢中で書いたが、朱仝の死は、確かに私の考える男の死に様のひとつである。

ちなみに、死域《しいき》という言葉は、私の造語である。人生で一度だけ、それに似た場所に立った、という経験がある。

●**魯智深**《ろちしん》（**花和尚**《かおしょう》）　一一〇一年時点　三五歳　一九八cm　一二〇kg

坊主ゆえ、頭まで赤銅色に日焼けしている。細い眼と眉《まゆ》。張って、鉢より大きく見える顎《あご》。顎と同じほどに太い首。深い、低音の声。

山東《さんとう》、密州《みっしゅう》の塩職人の子。父は、塩の横流しの嫌疑で、処断される。実際は、役人の身代わりにされた。当時塩は、国家管制の貴重品で、塩についての犯罪は、厳罰に処された。

十二歳で母も失い、出家させられる。暴れ者で、寺をたらい回しにされた。出奔して放浪、宋江と出会う。

この男を、私はオルガナイザーとして設定した。なかなか腕も立つが、人の心を摑《つか》むのがうまい。何人もの男の心を、魯智深は動かした。やがて、政府側に正体が割れ、全国手配。それを逃れ、同時に外敵と呼応する状況を作るために、北の女真《じょしん》族の地に潜入、捕らえられる。鄧飛《とうひ》の活躍で救出されるが、その時の傷がもとで、左腕を失う。切り落としたのは、安道全。その肉を一緒に焼いて食ったのは、林冲。

腕を失ったのを機に、還俗《げんぞく》、魯達という昔の名にかえる。以前よりも、命に恬淡《てんたん》となり、人たらしに磨《みが》きをかける。後ろで束《たば》ねた髪にも、髭にも、白いものが混じりはじめる。派手な着物を着るようにもなった。

戦以外のあらゆる局面に登場すると言っても過言ではなかろう。武松、李逵には兄として慕われる。子午山の楊令をしばしば訪い、成長を見守り、梁山泊のすべてを伝えたのも、この男であった。

●**武松《ぶしょう》（行者《ぎょうじゃ》）**　一一〇二年時点　二七歳　一七五㎝　八〇kg

清河《せいが》県の生まれ。もの心ついた時は、寿陽《じゅよう》に移る。父は腕のいい織物職人だった。六歳のころ、同じ路地に越してきた、潘金蓮《はんきんれん》と出会う。彼女は、兄武大《ぶだい》と結婚することになる。武松はそれが、どうしても受け入れられなかった。悶々《もんもん》とした思春期を過ごす。夜中に、大木の幹に拳《こぶし》を打ちつけ続ける。無頼の末、寿陽を出奔。魯智深と出会い、ともに旅をし、やがて宋江に引き合わされ、心酔する。宋江を父、魯智深を兄と思う。旅をして、賊徒の間を回り、志を説く。宋江は、常に厳しかった。兄嫁を思う心は、志だけでは消せず、寿陽に舞い戻り、潘金蓮を犯す。自害した潘金蓮を見て、自分も死のうとしたが、虎《とら》と素手で闘っても、死ななかった。寺で、じっとしている時、魯智深に見つかり、子午山の王進に預けられる。そこで、はじめて自分を取り戻す。梁山泊に入る前の宋江の従者として、全国を旅する。

　素手で闘って勝てる人間はいないほど強いが、林冲と似たような心の弱さを持っている。私にとっては、書き甲斐《がい》のある男である。強くて弱い男は、現代小説でも私は書こうとしてきた。その男たちに与える課題は、いつもいかに死ぬかということであった。言い換えれば、いかに生きるかということになり、それに拘《こだわ》るために、死んでいった主人公も少なくない。初期の私の作品は、主人公の死亡率が、七割とも八割とも言われたものだ。

　武松はやがて、李逵とコンビを組み、魯智深（魯達）の指示を受けて、さまざまな工作活動の前線に立つ。絶妙のコンビであった。童貫との決戦では、戦場に出た宋江のそばに常にいて、護衛の任を果たす。

●董平《とうへい》（双槍将《そうそうしょう》）　一一〇八年時点　二八歳　一八〇cm　八〇kg

　東平《とうへい》府《ふ》将校。太守《たいしゅ》（府の知事）の娘が惚《ほ》れ、それを冷たくあしらったので、雄州の牢城に送られてきた。魯達の眼にかなった将校だった。牢城からの脱獄の賭《か》けで、関勝が魯達に敗れる。樊瑞《はんずい》の働きであった。脱獄すると、もう梁山泊しか行くところはなかった。もともと反国家思想をすべて否定しているわけではなかったので、入山に抵抗は持たなかった。

はじめからかなりの部隊を任され、空っぽの梁山泊を関勝が襲ってきた時は、自分の部隊だけで膠着《こうちゃく》に持ち込んで、阻止した。後に、双頭山の総隊長に。童貫に攻められ、籠城《ろうじょう》せずに野戦を挑み、敗れる。

●**張清**《ちょうせい》（**没羽箭**《ぼつうせん》）　一一二〇年時点　二八歳　一八〇cm　八五kg

母が、遼州呉家荘《りょうしゅうごかそう》の出で清州《せいしゅう》の張明《ちょうめい》と結婚していたが、死なれ、呉家荘の兄、呉仁《ごじん》の元に戻ってきた。幼いころから張明に飛礫《つぶて》の技を教えられ、技がほとんど父の記憶そのものになっている。それからも、技は磨き続けていた。五年前に、自分らの土地を守るために、自警団を結成。やがて呉仁から呉弁《ごべん》の代になると、土地を小作人に与え、自らは山中に入る。慕うものが集まってきて、傭兵《ようへい》稼業に入り、各地の城郭《まち》を回る。高い報酬を取ったが、引き受けた仕事に失敗したことは一度もなかった。

そういうところを、魯達に眼をつけられ、梁山泊に誘われる。張清自身も、いまの軍のありよう、国の姿には、大きな疑問を感じていた。入山しないまでも、自ら叛乱軍を作るぐらいの気持ちはあった。ただ、威勝で会った瓊英《けいえい》が忘れられず、宋という国を売れずにいる。魯達、武松、李逵のトリオが登場し、瓊英と養父の鄔梨《うり》とともに梁山泊に誘うことに成功。張清と瓊英は、いいカップルになった。

張清はすぐに本隊の指揮を任され、童貫戦へと突入していく。童貫の肩を飛礫で砕き、一時撤退をさせたこともある。しかし歩兵の指揮が多くなり、耐える戦を余儀なくされる。緑色が好きで、緑衣の将軍とも呼ばれた。梁山泊に加わった、最後の大物である。百八名が梁山泊に勢揃《せいぞろ》いすることはなく、張清が入山した時は、赤札がずいぶんと増えていた。

志よりも、恋を優先させたところは、人間的だったのではなかろうか、と私は思っている。恋人さえ捨てて、と私の学生時代、運動に飛び込んでくる男がたまにいた。大抵は挫折《ざせつ》である。現実と向かい合うと、思想は脆《もろ》いものだった。

●**楊志《ようし》（青面獣《せいめんじゅう》）**　一一〇三年時点　二八歳　一八〇cm　八〇kg
宋建国の英雄、楊業《ようぎょう》の血を受ける。同様な者に、呼延賛の血を受けた呼延灼がいる。若くして武挙を通り、禁軍将校となる。軍内でも、頭角を現わしていた。青蓮寺も注目し、地方巡検視《じゅんけんし》に起用。しかし、青蓮寺が望むような諜報《ちょうほう》活動的なものはやらなかった。むしろ、政事の矛盾を目《ま》の当たりにして、心を痛める。また、禁軍のありようにも批判的で、高俅に睨《にら》まれ、青州軍に飛ばされた。秦明や花栄の評価は高かった。それから北京大名府に移り、梁中書《りょうちゅうしょ》の蔡京《さいけい》に宛《あ》てた生辰綱《せいしんこう》（誕生日のプレゼント）の輸送の指揮を命じられる。釈然としない任務であった。その生辰綱を、晁蓋らに奪われる。追跡をしたが、それは脱走と同じかたちになる。放浪。安丘《あんきゅう》の曹正《そうせい》の店で、済仁美《さいじんび》と出会う。また魯智深とも出会い、さまざまな社会の矛盾を話し合う。しかし、誇り高き血を受けた根っからの軍人で、たやすく叛徒に走るには、心にブレーキが多すぎた。

賊徒に襲われた村を、魯智深とともに救いに行き、村人たちの対応に衝撃を受ける。またそこで、両親を眼の前で殺され、言葉を失った楊令と出会う。楊令を拾い、済仁美に預ける。賊徒の巣窟《そうくつ》である二竜山を、魯智深、曹正らと襲い、獅子奮迅《ししふんじん》の働きをする。結局、制圧した二竜山を魯智深に丸投げされ、頭領に。すぐに、賊徒ではなく、叛乱軍として二竜山をまとめ、桃花山もまた傘下に置く。その手際は見事で、たちまち精兵を擁する叛乱軍の一大拠点となった。

梁山泊と連携し、兵員補充の大きな役割を担う。二竜山に人が集まったのは、民が楊家《ようか》の血を敬《うやま》っていたと同時に、ほとんど一人で二竜山を制圧した勇猛さが人の眼を惹《ひ》きつけたからであった。そしてまた、人望が得られるような人柄でもあった。民の梁山泊への参加は、直接の例は少なく、まず二竜山に入ってというのが、通常のコースになる。楊志の存在は、政府にとって大きな脅威になり、青蓮寺は暗殺を画策する。宋江の妾《めかけ》、閻婆惜の母、馬桂《ばけい》の恨みを利用した、周到な暗殺計画であった。

妻とした済仁美、養子とした楊令との、束《つか》の間《ま》の団欒《だんらん》の時を狙《ねら》われた。実行は王和の軍。楊令を守るため、楊志は立ち続ける。壮絶な死に様であった。また、新しい両親を眼の前で殺された楊令の心に、癒《い》やしがたい傷を残すことになった。

剣の腕は、槍を執った林冲と対峙して互角。決闘の時は、先祖伝来の吹毛剣《すいもうけん》は遣わなかった。

私は、この男の弱さ、強さをしっかり描《か》きあげたつもりでいる。描きあげたと感じた男は、死に向かってしまう。どうにもならなかった。楊志の死で、私は楊令という少年を抱えこんでしまった。つまらない人生を送らせれば、楊志が怒る。

顔半分を覆う青痣《あおあざ》。ゆえに青面獣だが、楊令の顔にも、襲撃の時に負った火傷《やけど》の痕《あと》がある。

奇《く》しくも、楊志の痣と同じ場所である。

●**徐寧《じよねい》（金鎗手《きんそうしゆ》）**　一一〇七年時点　三九歳　一七〇cm　七五kg

禁軍槍騎兵の師範。家柄はいいと思い込んでいた。そのよりどころが、賽唐猊《さいとうげい》と呼ばれる家伝の鎧《よろい》であった。しかし、禁軍内では、武術師範は、恵まれた地位ではなかった。出世は諦《あきら》め、酒浸り、荒稽古《あらげいこ》の日々。良家の息子を突き倒して、しばしば叱責《しつせき》を受け、そこにつけこんで、孫新《そんしん》、張青《ちようせい》、孫二娘《そんじじよう》らで梁山泊に誘う。梁山泊では、やはり騎馬に本領を持っていて、遊撃隊を指揮することが多かった。

長槍隊などを考えるが、必ずしもうまく行かなかった。

●**索超《さくちよう》（急先鋒《きゆうせんぽう》）**　一一〇六年時点　二七歳　一七五cm　七五kg

十六歳で両親を失い、放浪。家は干物を扱う店であった。はじめて腰を落ち着けたのが、北京大名府の梁中書の屋敷で、食客《しよつかく》として武者修行に来た者を相手にした。索超は負けることがなかった。ある時、呂方《りよほう》という男が現われた。一目見て、かつて京兆府《けいちようふ》（長安《ちようあん》）の将軍であった呂栄《りよえい》の息子だとわかる。呂栄は叛乱の嫌疑で処断される前に自決していたが、索超は旅の途中で世話になっていた。そこそこの腕の呂方に勝ちを譲り、旅に出る。納得できなかった呂方が、追ってくる。そこで、青蓮寺の罠にかかりかけていた林冲と出会う。林冲の腕には及びもつかないと悟った索超は、一年という期限を晁蓋と約束して、再び旅に出る。その旅では、楊令や、田虎《でんこ》のところにいた唐昇《とうしよう》と会うことになる。旅先で晁蓋の死を聞いた索超は、梁山泊にもどる。

林冲騎馬隊に組み入れられ、青騎兵を率いる。林冲の黒騎兵、史進の赤騎兵とともに、宋軍に計り知れない脅威を与えた。

●戴宗《たいそう》（神行太保《しんこうたいほう》）一一〇二年時点　三四歳　一五九㎝　五一㎏

江州《こうしゅう》の牢役人。幼いころから貧乏で、金持ちを羨《うらや》み続ける。しかしなぜか、自分が金持ちになろうという発想はしなかった。十六歳で牢城の下働き。十七歳で両親が死に、ほぼ同じころ、張横《ちょうおう》、張順《ちょうじゅん》兄弟の父、張礼《ちょうれい》と知り合い、賊徒に誘われる。十九歳で水運の荷を襲ってみるが、賊徒には馴染《なじ》めず。この世から、金持ちをなくそうという発想が強くなる。それは蜂起《ほうき》に結びつくことであったが、魯智深と出会い、思いとどまる。自身は牢役人のまま、飛脚屋商売を始めた。飛脚は、牢城の囚人の中から、脚の速い者を選び出す。二十五歳であった。二十八歳の時、宋江に引き合わされ、自身の心情に方向性を与えられる。そして飛脚屋を、同志の通信網に使いはじめた。江州戦、太原府戦を経て、飛脚屋と専従の走者による、二段構えの通信網に発展させた。梁山泊は、通信に関しては、官軍の一歩先を行くようになる。

非常に用心深い性格が、三十歳を過ぎてから出てくるようになる。

通信網は、やがて張横に任せ、自身はさまざまな工作に関わるようになる。偽装講和工作にも、一枚絡んだ。青蓮寺の高廉の軍と致死軍の激闘により、公孫勝が負傷。代わって、致死軍の指揮を執るが、そのころは決戦段階に入り、以前ほどの重要な役割はなかった。

●劉唐《りゅうとう》（赤髪鬼《せきはつき》）一一〇三年時点　二六歳　一八〇㎝　八〇㎏

赤毛で眼は碧《あお》く、筋骨隆々としている。十代後半で放浪をはじめる。十八歳の時公孫勝と出会い、影響を受ける。河水沿いに拠点を持つ、叛乱の賊徒になる。河水の一部を押えることが、物流の支配にもなり、叛乱の第一歩になるという、公孫勝の戦略であった。しかし、はじめから防衛線がのびすぎ、ひとつひとつの拠点を各個撃破されると支えきれず。公孫勝も捕縛される。公孫勝が不在の間、拠点のひとつを守り通したのは、二十名ほどの部下を率いていた、劉唐だけであった。晁蓋による公孫勝救出後は、梁山泊に加わる。致死軍創設の、中心人物であった。公孫勝の副官のような役割で、特殊な調練も引き受ける。致死軍の動きでは、必ず一方の指揮者であった。北への塩の道の防備強化の必要が出て、公孫勝から独立し、飛竜軍を創設。特殊部隊だが、劉唐の考えを生かしたものになる。

果断な性格だが、闊達《かったつ》さもあり、兵たちには好感を持たれる。そういう点は、公孫勝とは対照的であった。

晁蓋の出陣が多くなり、その周辺に気を配るのも、飛竜軍の仕事になる。史文恭をテストして、晁蓋の従者と認めたのは、劉唐であった。晁蓋暗殺の後、史文恭を探し回り、処断。しかしその時は、柴進、裴宣《はいせん》も暗殺された後であった。

高廉の軍との決戦では、公孫勝の身代わりとなる。

●**李逵**《りき》（**黒旋風**《こくせんぷう》）　一一〇四年時点　二四歳　一七五㎝　八〇kg

黒い肌、がっしりした体。少年のころから、病弱な母を助けて、石切場で過酷な労働に耐え、強靭な肉体が出来上がった。また、板斧《はんぷ》で石を切る技も習得する。石を切ることによって、刃も研《と》ぐのである。これは究極の技だが、意識することもなく、身につけた。天才的な運動神経と、類《たぐい》まれな闘争心も、本人は意識することもなく、純真に生きてきた。石切りの賃金をごまかされ、二人打ち殺して逃亡。不正やごまかしを決して許さず、立ち向かう性向も持っていた。賊にのどを斬《き》られ、言葉を失った母と、放浪の逃避行。そこで、南への旅の途次にあった宋江、武松と出会う。母を食い殺した虎二頭を、武松とともに打ち殺す。

梁山泊の志とは無縁だが、宋江を父、魯智深、武松を兄と慕い、行動を共にする。気の合う相手、合わない相手、好き嫌いがはっきりしていて、軍規の中で協調していくような資質はない。朱仝とは、顔を見るといがみ合うような関係にある。

武松とコンビを組んで、各地を放浪。魯達（魯智深）のオルグ活動の尖兵《せんぺい》のような役割を果たす。一見対照的な二人は、あまり人に怪しまれることはなかった。さまざまな緊急局面に登場し、活躍する。泳ぎは駄目であった。

私は、執筆に当たって、各人の星を章のタイトルとし、その人間の視点を必ず入れるようにしている。内的な方からの描写で、存在感を重層的にしたいからである。李逵も、天殺《てんさつ》の星として章を立ててあるが、そこに李逵の視点はない。章立て、視点含有は、あくまで原則で、それには縛られない。私は、今後思いがけない場面で、李逵の視点を入れようと思っている。私にとっては、それが李逵らしい。

●**史進**《ししん》（**九紋竜**《くもんりゆう》）　一一〇一年時点　一九歳　一八〇cm　七五kg
少華山《しようかざん》近くの、史家村《しかそん》の保正のひとり息子。幼いころに母を亡くし、男手で育てられる。

強健な肉体と、猛々しい闘争心を持つ。少年のころから棒を振り、何人もの師範につくが、すべてその師範たちの腕を超えた。十五歳を過ぎてからは、近郊に敵《かな》うものなし。朱武《しゅぶ》を中心とする少華山の賊徒も、史家村は避けて通った。自らも、最強と思いはじめるようになる。その鼻をへし折ったのが、叛乱の嫌疑を受け、母を連れた逃避行の途中であった、王進である。史進は、王進に師事し、生と死の狭間《はざま》にある、死域という境地を会得する。

やがて王進が去り、父が死ぬと、気持ちが通じはじめていた少華山の賊徒と、合流。その頭領となる。梁山泊と連携。西方の拠点となる。

しかし、史進は強すぎた。弱い者の気持ちがわからない、指揮官となっていく。孤立し、なにゆえ自分が孤立しているかもわからない孤独の中で、さらに強くなろうとだけして、もがき苦しむ。少華山を訪れた魯智深が、そういう史進を、子午山の王進のもとに伴う。そこで自分を見つめ直し、成長。少華山はあげて、史進を再度頭領として迎える。

少華山は、梁山泊からは西に遠すぎた。官軍の大攻勢をきっかけに、梁山泊と合流する。騎馬、歩兵からなる、遊撃隊を編制し、指揮を執る。梁山泊の北の九竜寨《くりゅうさい》が出撃拠点。祝家荘戦では、野戦で活躍。

林冲の黒に対し、赤備え。乱雲《らんうん》と名付けた汗血馬《かんけつば》に乗り、梁山泊の鍛冶《かじ》屋、湯隆《とうりゅう》に鍛えて貰《もら》った鉄の棒を、赤く塗って遣う。並の男では振り回せないその棒を、木の棒のように軽々と扱う。

梁山泊百八人の中では、腕は一、二を争う。若いだけに、成長の余地も多く持っていて、私としては書き甲斐がある。完成に近づき、自己破壊を繰り返す。これも、私が剣豪小説で書き続けてきた、男のありようである。決して行き着くことのない地平線を目指す男が、私は好きなのだ。

童貫との決戦では、騎馬のみ二千を率いて、楊令とともにひたすら童貫の首を狙うが、果たせず。林冲亡き後は、梁山泊騎馬隊の中心的存在として、童貫軍に恐れられる。

●**穆弘**《ぼくこう》（**没遮攔**《ぼっしゃらん》）一二〇四年時点　二八歳　一八〇㎝　八〇kg

南方、掲陽鎮《けいようちん》近くの、穆家村《ぼっかそん》の保正の息子。穆家村は、台地の豊かな村であった。十三歳の時兄を死なせた過去がある。喧嘩《けんか》に巻き込まれた穆弘を助けようとして、兄が袋叩《ふくろだた》きに遭う。穆弘は、なすすべもなく、それを見ていた。数日後に、兄が死亡。父はそれを問題にしなかった。相手に、役人と縁のある者が混じっていたせいだ、と穆弘は思っている。それから父に対しては、批判的な眼を向ける。また、兄の死を目の当たりにしてからは、心に自虐的な面を持つようになる。保正を継ぐ気はなかったが、弟の穆春《ぼくしゅん》が、立派な保正になることは望む。弟は穆弘の真似《まね》しかせず、引き裂かれた心情の中にいる。

美男だが隻眼《せきがん》。博奕《ばくち》で片眼を賭け、いかさまで敗れると、自ら片眼を抉《えぐ》り出した。十九歳の時であった。旅の途次の宋江といざこざの後、屋敷に招く。宋江は、しばらくそこに滞在した。志について、さまざまなことを語り合う。影響は受けたが、すぐに同心することはせず。穆弘が同志とともに起《た》ったのは、認め合うライバル関係にあった李俊《りしゅん》が叛乱を起こしてからであった。

江州で、青蓮寺と官軍に宋江が追いつめられた時、兵を動員して駆けつけ、林冲騎馬隊の到着まで支えたのは、穆弘、李俊の軍、そして致死軍であった。

穆弘の反権力意識は、少年のころに形成された。父に対する反発が、大きなエネルギーになっていた。たぶんに自己否定と、自虐的要素が入っている。穆弘の父は、そういうものも見通していた。父はまた、自らの屈折した人生を顧み、宋江と親しく交わることで、密《ひそ》かに心を寄せた。しかし、高齢である。自分は、穆家村の土になるが、おまえたちは自由に羽ばたけという言葉で、兄弟を送り出す。

片眼にはいつも眼帯。木製で、そこに目玉を描くような稚気あり。怒りの凄まじさを除けば、人格的に完成されていて、指揮官としての適性を持つ。梁山泊軍に数名いる、将軍格の一人であった。

敵将、趙安を、首を取る寸前まで追いつめたが、土埃《つちぼこり》に遮られる。

●雷横《らいおう》（挿翅虎《そうしこ》）　一一〇二年時点　二九歳　一七〇㎝　七五㎏
鄆城県の歩兵部隊将校。宋江と親交があり、同志に。口髭、顎髭を短く刈り込む。酒に強く、酔ったところをあまり見せない。剣をよく遣う。親分肌で、部下に慕われた。軍人らしく、命に恬淡としたところがある。宋江が、閻婆惜殺しの嫌疑で追われたあと、自分も軍を脱走し、先に逃げていた朱仝と滄州で合流。

梁山泊の北の守りと、塩の道の守備を兼ねた、双頭山を築き、朱仝とともに総指揮。堅牢な寨とする。宋江が、太原府の西で官軍に包囲された時、救援に向かい、宋江の身代わりになって、壮烈な戦死を遂げる。

●**李俊《りしゅん》（混江竜《こんこうりゅう》）**　一一〇四年時点　二九歳　一八〇cm　九〇kg

幼いころから、長江《ちょうこう》（揚子江《ようすこう》）や沿海で船に乗り、体が鍛え上げられる。豪放な性格も、海が作った。考え込むところが多い穆弘とは対照的であるが、掲陽鎮近辺の顔役として、いいライバル関係にあった。

長江の河口で漁師をしていた父は、河、海の航海法に通じていた。また、その方面の人脈も持っていた。十五歳の時に父が死ぬが、すぐに顔役にのし上がる。十八歳で、島で密造される塩を扱いはじめる。塩の犯罪は、盗みや人殺しなどよりずっと重く、国家に対する犯罪であるが、度胸ひとつではじめてしまった、というところがある。

旅の途次の宋江は手配されていて、弟分の李立《りりつ》がそれに気づく。李俊は、結局、宋江と武松を屋敷に招く。屋敷には、亭主と子供を同時に失い、気が触れたようになっていた公淑も保護されていた。そこで、かなり深く宋江と語り合うことになったが、自由を求めるという、李俊の心情は、深いところでは動かず。本質は、アナーキストのところがあったのだ。そして、掲陽鎮《じようせい》近くで、単独で叛乱を起こすことになる。塩の商いは、太湖《たいこ》のほとりにいる弟分の費保《ひほう》、上青たちに任せる。

宋江が江州で官軍に包囲された時、はじめて穆弘と連帯。また兵を募る。李俊の自由への希求が、社会性を持った瞬間であった。官軍を打ち破ると、集めた兵の調練を続けながら、二竜山へむかう。それから梁山泊本隊へ。常に本隊の中核にいて、穆弘と並ぶ将軍格であった。ゆえに陸上兵力を指揮することになるが、本質は水軍の指揮であり、海外への雄飛の夢も、捨てきれないでいる。

やがて、本格的に水軍が整備され、その指揮官に。健闘を続けるが、宋水軍の物量には圧倒されざるを得なかった。

梁山泊の志をしっかり理解してはいるが、強い組織性への違和感は、常に消えずにある。まさにアナーキストであるが、視野は広く、他の価値観を認められる大人でもあった。私は、李俊と穆弘に、梁山泊の指揮官の典型を託した。『替天行道《たいてんぎょうどう》』に体を震わせ、涙し、すべてをそこに賭けようとする穆弘と、理解はしているが、思想がすべてではないという醒《さ》めた視線を持っている李俊という、二つの典型である。

●阮《げん》小二《しょうじ》（立地太歳《りっちたいさい》）　一一〇二年時点　二七歳　一七〇cm　六〇kg

阮三兄弟の長兄。穏やかで、おっとりしている。造船に通じ、梁山泊水軍の、隊長の一人である。入山時から、金沙灘《きんさたん》、鴨嘴灘《おうしたん》などの船着場、対岸の船隠し、梁山湖、および周辺の河川の、水路をきわめる仕事をする。同時に、造船所でもその中心になる。流花寨の、船溜《ふなだま》りの部分は、陶宗旺《とうそうおう》との合作。また、槍魚《そうぎょ》という、水上を走って敵船の横腹に穴を開ける、魚雷のようなものも開発。

造船に関しては貪欲《どんよく》で、海上の船にも関心を抱き、キールなどの工夫もした。梁山泊水軍の船は、宋水軍のものより速く、かつ頑丈であった。ただ海鰍船《かいしゅうせん》を作るほどの組織力を持つまでには至らず。

●**張横**《ちようおう》（**船火児**《せんかじ》）　一一〇四年時点　三〇歳　一七五㎝　六〇㎏

張順の腹違いの兄。父の死後は、兄弟で戴宗の世話になる。父に学問を身につけさせられた。長年、戴宗の飛脚屋で働く。表面にはあまり出ないが、二人三脚のような関係であった。特に、飛脚屋の裏の部分は、この男の担当であった。江州城内に家、妻子あり。落ち着いていて、頭脳明晰《めいせき》。弟に『替天行道』を読んでやった。育ちは違うが、兄弟仲は悪くない。飛脚が万一捕らえられた時のために、符牒《ふちよう》を考え出したのもこの男である。武闘派ではない。江州戦の後、飛脚屋通信網の整備を進める。太原府戦の前に寸断された通信網を、さらに緊密なかたちで復旧させ、同時に王定六《おうていろく》を中心にした、人が走る緊急通信も作り出す。早馬より潜行できた。兵力で比べ物にならなかった官軍と、堂々と闘えたのは、情報の速さが一因であった。

南京応天府《なんけいおうてんふ》に移ってから妻は、織物に夢中で、夫や子を顧みず、工房を営む。二男張平《ちようへい》の盗癖に悩む。長男張敬《ちようけい》を弟の張順に預け、張平と旅に出る。張平は子午山の王進に預けた。

水滸伝は三国志と比べて、日本ではマイナーと言われる。決して作品がマイナーなのではない、と私は思い続けてきた。人間関係のわかりにくさに一因がある、という気がしてならなかったのだ。たとえば祝家荘戦における、兄弟などを中心にした親戚《しんせき》関係の複雑さで挫折した読者は、少なくなかったという気がする。それと、百八人の中に兄弟があまりに多すぎるし、その兄弟がほとんどひとりのように動いて消えていくというのも、物語の感興を殺《そ》いでいる気がした。そういう意識が根底にあったので、阮小五は死に向かったのかもしれない。童《どう》兄弟は双子と設定し、童威《どうい》の方を死なせた。童猛《どうもう》の中で生き続けてくれと、願いはこめた。兄弟は、ばらばらに死んで貰うつもりである。それと童威が死ぬことで、原典では最後まで生き残る者も死ぬ場合があると、ここで読者に知らせておこうという意図もあった。

●阮小五《げんしようご》（短命二郎《たんめいじろう》）　一一〇二年時点　二五歳　一六五㎝　六〇㎏

阮三兄弟の二男。梁山湖のほとり、漁師の家で生まれる。十四歳で河水の伯父のところにやられる。東渓村の晁蓋には兄弟で可愛《かわい》がられ、影響も受けた。伯父のところでは、湖ではなく、流れの強い河での操船を身につける。十七歳の時、伯父が役人に殺される。仲買の中間搾取を拒絶したための、トラブルが原因であった。仲買人は、すべてを自白させ、水死に見せかけて殺した。そういうところから、自らの内に、反権力意識を醸成させていく。兄弟の中では、書もよく読んだ。やがて晁蓋に盧俊義を引き合わされ、闇の塩の道に関わっていく。魯智深と出会ったのもそのころ。のちに塩の道から離れ、梁山泊へ。人材として期待されたのだった。梁山泊では、呉用に付き、軍学を一から教え込まれる。呉用が、息子に対するような感情を、唯一隠さなかった男であった。軍師の見習いのようにして、いくつかの実戦に参加。期待される。やがて少華山に出向くが、了義山《りようぎさん》の戦で死去。

私は、この男に思い入れを持って書いていた。自らの内から反権力意識と、変革への思いを育ててきたからである。男の成長小説として、絶好のモデルであった。死なせる気などなかったのに、死んでしまった。ぐいぐいと成長していく男が私は好きで、同時に挫折させたくなる。それが極限に走れば、死ということになる。死が、男の生を最も輝かせ、そこで美しいのが、見果てぬ夢だという思いが、どこかにあるからだろうか。阮小五が死んだ時、私はしばらく放心していた。

●張順《ちょうじゅん》（浪裏白跳《ろうりはくちょう》）　一一〇四年時点　二八歳　一六五cm　六〇kg

六歳のころから漁師に付き、船の扱いや泳ぎを習う。白い肌、適度に脂肪が付いて冷たい水にも耐えられる体。竹筒で息をつなぎ、三日三晩水中にいられる。字は読めず、河のそばで母と暮らしていた。江州戦の後、直ちに梁山泊へ。水軍創設の、中心メンバーの一人になる。阮小二が造船、阮小七《げんしょうしち》が船隊の指揮、やがて童猛もそれに加わり、李俊が総指揮をする予定だが、張順はひたすら潜水部隊の育成につとめる。流花寨近辺の水上戦で、活躍の場は持った。甥《おい》の張敬を預かり、自分の技を伝える。宋水軍の流花寨への最終攻撃で、水面に撒《ま》かれた油に火をつけられ、動きを封じられて負傷。張敬を助けるために、死んだ。

●阮小七《げんしょうしち》（活閻羅《かつえんら》）　一一〇二年時点　二三歳　一六〇cm　五二kg

阮三兄弟の末弟。小柄で、敏捷。志などあまり関係なく、病気の母がいなければ、盗賊にもなりかねないところがあった。母のために、梁山湖に潜って、鯉《こい》を獲《と》り、生き血を母のもとに毎日持ってくるような、ややマザコン気味の男であった。長兄は父代わりで、言うことはよく聞いた。入山後、兄に従って造船に従事。また、張順と組んで、潜水部隊を養成。五丈河の水戦では、しばしば宋水軍の大型船を沈める。

●楊雄《ようゆう》（病関索《びょうかんさく》）　一一〇三年時点　二六歳　一七〇cm　六五kg

眼が吊《つ》りあがり、全身が黄色。もともと公孫勝の仲間で、河水のほとりの賊徒。石秀とともに行動する。公孫勝捕縛後は、その奪還を画策していた。公孫勝が致死軍を結成すると、劉唐の下で隊長となり、特殊部隊の兵を育て上げる。個人戦を避ける致死軍の性格から、どれほど腕が立つかも、はっきりはわからない。劉唐が飛竜軍を結成しても、致死軍に残る。文字は読めず。

●石秀《せきしゅう》（拚命三郎《はんめいさぶろう》）　一一〇三年時点　二五歳　一八〇cm　七五kg

河水沿いで動き回っていた盗《ぬす》っ人《と》が、公孫勝と出会い、ともに叛乱を起こして潰《つい》え、梁山泊に加わってからは、特殊任務一筋の人生。特殊部隊にしては、めずらしく大柄。楊雄と一緒に動くことが多かった。渭州の牢城からの、公孫勝奪還に関わる。棒を遣い、素手でも闘える。大柄という以外、それほど外見に特徴はない。致死軍の隊長となるが、公孫勝の徹底した方針について行けない、心根のやさしさがある。それは、一般部隊の隊長としては、優れた素質にもなり得た。それを見抜いた公孫勝に、二竜山にやられ、楊志の下で隊長となる。本人には、それが挫折感になる。楊志暗殺後、二竜山が攻められた時は、全軍の指揮を執り、防戦。青蓮寺の手の者による内部攪乱もかろうじて阻止するが、山寨の外に踏みとどまり、壮烈に戦死。総隊長の死にもかかわらず、二竜山が守り抜かれたのは、石秀の働きが大きかった。

私は、心を冷徹にできない男の典型として、この男を造形したが、やさしさを持たせても、充分強くあり得た。二竜山戦の時、石秀を応援するような気分で書いたが、死んでいった。

水滸伝は、男たちが死んでいく物語でもあると、この時私ははっきりと自覚し、その心の準備も整えた。

●解珍《かいちん》（両頭蛇《りょうとうだ》）　一一〇六年時点　五二歳　一六〇㎝　五五㎏

かつて、独竜岡の豊かな集落の保正であった。祝家荘の祝朝奉に併合を持ちかけられ、断ると、なぜか役人に不当な税を課せられた。理不尽なものに立ち向かう意思と、激情的な性格を持っていた。役人に抵抗し、最後には斬り殺して出奔。山中で猟師《かいほう》となる。すべては、祝朝奉の差し金であったことを悟る。二十五年前のことであった。解宝は生まれていた。山中で、妻が病む。薬を得るために、祝朝奉に膝《ひざ》を屈する。祝朝奉は、出会った時自らに拝礼することを条件に、祝家荘への出入りを許す。二年後、妻は死んだ。それ以来、祝朝奉に屈した自分を深く恥じ、自嘲《じちょう》と韜晦《とうかい》の中にいる。それでも密かに世の動きは見つめていた。『替天行道』を読み、梁山泊に対しては、密かなシンパシーを持つ。ゆえに、魯達のオルグは受け入れた。

祝家荘戦では、祝家荘に入り込み、猪《いのしし》を暴れさせて内部攪乱。勝利に重要な役割を果たした。息子の解宝やその仲間と、梁山泊入り。入山後は、二竜山の副官として、秦明とコンビを組む。広い視野で、秦明を補佐。

秘伝のタレをつけて食う、鹿《しか》の刺身は絶品。常に黒鉄《くろがね》という犬をそばに置く。黒鉄の息子の黒雲《くろくも》は、子午山に向かう楊令にやる。大きな野心は持たず、かといって世直しの志も失っていない。一度人生を降りた者の、達観した味を持つ、梁山泊では珍しい存在である。

趙安の攻囲を受けた二竜山に、秦明、郝思文とともに残る。

●解宝《かいほう》（双尾蝎《そうびかつ》）　一一〇六年時点　二六歳　一八五cm　七五kg

偉丈夫《いじょうふ》で顔半分に髭を蓄える。猟師に対する祝朝奉の支配は無論認めていない。密かに同志を募っていた。魯達のオルグにより、父とともに梁山泊へ。独竜岡のみならず、広い範囲で猟師のネットワークを持ち、獲物を効率的に売る方法を確立していた。そのネットワークが祝家荘戦で役立った。入山後は、梁山泊本隊の上級将校として大隊長をつとめる。祝家荘との関係で人間が練れ、激情的な心情の抑制は利《き》いた。やがて、李応の下で重装備部隊を作る。攻城兵器なども工夫を凝《こ》らし、李応の死後は、その部隊を受け継ぐ。

●燕青《えんせい》（浪子《ろうし》）　一一〇一年時点　二二歳　一七〇cm　六〇kg

北京大名府、盧俊義の屋敷で育つ。金に窮した、病《やまい》の実父に売られたのであった。その時から、盧俊義を父と思い定める。盧俊義も燕青の資質を見抜き、学問、剣、体術を身につけさせる。盧俊義に影のように寄り添うために、男色の噂を立てられるが、それを否定することもなかった。盧俊義の、腐刑の秘密を知る、唯一の存在であった。

体術はきわめ、思想もしっかりしてきて、しばしば単独で行動するようになる。盧俊義が北京大名府で捕らえられた時は、軍営に潜入し、救出。その体を担いで、梁山泊まで運んでくるという、超人的な行動をやり遂げた。安道全は、燕青の方に死の危険を感じたほどであった。しかし、死域より帰還。

拷問の後遺症による生命力の衰えの中にある盧俊義より、塩の道のすべてを伝えられ、後継者となる。それ以後は独自の塩の道も拓《ひら》き、またさまざまな工作にも携わる。致死軍の青蓮寺襲撃では、洪清《こうせい》と体術の勝負をし、これを倒す。

袁明の死後、青蓮寺を率いるようになった李富は、帝の寵妓《ちょうぎ》であった李師師《りしし》にその片翼を任せるが、燕青はその妓館に潜入し、李師師と関係する。お互いに敵味方という認識を持ちながら、二人の間には微妙な感情もある。

梁山泊の財力の秘密はすべて握っているが、それを駆使する前に、梁山泊は童貫の総攻撃を受けてしまう。

私は、北京大名府から梁山泊への燕青の脱出行で、この男のすべてを描ききったという気分から、しばらくは逃れられなかった。再び気持ちが入っていったのは、洪清との一騎討ちあたりからであろうか。まだ描き切っていないと思っている一人である。

●**朱武《しゅぶ》（神機軍師《しんきぐんし》）** 一二〇二年時点　三三歳　一六〇cm　五五kg

十年ほど流れ歩いたが、結局賊徒にはなりきれなかった。陳達《ちんたつ》、楊春という弟分ができ、賊徒の巣であった少華山を奪って拠点にし、県庁の食糧庫などを襲う。史進が入山した時に、その座を譲る。頂点よりも、二番手で力を出す男である。立派な口髭を蓄え、落ち着いたもの言いをする。沈着冷静。小柄で華奢《きゃしゃ》だが、全体を見渡す視野の広さを持つ。史進が留守の少華山を守り、人員を増やす。梁山泊入山後は、全軍の軍師の役を、私は振るつもりであった。その役割の阮小五を死なせてしまったからである。祝家荘戦後、呉用の考えで流花寨が築かれ、花栄の下で軍師を務めることになった。全体の軍師には、やがて宣賛という存在が見えてきたからである。

流花寨は、梁山泊の思想的拠点でもあり、たえず緊張を強いられる位置にもあった。宋軍の攻撃は、流花寨に集中することが多かった。よく軍師の役割を果たし、流花寨の終末近くまで耐え抜いた。
●黄信《こうしん》（鎮三山《ちんさんざん》）　一一〇六年時点　二九歳　一七〇cm　六五kg
もと青州軍将校。花栄の下にいた。秦明が花栄とともに青州軍を離脱する時、ひとり残る。官軍の二竜山攻めの時、内部にいて攪乱を担当。秦明の勝利を導く。それから梁山泊に入った。安定した力量を持つ指揮官で、祝家荘戦後、二竜山に配属され、燕順とともに人隊長を務める。二竜山は、梁山泊入山希望者の受け入れと、調練の使命も持っていたので、経験をつんだ将校は貴重であった。精兵に仕上げると、梁山泊本隊に送るため、二竜山そのものは、必ずしも精強とは言えない兵で、実戦を闘わなければならないところがあった。秦明のほかにも老練な実戦指揮官が必要だったのである。外見は、軍人らしいというだけで大きな特徴はなく、どちらかというと騎馬隊の指揮を得意とした。

やがて双頭山に移り、董万の奇襲で重傷。復帰した後は、本隊の騎馬隊を率いて、童貫と闘う。愚痴《ぐち》っぽいところがあり、たえず序列を気にしたりするので、実力ほど評価されなかった。
●孫立《そんりつ》（病尉遅《びょううっち》）　一一〇六年時点　三二歳　一八〇cm　八五kg
代々が下級軍人の家で、大した自覚もなく地方軍に入る。登州《とうしゅう》であった。能力のある将校となる。楽大娘子《がくだいじょうし》と結婚。妻に頭が上がらず。軍には疑問を抱きはじめ、義弟の楽和《がくわ》には入らないように言う。実弟の孫新はまるで武術が駄目だが、楽和は結構遣え、槍などの稽古をつける。解珍の妻の姉が母。つまり解宝の従兄《いとこ》。自分のルールを持っていて、花栄のオルグにも自分流の対応。祝家荘に行くことを承知する。祝家の武術師範、欒廷玉《らんていぎょく》とは武芸の同門であった。梁山泊の祝家荘攻めでは、内部攪乱を担当。欒廷玉を仕留める。梁山泊入山後は、上級将校として遇され、双頭山で大隊長をつとめる。顔の色が黄色かった。

妻の楽大娘子が、北京大名府で勝手な生活をはじめ、弟の孫新を困惑させる。諜報活動の邪魔になりはじめたので、呉用から処断を命じられる。孫立は、愛憎半ばする妻を、自らの手で殺した。

●**宣賛《せんさん》（醜郡馬《しゅうぐんば》）**　一一〇五年時点　三二歳　一七〇cm　六五kg

もとは、開封府で塾の教師をしていた。水も滴るような美男で、女に人気があった。塾も盛況であったが、あるとき捕らえられ、顔を壊されたが、その理由を人に語ったことはない。雄州に流れ、関勝に拾われた。それからは読める書物を読めるだけ読み、所詮《しょせん》自分を受け入れないものとして、国や社会にじっと眼を向けた。

金翠蓮《きんすいれん》との出会いが、外へ一歩踏み出す契機になる。それからは、関勝の軍師役であった。梁山泊へも、宣賛が誘ったようなものだった。

梁山泊では、呉用の下にいたが、やがて現場の軍師となる。戦の全貌《ぜんぼう》を見渡せば、苦悩せざるを得ない状況の中で、知恵を搾《しぼ》れるだけ搾る。

生きることの意味と重ね合わせながら、戦をしているところもある。

宣賛は、梁山泊一の醜男《ぶおとこ》と言われているが、私は美男が壊れたという設定にした。それで、宣賛の人生の光と影が、はっきりと感じられるからだ。逆転する、光と影。それをこそ、私は宣賛で描きたかったのだが、どんなものだろうか。

これだけ人間がいると、描き方が類型になった瞬間に、物語の魅力も半減する。作家としては、一人一人と力の限り闘うわけだが、たまにはねじ伏せられている。

それも、登場人物と作家の関係なのだろう。

●**郝思文**《かくしぶん》（**井木犴**《せいぼくかん》）　一二〇五年時点　四二歳　一六〇cm　五〇kg

雄州出身の軍人で、長く中隊長を務める。沈着冷静で、論理的思考ができる。不正を憎むところもあった。妻帯していて、十三歳の息子と、十一歳の娘がいる（一二〇五年時点）。小柄で目立たないが、剣はよく遣い、部下の話などもよく聞いた。関勝着任と同時に、大隊長を飛び越えて、副官に抜擢《ばってき》。関勝は人物を見た。梁山泊への入山は関勝に従ったかたちだが、確乎《かっこ》とした信念があり、家族も伴っている。入山後は、二竜山で秦明の副官に。まさに場所を得た配属であった。二竜山で下士官から始めた息子の郝瑾《かくきん》には異常に厳しく接する。

郝瑾は、やがて将校に昇り、楊令と近しくなる。

趙安の攻囲にはよく耐え、秦明、解珍と行動をともにした。

●**韓滔**《かんとう》（**百勝将**《ひやくしようしよう》）　一二〇七年時点　四三歳　一六五cm　六五kg

彭玘《ほうき》と違い、自分の屋敷から土地まですべて放り出す。長屋を建て、二百の私兵には開墾《かいこん》をさせ、畠《はたけ》が出来上がると、また別の土地に移動する。ある種の篤農家であった。それだけに、現実の体制には、強い不満も抱く。梁山泊は、韓滔自身が思い描く理想郷に近かった。入山後、体調の不調を自覚する。宋江が占拠した北京大名府から撤収する時、身を挺《てい》して追撃をかわす。自らの死期を予感した、覚悟の行動であった。代州には妻、息子、娘を残している。

洒脱《しゃだつ》なところがある人柄で、兵たちの心の中もよく解った。人情の機微も見せる。やはり、軍には必要な存在であった。

●**彭玘**《ほうき》（**天目将**《てんもくしょう》）　一一〇七年時点　四二歳　一七五㎝　五五㎏

代州の地主で、民兵をまとめてもいる。全軍で二千ほどだが、その中の二百は私兵化していて、きわめて精強。韓滔の兵と並んで、呼延灼の秘めた力になっている。川べりに兵舎を建てて、そこで耕作と調練をさせている。呼延灼には従うが、中央政府には批判的。梁山泊と闘った後、合流を望み、そういう動きをする。韓滔も同じ考えだった。入山後は、本隊の上級将校。老練な指揮で、部下には頼られる存在だった。豪傑とはいえないが、軍が必要とした将校である。死後は、その役目は杜興などに移る。

四年前に、最愛の妻に死なれ、死生観に多少の変化が出る。

●**単廷珪**《たんていけい》（**聖水将**《せいすいしょう》）　一一〇五年時点　二八歳　一七〇㎝　六〇㎏

雄州軍で騎馬隊長を務める。思想的なものはあまりなく、関勝を慕い、郝思文や魏定国《ぎていこく》が好きで行動をともにした。入山後は、双頭山で騎馬隊を指揮。董万の奇襲で重傷を負い、予備隊へ。非戦闘員になるところであったが、北京大名府の占拠で、同じように重傷を負った黄信の復活を目の当たりにする。自分もと思って体を苛《いじ》めるがうまくいかず、林冲に死域に追い込まれることで、ようやく復活。本隊に編入される。

●**魏定国**《ぎていこく》（**神火将**《しんかしょう》）　一一〇五年時点　二六歳　一八五cm　九五kg

雄州軍で、大隊長を務める。単廷珪は同僚。乱暴だが、部下には慕われていた。単純で、曲がったことは許さないタイプ。関勝に対しては、畏怖《いふ》に近い思いを抱く。食うために雄州軍に入り、関勝が将軍として着任した時は、すでに将校であった。奇妙なことに凝るところがあり、ぶつかると発火する火薬を作り、それを小さな瓢簞《ひょうたん》に詰め、鏃《やじり》の代わりにつけた矢を開発した。瓢簞矢という。鏑矢《かぶらや》のような音を立てて飛んだ。ただ火が小さいために、実戦の役にはあまり立たず、関勝にも宣賛にも惜しいと言われていた。

関勝に従って梁山泊に入ることに、なんの疑問も感じなかった。配属されたのは、流花寨であった。砲隊の凌振《りょうしん》が瓢簞矢に眼をつける。砲弾にしようというのだ。協力し、かなりのものを作り上げるが、砲がもたなかった。

流花寨陥落時は、花栄と行動を共にする。

●**蕭譲**《しょうじょう》（**聖手書生**《せいしゅしょせい》）　一一〇二年時点　四八歳　一六五cm　五五kg

済州の塾で、長い間、書道教師。呉用に眼をつけられ、梁山泊に誘われる。人生最後の冒険のつもりで応じる。字には非凡なものを持つが、唯一、独創性に欠ける。つまり、贋作《がんさく》の才能あり。梁山泊文治省《ぶんちしょう》で、公文書の偽造を担当する。どこか名人気質で、いつも完璧《かんぺき》であることに拘る。秦明を抱き込む時に書いた手紙は、秦明自身にも見分けがつかなかった。

武術はからっきしでも、こういう技を持っている人間を、梁山泊では見逃さず、同志に加えた。塩の道で兵站をまかなったのと同じように、人に対しても、梁山泊は貪欲だった。そこが、ほかの叛徒と決定的に違うところである。

目立たない、痩《や》せた初老の男。この男が、官軍との争闘に果たした役割は、小さくなかったのだ。

童貫軍との決戦前夜、金大堅《きんだいけん》らと揚州《ようしゅう》へ。

●裴宣《はいせん》（鉄面孔目《てつめんこうもく》）　一一〇二年時点　二八歳　一六五cm　六五kg

京兆府の裁判所書記官。宋の法律に通じる。宋の現状に幻滅。二年前に晁蓋と知り合い、叛乱の志を抱くに至る。滑州の牢城から公孫勝を救った晁蓋に従う。入山後は、文治省に。事務全般の担当。役人らしくない、いかつい顔つきだが、法的なことをよく喋《しゃべ》るので、逆に信用を得るところがある。しばしば役人に化け、外で活動したりする。公平な人格なので、兵の資料を管理し、いわば人事担当の役割、賞罰関係の仕事もした。

やがて済州の自由都市化の責任者となり、着々と城郭《まち》を発展させる。梁山泊だけでは物資の集散、貯蔵には限界があり、特に流花寨への兵站基地として重要な役割を果たす。法律の整備もやった。そういう中で、夫を失った孫二娘と一緒に暮らすようになる。

●欧鵬《おうほう》（摩雲金翅《まうんきんし》）　一一〇五年時点　二三歳　一八〇cm　八五kg

十六歳で軍にとられ、二十一歳まで長江守備隊。丸い顔の中央で鼻が胡坐《あぐら》。分厚い唇。赤い顔。跳躍してからの槍の攻撃は、上からで相当厳しい。好きな娘と隊長が出来てしまったので、隊長を殺す。手籠《てご》めにされかかったところを助けた、と自分で思い込もうとしてきた。自分の恋心のために殺したと認めることで、旅の宋江の供に加えられる。一匹狼《おおかみ》の悪党だったが、馬麟となんとなく気があった。一緒に仕事はせず。梁山泊入山後、歩兵部隊の指揮。流花寨建設後、花栄の下で大隊長を務める。禁軍の宿元景《しゅくげんけい》の猛攻を受けた流花寨で戦死。

●**鄧飛**《とうひ》（**火眼狻猊**《かがんしゅんげい》）　一一〇四年時点　二五歳　一七〇㎝　六〇㎏

代州で、絹を売る店の息子として生まれる。八歳の時、父の妾が母を殺す現場を目撃。大人に訴えるが、信用はされず。その妾が、義母として家に入ってくる。兄はその光景を忘れろと言い続け、学問を勧める。兄が死に、十四歳の時、父も死ぬ。すぐに家に新しい父が入ってくる。兄も父も、義母が殺したと思い込んでいた鄧飛は、義母を斧《おの》で断ち割り、逃亡。どこへ行っても仕事はできず、盗みを働くようになる。十七歳で遼《りょう》に逃げ、十八歳で飲馬川《いんばせん》へ。国などいらないと思いはじめた。孟康《もうこう》に会ったのもそのころである。はじめは一十人ほどの賊徒だったが、国を捨てて逃れてきた者で、一時は千人ほどに膨れ上がる。しかし、一度遼軍が攻めるという噂が流れると、三百人に減ってしまう集団であった。

放浪の魯智深に会い、国の意味を説かれる。『替天行道』もその時貰った。その魯智深が、女真の地に潜入して行方を絶ったことを知り、単身救出に向かう。壮絶な逃避行の末、救出。潮《しお》にやられ、白眼が赤くなる。人間離れした救出行であった。その折、魯智深は左腕を失い、魯達と名を変える。鄧飛は、双頭山に配属されるが、朱仝とうまくいかず、浮いた存在になる。軍律の中で生きるのは苦手であった。スタンドプレーを好む性癖もあった。

そういう鄧飛に眼をつけたのが、劉唐であった。王英《おうえい》と並べ、新設の飛竜軍の隊長に据える。常時、行動しながら判断を要求される飛竜軍は、鄧飛に合っていた。部下の楊林《ようりん》と、高《こう》唐《とう》に閉じ込められた柴進、燕青を救出に向かう。城壁に穴を作り、三人を城外に出すが、自らは崩れる城壁の石を支えて、そこで押し潰《つぶ》された。その死に様は楊林の眼に焼きついている。鎖鎌《くさりがま》をよく遣った。

●燕順《えんじゅん》（錦毛虎《きんもうこ》）　一一〇二年時点　三八歳　一七〇㎝　六五㎏

清風山の三人の頭領の第一位。清風山は、反政府活動、梁山泊結成、維持の最大の糧道である、塩の道の守備を使命としていた。燕順の過去は、まだ定かではない。王英とともに放浪中、鄭天寿《ていてんじゅ》も仲間に加える。放浪中に出会った晁蓋を訪ね、過酷な塩の道の守備を受け持つが、疲弊。鄭天寿とともに、梁山泊正規軍に入り、やがて二竜山の大隊長として、祝家荘戦からは闘う。

目立たない容貌で、完成された判断力を持つ。新兵を受け入れ、調練をして本隊に送り込むという任務には、最適であった。董万の二竜山攻めでは、一角の清風山を守り、董万軍をひきつけて戦死。それによって、二竜山全体は陥落を免《まぬか》れた。

●楊林《ようりん》（錦豹子《きんぴょうし》）　一一〇七年時点　二四歳　一七〇㎝　五五㎏

子供のころから、国境近辺で盗みなどを繰り返す。やがて、飲馬川の鄧飛、孟康の子分になる。身が軽く、耐久力もあったので、すぐに致死軍に。鄧飛も双頭山から飛竜軍に回り、やがて鄧飛の部下になる。高唐では、捕らえかけられた柴進と燕青を、鄧飛と二人で脱出させる。その折鄧飛は城壁の石が崩れて、死んだ。柴進の反応がなんとなく気に入らず、嫌いになる。鄧飛の後を継いで、飛竜軍の隊長のひとりに。派手ではないが、特殊部隊の指揮官として、高廉の軍を殲滅《せんめつ》させるまで闘い続ける。志とは無縁であったが、友への思いが闘いを継続させた。

●凌振《りょうしん》（轟天雷《ごうてんらい》）　一一〇九年時点　三九歳　一六〇cm　七五kg

父は軍人で、十歳のころ大砲の実射を見せられ、大きな衝撃を受ける。十六歳で砲隊に志願。以来、大砲一筋に生き、改良を重ね、実戦に遣えるように努力を続ける。しかし軍の評価は受けられず、費用も惜しまれた。北京大名府の砲兵隊隊長という肩書きが一応あったが、そんなものはどうでもよかった。ただ大砲に魅せられ、いい鉄を求めていた。梁山泊に入ったのも、いい鉄があったからである。やがて魏定国の瓢簞矢を知り、それを砲弾にと改良に努める。砲弾は、童貫戦に間に合ったが、砲身の強度が足りず、戦果をあげはじめたところで、自爆。志などとは無縁で、砲に生き、砲に死んだ男であった。

●蔣敬《しょうけい》（神算子《しんさんし》）　一一〇三年時点　二六歳　一六五cm　五五kg

痩せて、眼が大きく、よく光る。尖《とが》った顎が印象的。滑州の牢城に入っていたことがある。晁蓋の、公孫勝救出作戦に関わる。男には、武術が必要だと思っているが、筋力不足。盧俊義の下から、二竜山の兵站の担当に。驚異的な計算能力と、物資の管理能力を持つ。安丘に、商店を二つ構え、商人を装って物資の調達をなす。したがって、青蓮寺の間者《かんじゃ》にばれないように、山寨内では顔を隠している。はじめは李立と組むが、祝家荘戦の後の改編で、二竜山の兵站を一手に引き受ける。秦明の副官となった解珍といいコンビを組み、二竜山の物資調達能力を飛躍的に向上させる。武におけるコンプレックスを、それで解消しているという面あり。

童貫軍との決戦を前に、孟康とともに本隊の兵站へ。

●**呂方**《りよほう》（**小温侯**《しようおんこう》）　一一〇六年時点　二〇歳　一七三㎝　六二kg

幼いころから、父に男のありようを叩き込まれた。呂栄将軍の息子。叛乱の濡《ぬ》れ衣《ぎぬ》を着せられ自裁した父のあだを討つためだけに、官軍と闘おうとしている。梁山泊の志は、たまたま自分がやろうとしていることと一致しているに過ぎない。父の血を受け、軍人らしい軍人である。戦友を大事に思い、部下を思いやり、軍隊の生活が好きである。戦では、やや興奮しすぎる。気配を察するのが誰よりも早い。したがって、敵の奇襲など、最初に察知する。武器は方天戟《ほうてんげき》。流花寨の上級将校として、花栄のもとで闘う。童貫との決戦では、本隊で歩兵を指揮。

●**郭盛**《かくせい》（**賽仁貴**《さいじんき》）　一一〇五年時点　一九歳　一七五㎝　六〇kg

十五歳で軍に。父親はならず者で、その背を見て育つ。病の母を見捨てた父に反抗し、放浪。ただ青州、密州あたりにいた。盗み、強奪などを繰り返した。青州軍の孔明に拾われる。軍では、最初は下働き。のちに秦明の従者になる。秦明とともに、梁山泊へ。二竜山配属となり、将校を務める。若かったので、楊令に付けられた。かつては史進が最年少だったが、少しずつ若い者が入りはじめる。兄弟もなく、楊令を弟のように思う。楊令に字を習い、ともに武術の稽古に励む。方天戟が得意であった。楊令の子午山行きでは、ともに行くことを望むが許されず。二竜山の上級将校を務めた。赤ら顔で、激情家。字についても自習し、やがて読み書きに不自由しなくなるという面も。武術に天稟はないが、方天戟の腕は次第にあげてくる。梁山泊上級将校の典型の一人。

やがて本隊を経て流花寨へ。戦の合間に呂方と試合、その時、お互いの綽名《あだな》が決まる。二竜山陥落後、本隊で騎馬隊を指揮し、童貫との決戦へ。

●**安道全《あんどうぜん》（神医《しんい》）**　一一〇二年時点　三二歳　一七五cm　六〇kg

師、文律《ぶんりつ》。新しい医術を求めて旅をする師に従って、北京大名府へ。そこで、文律死去。薬を売りはじめるが、あまりに効きすぎるため、同業の医者の嫉《ねた》みを買い、誣告《ぶこく》され、捕らえられて、滄州の牢城に流される。宋江は噂を聞いていて、同じころ滄州に流された林冲に、ともに脱獄してくることを命じる。白勝も加えた三人で、雪の原野に逃げる。雪中で、白勝の腹を手術。三人とも逃げおおせる。

梁山泊に入ってからは、養生所《ようじょうしょ》を開設。薛永《せつえい》の薬方所《やくほうじょ》とともに、医療態勢を整える。外科手術までやる、本格的なものであった。数人の弟子も養成中。文祥《ぶんしょう》は、最初にひとり立ちした弟子である。

性格は、頑迷固陋《がんめいころう》に見えるが、医術のことばかり考えているだけである。それについては、自分に妥協を許さず。ある種の、名人気質である。一緒に脱獄してきた、林冲、白勝にはめずらしく友情を隠さない。

薛永とともに、絶えず新しい治療を模索する。手術の技は、人間離れした冴《さ》えを見せる。梁山泊にとっては、貴重な人材である。宋江は決起に際し、糧道などとは別に、医療態勢にも気を配った。

魯智深の腕を切り落として、壊疽《えそ》による死を回避したのも、林冲が肺に受けた矢を抜き、出血を止めたのも、この男であった。

育った弟子は、白勝、文祥、毛定《もうてい》など。

最後まで梁山泊の養生所に留《とど》まり、手術用具を手放さなかった。

●**皇甫端**《こうほたん》（**紫髯伯**《しぜんはく》）　一二〇五年時点　五二歳　一七〇㎝　五五㎏

獣医。赤い髪と髭。痩せて頬《ほお》がこけている。無口で、ほとんど人とは喋らず。妻の病を癒すために、真定府《しんていふ》の馬商人の下で働く。段景住《だんけいじゅう》とはそこで知り合い、心を通わせ、馬のことをいろいろと教える。商人が殺された時、段景住とともに逃げる。易州《えきしゅう》の妻のもとに帰るが、病のはずの妻は、若い男と暮らしていた。それから酒浸りの日々。獣医を必要とした梁山泊が、段景住を使って呼び寄せた。以後、林冲の牧《まき》にいて、馬匹《ばひつ》の担当となる。梁山泊騎馬隊の充実の陰には、皇甫端と段景住がいたのだった。酒はやめ、しかし飲んでいると思わせたくて、必ず食事の時には用意させ、代わりに段景住に飲ませる。

馬に向けたやさしさが、ふと人に向くことがある。数人の男が、その優しさに触れた。

●**王英**《おうえい》（**矮脚虎**《わいきゃっこ》）　一一〇二年時点　二六歳　一四九㎝　五九㎏

清風山頭領の第二位。清風山が塩の道の守備を解かれた後も、劉唐の飛竜軍に加わり、青蓮寺との暗闘を続ける。祝家荘戦の最中、海棠《かいどう》の花と称される扈三娘と出会う。小男、短足。生きているという実感が、特殊任務に駆り立てていた。性欲は強く、恩州《おんしゅう》の城郭《まち》に白寿《はくじゅ》という女を囲う。憧れの人は、扈三娘であった。一度、身を挺して命を救ったが、本人が憶《おぼ》えているかどうかも自信が持てなかった。

その扈三娘との結婚を宋江に勧められ、夢心地に。しかし結婚生活はなかなか厳しいもので、しばしば白寿のもとに出入り。ほとんど同時に、二人が懐妊してしまう。それを扈三娘が知り、恩州の白寿の住む妓楼に踏み込まれる。命の危険を感じた王英は、ひたすら逃げ、任務にかこつけて梁山泊にも寄り付かなかった。扈三娘に事実をばらしたのは、聞煥章《ぶんかんしょう》が扈三娘に横恋慕していることを知っている、呂牛《りょぎゅう》であった。

白寿は扈三娘に伴われて梁山泊に入り、子育て。やがて決戦が近づくと、白寿は二人の子供を連れて揚州へ。戦場へ復帰した扈三娘と、王英は最後の最後に出会うことになる。

●扈三娘《こさんじょう》（一丈青《いちじょうせい》）　一一〇六年時点　一九歳　一六五cm　五〇kg

独竜岡扈家荘《こかそう》の娘。独竜岡の圧倒的有力者である祝朝奉の三男、祝彪《しゅくひょう》が、親の決めた婚約者であった。祝家荘戦では、部下を率いてしばしば戦場に出る。日月《にちげつ》二振りの剣を馬上で遣い、かなりの腕を持つ。苦々しく思った林冲が、岩に叩きつけて重傷を負わせる。それを助けたのが王英で、その後も何度か助けられる。扈三娘は、独竜岡が壊滅したのに伴い、梁山泊に加わることになる。賊徒と聞いていたが、そうではないことがはっきり見えてきたのである。

梁山泊では、幼いころからやっていた馬技を認められ、林冲騎馬隊の隊長に。

自分でも気づかぬまま、晁蓋に甘い思いを抱いていた。

晁蓋が死に、宋江に王英との結婚を勧められると、ためらいもなく承知。もともと、好きでもない祝彪と結婚していたはずだという思いがあり、王英には命を助けられていた。祝家荘で一目惚れした聞煥章を、ひどく刺激することになる。

新婚生活は甘いものではなく、しかしやがて懐妊。呂牛の陰謀で、白寿という恩州にいる女も、王英の子を孕《はら》んでいることを知る。話し合い、梁山泊に伴ってともに子を産んだ。やがて白寿は、二人の子とともに揚州へ。扈三娘は戦線に復帰した。

海棠の花と称された、水滸伝随一の美女である。もっとたおやかに描きたかったが、戦士でもあったのである。

●鮑旭《ほうきょく》（喪門神《そうもんしん》）　一一〇二年時点　二三歳　一七〇㎝　六五㎏

八歳のころ、両親が役人に連行され、そのまま帰ってこなかった。物を盗んで生きることしかできなかった。十代の前半はほぼ盗みで、それから強盗などもやる。十八歳の時、はじめて人を殺す。追いはぎ、殺戮《さつりく》をくり返し、役人に追われ続ける。二十三歳の時、行きずりの魯智深を襲い、叩きのめされる。そのまま魯智深に連れられ、子午山の王進のもとに。そこは鮑旭の第二の胎内のようなものであった。そこで三年余の生活をし、生まれ変わり、梁山泊の将校へ。純粋な性格。武術に天稟はないが、王進にしっかりと仕込まれ、どこへ出ても恥ずかしくない腕を持つ。外貌に特にこれといったものはないが、顔や肩に数カ所の刀傷。無頼に生きていたころの、名残である。

将校としてはきわめて優秀で、沈着冷静。双頭山で朱仝に従い、歩兵部隊を率いる大隊長。董万による奇襲時も、秋風山《しゅうふうざん》に籠《こも》って、最後まで粘り抜く。次の双頭山の総隊長である董平のもとでも、歩兵を率いる中心的な存在であった。

双頭山陥落後は、梁山泊軍本隊に編入され、歩兵部隊の大隊長。童貫との最終決戦に臨む。

●樊瑞《はんずい》（混世魔王《こんせいまおう》）　一一〇六年時点　三二歳　一七〇cm　七〇kg

真面目《まじめ》に国家の不条理について考えていた。賊徒から村を守る仕事は、それを考えるのに適当だった。梁山泊に入ったのは、李袞《りこん》に遅れまいとしたからなのか。項充《こうじゅう》と三人で加わったのだ。すぐに呼延灼戦。あっけなく、李袞が死んだのに衝撃を受け、生と死の分かれ目は何なのか、突き詰めたくなってくる。そこを、公孫勝によって致死軍にスカウトされる。おもに暗殺に携わり、拷問なども逡巡《しゅんじゅん》しない。生《き》真面目で、ものを突き詰める性格だからこそ、暗殺という行為に向いているというのが、公孫勝の考えであった。各地で暗殺を繰り返しながら、独自の死生観を育てていく。しかし、たとえば史文恭のように、一流の暗殺者にはなりおおせなかった。その前に、袁明の従者、洪清に打ち倒された。

●孔明《こうめい》（毛頭星《もうとうせい》）　一一〇三年時点　二六歳　一八五cm　八〇kg

青州軍将校、花栄の部下。眼光鋭く、右の眼尻《めじり》から頰にかけて、深い刃傷《はきず》。頰骨が出ていて、眼がくぼみ、醜男。ただ弟の孔亮より、温厚である。楊志が、青州から北京大名府へ転出する時、花栄に命じられて、部下として付いていく。楊志抱き込みの、第一歩であった。やがて開封府の蔡京への生辰綱運搬で、孔亮とともに楊志を騙《だま》す。それがきっかけで、楊志は官軍を離れた。のちに、二竜山を制圧した楊志の下で、隊長。しかしすぐに、梁山泊将校に。さらに、雷横死亡のため、双頭山の大隊長に。花栄の、流花寨建設に際しては、副官に登用される。軍隊生活が長く、指揮は手馴れていて、判断力もある。バランスのとれた将校で、各戦で活躍。水軍との共同作戦でも、先頭に立った。

●孔亮《こうりょう》（独火星《どっかせい》）　一一〇三年時点　二四歳　一七〇㎝　六五㎏

涼しい眼。彫《ほり》が深く、優男《やさおとこ》。外見から想像できない、残忍な面を持つ。役人の妻になった女に惚れ、それを告白できないという面も持つ。兄孔明とともに、青州軍。行動をともにし、梁山泊の将校に。身の軽さ、度胸のよさ、性格の酷薄さを買われ、二人いる致死軍の隊長の一人に。石秀との交替であった。致死軍は、性に合っていた。ただ、致死軍の動きそのものが、隠密性が高いため、孔亮の動きも表に出てこない。

呂牛の拉致《らち》と引き換えに、特殊任務の人生を終える。

●項充《こうじゅう》（八臂那吒《はっぴなた》）　一一〇六年時点　二八歳　一八〇㎝　七五㎏

用心棒稼業を続けてきた。若いころから喧嘩に明け暮れ、それが仕事になったという感じだった。梁山泊に入ると、歩兵を指揮する将校となる。軍人として発想はいいのだが、結論を導き出せない弱点がある。李俊の水軍が整備される時、水陸両用部隊が編制され、その指揮を執ることになる。水べりの戦だと、船で敵の背後に上陸できて、いわば奇襲部隊の役割を果たせた。さまざまな局面で、機動的に動いて、かなり敵の攪乱に役立った。水軍総指揮官の李俊とはよく気が合った。

●**李袞**《りこん》（**飛天大聖**《ひてんたいせい》）　二〇六年時点　二七歳　一七五cm　六五kg

十六歳の時に喧嘩殺人。賊徒の仲間になるが、馴染めず。放浪を重ね、食えなくなると盗賊をやり、また虚《むな》しくなる。あるとき旅の人間を賊徒から助け、村の用心棒を頼まれる。博《はく》州《しゅう》近郊の村であった。その方が、自分に合っていた。同じことをやる人間として、樊瑞、項充がいて、それぞれ五十人ほどの手下を抱え、三つの山に分け棲んでいた。その山に、官軍に追われた盧俊義と燕青が逃げ込み、李袞は匿った。それが縁で、三人とも梁山泊に加わることになる。

梁山泊に入ると、本隊の将校となるが、戦場から消えるのは早かった。

●**金大堅**《きんだいけん》（**玉臂匠**《ぎょくひしょう》）　二〇二年時点　四二歳　一七〇cm　五五kg

済州の印鑑師。呉用に腕を見込まれ、梁山泊に誘われる。あらゆる印鑑の偽造に携わる。蕭譲などとともに、他をもって代え難い仕事であった。梁山泊の、版木による印刷部門も担当。そちらでは後継者も育てる。瘦せた鶴のような印象で、眼を細める癖がある。

決戦前夜に、揚州へ。

●**馬麟**《ばりん》（**鉄笛仙**《てってきせん》）　二〇五年時点　二六歳　一七〇cm　六五kg

賞金稼ぎの頭目。腕はよく、数々の賞金首を上げている。瘦せて眼がうつろで、どこか虚無の匂いを漂わせる。鉄笛《てってき》に秘めた思い入れがあるが、それがなにか語ったことはない。宋江を襲って捕らえられ、子午山の王進に預けられる。そこで鮑旭と友情を芽生えさせ、また楊令ともしばらく暮らす。子午山を出て梁山泊へ。馬技にたけ、林冲の騎馬隊に配属。扈三娘とともに、隊長を務める。林冲との間には、なにか通じるものがあった。

童貫との最終戦の途中で、右脚を失う。それでもまだ、騎馬隊を率いて闘った。以前、自分の恋人との間を疑って、友人を殺した。人に心を開かないように見えるのは、そのトラウマのせいである。

優しい男の生き方のひとつを、私はこの男で書いたつもりである。心の優しさには、しばしば鎧のようなものが必要なのだというのが、私の考えである。

●童威《どうい》（出洞蛟《しゅつどうこう》）　一一〇四年時点　二四歳　一七〇cm　六五kg

童猛と一卵性双生児。兄。掲陽鎮で生まれ育つ。不良で徒党を組んでいて、やがて李俊の手下。李俊は、長江沖の島で密造されている塩を扱っていた。海上での船の扱いもうまい。李俊に従って、梁山泊入り。本隊の大隊をひとつ指揮する。祝家荘戦で戦死。顔の髭は剃《そ》る。童猛と間違えられないためであった。

●童猛《どうもう》（翻江蜃《はんこうしん》）　一一〇四年時点　二四歳　一七〇cm　六五kg

童威の双子の弟。常に童威と行動を共にする。祝家荘戦で童威が死んだ後、しばらくは顔半分の髭を剃っていた。これからは、兄の分も生きるという意思表示であった。海で鍛えた操船の腕もあり、水軍と陸上兵力の連携の部分で、貴重な戦力となる。また、五丈河や河水の水深の調査などもやる。流花寨の孔明とともに、汴口《べんこう》の造船所の襲撃もやり、宋水軍の膨張を阻止。しかしそこで、孔明は死んだ。槍魚の操り方も巧みで、李俊の片腕であった。

●**孟康《もうこう》（玉旛竿《ぎょくはんかん》）**　一一〇四年時点　二四歳　一八五cm　七五kg

長身で色白の、優男。性格は慎重で、時に臆病《おくびょう》でさえあった。計算高いところはあるが、それを自分のためにではなく、梁山泊のために発揮した。たえず誰かと一緒に行動しなければ安心できない面もあり、外に対して強い鄧飛とは、飲馬川でいいコンビであった。志というより、情況に引きずられて、梁山泊に参加したところがある。双頭山に配属されてからは、宋清とペアで兵站を担当。粘り強く交渉して、双頭山の物資調達には、意外な力を発揮した。特に遼には顔見知りが多く、梁山泊では絶対的に必要であった馬の調達には、充分にその力を発揮する。

やがて、燕青の塩の道を一部任され、また女真族の阿骨打《アクダ》とも物資の補給で関係を深め、北辺に梁山泊の拠《よ》り所を作ることにもなった。

腕っ節ではない能力で、梁山泊に貢献した人間の一人である。

●**侯健《こうけん》（通臂猿《つうびえん》）**　一一〇三年時点　三六歳　一六五cm　六五kg

仕立物職人。禁軍府や役所に出入りを許されている。間者というより、開封府にいて、自然なかたちで情報を収集する。師匠が、高俅に馬鹿にされ、憤激のあまり命を絶った。それを恨んで、宋江らのために働くことになった。開封府における、梁山泊の貴重な情報源だが、青蓮寺に気づかれ、泳がされている気配あり。林冲の妻が生きているという情報も、李富に摑まされ、本人もそれを疑っていたが、林冲は信じ、罠に嵌まって重傷を負う。開封府の諜報戦は、ねじれて複雑であり、たとえ泳がされていようと、自分の存在には意味が出てくる、と思っている。

それが生きたのが、高俅を通した偽装講和交渉であった。息子の侯真《こうしん》は済州にやり、きわどい交渉で時間を稼ぐ。それによって、梁山泊軍は力を回復するが、高俅に捕らえられた侯健は、妻とともに処刑される。

●**陳達**《ちんたつ》（**跳澗虎**《ちょうかんこ》）一一〇二年時点　二六歳　一八〇cm　八〇kg

短気で、直情的な男。無精髭が、顔半分を覆う。字は読めないが、『替天行道』は朱武に読んでもらう。了義山の戦で負傷した阮小五を、命がけで運ぶが、むなしく阮小五は死ぬ。梁山泊では、史進の遊撃隊の副官を務める。歩兵をうまく動かす指揮官であった。

童貫との最終決戦では、史進が騎馬隊の指揮に専念したため、呼延灼のもとで歩兵の大隊長として奮闘。

●**楊春**《ようしゅん》（**白花蛇**《はっかだ》）一一〇二年時点　二五歳　一七〇cm　七〇kg

白い肌、澄んだ眼。それ以外、外見にあまり特徴はない。体つきも、中肉中背。字は読めず、生来の無口であるが、朱武が読んで聞かせる『替天行道』には、涙を流す感受性を持つ。凡庸だが、兄貴分思いの優しさはあり。

京兆府生まれ。父は病で死に、母は金持ちの妾になる。流れ歩いている時、朱武に拾われる。すぐに陳達も加わり、三人で流れ歩く。そのころから、すべて朱武の言うとおりに生きるようになる。働いた賃金をごまかそうとした役人を殺し、少華山に逃亡。そこの賊徒の頭目たちを殺し、叛徒となる。少華山では、部下の一人一人と話をする将校としての資質を見せていた。

梁山泊入山後は、二竜山で秦明の下で将校となる。小部隊を指揮すれば、優秀な将校であった。しかし、秦明はもっと大きな楊春の素質を見抜き、解珍と旅に出す。子午山で楊令と再会。解珍との旅で、本来持っていた素質を全開。二竜山の優秀な大隊長となる。二竜山で多くの新兵を育てる。陥落時は、本隊との合流部隊を指揮。

童貫軍との決戦では、歩兵部隊を率いる大隊長として、活躍した。

●鄭天寿《ていてんじゅ》（白面郎君《はくめんろうくん》）　一一〇二年時点　二五歳　一七〇㎝　六〇㎏

清風山頭領の第三位。蘇州《そしゅう》近郊の寒村で生まれる。弟と一緒に、両親に捨てられる。疫病と飢えで、弟は死んだ。自身は、蘇州の富豪に救われ、しかし三年間男色の相手をさせられた。弟の死がトラウマのひとつになり、楊令に思い入れをこめる。早くから、塩の道の守備。梁山泊正規軍に編入後は、二竜山大隊長。優男で、女のような声。ひとりだけでできる銀細工を好み、職人をしていたこともある。祝家荘前哨戦《ぜんしょうせん》では、官軍に快勝。その直後、事故により死去。

●陶宗旺《とうそうおう》（九尾亀《きゅうびき》）　一一〇五年時点　二二歳　一八〇㎝　九〇㎏

山中の一軒家で、母と暮らす。山の急斜面に石垣を組み、見事な棚田を作っていた。足を傷めた宋江一行が滞留。宋江は、字と計算を教えた。母を大事にしているが、近くの村の保正からは、税と称して収穫の八割を取り上げられ、暮らしは貧しかった。保正のやり方がわかるところから、反権力意識を持ちはじめる。別れ際、武松に『替天行道』を渡される。母は、陶宗旺の気持ちを思いやって、城郭《まち》の兄のもとで暮らしはじめる。陶宗旺は、宋江の一行に加わり、太原府戦で石積みの技術を見せる。雷横の死をただ一人目撃している。入山後も、各地で石積みの技術を見せて活躍。流花寨へ入ってからは、花栄のもとで大隊長。陶宗旺の部隊は、常に工兵隊のような役割を果たす。

●宋清《そうせい》（鉄扇子《てっせんし》）　一一〇四年時点　三四歳　一六五cm　六〇kg

宋江の弟。父のあとを継ぎ、宋家村《そうかそん》で保正をやる。父の代理での旅の途次、鄧礼華《とうれいか》と知り合い、恋に落ちる。鄧礼華は、柴進の下で、塩の道を護《まも》る仕事をしていたが、宋江の下に一時避難するところだった。鄆城では、宋江の妾というかたちで、身を隠す手はずだった。宋清は、宋江らの志がわからず、しばし悩む。ひと月家へ帰り、考え抜き、鄆城にもどる。宋清なりに志を理解し、鄆城で鄧礼華と再会しようとするが、宋江との仲を疑った閻婆惜に殺されている。宋清は閻婆惜を殺した。閻婆惜殺しの疑いは、宋江にかかり、宋清とともに、鄆城を脱出。宋江はそのまま旅に、宋清は北に。双頭山の建設にかかわり、兵站、物資調達に能力を発揮。

穏やかで慎重な性格だが、それが逆に出ると、宋江も手におえないところがある。北の拠点を、縁の下から支えた。

兄弟の父は、土を耕し、土と語り合い、やがてその土に還《かえ》る、と兄弟にメッセージを送り、反政府闘争に身を投じた二人を認める。兄弟の心には、不孝という言葉が、いつも苦い思いとしてあった。

　双頭山への兵糧の移送中、襲われて死ぬ。宋軍二十万の総攻撃で、各地で激戦が交わされている最中であった。
●楽和《がくわ》（鉄叫子《てつきょうし》）　一一〇六年時点　二八歳　一七〇cm　六〇kg
　二歳上の姉、楽大娘子と、登州で酒場をやり、そこで歌っていた。姉の夫は孫立で、その弟の孫新とは親友であった。軍人だった孫立は、腕の立たない弟の代わりに、楽和に武芸を教えた。色男で女にもてるが、本人は歌と武芸が好きだった。役人の妻に言い寄られ、振ってしまったがために恨みを買い、逃げ回ることになる。祝家荘行きは、渡りに船であった。祝家荘では、歌声が梁山泊軍との連絡に役立つ。軍の規律の中での生活は、性格に合っていた。歌は、兵たちの慰めになった。梁山泊では、上級将校で本隊の大隊長を務め、董平が双頭山を指揮するのに伴って、そちらへ移る。
●龔旺《きょうおう》（花項虎《かこうこ》）　一一一〇年時点　二六歳　一七五cm　七〇kg
　呉家荘の呉仁の土地の小作であったが、呉仁の甥の張清とは気が合った。自警団を作った時も、片腕になった。張清はいつも強い兄貴分だった。傭兵稼業にも、当然のように従った。志があるわけではないが、梁山泊にも従って入り、二竜山に配される。すぐに、趙安の攻囲を受ける。傭兵稼業で実戦の経験は積んでいたが、持久戦の経験はなく、性格的にも合っていなかった。独断で反撃をかけ、趙安の罠に嵌まる。そこで、郝瑾も負傷した。郝瑾に自分の命をやると叫んで、死去。

●丁得孫《ていとくそん》（中箭虎《ちゅうせんこ》）　一一一〇年時点　三七歳　一八〇cm　八五kg
　遼州の山賊の首領。二百人の部下を抱えていたが、百名足らずの張清にたやすく破られて、部下となる。入山後は本隊へ。対峙中、耐え切れずに突っ込んで、戦線からはぐれ、毒蛇に咬《か》まれて死ぬ。

　張清には抜きん出た軍事的素質があったが、連れてきた二人の将校は、調練不足であった。特に、正規軍のぶつかり合いというものの経験が、絶対的に不足していた。経験を積めば、それなりの将校になったはずだが、それもさせずに最前線に投入しなければならないほど、梁山泊軍の上級将校は不足していた。
●穆春《ぼくしゅん》（小遮攔《しょうしゃらん》）　一一〇四年時点　二五歳　一六〇cm　五五kg
　兄に似ず、小柄。掲陽鎮などでは、乱暴者で通る。短気で喧嘩っ早い。軽率なところもあるが、兄ほどの屈折はない。役人に対する反発も、一面的なものである。兄に対しては、憧れと畏怖を同時に抱く。兄の怒りは、すぐに察知できる。将校として、梁山泊本隊にいたが、祝家荘戦後の編制替えで、九竜寨の史進のもとで、隊長の一人をつとめる。呼延灼戦で、連環馬の犠牲に。
●曹正《そうせい》（操刀鬼《そうとうき》）　一一〇三年時点　二九歳　一八五cm　一〇〇kg
　もともと、開封府で兄とともに、肉屋を営む。父のような兄であった。兄は、盧俊義と近く、開封府の情報を流す、間者であった。兄は、青蓮寺に捕縛され、処断。それを知った時、怒りで頭に血が昇り、その痕跡《こんせき》が額に赤痣として残る。曹正は密州に流れ、盧俊義の資金で食堂兼女郎屋を開く。商才はあり、やがて安丘にも同じような店を開く。役人や軍人を客とし、塩の道探索の情報を探るのが、主要な仕事であった。生辰綱を奪われた楊志は、安丘の店に流れてきて、済仁美と出会った。官軍側の情報を探る一方、二竜山の兵站の一部も担当。物資調達能力は、遺憾《いかん》なく発揮された。やがて、北京大名府にも店を構え、情報収集活動は、組織性と全体性を帯びることになる。流花寨建設当初は、物資調達能力を買われ、李立とともに兵站を担う。とにかく、流花寨は緊急に大量の物資を必要としたのだ。

梁山泊には、晁蓋、宋江、呉用、公孫勝の人脈、自ら応募してきた人脈などがあるが、盧俊義を頂点とする、塩の道に関わる人脈も、梁山泊結成前からあり、柴進、曹正など、その代表である。また曹正は、兄の死という個人的動機から、反権力思想を育てたという意味で、『替天行道』に影響されたメンバーとは、ひと味違うものを持っている。きわめて現実的で、理想家肌ではないのだ。

童貫軍との決戦前に揚州へ向かい、非戦闘員の受け入れ準備をする。呉用の戦略は、敗北した場合のことまで想定に入っていて、北と南に、逃走拠点とも思われるものを作っていた。敗北主義なのか、悲しい先見性なのか。

●**宋万**《そうまん》（**雲裏金剛**《うんりこんごう》）　一一〇三年時点　三二歳　一八〇㎝　九〇㎏

あまり深く考えず、王倫の世直しの志に共鳴し、山寨に加わる。腕が立ち、兵の人気も高かったので、すぐに山寨第三の地位に。王倫の変節についても、いささかの違和感を抱いているだけだった。貧乏な育ちで、学問はなく、字も読めない。林冲が入山してきた時、大きな衝撃を受ける。接近には無警戒で、強い林冲をただ賛美した。『替天行道』も、林冲に読んで貰った。王倫暗殺、梁山泊結成後は、将校に。自分の体力や、自分で鍛えた兵に自信を持っていたが、致死軍の調練に参加し、自信を打ち砕かれる。その日から、走り、木に体をぶっつけ、息も絶え絶えになるまで、自分の体を鍛えぬく。そのとき付き合ったのが、林冲と焦挺《しょうてい》であった。大柄で、こけおどしのところがあったが、梁山泊の志をよく理解してからは、生来の純粋さが出てくるようになる。杜遷《とせん》と並んで、梁山泊軍将校の典型と言っていいであろう。強烈な存在感はないが、兵には慕われた。祝家荘戦では、攻撃軍の隊長の一人。長期戦で、よく兵をまとめた、前線の隊長であった。反撃してくる敵から部下を守るために、ひとり踏みとどまり、ハリネズミのように全身に矢を受けて、果てる。その姿は、焦挺の眼に焼きついていた。

●杜遷《とせん》（摸着天《もちやくてん》）　一一〇三年時点　四〇歳　一九〇cm　八五kg

世直しの志を持ち、王倫の決起に加わる。王倫の掲げる旗が、次第に色褪《いろあ》せていくのを、無力感とともにみていた。山寨第二の地位を与えられているが、それは若い宋万を抑えるためだということも、充分に自覚している。強い自己主張はできず、なにごとにかけても事なかれで、ある意味、バランスの取れた人格と言ってもいい。唯一、自分の指揮する兵の調練に関してだけは厳しかった。林冲が単独で入山してきた時も、宋万と比べて接近には慎重であった。接近してからも、できるだけそれを表面に出さないように努める。積極性のある宋万とは、いいコンビであった。王倫暗殺後、すぐに山寨の兵をまとめる。兵の資質をよく摑んでいたので、梁山泊結成には、大きな力となった。宋万と並んで、梁山泊軍の将校をつとめるが、雷横死亡によって、一時双頭山の隊長に。朱仝を補佐し、雷横の死で混乱した双頭山をまとめる。祝家荘戦のため、再び梁山泊本隊へ。祝家荘攻撃中、部下を逃がすため、敵の火に焼かれ、炎の中で立ったまま死んだ。長身だが目立たず、物腰も柔らかい。心の底の志が揺らぐことはなく、梁山泊将校の、ひとつの典型と言っていいであろう。

●**薛永《せつえい》（病大虫《びょうだいちゅう》）**　一一〇二年時点　二六歳　一七〇cm　七〇kg

薬草師。大道芸として剣の技を見せながら、膏薬《こうやく》などを売っていた。魯智深に見つけられ、一緒に旅をし、鄆城で宋江と会う。また安道全とも会う。祖父に教えられた薬草学に、さらに自らの工夫を重ねる。薬草については、執念ともいうべきものを持っている。安道全とは、絶妙のコンビになった。

気が小さく、おどおどとした感じだが、いざという時は肚《はら》が据わる。絶えず自らの体で薬の試しをしたため、顔色がひどく悪くなった。

梁山泊入山後は、薬方所をやる。養生所と並んで、梁山泊で生きる人々の、健康には欠かせない存在となる。特筆する過去はなく、また安道全同様、志がすべてというわけではない。薬草を存分に扱える場所が与えられれば、それで満足している。いわばスペシャリストであり、そういう人間の能力を、梁山泊は充分に生かす柔軟さを持っていた。この男が官軍に登用されたらと、私はしばしば考えた。私の小説の中では、あり得ないことではないのだ。魯智深に見出《みいだ》されて、よかった。

薛永の薬草学は、常に側にいた、馬雲《ばうん》にすべて伝承された。

●施恩《しおん》（金眼彪《きんがんぴょう》）　一一〇五年時点　二二歳　一七〇cm　五五kg

太原府近郊の、貧しい農家の出。家族が、貧しさに馴れきっているのが、腹立たしかった。両親も弟も字が読めず、施恩は近くの坊主の下に通って、字を学び、書を読んだ。無料であったが、その坊主が死ぬと、次の坊主は金のないものを相手にしなかった。『替天行道』を読んだ。兵にとられる時も、懐《ふところ》に隠し持っていた。徴兵を拒否したり、脱走したりしなかったのは、家族を慮《おもんぱか》ってだった。太原府戦に参加。宋江の一行を包囲する軍にいた。斥候《せっこう》に出て陶宗旺が作った石積みから転落し、一行に捕らえられる。そこで、宋江の一行に加わる。官軍では、小隊長にもなりたくなくて、わざと失敗を繰り返していたが、梁山泊では調練の後、すぐに隊長格に引き上げられる。はじめは、本隊だったが、流花寨建設による配置替えで、史進の遊撃隊の隊長となり、主に歩兵を率いる。

●李忠《りちゅう》（打虎将《だこしょう》）　一一〇四年時点　三六歳　一七〇cm　六五kg

きちんとした職に就けず、全国放浪。中途半端な、インテリゲンチャーであった。多少、棒が遣えたので、大道芸などもやる。桃花山に入るが、ほかに人がおらず、頭領に。叛乱を企てる賊徒にはなりきれず。二竜山に併合されて後は、将校に。祝家荘戦で、大隊長に昇格。やがて朱仝の下で双頭山副官を務める。董万戦で死去。

●周通《しゅうとう》（小覇王《しょうはおう》）　一一〇四年時点　二九歳　一六五cm　六〇kg

国家に反感を持ちながら、盗賊からは足を洗えず、李忠の下で、桃花山に拠る。済仁美に横恋慕するも叶《かな》わず。やがて桃花山は、二竜山に組み入れられ、楊志の下で将校に。楊志暗殺後の、官軍の二竜山攻撃で、石秀などとともに戦死。

●**湯隆《とうりゆう》（金銭豹子《きんせんひようし》）**　一一〇三年時点　三一歳　一七〇㎝　七五㎏

梁山泊の鍛冶屋。王倫のころからいたが、職人肌が疎まれ、獄舎に入れられていた。字は読めないが、鉄の調合率を書いた、独自の帳面を持っている。安道全の手術器具から、武器武具、建築用材、史進の鉄棒まで作る。何人もの弟子を育て、各山寨の鍛冶場に送り込む。筋骨隆々。穏やかな眼差《まなざ》し。梁山泊で、最も多忙な職人の一人である。

最後の仕事は、凌振の大砲の製作であった。従来の数倍の火薬を使える砲を造ったが、完璧には出来上がらず、凌振は自爆することとなる。職人の中では、李雲《りうん》とともに童貫軍の梁山泊上陸部隊と闘い、戦死。

●**杜興《とこう》（鬼臉児《きれんじ》）**　一一〇六年時点　四八歳　一七五㎝　七〇㎏

親は知らず、李応の父に拾われて、育てられる。しっかりした学問も身につけ、将来、李応の執事になると、ずっと自覚を持ってきた。役人対策なども、徹底的に身につけ、李応にあまり汚れ仕事はさせなかった。根っからの執事である。祝家荘が動き始めた時、祝朝奉の野心に李家荘が飲み込まれるのを警戒。梁山泊とパイプを持つことを忘れなかった。祝朝奉は信頼しておらず、しかし李応の信義を重んじる美徳も傷つけず、うまく梁山泊入りを誘導する。杜興自身は、梁山泊の思想に共鳴したというより、李応の人生と、時の流れを見ての決断であった。独竜岡をまとめ、戦後処理をするために、しばらく残り、梁山泊に行ってみると、李応は兵站をやっていたので、大いに不満を抱く。しかし、執事時代に鍛えた忍耐力で、口に出さず耐えた。やがて李応は、本隊の指揮官の一人に。自分は副官として付きたかったが、史進の遊撃隊の副官とされる。呉用の人事に不満を抱き続けるが、遊撃隊では、使い物にならなくなった兵を蘇《よみがえ》らせ、それなりにいい仕事をこなした。容貌は普通だが、顔にあばたがある。梁山泊より、常に李応を優先して考えた、梁山泊では珍しい人物であった。

双頭山の副官を経て、本隊に。宣賛を支えるかたちで、作戦に関与する。味のある人柄が、緊迫した状況の中では、特に光った。

●**鄒淵《すうえん》（出林竜《しゅつりんりゅう》）**　一一〇六年時点　二六歳　一六五㎝　六〇㎏

少年のころ両親を亡くし、弟と助け合って生きる。解宝らと協力して猟を学び、やがて独竜岡でも一、二を争う猟師になる。気性は荒く、純真でもあった。解宝らと連携して、獲物の流通を考えたり、猟師の互助組織を作ったりする。祝家荘戦では解珍、解宝父子《おやこ》に従い、梁山泊軍の先乗りとして祝家荘に潜入。そのまま弟とともに梁山泊軍に加わる。入山後は、史進の遊撃隊の歩兵隊長となる。

●**鄒潤《すうじゅん》（独角竜《どっかくりゅう》）**　一一〇六年時点　二四歳　一七〇㎝　六五㎏

鄒淵の弟。幼いころからの習慣で、兄と行動を共にする。喧嘩に勝ち抜くために、頭突《ずつ》きの技を身につける。額を木の幹にぶっつけて鍛えた。そのため、額に大きな瘤《こぶ》ができ、異相となる。祝家荘で、これは人ではないと扈三娘に言われたことがあり、心の傷として残った。それが後の行動に、微妙に影響する場面が出てくる。入山後は、二竜山の上級将校として、秦明のもとで闘う。二竜山陥落後は、本隊の歩兵指揮官として、童貫戦に臨む。

●**朱貴**《しゅき》（**旱地忽律**《かんちこつりつ》）　一一〇二年時点　四三歳　一七〇cm　六五kg

梁山湖のほとりで、食堂を営む。のちに梁山泊となる山寨の頭目、王倫とは、一緒に科挙《かきょ》を落ちた間柄。王倫の変貌を、はじめから見ていた。二十四歳の若い妻、陳麗《ちんれい》と仲良く暮らす。ただ陳麗は白血病（作者はそう想定した。当時病名があるわけでなし）で死去。朱貴は、林冲の入山、晁蓋らの入山について、大きな役割を果たす。梁山泊結成後は、船隠しの管理。妻に死なれたあとは、淡々と生きる。それでも、梁山泊対岸の職務は重要であった。深い眼差し、落ち着いた物腰。梁山泊の、厨房《ちゆうぼう》の最初の指導は、朱貴がやった。魚肉入りの饅頭《まんとう》は、絶品で、やがて弟の朱富《しゆふう》に受け継がれた。

●**朱富**《しゆふう》（**笑面虎**《しようめんこ》）　一一〇七年時点　二八歳　一七〇cm　六五kg

朱貴の異母弟。病の母を看《み》、薬を工面するために、読み書きを教えるかたわら、小さな商いをしていた。母が死んだので、朱貴を頼ってくる。朱貴は、部下として使い、仕事を覚えさせた。船溜りの管理、渡船の管理などが主な仕事である。魚肉入りの饅頭も、秘伝のレシピを伝えられる。

朱貴が死んでも、饅頭の味は落ちなかった。

●**蔡福**《さいふく》（**鉄臂膊**《てつぴはく》）　一一〇六年時点　三八歳　一八〇cm　六五kg

蔡慶《さいけい》とみなしごの兄弟で、幼いころは柴進の屋敷で暮らす。読み書きなどは、そこで習った。やがて盧俊義の屋敷に移り、そこでもさまざまなことを学ぶ。十歳のころの燕青と、屋敷で一緒に暮らしたこともある。北京大名府で牢役人となり、官軍の情報などを集め、塩の道の防御の一端を担う。塩を運ぶこともまたやっていた。柴進、盧俊義と梁山泊に入ると、特命を帯びて弟と女真の地へ。塩の道の中継点であると同時に、武器、兵糧などの物資の中継もした。そうしながら、女真族との関係を深めるのが、もうひとつの目的であった。

無口で、そこそこの剣は遣う。子午山を出た楊令も女真の地へやってきた。

蔡慶の遺児を育てながら、山中に、村をひとつ作ろうとしている。

●**蔡慶《さいけい》（一枝花《いっしか》）**　一一〇六年時点　三六歳　一七〇cm　六〇kg

兄とは違い、陽気でよく喋る。人の輪に入るのもうまいものだが、心の底では、梁山泊で兵として闘いたいという思いを抱き続けた。女真の地にはよく馴染み、女を作り、子を生す。あくまで、女真における女房であった。そういうことも気軽にできた。剣を遣うが、あまりいい腕ではない。

兄の留守中に遼軍に襲われ、村人や家族を守るために闘い、死去。

●**李立《りりつ》（催命判官《さいめいはんがん》）**　一一〇四年時点　二六歳　一七〇cm　六〇kg

李俊の弟分で同姓だが、血の繫《つな》がった兄弟ではない。掲陽鎮近辺の街道で飲食店を営むが、そこは実は李俊の商いの中継所であった。役人の潜入捜査を見破る、観察眼を持つ。チンピラであったが、李俊に寄り添っている間に、それなりの男に育つ。梁山泊入山後は、兵站に携わる。戦は駄目だが、兵糧の運送など、お手のものであった。蔣敬とペアで、二竜山の兵站を担い、流花寨建設後は、曹正とともにそちらの担当に。志を抱いてというより、兄弟分との関係で、梁山泊に加わったというかたちで、童威、童猛などと同じであった。外見は目立たず、物資の収集などには最適であった。

●李雲《りうん》（青眼虎《せいがんこ》）　一一〇三年時点　三六歳　一七〇cm　七〇kg

大工。もともと王倫の山寨にいたが、逆らって獄舎に入れられていた。梁山泊となり、獄舎が解放された時、建設のための貴重な人材として認められた。はじめ、部下は十名前後。寨の建設に追われ、梁山泊でも兵舎などの建設で、眼の回るような忙しさとなる。やり方を指図されれば、反発をする、名人気質のところがある。攻城兵器などの工夫もする。湯隆などと相談し、雲梯《うんてい》、衝車《しょうしゃ》などもやがて製作。子供のころから大工で、王倫の世直しの思想に共鳴して、初期に山寨入り。失望と幻滅の中で晁蓋らに会う。字は読めなかった。

童貫軍の上陸の時も、ほかの文官たちとは行動をともにせず、造船所前で奮闘した。

●焦挺《しょうてい》（没面目《ぼつめんぼく》）　一一〇三年時点　二四歳　一八五cm　九五kg

巨漢。相撲《すもう》をやっていた。私のイメージでは、レスリングのような、素手の格闘技である。相撲で相手を殺し、それが役人の息子であったため、追われることになり、王倫の山寨に母を伴って入る。母は、下働きでこき使われる。焦挺は、小隊長格。宋万、杜遷を上官として仰ぐ。やがて林冲、安道全が入寨してくる。病を得ていた母を、安道全は丁寧《ていねい》に診《み》てくれて、死の前の苦しみが除かれた。安道全には、感謝の念を抱く。林冲と親しくなり、体術を教えられる。また、密かに林冲に同心する杜遷との間の、メッセンジャー役もやる。外見に似合わず、物覚えがよく、口頭での伝達が可能であった。梁山泊結成後は、将校として一隊を束ねる。祝家荘戦で、杜遷、宋万の死を目の当たりにする。大隊長に昇格。職掌《しょくしょう》の大きさに悩むが、なんとかそれをこなせるようになった時、祝家荘の罠にかかって死んだ。

●石勇《せきゆう》（石将軍《せきしょうぐん》）　一一〇六年時点　二六歳　一八〇cm　六〇kg

山中の畑に盗みに入り、捕らえられ、脚を折られて街道に放り出されているところを、時《じ》遷《せん》に助けられる。その時十八歳であった。それまで、なにをしていたか定かではない。時遷の下で、間諜の技を磨き、片腕となる。時遷の死後は、梁山泊の間諜部隊を整備し、組織的活動が可能なようにする。腕は立たないが、そういう方面の能力は抜きん出ていた。時遷の、個人でやる間諜の限界を感じてもいたので、組織化を図ったと言ってもいい。独自に動くもの、魯達を真ん中にした武松、李逵。開封府にいる侯健。張青、孫二娘、孫新。そういう者たちとの連携も密になり、致死軍、飛竜軍との共同作戦も活発になった。連絡場所として、梁山湖の畔《ほとり》に商店風の家を一軒構える。また、一旦《いったん》閉じた塩の道の再開にも、大きな役割を果たすことになる。間者ゆえ、活動は表面に出てこない。

童貫との決戦時、梁山湖の畔の部下の集合場所である店が襲われ、奇襲を察して知らせに走るが、果たせず。

●孫新《そんしん》（小尉遅《しょううっち》）　一一〇六年時点　二八歳　一七五cm　五五kg

兄孫立と較べて、武術の腕は劣る。楽和と同年で、親友。妻の顧大嫂《こだいそう》と、夫婦仲はよかった。腕は立たないが、機転は利き、如才《じょさい》もなかった。したがって、潜入などにむき、開封府に入る。石勇などからは独立した諜報活動を展開。石勇の部隊がたやすく開封府に入れない情況にあり、ある意味大事な存在であった。徐寧を梁山泊に入れた工作も担当。

　北京大名府での活動中、文立《ぶんりつ》に殺される。

●顧大嫂《こだいそう》（母大虫《ぼだいちゅう》）　一一〇六年時点　二七歳　一七〇cm　九〇kg
　すべてが大きい。顔も体も、そして胆《きも》も。力は男勝りで、兵の二、三人はひとりで相手にできる。その上料理の腕は抜群。梁山泊に入ったが、軍制に編入はされず、広場で焼《やき》饅頭などを売る。祝家荘で、聞煥章の膝を槍で突いた。聞煥章は、それで片脚を失うことになった。北京大名府の占拠でも、よく働いた。梁山泊の女性陣を取りまとめ、済州で扱う兵站にも関わる。

　決戦の前に、非戦闘員や女子供を連れて、揚州へ。

●張青《ちょうせい》（菜園《さいえん》子《し》）　一一〇七年時点　三八歳　一七〇cm　六〇kg
　ごく普通の育ちだが、妻に銀の髪飾りが欲しいと言われ、博奕に手を出す。借金を抱え逃げている時、魯智深に出会う。孟州《もうしゅう》十字《じゅうじ》坡《は》に小さな店を構え、戴宗の飛脚屋の中継や、人を匿い、逃がす仕事などをする。梁山泊入山後は、妻孫二娘と、潜入の仕事などをする。軽率に人の悪口を言ったり、人を出し抜いて手柄を立てようとしたりする傾向あり。

　晁蓋の暗殺直後の史文恭に出くわし、刺されながらも小指を嚙《か》み千切るという根性を見せた。そのため史文恭は、自ら肘《ひじ》から下を切り落として、特徴を隠す以外になくなる。孫二娘との夫婦関係は、良好であった。

●孫《そん》二娘《じじょう》（母夜叉《ぼやしゃ》）　一一〇七年時点　三六歳　一六五cm　四五kg
　張青を愛し続けるが、ある時、愛情を確かめたくて、銀の髪飾りが欲しいといってしまった。それが、張青が博奕に手を出し、落ちるきっかけになったことを、気に病んでいる。そういうところもあるが、本質は勝気である。顔役だった父の、荒っぽい血を受けている。

梁山泊では夫と一緒に行動することが多かったが、張青が死んでからは、済州の自由都市化に力を注ぐ。店などをやる傍ら、物資の動きを監視し、物流の動きも作り上げようとした。裴宣と再婚。なかなかいい夫婦になりそうな気配だったが、裴宣は史文恭により暗殺される。童貫戦の前に、非戦闘員、女子供などを連れ揚州へ。

●王定六《おうていろく》（霍閃婆《かくせんば》） 一一〇五年時点 二六歳 一八〇cm 六〇kg

建康《けんこう》の食堂の息子。博奕好きのろくでなしだったが、父親を好いていた。賭場《とば》のいざこざで、牢城に入れられる。父が死んだのを聞いたのは、牢内だった。脱獄。食堂を乗っ取っていた男を殺し、組んでいた役人も殺した。戴宗に逃がしてもらう。戴宗に言われ、双頭山まで、五日間で駆ける。その時、梁山泊の通信網は青蓮寺により寸断され、太原府近辺で宋江が危機に陥っていたのだった。朱仝、雷横の出動は、かろうじて間に合った。戴宗、張横は、通信網を二重構造にする。つまり飛脚屋を通すものと、人が直接走るものである。王定六は、人が走る通信網の責任者になる。長身で痩軀《そうく》。足の速さだけは、他人に負けず、またそれを誇りにしていた。通信網は、兵力のない梁山泊の、大きな武器であった。

●郁保四《いくほうし》（険道神《けんどうしん》） 一一〇六年時点 二六歳 一八五cm 九〇kg

貧農の出。父と二人で、僅かな畑を耕すが、父の死後、保正の搾取がひどくなり、耕地を捨てる。桃花山、二竜山と経て、梁山泊軍本隊の兵となる。馬にも乗れなかったが、なぜか林冲に見出され、騎馬隊へ。過酷な調練に耐える。そして黒騎兵となり、旗手に。なにをやっても駄目だという自覚があった。人より優れているのは、幼いころから農耕で鍛えた力だけだった。自分に自信がないので、その力も生かせない。ただ拘るものを持つと、それを拠りどころに、とてつもない強さを発揮する。林冲はそれを見抜いていた。旗手になってからは、梁山泊の心を掲げているつもりになり、決して旗を伏せず。どのような激戦でも、林冲騎馬隊の旗は戦場ではためき続ける。それが、郁保四が拘り続けたことであった。馬上で、片手で剣も遣えるようになる。

ひとつ、絶対に自分はこれがというものを持つと、自分でさえ想像したことのないほど、人は強くなれる。この男はまさにそうであった。

●**白勝**《はくしょう》（**白日鼠**《はくじつそ》）　一一〇三年時点　二三歳　一六〇㎝　五五㎏

小柄。前歯が出ているので、綽名が付いた。コソ泥であった。敏捷で気がまわる。捕らえられ、滄州の牢城に。そこで安道全と再会した。二人はなぜか気が合った。やがて、林冲も入牢。三人で、脱獄。雪の中で、盲腸炎《もうちょうえん》（作者想定）が危機的状態になり、安道全が手術。数日、林冲が担ぎ、柴進の屋敷へ。盲腸とともに、手癖の悪さも消えた。林冲、安道全には、深い友情を抱き、白勝の梁山泊参加は、その友情によるものである。志など、あまり信じるタイプではない。普段は養生所の事務長のようなことをしているが、必要があれば、外へ出て行く。林冲が、張藍の噂で青蓮寺の暗殺に遭いかけた時、魯達とともに救出に向かったのも白勝で、瀕死《ひんし》の林冲に昼夜付き添っていた。

やがて、養生所にただ居ただけではないのが判明。安道全に医術を学んでいたのだった。医師としてひとり立ちし、二竜山へ。

●時遷《じせん》（鼓上蚤《こじょうそう》）　一一〇三年時点　四四歳　一五五㎝　五〇㎏

忍びの技にたけ、かつては忍び込み専門の泥棒だった。魯智深に見破られ、ともに旅をすることに。宋江に引き合わされてからは、間者となる。二十名ほど部下を使っていたが、やがて五十名近くに増える。閻婆惜の父、閻新《えんしん》と同じ仕事をしていたことになるが、共同行動は取らず、お互いに認め合っていただけの関係。閻新の妻、馬桂については、決して心を許さず、たえず二重スパイではないかと疑っていた。石勇は、十八歳の時拾い、弟子として育てた。

小柄で、端正な顔立ちで、変装がうまい。情勢分析力、判断力にも優れる。梁山泊の序列では下位だが、呉用まではタメロであった。梁山泊の序列は、一応の目安で、軍の序列が最も重視されていた。総隊長、大隊長、隊長、将校の命令系統は、しっかり守られ、文治省も、各製作所も、仕事の中で、命令系統はしっかりしていた。

時遷は、馬桂の裏切り、楊志暗殺の経緯をつきとめた。自ら処断すべく、馬桂のもとに忍び込んだが、待ち構えていた呂牛に殺される。この死に方について、読者から抗議を受けたが、私は、聞煥章との会話で伏線を張り、決していきなり殺したつもりはない。

●段景住《だんけいじゅう》（金毛犬《きんもうけん》）　一一〇五年時点　二六歳　一七〇㎝　六〇㎏

北の出身で、孤児として育つ。幼いころから、牧で馬の糞《ふん》の始末や秣《まぐさ》作りをやる。盗みを覚え、特に馬を盗むようになる。ある大きな牧で、皇甫端に出会い、馬の扱いを教えられる。その後、李忠に会い、義賊になるために桃花山に誘われる。桃花山はやがて二竜山の下に入り、梁山泊軍となる。林冲に認められ、梁山泊の馬のすべてを、管理することになる。名前程度の字しか読めなかったが、『替天行道』を暗記し、それを読むことで、かなりの読み書きができるようになる。また、馬の買い付けの書類なども、読めるようになった。皇甫端とともに、梁山泊の牧の統括をするとともに、馬の買い付けも一手に引き受ける。

●楊令《ようれい》　一一一五年時点　推定一七、八歳　一七五cm　六五kg

　肉体はまだ成長を続けている。

　安丘近郊の村で生まれたとされる。両親が村人であったのか、旅の途中であったのかも、定かではない。村の長老の言葉には、よそ者というニュアンスもあった。目の前で、両親が殺されたという情報だけが、楊志にはあった。言葉を失っていたが、楊志と済仁美の愛情の中で、取り戻す。しかし楊志と済仁美は、青蓮寺の軍に襲われ、楊令を守って死んだ。それからまた言葉を失うが、秦明の元で取り戻す。林冲とは心の繋がりがあった。魯達に子午山に伴われ、王進に預けられ、成長する。

　やがて子午山を下り、梁山泊に現われる。

　楊令がどういう人生を送るのか、完結後、私は我が子の人生のように、考え続けている。

編集者からの手紙

これは、私信の類《たぐ》いである。

原稿を渡すたびに、担当編集者の山田裕樹から、こういうファクスが来たのである。その数は厖大《ぼうだい》な量になる。一顧だにしないこともあれば、これは、と眼から鱗《うろこ》が落ちたような気持になることもあった。示唆も与えられるし、こちらが怒鳴り返してしまいたくなるものもある。

私が書くものに、それだけ愛情を注いでくれたのだと思うと、私にとっては貴重な手紙である。本来なら、公開するようなものではあるまい。半ば強引に了解を取り、一部を公開することにしたのは、編集者と作家の関係性のようなものが、読者に少し見えてもいいと思ったからである。小説は、私の頭の中で作られていくが、外的な動機が発想の源になることも、めずらしくはないのだ。そこがちらりと見えれば、また違う読書の趣向も提供できるだろう。

読者と作家の出会いは、常に本が介在したものである。だから、一万通りの出会い、十万通りの出会いと、読者の数だけの出会いがある。それだけでいい。

ただ、本が出来上がるまでの過程で、こういうことも起きているのだ。

この私信の公開は、私の責任においてなすものである。担当編集者はいやがった。というより、私がこの私信をファイルして保存しておくことなど、この編集者の思慮の外だったのであろう。

その意味で、闇討《やみう》ちのようなものである。

一度書いて人に渡したものは、消えない。これはある真実を含んでいて、彼はいま、そのことを噛《か》みしめているに違いない。

北方謙三

1（二〇〇〇年一二月四日）

お疲れさまでした。

今月分のゲラです。気になる点が二、三。

書きこまさせていただきました。

ところで、宋江《そうこう》の婆惜《ばしやく》殺し後について、中国版のおさらいをさせてください。

逃亡と捕縛後に大別されます。

まず、逃げて柴進《さいしん》の屋敷で武松《ぶしよう》と会い、武十回に突入し、宋江視点に戻って清風山《せいふうざん》の三人と会ってから、青州《せいしゆう》の花栄《かえい》のところに身を寄せます。ここでいろいろあって、花栄、秦明《しんめい》、黄信《こうしん》とともに、梁山泊に向かいます。

ところが、途中で「チチ、キトク」の手紙を受けとって、宋家村《そうかそん》へ戻りますが、これは父親と宋清《そうせい》のかたらった偽《にせ》手紙で、宋江は捕縛されます。

ここまでの物語はすでに北方版で吸収済みなので、問題はありません。

生辰綱《せいしんこう》強奪のあたりで「急先鋒《きゆうせんぽう》の索超《さくちよう》」を積み残したように「鎮三山《ちんさんざん》の黄信」を積み残してしまいましたが、これはあとでどうにでもなるでしょう。

問題は捕縛後です。江州《ごうしゆう》に送られる途中、居酒屋で毒を盛られて肉マンにされかけます。このグループは「混江竜《こんこうりゆう》の李俊《りしゆん》」以下、李立《りりつ》、童威《どうい》と童猛《どうもう》の兄弟。そのあとに街中でもめたのが、ご存知穆弘《ぼくこう》と穆春《ぼくしゆん》の兄弟。それからにげて舟に乗ったらまた強盗に遭って、それが、張横《ちようおう》。弟が張順《ちようじゆん》でこれはあとで黒旋風《こくせんぷう》の李逵《りき》と格闘をばいたします。

整理したのが、李俊のせりふ。

「いったいこの土地には三くみの顔役。あにき（宋江）はご存じなかろうから、ついでに教えてあげましょう。掲陽《けいよう》の峠《とうげ》の上と下は、わたし（李俊）と李立とが顔役。掲陽の町では、この兄弟二人（穆《ぼく》兄弟）が顔役。潯陽江《じんようこう》一帯の闇《やみ》商人仲間では、張横、張順のふたりが顔役、そこであわせて三顔役」（吉川幸次郎《よしかわこうじろう》・清水茂《しみずしげる》訳　岩波文庫『水滸伝（四）』巻の三十七）

このあとは江州に入って、戴宗《たいそう》、李逵と出会うのですが、だいたいこのあたりから中国版は似たような人物が団体で出てきて、読者は挫折《ざせつ》していくようです。

すみません、長い蛇足で。

ゲラ、送ります。今日中に戻していただけるとうれしいです。

〔第四巻一六二ページ（以下、ページ数はすべて文庫版）、「地弧《ちこ》の星」第三節の終わりまで原稿を受け取ったところ。致死軍《ちしぐん》と青蓮寺《せいれんじ》の暗闘。〕

2（二〇〇一年四月四日）

ゲラ、送ります。

遅くなってもうしわけありませんでした。

いやあ、今回は、いっそう凄《すご》い。溜《た》めきったものを一気に放出した感がありますね。

みんな、凄い。特に豹子頭《ひょうしとう》がかっこいい。いいとこ取りですな。

李俊は「水滸後伝」までみすえたかのごとき言い方をしているのが、いい。

そして李逵。武松がそばにいないと暴走しそうな気配があります。

李逵とともに天を戴《いただ》かざる仲なのは、朱仝《しゅどう》です。このふたりは、会えば殺しあいかねない仲でした。もともとは呉用《ごよう》の陰険な工作が原因なのですが。すみません。もう過去のものとなりつつある中国版の話でした。

今夜、戻していただければ、幸いではあります。

いかがなものでしょうか。

〔第五巻二二六ページ、「地進《ちしん》の星」の終わりまで。宋江が江州で危地から脱し、手紙1で指摘された仲間が増える。〕

3（二〇〇一年四月二六日）

ゲラ、送りました。

人肉食は出さない約束だったけれど、この食べ方なら感動的だからいいのでしょうね。それにしても、七年前の「小説すばる」の「最後に何を食いたいか」アンケートでも北方さんは自分の右腕を喰《く》いたい、と答えておられたのを覚えております。そういう願望があったわけですな。

宿元景《しゅくげんけい》が出てきましたね。中国版では肩書きは「殿司太尉《でんしたいい》」で、武官ふうの肩書きですが、文官的な行動をしてました。宋江の帰順にさいして、後ろ盾になった人です。宿元景が梁山泊《りょうざんぱく》に攻めてくるとは思いません。梁山泊と認めあう仲になり、最後のほうでは宮廷とのつなぎ役になるのでしょうか？

魯智深《ろちしん》が、魯達《ろたつ》になるのけとってもいいことです。しかし、魯達、という名乗りが唐突なのでは？　林冲《りんちゅう》に名づけられるのではなく、いずれ誰やらからの、なぜ魯達なのか、という問いに対して、十二歳までは魯達だった、と花和尚《かおしょう》が答えるほうが自然だと思うのですが。

次の一〇〇枚で青面獣《せいめんじゅう》が無念の死を遂げて、その次の一〇〇枚では宋江の旅が再開するのでしょうか。二竜山《にりゅうざん》、了竹山《しごさん》の順ですかね。そして、その次六巻分の冒頭一〇〇枚あたりで官軍の第一次攻撃があるか、致死軍の青蓮寺への夜襲があるか、というところでしょうか。

それにしても、九紋竜《くもんりゅう》、早く戻してやっ

て欲しい。黄色いハンカチのように少華山《しょうかざん》山頂にひるがえる「替天行道《たいてんぎょうどう》」の旗を見せたいものです。

そうそう、「れんぎょ」について報告せねば。うおへんにつらなる、と書いて「鰱魚」です。一メートルになる淡水魚で「こくれん」と「はくれん」がいます。「こくれん」は頭が大きく目が下についていて、「はくれん」は銀頭魚ともいい、中国大陸南部に多く、口のあたりは鮭《さけ》に似ているそうです。インタアネットで調べさせました。

そのうち宋江に釣らせてやってくださいませ。

では、ゲラ待ちの態勢に入ります。

〔第五巻二三六ページ、「地会《ちかい》の星」第三節の終わりまで。曹正《そうせい》が楊志《ようし》に二竜山の様子を話す。〕

4（二〇〇一年七月四日）

ゲラ、お送りさせていただきます。

晁蓋《ちょうがい》に人事を言いふくめられている林冲にまた頷《うなず》いてしまいました。

それにしても、勢いあまって周通《しゅうとう》まで殺してしまうとは。

しかし、単行本五巻のシメとしては、非常にバランスよいところで終わりましたね。百八人中でも殺すぞ、ということまで含めて、北方「水滸」の方向のほとんどが読者に呈示されたわけですから。

完結後に俯瞰《ふかん》すると、最初の五巻がおおきなひとつのブロックになっているような気がいたします。

次回からは、宋江の子午山入りと秦明抱き込みですか。中国版では、梁山泊に入ったあとに、秦明は花栄の妹と結婚するはずですが、その妹は使えるかもしれません。

ところで、今回、おやおやと思ったのは、許定《きょてい》、ですか。

高島俊男《たかしまとしお》先生の『水滸伝人物事典』をすぐに参照したことを告白します。

方臘《ほうろう》のところの副将軍ではないですか。なんでここで出てくるのか。

しかも、見るからに読むからに、いい人らしい。

こういう人は、中国版では、長嶋《ながしま》監督のごとき宋江が欲しがって、生け捕りにしたあとに土下座などして仲間にしてしまうものですが、さすがにそうはいかんでしょう。たとえば秦明抱き込みに役割を果たしたあとで、ほどよく死なせてしまうことになるのでしょうか。

しかし、それは惜しい。許定の副官かなにかに、その考えや人格を受けつぐ、紐付《ひもつ》きではない七十二人のうちの、ひとりでも配しておいて、それをゆくゆく合流させるのではいかがでしょうか。七十二人の消化といえば、楊令《ようれい》のおもり役にも名前をつけて、ここでもひとり消化するのはいかがでしょうか。

〔第五巻「玄武《げんぶ》の章」の完結まで。楊令が再び家族を亡くし、二竜山で暮らすこととなる。〕

5（二〇〇一年八月二日）

ゲラ、八五枚分、送ります。

これを日付の変わるまでに戻していただけるといいのですが。

残り一五枚分は、明日午後になります。この部分は初校で校了にせざるをえませんので、土曜の午後の戻しで結構です。

ところで。今回分のラストの「替天行道旗黄色いハンカチ」状況に、わかっていたこととはいえ、不覚にも読みながら泣いてしまいました。告白するに北方「水滸」を読みつつ泣いたのは三度目です。

一度目は、鮑旭《ほうきょく》が初めて字を書くシーン。

二度目は、白勝《はくしょう》が孔明《こうめい》兄弟に傷跡を見せてタンカを切るシーン。

泣きそうになったのをこらえたのは数知れませんが。

ところで、宋江、次回はいよいよ梁山泊に入るのでしょうか。少華山に長逗留《ながとうりゅう》してしまうのでしょうか？　また、秦明抱き込みはどこまで進むのでしょうか。

それだけで六巻は終わってしまいそうですが、次なる二部のおおきなブロックはどうなるのでしょうか。

呼延灼《こえんしゃく》が攻めて来るのか？

祝家荘《しゅくかそう》を攻めるのか？

馬桂《ばけい》が次の目標に肉迫するのか？

まったく別のことが起こるのか？

いずれにせよ、小者たちも着々と登場しつつあり、たゆとうように進んでいますね。

楽しみです。

〔第六巻八八ページ、「地闊《ちかつ》の星」の終わりまで。宋江一行が、馬麟《ばりん》を連れて子午山に向かう。〕

6（二〇〇一年一〇月三日）

今回のゲラ、一一二枚分まで送ります。

物語はどんどん進んでおりますね。

鎮三山・黄信の投入はもっとあとかと思っていましたが、一気に行きましたな。鯉魚も釣れたし。宋江と晁蓋の対立の芽もでけた。宋江、林冲組対晁蓋、公孫勝《こうそんしょう》のタッグマッチというほど単純なものでもないでしょうが。宋江と秦明の女の取りっこというセンも出てきたぞ。

しかし、魚ばっかり釣っている場合か、梁

山泊の諸君。

ところで、霹靂火《へきれきか》・秦明といえば、狼牙棍《ろうがこん》。先端の丸い部分に釘《くぎ》をたくさんうめこんだ剣《けん》呑《のん》な得物《えもの》です。六巻のカバーは、狼牙棍を持った秦明がトップになるはずなので、残念。しかし、秦明の性格も変わったわけですから、あまり野蛮な得物は似合わないかもしれません。

さてあと一〇〇枚。六巻の終わりはどこでヒくのでしょうか。

宋江の二竜山入りか、呉用の暗殺計画か。

そも、次の大きな闘いはどうなるのか。編制替えで超大物、双鞭《そうべん》・呼延灼を投入するのか。宿元景と小競り合いをさせるのか。あるいは一気に中盤の山場になるであろう、三打《さんだ》祝家荘を青蓮寺に擬装させるか。そうなると当然、水滸随一の美女、海棠《かいどう》の花、一丈《いちじょう》青《せい》・扈三娘《こさんじょう》の扱いに大いなる期待がかかってきますな。

ともあれ、楽しみです。

NYテロの余波で、船戸与一《ふなどよいち》氏とのイスラム圏への私の旅もわやになってしまったことだし。次回も日本にいます。

〔第六巻二七九ページあたり、「天猛《てんもう》の星」第三節の途中まで。劉唐《りゅうとう》が飛竜軍《ひりゅうぐん》を結成しようとしている。〕

7（二〇〇一年一一月三日）

八四枚分のゲラをファクスさせていただきます。

戻しは五日月曜の昼でお願いします。残りのゲラは月曜の午後遅めにファックスします。これは一泊でお願いいたします。

ところで。ううむ、こういう手で来たか。神行太保《しんこうたいほう》・戴宗の足の速さを書かずに、ひたすら霍閃婆《かくせんば》・王定六《おうていろく》の速さを丁寧《ていねい》に描写しておいて、しかし戴宗はもっと速いぞ、ともっていったわけですね。

いろいろな手を考えるものだ。

さて、武松のように死ぬ死ぬといっておる奴《やつ》はこの作者の場合存外死なないものではありますが、筆の勢いということもあり、校閲の担当者からはやばやと助命願いが出ておることを伝達するにとどめましょう。

この六巻、小者部分の整理もずいぶんと進んでいい感じです。これで七十一人が登場しました。

気になる部分。たぶん、聞煥章《ぶんかんしょう》の献策もあり、地方軍からの人事の組み替えがあり、当然、双鞭・呼延灼と大刀《だいとう》・関勝《かんしょう》が最右翼でしょうが、足らないようでしたら、あとふたり、東昌府《とうしょうふ》の没羽箭《ぼつうせん》・張清《ちょうせい》と東平府《とうへいふ》の双槍将《そうそうしょう》・董平《とうへい》を青蓮寺は思いだすべきです。宋江と盧俊義《ろしゅんぎ》が頭領の座を譲りあって、それを決めるために行う東昌府・東平府攻めは北方版ではまずないですからね。

しかし、珍しいことに、飛礫《つぶて》打ちの張清には瓊英《けいえい》という美しい婚約者がおるので、別の使い方もあるような気もしますなあ。醜男《ぶおとこ》の宣賛《せんさん》、一丈青・扈三娘などとともにアレンジぶりが楽しみな人なのです。

というわけで、来月、ますます楽しみなのであります。

〔第六巻三六五ページあたり、「地劣《ちれつ》の星」第五節の途中まで。袁明《えんめい》が聞煥章を評価する。〕

8（二〇〇一年一二月一日）
太原府《たいげんふ》で一万人に包囲された宋江。
李逵「このお方をどなたと心得る」
武松「この替天行道の印籠《いんろう》が目に入らぬか？」

一万人「ははァ（平伏）」

だったら楽ですがそうもいきませんな。平伏するのは施恩《しおん》ぐらいで。

　それはさておき、朱仝はまだか？　公孫勝はどうした？　武松がまだ生きると言い始めたが大丈夫か？　また石を積んでいる暇はないので、もっぺん正面から来られたらまずいのではないっすか？

　ともかく嵐《あらし》の前の静けさでございます。これについては早く読みたい一心で土曜にも読みに来る私であります。

ところで。

　別紙「戦闘シーン」をちらと見てください。中国版における、おおまかな招安《しょうあん》までの戦いの軌跡です。

　すでに高唐州《こうとうしゅう》攻め、東平府・東昌府攻めはなくなったようですし、高俅《こうきゅう》の梁山泊攻めもないような気がします。呼延灼、関勝がまったく同じパターンで二度も来るのも変わってくるでしょうし、祝家荘の時刻をつげる鶏《にわとり》を石秀《せきしゅう》、楊雄《ようゆう》、時遷《じせん》が喰っちまった、という始まりにはもうならんでしょう。

　ま、先のことはおいておいて、宋江（と史《し》進《しん》）の梁山泊入りのすぐあとにはもう、中盤の白眉《はくび》ともいうべき「三打祝家荘」になってしまう可能性があるのですね。

　梁山泊をゆるがす大恋愛、が祝家荘のあたりで起こるのなら、当然そのヒロインは一丈青・扈三娘以外にはいないでしょう。祝家荘とは別個に起こるのなら、李師師《りしし》あたりもありかな、というところです。

　さらにそのヒロインの相手の男はですな、当然しかるべき大物を出さねばなりません。林冲、史進、武松あたりは想像の範囲内ではあってもおおいにけっこう。穴が魯達、大穴なんと公孫勝、押さえが晁蓋でどうだ。

というところで、三日に残りの七九枚のうち、一枚でも多く読みたいのですが、いかがなものでしょうか。

〔第七巻六四ページ、「地伏《ちふく》の星」第五節の途中まで。陶宗旺《とうそうおう》の石積みが、効力を発揮する。〕

9（二〇〇一年一二月四日）

いやあ、久しぶりに殺意に燃えました。

死ぬのはだれか？　武松や李逵は梁山泊を踏んでおらぬようだし、朱仝はまだだから、朱仝か雷横《らいおう》か？　雷横には見せ場があったが朱仝はまだだから、雷横か。いや待て、劉唐という手もあるぞ、跡継ぎもできたことだし。待て待て、林冲や宋江だって先のことを考えなければ、当面のウケに走った見境のない著者が殺してしまうかもしらん。その時は一番、時の「少年ジャンプ」編集長・長野規《ながのただす》氏が戸川万吉《とがわまんきち》をベタでごまかして生き返らせたように、わしもやらんといかんのかなあ。

などと考えつつ、出社して席についたら、今回のラスト二五枚がデスクの上にありました。赤入れ要員のアルバイト院生のメモつきで。

メモに曰《いわ》く、「身が震えました。雷横を死なせるとは許せん」

許せんのは、おまえじゃおまえじゃ。

というわけで、今日の文庫の編集会議は大荒れでございました。

それはさておき、ゲラ、一二五枚分まで送ります。「替天行道」はかなり出まわっているようですが、何刷なんでしょうかね。気になる。また、敵の死体を気前よく投げ落としていましたが、長く続く籠城戦《ろうじょうせん》の可能性があるとして、死体を食料としてとっておこうという発想はすくなくとも李逵にはあっていいかも。しかし、こっちの李逵はあまり凶暴でないから、それもないかも。

ついでに、あまり参考にならないと思いますが、サブ登場人物表も送ります。拾いものとしては、十節度使《せつどし》として禁軍《きんぐん》の隊長に名前がついていたことでしょうか。

先日、お電話でも話しましたが、史進の合流のあとに祝家荘攻めが来るか来ないか、そこに「大恋愛」をぶつけるかぶつけないかが次なるおおきな関所でありましょうが、確かにまだ二、三カ月の猶予《ゆうよ》はあるのでしょうね。

戻しは明日五日の午後二時くらいまでにいただけると幸いです。

ラスト二五枚は五日の夜に送っておきますので、六日の午後に。

いま、トータル三一五〇枚ですねえ。

「第七巻一二六ページ、「地理《ちり》の星」の終わりまで。飛竜軍、朱仝、雷横らが宋江を救出する。」

10（二〇〇一年一二月二五日）

一三〇枚分のゲラをお送りします。

お疲れさまでした。

ラスト二〇枚も今日、拝見しました。

うーむ、虚をついて、祝家荘も呼延灼も素通りして大刀の関勝で来ましたか。

関勝といえば、副官のひとりはあの醜郡《しゅうぐん》馬《ば》の宣賛。逆タマに乗ったまではよかったが、あまりの醜男ぶりに新妻が世をはかなんで自殺してしまい、上司にうとまれて窓際という、いじくりようのありすぎのキャラクターであります。

この醜男をどう料理するかは、二年前から楽しみにしていました。黄信の時のような積み忘れなきよう。

それから、ついに童貫《どうかん》も姿を現したのですが、俗に「水滸四姦」と言われている悪大臣の四人目、楊戩《ようせん》の噂《うわさ》を聞かないのは寂しいのでは。童貫、蔡京《さいけい》、高俅に比べると、員数合わせみたいな影の薄い悪玉ではありましたが。

さて、このゲラは二十五日昼までに戻していただくとして、ラスト二〇枚分のゲラは二十五日夜に三崎のほうにファクスさせていただきます。

よろしく、お願いをいたします。

〔第七巻二三六ページ、「天勇《てんゆう》の星」第一節の終わりまで。魯達が雄州《ゆうしゅう》で牢城に入る。〕

11（二〇〇二年三月一日）

いやあ、魯達の肉屋殺しのシーンが読めるとは思っていませんでした。

感動ものです。肉屋のあだ名は「鎮関西《ちんかんさい》」でしたが「鎮関東《ちんかんとう》」になっているのは、何か深い意味があるのでしょうか。

こうなってくると、失われた中国版の数少ない名シーンにも復活の可能性があるわけですね。とりあえずは、あまり思い浮かびませぬが。

いっせいに物語が動き始めて、新しい人物もどんどん出てくることでしょう。

それにしても、海棠の花がいい。いかにも、それらしくていい。こうして、祝家荘側に内部亀裂が入っていくわけですね。

時遷は、石勇《せきゆう》よりも席次が下なのに石勇の親分とは、と思っていたら死んでもうた。

だいぶ人々が出そろってきましたね。

中国版「水滸」では、祝家荘を攻めあぐんだ梁山泊に、団体で初登場軍団が味方します。欒廷玉《らんていぎょく》の武術の同門の軍人・孫立《そんりつ》。その弟の孫新《そんしん》と義弟の楽和《がくわ》。孫新の妻の顧大嫂《こだいそう》。それに従兄弟《いとこ》の解珍《かいちん》、解宝《かいほう》の兄弟。なぜかここで急に縁戚《えんせき》関係が密になって、読者はまた離れて行くわけです。

北方版ではどうなるのでしょう。

解珍、解宝の兄弟は、誰にも区別がつかないくらい似ているのですよ。

書きわけのピンチといっていいでしょう。

それにしても、やっぱり、史進と林冲のどちらが強いのか、気になる。棒は史進で、槍《やり》は林冲、というのは、わかりましたが、では史進の鉄棒と林冲の槍はどうなるのか。まあ、コンディションが良くて、ツイているほうではありましょうが。

次回からの戦闘は実に楽しみです。

童威と童猛は区別がつかんので、どちらかを殺してしまいましょう。

〔第七巻「烈火《れっか》の章」の完結まで。祝家荘に潜入していた石勇が、梁山泊に報告に戻ってくる。〕

12（二〇〇二年四月二六日）

一一五枚目までのゲラをお送りさせていただきます。

この分は、優先させて戻してください。

残りの三五枚分のゲラは、明日のこんな時間、午後十時ごろのファクスになりますが、対応できますか？

ところで、鄭天寿《ていてんじゅ》、いい味を出しました。小者に急に性格づけが始まると末期も近いという読み方のいやらしさ。七人目の犠牲者であります。小説史上に残る人死にであります。

ところで、死に方のパターンが百八とはいわぬが、いくつあるのか。

現在のところ、それぞれの死に方をしております。

それにしても、祝家荘は水面下のねじり合いがすさまじく、いったいどうなることやら予断を許しません。梁山泊の根回し勝ちかと思わせておいて、李富《りふ》は本気になるわ、孫立一派はバレるわ、しかもはりめぐらしたという罠《わな》はまだ未確認であるわ。

　梁山泊側も相当の犠牲をはらうことでしょう。

　あと二五〇枚でそれなりの収束を見られるかも。よくわからないが、楽しみです。地煞《ちさつ》星《せい》の五つ六つと天罡星《てんこうせい》の一つ二つが墜《お》ちるやもしれません。

　ところで、楊令にこれだけの性格付けをしてしまって、これからどうするのですか？

　楊令という名は百八人（七人死んだが）の中にはいないぞ。楊志の名を継ぐとか索超、徐寧《じょねい》とか名前を変えるとかの荒技をつかわないと席がないではないか。

　ゆくゆくの成長した若武者、楊令の扱いは要期待、であります。


〔第八巻二〇一ページ、「地異《ちい》の星」の終わりまで。楊令が少しだけ言葉を取り戻す。〕

13（二〇〇二年六月三日）

五〇枚分までのゲラをお送りさせていただきます。

祝家荘戦はまだ始まったばかり。このぶんでは八巻では終わりませんね。九巻にかなりかぶるか、九巻全部になってしまいそうな気もいたします。

ますます錯綜《さくそう》しておるからして、無理ないことでありましょうか。

童《どう》兄弟のひとりを殺したのは、とてもいいことです。これでわかりやすくなった。

しかし、王倫《おうりん》の元部下をふたり一緒に殺したのはいかがなものか。しかも、死に際の視点なしにまとめてしまったので、読者にはまぎらわしいのでは。ま、死んでもうたものはしかたがありませんな。合戦だし。

　これで戦没者は十人を数えました。

　ところで、李富の林冲暗殺計画は無気味だ。本当に、青蓮寺版・蕭譲《しょうじょう》に「生きていた林冲妻」の偽手紙を書かせて、王英《おうえい》、扈三娘、聞煥章と四角関係になっている林冲をますます混乱させ、史進や武松や魯達や公孫勝をまきこんで、さらに物語を長びかせるつもりだな。これは、馬桂を殺した真犯人は作者だと気がついた李富の、作者への復讐《ふくしゅう》と見た。ともかく長びかせて作者の老衰と編集者の定年を待ち、「水滸を完結まで書いた唯一の日本人作家」という勲章を与えたくない、と李富は考えているのでございます。

　ま、それはそれで、物語の運命でありまして、流れに任せるしかありません。

　この分は明日の昼までに戻してください。明日午後から札幌に行ってしまいますので（本当は浅田次郎《あさだじろう》氏とラスベガスに行っているはずだったのですよ）、ゲラの残りは五日の夜早めにファクスさしあげます。

　よろしくお願いをいたします。

〔第八巻二七九ページあたり、「天富《てんぷう》の星」第六節の途中までか。詳細不明。〕

14（二〇〇二年七月三日）

　一三〇枚目までのゲラをお送りさせていただきます。

　明日四日の午後イチに戻してくださーい。

　祝家荘は、うーん、意外にもろかったなあ。しかし、全面対決というのは、むしろこういうものかもしれません。双方、戦線をめいっぱい拡大しているだけに、ひとつ破れると、そこでもう終わりというのでしょうか。

　この不始末の責任を聞煥章と李富が美しく譲りあったりして。

祝家荘攻めの次の大きな戦《いく》さは、何になるのでしょうか。

中国版では、捕まった柴進を助けに高唐州を攻め、そのあとに呼延灼が攻めて来るのですが、どうなりますか。

ところで、「明日に向って撃て！」のラスト・シーン状態になったとして、林冲と公孫勝は最後までののしりあうのがいいと思う。林冲「私は獄中で一日中、逆立ちをしていた」公孫勝「私の逆立ちは首だけだった」。作者が思考放棄して同じような獄中生活をさせてしまった偶然をですね、実はそこまで考えていた、というふうに変えてしまうウルトラCなのでございます。

それにしても、小李広《しょうりこう》・花栄の影が薄い。魯智深、林冲、史進、武松、李逵の五人が一番人気とするなら、楊志、戴宗、燕青《えんせい》とともに次のブロックの人気者のひとりのはずが、見せ場がないのですね。秦明に何かあるまでは、出番がないのでしょうかねえ。

李逵は、気がつくと、ロナウドになって王《おう》和《わ》の生首を蹴《け》っていた。ワールドカップは偉大だ。見てないけど。

〔第八巻「青龍《せいりゅう》の章」の完結まで。梁山泊が祝家荘戦に勝利。〕

15（二〇〇二年八月一日）
今回、すさまじいですね。描写の迫力。緊迫の間合い。視点と時間をとばしてクライマックスを「医学もの・手術ミステリー」にしてしまった。
安道全が青蓮寺に暗殺されるのではないかとまで心配してしまいましたよ。
それにしても、索超の出しかたが絶妙です。しかも、またまた放浪の旅に出てしまったので、今後も使い勝手がとてもよろしい。まだ梁山泊に入ってないから、死ぬ気づかいはないし。

強いのは、まだ三人残っておりますね。董平、張清、徐寧。三十六人の中の未出場組もついにこの三人だけになってしまいました。

しかし、林冲は、強い。強くて弱い。感動的であります。思わず涙が出てきました。

感動のあまり、漢詩のパターンを変えようとして、どつぼにはまり、さる有名な、しかし全然関係のないものを盗作して、なんとかでっちあげましたが、われながら下手《へた》だ。

陸謙《りくけん》の出番はなかったが、これはしかたがない。

公孫勝の軍令違反のいいわけも楽しみであります。

しかし、ツキがないというかなんというか、青蓮寺も失敗続きでありますなあ。また、誰か強烈なのをてこ入れせんと駄目かもしれません。致死軍に李富でも暗殺させますか。

花栄を抜擢《ばってき》して活躍させるのは、いいことですが、この南側の寨《さい》は、ぼろ負けしてアラモになる運命では？　負けないと、梁山泊は戦場にならんし、ならんと永遠に水軍は飼い殺しであります。

水軍、といえば張順であるが、その兄の張横がまったく噂を聞きませんな。戴宗に飼い殺されておるのかもしらん。

いやいや、次は柴進救出の高唐州攻略戦ですか。晁蓋をそろそろなんとかしてやらんと、腐ってしまうのでは？

いやあ、目配りするのがどんどん増えていって、殺したくなる気持ちもわかるが、死にそうになると、やっぱり、助命嘆願をしてしまう私であります。

明日、五時の銀座には三分の二のゲラはお

持ちできます。

〔第九巻一一七ページあたり、「地佐《ちさ》の星」第二節の冒頭。林冲が、亡くなったはずの妻、張藍《ちょうらん》に会いに行く。〕

16（二〇〇二年一〇月三日）

ゲラ、六七枚目まで、お送りさせていただきます。

この分は、明日の午後早めまでに戻していただけると幸いです。

さてさて、ついに物語の幹が見えてまいりました。

青蓮寺が、方臘を傀儡《かいらい》にして、もう一つの梁山泊を作る、と発想しましたので、もう招安をどうするということはなくなったわけです。

すなわち、宋江が晁蓋を「謀殺する」とか「居場所を官軍にながす」とか「見殺しにする」とかしたあとに、招安を受けいれるふりをして、都の同志・宿元景あたりと呼応して政府を倒しに都に向かう。しかし、その途中で宿元景密殺の報を受けた時はすでに離脱かなわず。

と、かつておっしゃっていた終わり方になる可能性は低くなったと解釈していいのでしょうか。

いずれにせよ、宋江、晁蓋の路線対立はすでに起こり、晁蓋の死も迫っているのでしょうが、あまりどろどろしたものにならない可能性はありますね。

それより、呼延灼との大戦を終え、メインエベントの童貫戦のあとに、方臘戦が想定されるわけで、これはなんとも血が騒ぐ。

話せばわかると乗り込んだ魯達がはりつけになり、あれは罠だと急を知らせに疾走する戴宗が待ち伏せにあって矢ぶすまになり、張順は毒をまかれて大量の鯉鮒鰱魚《こいふなれんぎょ》とともに江に浮かび、公孫勝は哄笑《こうしょう》して血を吐き、武松は死してなお勃起《ぼっき》し、豹子頭はスイ行かずいかにすべき、李逵無念の板斧《はんぷ》は岩に突きたち、九紋竜の鉄棒は中折れ。

いやすみません。方臘軍が実は弱くて、やはりメインは童貫戦だったりするほうが自然か。

それにしても、王英は扈三娘のヌードを見たのなら、もういいではないか。結婚相手は、つりあう相手がいいのでありましょう。

単行本九巻のラストは晁蓋の死、ではなくて、柴進の絶体絶命なのでしょうか。

気になる気になる。

［第九巻三〇九ページ、「地走《ちそう》の星」の終わりまで。李袞《りこん》が、盧俊義と燕青の味方になる。］

17（二〇〇二年一一月五日）

一〇〇枚分のゲラをお送りします。早めに戻してください、待ってます。

漢詩は四二枚分からでっちあげましたが、内容とちがうものになってしまいました。ご諒恕《りょうじょ》ください。

ところで、青蓮寺の洪清《こうせい》の不仕が無気味だ。一本の弓に二本の矢をつがえる青蓮寺。宋江を暗殺に行って、守る武松との究極のタタカイが見られるかも。また、趙安《ちょうあん》という将軍代理が出てきますが、この男はメインエベントの童貫禁軍総出撃の時に楊戩、唐昇《とうしょう》、宿元景とともに副将をつとめるのでしょうか。

鄧飛《とうひ》の死に方は「ダルタニャン物語」のラストのポルトスの壮絶な死に方を思い出しました。デュマも疲れたのでしょうか。ま、デュマは下男に書かせていた人だから別ですね。

次回はいよいよ、呼延灼が出てきますか。

なんとなく若そう、という以外なにもわかっておりません。

国を憂う以前に恋わずらひ、という最初の線もなくなりそうだし。

呼延灼の連環馬軍《れんかんばぐん》と凌振《りょうしん》の大砲隊。うーむ、林冲騎馬隊が蹴散らされるかもしれませぬ。呼延灼の軍営に索超がまぎれこんでいたりして。

魯達の呼延灼への根回しがどうであったのか、わからないから、ますます先が読めません。

この戦いで、強いだけなら林冲並みとも言われる金鎗手《きんそうしゅ》・徐寧が、梁山泊に合流するかもしれませんが、どういう奴になるか楽しみです。

呼延灼戦のあとに、晁蓋が暗殺され、あちら版では聚義庁《しゅうぎちょう》を宋江が忠義堂《ちゅうぎどう》と改称して独裁を進め、招安に向けて独走していくわけですが、こちら版「水滸」ではすでに、そういう改称はないのですね。一方、青蓮寺も、戦争を仕掛け続けるかたわら田虎《でんこ》・王慶《おうけい》の乱、方臘の乱を指導するのに多忙である、ということになるわけですか。

ますます盛り上がっておりますね。

祝家荘では押さえたので、呼延灼戦は、えんえんとやってもいいかもしらん。

ただ、戦死者の幅の問題はありますね。死なせすぎると呼延灼の入山に異を唱えるものも出てきてしまうだろうし。難しいところであります。

〔第九巻「嵐翠《らんすい》の章」の完結まで。高唐から出られなくなった柴進、燕青を鄧飛が救いに行く。〕

18

（二〇〇二年一二月二五日）

一〇〇枚目までの校正済みのゲラをファク

スさしあげます。

もう三三枚分が、夜の十時見当で校正が終了しますので、追いかけます。

この一三三枚分は、この夜のほどよきあたりで戻していただけると幸いです。待っております。

ここまでが、ノーマル進行ということで、さきほどいただいた一七枚分は明日になります。

さて、金鎗手の徐寧、この時点で魯達がオルグるということは、ただの鎧《よろい》オタクではなく、呼延灼とそれなりのかかわりがあるのでしょうね。異母兄か、学友か、穴兄弟か。さすがに連環馬軍を鉤鎌鎗法《こうれんそうほう》でむかえうつ特殊部隊の調練をするという時間はないだろうからして、どんなかかわりか、楽しみです。

林冲と史進のからみは、いいですね。こういうサービスをしていただくと心がなごむのであります。それにしても林冲は強すぎるが、どんどんもっと強いのを出していくと収拾がとれなくなってしまいますからなあ。

菜園子《さいえんし》の妻はなかなかよい若妻のようではありませぬか。もともと不足気味の女性会員でもあり、亭主は「没羽箭の張清」とまぎらわしいこともあり、亭主を殺してましなのと添わしてやるとか。うん、しかし、それはやりすぎかも。

どうしておるのか気になるのがひとり。孫立ですね。花栄が命がけでオルグに行った中物でいちおう官軍の将校だったのに、祝家荘で使い捨てとはかわいそうです。李忠《りちゅう》とか李《り》応《おう》とかこのあたりはどうも早死にしそうな予感もあり、なにか使い道はありませんかのう。

というわけで、もろもろ、明日も、よろしくお願いいたします。

〔第十巻二三八ページ、「天祐《てんゆう》の星」の終わりまで。官軍の切り札、呼延灼が遂に梁山泊に出撃する。」

19（二〇〇三年三月三日）

五九枚までいただきました。

公孫勝の致死軍の副官になるはずの樊瑞《はんずい》が、戦死してしまうのではないかと、どきどきしました。馳《は》せ戻ってきている呼延灼はちゃんと恩賞に名馬・踢雪烏騅《てきせつうすい》をもらったのでありましょうか。朱貴《しゅき》の弟は兄の饅頭《まんとう》にタケノコを加えるという工夫を思いつくのでしょうか。

しかし、また水軍のめざましい活躍がなかった。いつになることぞ。

ここでひとつ、遠大なことを。

子供が要《い》ります。

陳忱《ちんしん》版「水滸後伝」で大活躍するのは、花栄の息子、徐寧の息子、呼延灼の息子。大団円で花栄の息子はシャムの国王の娘と結婚し、李俊国王と結婚するのはなんと聞煥章の娘。びっくり仰天でございます。

まあ、いろいろと手遅れのような気もいたしますが、楊令と一緒に活躍するのが生き残りの爺《じじ》いばっかりでは、楊令も、さぞやりにくかろう、と思います。史進が生きていたとしても一回りは年上になるわけだし。

なんとか、いまから、あらゆる詭弁《きべん》を弄《ろう》してでも、子供を手当てしておかれると、あとになって助かるかも。

疑問をひとつ。連環馬群、という漢字にはこだわりますか？　中国版（原典などという言葉を使わなくなって久しいのです）では連環馬「軍」。この字は一応、定番なのではありますが。

もうひとつ、すでに十巻の単行本用のゲラは八割、出校しております。ペケペケの章のペケペケ部分を埋めてください。

さて、九州には行かれなくなったと聞きました。

では、明日四日の昼とか午後いちとかにはどうでしょうか。

残りをいただけることになるのでしょうか。

ほどよきあたりで、お電話さしあげます。

〔第十巻三五五ページあたり、「地刑《ちけい》の星」第四節の途中まで。高俅が連環馬軍で梁山泊軍と対決する。〕

20（二〇〇三年四月一日）

会議の連続で、遅れてすみません。

五五枚までいただきました。

やっぱし、樊瑞が、公孫勝にスカウトされたか。こういう予定調和を喜ぶ読者は多くはないだろうけれども、大切にしたいものです。

しかし、暗殺担当になりそうなのには、びっくりしました。暗殺やるなら公孫勝おんみずからと思っていたのです。

晁蓋を殺《と》られたあたりで、梁山泊暗殺隊は反撃に出ていくものと見えますが、青蓮寺で樊瑞が的《まと》にかけるのは誰でしょう。李富か聞煥章か、はたまた袁明か。田虎だったりして。

それにしても、公淑《こうしゅく》が妊娠するとは盲点だった。当然、男子が誕生して、名前は秦進《しんしん》か秦令《しんれい》。その秦進、さきざき楊令のいい片腕になっていくことでしょう。くれぐれも流産はいけません。こうなると扈三娘の子供も楽しみだ。なぜか豹の顔して足の長い息子ができたりして。

片腕といえば、郭盛《かくせい》。これも、はずみで殺してはいかんのです。

水軍方面も陽《ひ》があたりかけてきました。凌振拘束の活躍もさらりと片づけられておりましたし。しかし、晁蓋暗殺で水軍ががんばれるはずもなく、本格的に目立つのは、流花寨《りゅうかさい》攻防戦ですかね。

させさて。いまの最大の興味は、晁蓋暴発の時に誰と誰が同道するのか。また、一緒に死ぬのは誰と誰か。その次の興味は、扈三娘の婿《むこ》取りですかね。どうも、扈三娘は晁蓋と同行するかもしらん。

功をあせっている奴らが怪しい。

というわけで、明日の昼すぎに次のご龍稿をお待ちいたします。

がんばってください。

〔第十一巻五三ページあたり、「地然《ちぜん》の星」第三節の途中まで。阮小七と李俊らが魚を食べるシーン。〕

21（二〇〇三年四月二日）

八九枚までいただきました。

花栄の息子の花公子《かこうし》まで出てきましたか。

遠い将来への布石は進んでおりますなあ。

私が所有してくり返し読んでおりました「水滸後伝」（秀英書房）は抄訳であることが判明し、全訳が平凡社東洋文庫で出ていることが判明し、それがいんたあねっとで鹿児島の古書店にあることが判明し、通販でそれを入手いたしました。これからしんねりと読む所存でありますが、より多くの子供たちの存在が判明することもありえますね。

楽しみなことです。

それはさておき、急先鋒・索超の使い方が見事であります。

魯達がそろそろ子午山を覗《のぞ》くのかと思っていたのですが、そうか、索超がいたか。この男は、対関勝戦あたりの隠し玉に使うのであろうかと勝手に思っていたのですが、「一年」という晁蓋の言葉を覚えていて、本当に一年後に合流するつもりであったのだ。

さすがに晁蓋がそのときにいなくても、誰だっけ、ということにはならないのでありましょう。

ところで、楊令は、どのくらい強いのか。対索超戦を書き終えているにもかかわらず、その手前までしかファクスしないのは、あいかわらずお人が悪いが、もう慣れました。明日の昼過ぎ、待ってます。

〔第十一巻七九ページあたり、「地然の星」第四節の途中まで。子午山での索超と楊令の剣術の稽古。〕

22（二〇〇三年四月三日）

一二九枚までいただきました。

楊令、強い。これは、剣先で親指だか手首だかを砕く剣ですな。五味《ごみ》先生だかシバレンだかで読んだ気がする。そして、こうなってしまうと、作者の「楊令伝」（仮題）執筆宣言をしてしまっているようにも見えます。よいことです。


これから一巻出るごとに誰かが子午山を覗きにいっては、楊令の飛躍的な成長を見届け、しかし出番なしではすみませんからな。ところで、楊令は楊志の剣の他に、石秀からもらった致死軍の小刀も所有していることは忘れないでくだされ。それからそれから、あの犬の黒雲《くろくも》の光と影は、どこへ行ってしまったの。

暗殺は公孫勝の独断で、というのも、いい。しかも、自分も軍令なしでやる、というのも、いい。いよいよのピンチに林冲が借りを返しに駆けつけるような気もするし。樊瑞のいい味が出てきました。ふたりに青蓮寺の誰かが殺られるとして、しかるべき補充を考えておかないと。

さて、朱仝。いつも葉書をよこすただモノではない読者が、一四ページにもおよぶ大部の「北方水滸の分析」を送ってきました。ついに消印から広島県福山市民であることは割れましたがそれはさておき、「朱仝の嘆き」というパートが興味深かった。朱仝、関勝は関羽《かんう》もどきであり、北方「三国志《さんごくし》」でも関羽の出番は比較的少なく、差別されていた。たぶん北方先生は関羽がきらい、だから朱仝、関勝もきらい、だから出番が少ない、という論でありました。

ついにその朱仝立つ、ですか。晁蓋とともに出陣するのは朱仝が中心になるのですね。やっとこの日が来ましたか。晁蓋の死体を運んで戻ってきたりしたら、李逵がなんと言うやら。

さて、残りは明日四日の昼、でしょうか。ここまでのゲラの校正アップのスケジュールが決まりましたら連絡さしあげます。

イラク方面のテレビを見ていると、ラムズフェルドが呉用に見えてしょうがないのです。

〔第十一巻一〇九ページ、「地然の星」の終わりまで。致死軍に入った樊瑞が才能を発揮。〕

23（二〇〇三年八月二日）

お疲れさまでした。

それにしても、いやー、盧俊義が死んでしまったではないですか。

死んだんですよね。どうも安道全が間にあってもだめそうです。

この死に方は青面獣以来のすさまじい死に方ではあり、また鮑旭、白勝にならぶ涙を誘うくだりではありますが、これは予定外ですか、予定内ですか。

どうも、まあ、盧俊義は半身不随で梁山泊に戻っても使い勝手がよろしくないし、「楊令伝」まで視野に入れると、燕青はホモでなくなって実は武松と並ぶ素手ゴロの名手でさらに塩の道まで熟知しておる、というとんでもないタマに成長してしまい、年も若いし、楊令の叔父貴は史進と燕青で決まり、というところですか。

燕青が、楊令を初めて見て、若き日の盧俊義にそっくりなのにぶったまげたりして。

それにしても、盧俊義の件はもうすこしあとだと思ったのですが、このあたりでバトルロワイヤルが始まるのですかしら。

すなわち、官軍の流花寨攻略、公孫勝による青蓮寺暗殺、そして関勝の梁山泊合流。いっせいに始まるとえらいことになりますが、大丈夫ですか？　十二巻のラストが流花寨攻防戦くらいに思っていたのですが、はるかにテンポが速いようです。

流花寨といえば水軍。棒一本で操船が細かくなる、というのはハイエルダールの「コンチキ号」に出てくる可動竜骨のようなものですね。そろそろ水軍に活躍させてやらねば、腐ってしまいますね。

さて、イワタ青年は特にそそうはありませぬか？

きのうは涙目になって、漢詩をひねっておりました。できない、と言って私が怒るのはたぶんかなり先になるでしょう。できないのはあたりまえなのですから。

私は死域《しいき》を脱しつつあります。加えて梅雨が明けたので、はた迷惑なほど体力が上がってくる時期です。気温と体温は同じがいいのです。でも、ご安心あれ。もちろんトシを考えて、若い者と体力勝負はしませんので。

次回もよろしくお願いいたします。

今月の校了が終われば、すぐに「水滸」十一巻の制作にかかります。

〔第十二巻二四〇ページ、「地正《ちせい》の星」の終わりまで。盧俊義が青蓮寺に囚《とら》われ、燕青が救出。」

24（二〇〇三年九月三日）

いやいやついに六〇〇〇枚突破でございますね。

今月もお疲れさまでした。

前回は盧俊義が死んじまったと勘違いして失礼しました。

北方小説の文法では、あの盧俊義の異常な肺活量のあとの燕青の正解はすなわち死、なのでありますが、北方「水滸」の文法では、盧俊義視点もまだだし、梁山泊に入っていないので、生、なのですね。

しかし、私がたばかられるほどの筆力であったとご自賛ください。

さて、今回の二〇〇枚もすごかった。ここまでで十二巻になるわけですが、十三巻の大激闘をまざまざと予感させる終わり方になりました。

韓滔《かんとう》の死は惜しかった。彭玘《ほうき》のほうでよかったのに、と思ったら韓滔の語尾は生きのびたようじゃのう。

呼延灼と関勝の区別化などは、もうすでに低すぎるハードルなのですね。

趙安とその一派はおおいにいろいろやってくれそうだし、ますます史文恭《しぶんきょう》が怪物化してきました。娼館《しょうかん》をやるとかですが、原典では娼館でどじを踏むのは九紋竜。史文恭にとっては史進では不足かもしらんし、史進は年齢的に楊令の副官をやって欲しい。劉唐は指なし男ばっかり捜すような気もしますし。

北京大名府《ほっけいたいめいふ》攻めが、軽く片付いてしまった以上、次は官軍の流花寨を初めとする梁山泊への総攻撃、いっぽう梁山泊側も青蓮寺首脳への暗殺、とバトルロワイヤル状態に突入することでありましょう。やっと水軍の活躍もあるかもしらん。

　楊令の成長も着々、という感じですね。もっともっと強くなって欲しい。

　さて、今月号の「水滸伝」特集、なかなかうまく行きました。イワタ青年もよくがんばったし。扉はなんと西《にし》のぼる、井上紀良《いのうえのりよし》、陳《ちん》仁柔《じんじゅう》三氏の描くところの林冲三態です。対談相手として川上健一《かわかみけんいち》さんは温存できたし。川上さんはすべて雑誌レベルで北方「水滸」を読んでくれはっちょる偉大な人なのだす。着々と読本《とくほん》用の原稿が集まっておる、という側面もございますね。読本のタイトルは考えました。誰でも想像するように「替天行道」でございます。

　来月もがんばってください。

　その前に、あのはた迷惑で悪評さくさくの無人島アンケートと、業界の良心・小説すばる新人賞の選考会がございますね。よろしくおねがいをいたします。

　今晩、船戸巨匠に頼んで悪役やってもらった船戸回答を送ります。ぜひ、大沢先生にもクソを投げてくださいませ。

　すみませんすみません。

〔第十二巻「炳乎《へいこ》の章」の完結まで。関勝が梁山泊を奇襲。〕

25（二〇〇四年四月一日）

お疲れさまです。

七二枚まで拝見いたしました。

ついに非戦闘員が死に始めましたね。宋清の死は、なんか編集者の死のようで、身につまされるものがあります。

　原稿は書けないけれど、闘っていないわけではない、なーんちて。

たいした闘いではありませんが。

　それはさておき、水軍も躍動し始めたし、

魏定国《ぎていこく》も活躍したし、董平も二本槍を遣ったし。いろいろと動きがこれあり、はずみで誰かヲヲモノが死んでしまうかもしらん。

ちなみに中国版では、穆弘はいつのまにか病死で、徐寧は首筋に毒矢を受けて療養するも死に、史進はこれまた馬上で矢にあたって落馬し助けに来た者たちごと針ネズミになりました。魯智深はたらいの中で大往生、林冲は尿酸値が上がりすぎて痛風になり全身不随で半年後に死にます。いや中風だったかな。

調べておきます。

この死ぬ人選にはまったく、他意はありません。

オチそうな寨はどれか。

うーん、オチそうだと言えば全部怪しいけど、それでは童貫の出番がないし。

どの寨がやばいかわからぬのでは、死にそうな好漢が特定できるわけがないではないですか。

明日になれば、次の展開の中に手がかりがあるかもしれません。

そういえば、ボランティアで北方「水滸」を視覚障害者のために読んでくださっているという大分県の読者と電話で三十分も話してしまいました。この人は私と話すのは、三度目だと言ってました。

ともあれ、明日も楽しみにしております。

〔第十五巻六五ページ、「天英《てんえい》の星」第三節の終わりまで。楽和と馬麟が弔《とむら》いの合奏をする。〕

26（二〇〇四年九月四日）

お久しぶりでございます。

今回でめでたく十六巻までの、なんと八〇〇〇枚が脱稿したわけでございますね。

ご苦労さまであります。

実は、かねがね伺おうと思っていたのですが、それを伺うと竜眼が邪悪の色をおびるといけんので、伺えなかったことがございました。

本当に十九巻で終わるんかいのう。

それでございます。

しかし、それは今回の玉稿で杞憂《きゆう》になりそうですね。

物語がいっせいに躍動いたしました。

青蓮寺の袁明は死に（公孫勝が殺しに行ったら病死していたのでかわりに李富を殺し聞煥章がまた暗い告白をする、というのを予測しておったのですが）、

洪清の素手の闘いは壮絶で（相手は武松だと思っていたのです。それにしても燕青をカマにしなくてよかったよかった。この男はたぶん楊令とともに長く活躍するでしょう。ところで、ふたりの闘いのシーンに遥《はる》か昔に「ふたりだけの冬」という生原稿を読んだ夜のことを思いだしました）、

さらに李師師まで出てきて積み残し在庫がいっせいに処理されつつあり（うーん、李師師をこういうふうに使ってきたか。燕青が危ないじゃないですか）、

ついに出てきた童貫はやっぱり強い上に陣容の一部まであらわとなり（陳達は死ぬと思ったのですが、このごろぜんぜん読みが当たらなくなってイワタ青年にバカにされております）、

豪腕・顧大嫂は逃げ遅れた呉用を組みしいて犯してしまえばよかったのだな。

いやいや、この居直ったプロットの躍動ぶりは凄いの一言であります。

とはいえ、孫新死んで現在死亡が三十三人、まだ、ひえぇ、まだ七十五人も生きてる。楊令用に三十五人根拠はないけど生かすとして、

あと四十人は殺さなくてはなりません。たぶん、宋江、呉用、林冲、花栄、秦明、武松、魯達、李逵、解珍などは危ない。公孫勝、関勝、呼延灼、董平、張清、徐寧、劉唐、扈三娘だってうっかり死んでしまうかもしらん。

誰か殺すたびに、巨匠の生命力の炎がゆらりゆらりとしていくのが、私もつらい。つらいけれども、あの童貫KINGUNと闘って七十五人が無事に帰還してしまったら読者が激昂《げっこう》し文庫が売れないじゃないですか。

それは困ります。

というわけで、つらい未来を察することはやぶさかではないのですが、皇国の興廃この一戦にあるわけでここはひとつ奮励努力をこれしていただきたい、ということなのであります。

それにしても、この、興奮をまだ一年も味わえるのは、読者としても編集者としても、とても幸福です。

〔第十六巻「馳驟《ちしゆう》の章」の完結まで。李師師の登場などで青蓮寺の陣容が新しくなる。〕

27（二〇〇四年九月二一日）

先日はお疲れさまでした。

花栄の息子ですが、「花公子こと花逢春《かほうしゆん》」とありました。

陳忱という人の書いた「水滸後伝」によれば、であります。

「花公子ないし公子」が渾名《あだな》で「花逢春」が本名だと推察されます。親父《おやじ》譲りの弓の名手だそうです。

ところで、高島俊男氏の著作によれば、「花公子」は「不良少年」とか「極道息子」の意味だそうですが、この花逢春はとってもいい子なので、陳忱氏はそういうことを知らなかったのかもしれませんね。

あとで思いだしたことをひとつ。

劉唐は史文恭が眠っている間に徹底的に家捜しをして、ＯＫを出してスカウトしたわけです。しかし、史文恭の腰の袋にはふたつの「やじり」があり、これはまずい。弓になる板はさておき「やじり」はまずい。

一瞬、あせった史文恭、やけくその手を使ったのでありました。

劉唐もプロ、史文恭もプロ。双方、プロ中のプロでなくてはなりません。

劉唐「最後にひとつ、聞いておきたい。晁蓋殿の肩に残った、あのやじりはどこに隠していたのか」

史文恭「雑炊の中だ」

劉唐「だから、毒茸《どくきのこ》のことを言いたてたのだな」

ふたりは、さわやかに笑いあうのです。

こんなやりとりがあるといいなあ、と愚考しておるわけです。粥《かゆ》の中、なんて芥川《あくたがわ》みたいですね。

〔第十七巻「朱雀《すざく》の章」が始まる前の下調べ。〕

28（二〇〇四年九月三〇日）

昨夜は深夜にお電話してすみませんでした。柴田賞受賞の大沢さんは本当にうれしそうで、しかし、北方さんには電話がしにくそうな感じでしたので、勝手に私がかけた次第なのです。

鮫翁《さめおう》を囲んでの騒ぎの中でついに北方先生にも渾名がつきました。

水滸天皇、だそうであります。なんかへんだが、ウケなければ消失するでありましょう。

それにしても、いやあ、童貫軍、強いです

ねえ。こんなに強いとは思わなんだ。しかし、弱い奴に梁山泊を攻略させるわけにはいきませんので、これでいいのかもしれません。

鄷美《ほうび》が董平の上級生だとは想像もしなかった。みごとにつじつまが合ってしまいましたね、童貫の武術の腕前も含めて。

畢勝《ひっしょう》とその他の童貫組にもそれなりの物語が用意されておるのでありましょうね。畢勝で言えば、呼延灼の後輩はすでにいるから、秦明か関勝との縁が怪しい。呂方《りょほう》の親父、というくせ球もありますけれど。

そして戴宗。早く致死軍に空席が出ないと、活躍の場所がないまま終わってしまう。出来レースの高俅詐欺では足りないと思います。

孫立、董平が死んでこれで死亡は三十五名。次に死ぬかもしれない盧俊義がいて三十六名になりますね。それにしても、宣賛の四十位は低すぎますね。朱武《しゅぶ》を殺してしまった現在、筆頭軍師は彼しかいないわけで、呉用が嫉妬《しっと》するのもよくわかる。「智多星《ちたせい》」という渾名がいつつくかわからぬが、かなりの皮肉をこめたネーミングかもしれません。赤字を含めた百九枚の名札の羅列があるとして、どのタイミングになるのか、まことに興味深いものであります。

ところで、双頭山の次の総隊長は誰になるのか。

普通に読めば張清だけど、それでは当たり前すぎますねえ。秦明を双頭山に異動させて、あとの二竜山の隊長に大穴・顧大嫂、というのはどうか。私としては、そろそろ武松を城持ちにしてやりたいところではありますが、武松はいやがるだろうなあ。

それにしても、童貫は生き延びるのでありましょうか。決めていない、といわれるのは承知ではありますが、退路を断って突進する林冲、史進、索超、徐寧、扈三娘が槍を並べて必死の突進を断行すれば、いかな童貫、無事だとは思われぬのではありますが。

　童貫が元気でいると、楊令の活躍も中折れになってしまうような気がします。

　楊令といえば、阿骨打《アクダ》の子供たちも、伏線なのでありましょう。楊令が北の女真《じょしん》から南の太湖《たいこ》まで駆けめぐるのが、今から目に浮かびます。

　今回の残りはあと七〇枚、お疲れでしょうが、がんばってください。

〔第十七巻六四ページあたり、「天立《てんりつ》の星」第四節の途中まで。蔡福《さいふく》、蔡慶《さいけい》が女真の地で活動し始める。〕

29（二〇〇四年一〇月一五日）

　ついに、あの宝剣・吹毛剣《すいもうけん》という名前が登場しました。

　この剣の過去については、「続・楊家将《ようかしょう》」で書かれることでありましょう。

　この剣の未来はですな。いろいろあるわけです。テニヤン島のカジノで妄想したのでございます。

　まず、楊令の死後、金国《きん》の将軍・阿骨打の所有を経て、ジンギス・ハーンの愛剣となるわけでございます。元《げん》の滅亡によって、明《みん》代は倉庫で眠っているわけですが、義和団《ぎわだん》の乱で、イギリスの海軍士官のものになる。その従卒が湯隆《とうりゅう》のような人でありまして、「ここ、これは」と言って、研《と》ぎまくり研ぎまくり、研ぎすぎて短くなっちまった剣に取っ手をつけかえたりして、短剣に仕立て直してしまうわけです。これで長編一本。

　短剣は息子に譲られ、その息子はプリンスオブウェールズに乗り込みマレー沖で日本海軍に撃沈されて、捕虜になるわけであります。

捕虜が、吹毛短剣を手放したのは、捕虜収容所で幾ばくかの食い物のためでございました。ビートたけし軍曹のライスボール三個と交換。これで長編、もう一本。わはは。

そして、終戦。いよいよ、宝剣の日本上陸でございます。回りまわって、北関東は桐生《きりゆう》市にて「檻《おり》」の主人公、滝野和也《たきのかずや》の所有ということになるのでございます。わはははは。

しかし、あの「海軍士官の」短剣は今、どうなっておるのかのう。

老いぼれ犬が水野竜一《みずのりゆういち》にあげればよかったのだが。

ぼけてただの老いぼれになった老いぼれ犬が車椅子《くるまいす》から身をのりだして、くすねておいた短剣を、夜な夜な研いでいるような気がするのでございます。

怖いなー。

〔第十七巻一二八ページ、「地巧《ちこう》の星」第三節の終わりまで。妓館で燕青が笛を吹き、李師師が踊る。〕

30（二〇〇四年一二月五日）

十七巻も最後まで、すなわち八五〇〇枚まで、読ませていただいたわけです。

死者も、快調に四十五名を数えました。

しかし、まだ六十三人も残っているのだ。

公孫勝が死なずに、劉唐が死んでしまいましたな。劉唐は、あのとき粥を全部食っておけばよかったものを。文庫にするときにさりげなく、史文恭が米を多めに入れて粥をつくったようにいぢってしまいましょう。

足をやられた公孫勝のかわりは、戴宗ですか。しかし、しばらくは致死軍も休ませてあげたい気がしますなあ。当面、仕事もないし。

それにしても、公孫勝と林冲の関係は、いいですね。ここをしのぐと、公孫勝長生き、のメが出てきました。

はた迷惑なグランパになりそうです。

呂牛《りょぎゅう》が捕まってしまった。では聞煥章が扈三娘拉《ら》致《ち》未遂に使う要員がいなくなってしまったではないですか。童貫の登場と李富ブレーク以後、聞煥章も冴《さ》えませんからねえ。聞ちゃんの見せ場をなにか作って欲しいのではありますが。

魯達がしぶとかった。百八人を喋《しゃべ》ったあとに官軍側まで語り始めるとは知らんかった。帝王教育ですね。魯達は、最後にニンゲン臭《くさ》さをばらまいて死んだのがとてもいかった。それにしても、楊令がどんどん「神」に近づいてしまうなあ。

着々と、渾名がついていきます。ところで、桃花山で死んだ周通の「小覇王《しょうはおう》」はどうなるのだ。小者すぎて、誰も覚えていてくれない。武松がかすかに覚えているかもしれない。それに呉用にも「智多星」の渾名をいつかつけてやらねばならんのですが、「智」が「多い」だけの馬鹿、という意味になるのでしょうね。

それにしても、宋江は、コピー能力があるのはわかったが、役に立たん奴だ。コピーライターと文芸編集者は戦時には、無用の長物であります。

官軍の巨艦、こういうものが、来るとは思っていましたが、脅威ですね。

凌振プラス魏定国の大砲を間にあわせるしかありませんなあ。

来月も楽しみにしております。

〔第十七巻「朱雀の章」の完結まで。公孫勝と高廉《こうれん》の決戦。〕

31（二〇〇四年一二月二八日）
お疲れさまでした。
連環馬が、もう一度見られるとは思ってい

ませんでした。地響きが伝わってくるような描写ですね。しかし、童貫の再襲もさすがであります。力石徹《りきいしとおる》はこうでなくちゃ。

その童貫にも苦手がひとつだけあります。張清、であります。

そこで、宣賛が考えるわけですな。緑の影武者。この緑が、林冲騎馬隊と一緒に童貫めざして疾駆してくると、さしもの童貫も逃げます。逃げたあたりに潜んでいた緑でない服を着た本物の張清が、飛礫《つぶて》で、どすん。いかにも宣賛が考えそうでありますが、眉間《みけん》に当たってもらっても困るのですねえ。ちなみに死に方のおさらいをしますと、張清は「腹を槍で突かれて」戦死。瓊英との間のわすれがたみは張節《ちょうせつ》。

くじら船はでっかいうえに水路も知っているのでてごわそうですが、凌振、魏定国の砲弾が間にあいそうです。間にあわないとすると、何をやっておるのだ、ということになってしまう。張順の死に方は「ハリネズミのように矢ぶすまになって」死ぬのであります。そのあとに張順の霊が兄の張横に乗り移って張横、大活躍、となるわけですが、それは別のこと。

楊令と走って、闘って、林冲が老いを感じるのがさみしいですね。そろそろ林冲も、という予感がありますが。原典では「中風で寝たきり半年」、武松に看取《みと》られながら畳のうえで死ぬわけですが、そうはならんでありましょう、いくらなんでも。

楊令は、凄い。青面獣の渾名の復活も凄い。あざは青くはないはずだけど、それはさておき、燕青とぜひ素手でスパーリングもさせて欲しい。しかし、あまりやりすぎると、城を枕《まくら》に討ち死にすると言い出しかねないのが、つらいところでありますねえ。ちなみに楊令の死に方は、少なくとも原典にはありません。

というわけで、本年もまっことお疲れさまでした。

二〇〇五年は「水滸」脱稿の年ですねえ。楽しみですが、さみしいような。

あとは、書くべし。書くべし。えぐりこむように書くべし。


私は、三十日からオーストラリアはケアンズのカジノホテルにカンヅメであります。しばらく戻ってきません。

よいお年をお迎えください。

〔第十八巻一二七ページ、「地獣《ちじゅう》の星」の終わりまで。楊令が遂に梁山泊に入山する。〕

（強制収録に際し、必要最小限の加筆をいたしました。それぞれの末尾の短文は、ご存知イワタ青年が執筆しました。〈山田〉）

九千五百枚を終えて

本懐の日

北方謙三

漢と書いて、おとこと読む。

そういう漢の小説を、書いてみたいと思っていた。漢と男とどう違うのかと説明を求められると、答えに窮してしまうが、漢の方にはいくらか精神性があり、へなちょこを漢とは呼ばない、という気がしていた。

これまでも、男の精神性の物語を書いてきたつもりである。男という字を使っても、書き方によっては精神性のニュアンスを与えることができるので、漢と書くにはまた特別な理由もあった。

『水滸伝』である。百八人の好漢が綾《あや》なす、この古典が私は好きだった。中には、好漢と呼んでもいいのだろうか、と思うような人間もいたけれど、とにかく登場人物のキャラクターが、妖《あや》しく、魅力的なのである。

ただ物語の方は、どうにも整合性を欠き、矛盾も溢《あふ》れている。好きな作品に対する不満として、私にはそれがあった。

もともと『水滸伝』は、説話の寄せ集めのようなものであり、何人もの作者がいるのだという説が強い。ならば私も、自分の『水滸伝』を、と考えたのは、無謀なことだっただろうか。

ストーリーの整合性をきちんとつけ、時制を統一し、全編を通したあるテーマ性を持たせる。そして、原典では忘れかけられているような人物にも、できるかぎり光を当てる。原典のエピソードも、気に入ったものは、ひねったかたちで取り入れてみる。

要するに、解体し、再構築し、私の作家的創造力も抑制しない。そういうかたちで、書いてみようと考えたのである。『水滸伝』が好きだから、できた試みである。

はじめは、どれぐらいの長さになるかも、見当がつかなかった。前に書いた長尺物の『三《さん》国志《ごくし》』が十三巻だったので、とりあえず同じだけ書くか、と思った。新聞広告では、最初は十三巻の予定とあり、それが十七巻になり、十九巻になった。

十九巻で打ち切ろう、と私は決心した。一万枚弱の長さである。それを書きあげ、読者がさらに書き続けることを求めてくれるようなら、またやってみようという気もあった。

テーマは、しっかりと設定した。しかし原典のキャラクターは、できるだけ忘れることにした。あの妖しい魅力とは別の、漢の魅力を書いてみたい、と思ったからだ。

書きはじめると、すぐに人物が立ちあがってきた。そうすると、物語も動く。私はテーマからそれないように、時制が狂わないように、そういうことに気をつけながら、はじめから愉《たの》しんで書いていたと思う。

私はもともと書くことが好きであり、それを職業にしていられるという幸福があり、枚数がきついなどというのは、編集者を苛《いじ》める材料程度のものであった。

困ったのは、原典とかなり違うではないか、と読者から抗議されたりすることだった。その時は、これは私の『水滸伝』なもんですから、と頭を掻《か》きながら謝るしかなかった。しかし、そういう声がかなり多いので、私は早い段階で、ひとりの男を殺した。楊志《ようし》という、大物のひとりである。

読者は、びっくりしたと思う。梁山泊《りょうざんぱく》に百八人が勢揃《せいぞろ》いするまで誰も死なない、というのが『水滸伝』の約束事だったからである。私はこれからも、次々に約束事を破りますから、と宣言したつもりであった。

それが、安心して読んでいた読者に、不安を与えることになったらしい。私のもとに、助命嘆願の手紙などが舞いこむようになったのである。

実は、作者は登場人物の生殺与奪の権を、完全に持っているとは言い難い。特に、よく書けたと思う人物については、そうなのだ。物語の中で立ちあがり、生き生きとしはじめると、独自の考えや感性を持ち、自分で生き方を決めてしまう。そっちへ行くと死んじまうぞと思っても、作者の制御などはまったく利《き》かず、死にむかって突っ走っていったりするのである。

うまく描きあげた人物が死んだりすると、私は読者以上に落ちこんだかもしれない。漢がひとり死んだ夜は、ウイスキーの封を切り、翌朝にはそれが空っぽになっていることも、一再ではなかった。『水滸伝』の漢たちへの弔《とむら》い酒で、私の肝臓はかなりダメージを受けたはずである。

梁山泊の聚義庁《しゅうぎちょう》の入口に、晁蓋《ちょうがい》という最初の頭領のほか、百八名の名札が掛けてある。黒い字で書かれているが、死んだら札が裏返され、赤い字に変るのである。最初はいいアイデアだと自画自賛していたが、途中から札を裏返すのがつらくなった。なぜこんなことを書いてしまったのかと、悔んだほどである。

巻が進むと、付き合いも長くなる。当然、弔い酒の量も増える。二十巻を超えたら、私を待っているのは、アルコール依存症だったに違いない、と確信している。

泥縄を、ひとつやった。渾名《あだな》である。

登場人物には渾名がついていることが多く、百八人には当然全部ついている。しかし、わかりにくい渾名も多い。イメージが湧《わ》く渾名だけ使おう、と私は思った。これも、自分の好きなあの漢に、渾名をいつつけてくれるのか、という質問をしばしば頂戴《ちょうだい》するようになった。意味がしっかりわかろうとわかるまいと、渾名で愛されていることも少なくない、ということもわかってきた。

やはり全員にあった方がいいと思い、宋江《そうこう》などを名づけ親にして、渾名を次々に与えていったのは、後半に入ってからである。

テーマの中心に置いた、反権力という思想は、完結まで揺らぐことはなかった。宋《そう》という国は、鉄と塩の専売をやっていて、これが権力の象徴でもあった。梁山泊が闇塩《やみしお》の道を作りあげると、即《すなわ》ちそれは反権力ということになったのだ。闇塩の道については、大成功したと、私は自負している。

そういう、創作上のエピソードだけを書き連ねても、本が一冊できそうである。もうひとつだけ書いておくと、二世たちにも、かなり熱心な視線をむけた。闘いは、継承されるのか。思想は、志は、血のように受け継がれていくのか。これも、私が抱いていたテーマのひとつだったのである。

続編を出すために、二世を次々に誕生させている、と担当の編集者などは痛し痒《かゆ》しの顔をしているが、十九巻の完結までに、継承されるべきものは、すべて継承させた。それも人によるわけで、継承されない、できないものもまたあるのだ。

一万枚に及ばんとする作品を書きあげたことで、私がなにを得て、なにを失ったのか、まだわからない。厖大《ぼうだい》なエネルギーを、消費した。同時に、書き続けるという行為から、なにかを得ていることも確かなのだ。

四十代のころ、私は『三国志』を二カ月に一冊のペースで書き下し、それは十三巻に達した。疲弊は激しかったが、それだけ書いても燃え尽きはしないのだ、という自信のようなものも抱くことができた。

五十代には、五十代の体力がある、と思った。だから、『水滸伝』は、はじめ四カ月に一冊のペースだった。しかし途中から、三カ月に一冊のペースに上がった。それで苦しいということもなかった。

もっと早いペースでと読者から手紙を貰《もら》ったが、これぐらいでよかったと、いまは思っている。物語が動き、登場人物が立ちあがり、作者の精神が高揚すると、ペースなどいくらでもあがるのである。ただ、自分が決めた制限速度をオーバーすると、どうしてもなにかを見落す。代りにスピード感や迫力は増すが、両方がうまく転がるのが、自分が決めた制限速度なのである。

「小説すばる」に、五年十カ月の連載であった。挿絵は西《にし》のぼる氏で、長い間よく我慢してくださったと思う。はじめて書いた歴史小説『武王《ぶおう》の門《もん》』以来、しばしばお世話になっているが、氏とは闘い合える仕事ができたのだと思っている。

長い連載期間中、個人的にもさまざまなことがあった。じっと、歯を食いしばって耐えなければならないこともあったし、喜びを噛《か》みしめることもあった。これが歳月というものだろうが、私の五十代の歳月は、『水滸伝』とともにあった、と言っていいと思う。

長大な小説を書くとはなにか、と連載中もしばしば考えた。

一行一行に、すべて物語がある。それがいくつか集まって、ほかの物語にリンクしていく。さらに、別のところでも、物語が立ちあがる。それがまたリンクする。

厖大な物語の集積が、作者が抱いたテーマの中で、ひとつの物語に収斂《しゅうれん》される。

一万枚あろうと、十枚であろうと、物語の本質には変りはない。一万枚は、一万枚分愉しめるというだけではないだろうか。

高が、一万枚である。無限ではない。しかし、描きあげた登場人物の心の中には、無限の拡《ひろ》がりがある。それを読んでくれる読者の心の中にも、やはり無限の拡がりがあり、無限と無限が共鳴してくれることが、書き手としての私の夢である。

いつか、十行の物語を書いてみたい、と脱稿した時に思った。それと、『水滸伝』を較《くら》べてみれば、また新しくなにかが見えてくるという気もする。

最後に、恥ずかしい話ではあるが、私はワープロを使えない。前世紀の遺物のような、手書きの作家なのである。原稿用紙は、学生時代から同じものを使っていて、持ち運びが楽なように、いくらか小ぶりである。それに万年筆で書くのだが、一番疲れたのは、その万年筆だったのではないか、と思う。私は、自分の周囲の物に名前をつける癖があり、万年筆はすぐに、黒旋風李逵《こくせんぷうりき》となった。その前についていた名は捨ててしまったのだ。

黒旋風李逵が、変ることはないと思う。

これだけの量の、連載が終った。「小説すばる」も、よく耐えてくれたと、感謝したい。

思うさま、物語の中で闘い、生き、これだけ続けられたというのは、まさに作家としての本懐《ほんかい》である。

（「小説すばる」二〇〇五年七月号）

―対談―4

極上の銘酒「北方水滸伝」に酔う

川上健一
北方謙三

作家的想像力を全開に

川上　ぼくは、原典の『水滸伝』を読んだことがなかったものですから、北方『水滸伝』を読んで、原典もこういうものなんだろうと思い込んでいたんですが。

北方　実は違うんです（笑）。

川上　どなたかが北方さんの『水滸伝』を評して、「こんな『水滸伝』があったのかとびっくりした」と書かれているのを見て、これは原典とは違った北方さんの『水滸伝』なんだと、そのとき初めて知ったんです。

北方　人物の設定から動きから背景から、すべてが違う。ただし、人の名前とあだ名はそのまま継承していて、エピソードも、わずかに捻《ひね》りながら継承しています。たとえば、最初に魯《ろ》智深《ちしん》という人間が出てきますが、彼は途中で片腕を落として魯達《ろたつ》という名前になる。ところが原典では逆で、最初が魯達で、出家して魯智深になる。そういうふうな試みはしています。

それから、梁山泊へ百八人の人物が集まってくるわけですが、全員が集結するまでは誰も死なないというのが『水滸伝』の約束事なんです。でも、私は最初から約束事を守るつもりはないから、約束事は守りませんよということを明らかにするために、まず楊志という大物を殺すことからこの物語を始めたんです。

川上　楊志は最後まで暴れ回って活躍するんだろうと思っていたら、いきなり死んでしまった。あれにはびっくりしました。

北方　原典を好きな人にとって、この『水滸伝』は怒髪天《どはってん》を衝《つ》くようなものになっているかもしれませんが、『水滸伝』そのものがたくさんの説話の寄せ集めですから、これもそうした説話の一つだと思っていただきたいですね。

川上　そもそも北方さんが『水滸伝』を書きたいと思ったのは？

北方　一九八八年に、日本の南北朝を舞台にした『武王の門』という初めての歴史小説を書いたんです。それから南北朝時代の歴史的事実をもとにした作品をいくつか書いていったんですけれど、そればかり書いていると、今度はフィクショナルなものを書きたくなる。で、フィクショナルなものを書くと今度は歴史的な事実を基本にした小説を書きたくなる。そういう波があるのがわかってきたんです。

それは中国ものでも同じで、『水滸伝』の前に『三国志』を書いたんですが、ぼくがもとにしたのは『演義』のほうじゃなくて、『正史』のほうですから、どうしても制約がある。こいつは気にくわないから殺したいと思っても、歴史上生きている者を殺すわけにはいかない。つまり正史の制約がある場合には、事実の中でどれくらいイメージを高められるのか、という内側へ向かってのエネルギーは高まるんですが、外側にはいけない。そういう作業を二カ月に一冊、全十三巻もやったものですから、次はどうしても自分の作家的想像力を充分に発揮できるものをやりたかったんです。それもあって、『水滸伝』はかなり思い切って外側へ弾《はじ》けたところがあるんだろうと思います。

川上　その分、物語性がすごく豊かですね。『水滸伝』の連載中、続きが早く読みたくて、いつも待ち遠しかった。文芸誌の連載ものを待つというのは、生まれて初めてでした。

ぼくが『水滸伝』を読むときには儀式みたいなものがありまして、ほかの短篇《たんぺん》などは昼間読むんですけれど、『水滸伝』だけは夜中にひとりで読む。まず、グラスにウイスキーを入れて、その側《そば》に干し肉とかを用意して、読みながら飲む。これがすごく楽しみでね（笑）。というのは、どうも登場人物たちはみんな美味《うま》いものを食っていやがる（笑）。こっちもつい飲みたくなったり食べたくなったりするんですよ。

ご自分でも料理はなさるんですか。

北方　魚をさばくくらいですかね。もっとも海の魚ですけれど。

川上　たしか干物を作る場面があって、腹から割《さ》くんじゃなくて背から割くって書いてありましたけれど。

北方　川の魚もそうするのかどうかわからないけれども、海の魚はそういうのも多いんです。川上さんも魚はさばくんですか。

川上　ぼくの場合は川魚ですから、ちょっと焼くだけ。

北方　海の魚は大きめのが多いから、サバにしても丸焼きにするにはちょっと時間がかかるし、それに大量に釣れるから、生きているあいだに開いてどんどん干していく。なぜ背中から開くのがいいのかわからないんですが、背中から開いた干物のほうがたしかに美味い。

川上　脂《あぶら》が腹のほうにあるからとか、書いてありましたね。

北方　海の魚は腹骨のところに一番脂がある。それを閉じたままさばけば旨味《うまみ》がそこに凝集するのではないか、と。でも、考えただけで実際にそうなのかどうかわからない（笑）。それから、阮《げん》三兄弟が、梁山湖《りょうざんこ》で釣った魚の肝《きも》を擂《す》り鉢で擂り潰《つぶ》してスープにし、その中で魚肉を煮ながら食うという。

川上　美味そうですよね。

北方　あれも、実際にはやったことない（笑）。

川上　やはりそれは小説の力ですね。ぼくはきっと美味いに違いないと思って読んでいましたから。

『水滸伝』をずっと読んでいると、料理にしても乗馬にしても、この作者は全部体験した上で書いているように思えてしまうんですけれど。

北方　どれも多少のことは知っていますけれども、経験したというほどのことじゃない。作家って、経験をどれだけ増幅するかじゃないですか。もっとも、実体験を小説の中に取り込んだことはありますけれど。

川上　なんですかそれは？

北方　あるとき仕事の関係で軽井沢に行ったんです。軽井沢に某作家夫妻がいまして、その夫妻と鼎談《ていだん》をしているところに、やはり軽井沢在住の某女性作家が乱入してきた。四人で焼き肉を食って、酒を飲んで、カラオケをやって盛り上がっているところで、夫妻の夫のほうが先に帰っちゃったんですよ。それで、二人の女性作家が残って、あろうことかすでに閉まっていた万平《まんぺい》ホテルのバーを強引に開けさせて、カウンターでぼくの両側にドーンと座った。シングルモルトの講釈を適当にして、いい加減酔っぱらったのでさあ帰ろうと立ち上がりかけたら、いきなり両側からグッと摑《つか》まれましてね。「男なら飲みっぷりを見せてみろ」と。そういわれたら、こっちもやってやろうじゃないかとテキーラをガーッと一気に飲んで、今度こそ帰ろうと思ったら、「一杯で帰るのか」と。結局三杯飲んでようやく解放されたんです。翌日はもう頭はグラングランで（笑）。

第十六巻に、顧大嫂《こだいそう》と孫《そん》二娘《じじょう》が酒盛りをしているところに男三人がやってきてつかまるという場面があるでしょう。このときも、そのうちの一人がサッと逃げる。あれは実体験そのまま（笑）。

いかに死ぬか、いかに生きるか

川上　連載中、今回こそは泣くまい、泣くまいと思いながら毎回見事に泣かされていました。

たとえば、林冲《りんちゆう》が小さな楊令《ようれい》を容赦《ようしや》なく打ち据え、最後の別れる日に、「林冲は竹の棒を捨て、楊令の小さな躰《からだ》を抱きしめた」という、あのたった一行、あれで飲まずにはいられなくなる（笑）。

北方　あの一行は泣かせようと思って書きました。林冲は楊令の育ての親である楊志をよく知っているからこそ、その息子である楊令が強くなりたいといえば、容赦せずに打つ。容赦しないということは子供ではなくて一人の男として認めているということで、楊令もそれに応《こた》えていく。そして林冲が転属になって本隊の騎馬隊に行くという別れのときにまた打ち据え、じっと見つめ合ってガッと抱きしめる。ここで男は絶対泣くぞ、と思いながらあの一行を書きましたね（笑）。

川上　ぼくが、物語で大人が子供に初めて会ったときによくいわせる言葉があるんです。「男同士が挨拶《あいさつ》するんだから目を見て挨拶しよう」。この言葉は誰かがいったのか、何かの本に書いてあったのかは忘れましたけれど、子供の頃、なんで大人は子供を一人前の人間として見てくれないんだろうというのが、ぼくの中にずっとありましてね。

ですから、あの場面を読んだとき、ああ、子供の頃にこういう出会いをしたかった、こいつはなんと羨《うらや》ましいやつだろうと。そこで、また涙がドーッと出る（笑）。

北方　大人との出会いというと、ぼくの場合は最初は父親との出会いなんです。うちの父親は外国航路の船に乗っていましたから一年に一カ月くらいしか家にいない。そんな状態の中で、父親の価値観を全部押しつけられて、逆らうと張り飛ばされる。それでも父親が黒いものを白いといえば、いやそれは黒だと張り飛ばされてもいい続ける。そうすると父親も「なんて頑固なやつだ、お前はおれの息子じゃねえ」とむきになる。でも、むきになるということは、すでに一対一になっているということですからね。

そういうのが年にひと月ほどあって、あとの十一カ月はいない。その状況が幼少期の頃ずっとくり返されていて、そのいない間に増幅された父親＝男のイメージがすごくあった。そんなことが、『水滸伝』みたいな男の小説を書くときには生きてくるんだと思います。

川上　そうすると、楊令は北方少年ととらえていいわけですか。

北方　いや、ぼくはあんなにできはよくない（笑）。

川上　「死域《しいき》」という言葉が出てきますね。さっきの料理ではありませんけれど、これもまた、北方さんは相当数、死を垣間見《かいまみ》るような経験をしているんだろうと思いながら読んでいたんですが。

北方　「死域」というのは、ぼくの造語ですけど、体力だけの問題で死域に入ったんじゃないかと思ったことはあります。もう意識も何もなくなって、意識があるときよりもはるかに体が自由に動いている。でもそのまま続けると危険だという。

川上　それは何をやっているときですか。

北方　柔道です。脱水状態であろうが体が勝手に動いちゃうんです。

川上　やっぱり体験しているんですね。

北方　一回だけですけれど。それとは別に、たとえば新選組《しんせんぐみ》に関する文献の中に、死相の出ている人間が暴れ始めたら生きている人間では手に負えない、そういう人間には近づかないで弓で射ろ、ということが書いてある。それが頭にあって「死域」という言葉を作ってみたら、書いていてけっこうリアリティがあるんですよ。こいつは、一度死域に入れば一皮むけるに違いないとか思って、あえて死域に入れてみる。

川上　ここにはさまざまな死に方が出てきますが、みんな男にとっては格好いい死に方をするじゃないですか。

北方　ぼくがうまく書けたと思うのに、鄭天寿《ていてんじゅ》という男がいるんですが、彼には、弟を疫病で死なせてしまったという過去がある。戦《いくさ》に勝ったあと、崖《がけ》の途中にある薬草を発見した彼は、楊令が熱を出していたので、採っていってやろうと思ったのだけれども、足を滑らせてそのまま落ちてしまう。そのときに心の中で、楊令と弟の顔が二重写しになって「いま、持って帰ってやる。……兄ちゃん、やるだろう」と亡き弟に向かっていいながら死んでいく。

川上　あの場面は印象的でしたね。

それにしても、ずいぶんたくさんの人を殺しましたね。

北方　殺すのが一番疲れます。最初のうちは割と気楽に殺せるんですけれど、だんだん付き合いが長くなるじゃないですか。こいつをどうやって殺そうかと思うと、本当に疲れる。

川上　でもみんな死に様がいいから、よくぞ格好よく殺してくれたと、登場人物たちもきっと感謝しているはずですよ。

北方　いつもちゃんと成仏してくれと祈りながら書いていますよ。

　ハードボイルドを書き始めたときから、小説の骨になるところは変わらない。つまり、男はいかに死ぬかというテーマで物語を造形してきているわけです。いかに死ぬかというのは、当然いかに生きるかにつながるから、その人を死なせるときはつい筆が進む。この『水滸伝』でも、端役にすぎない人間の描写がだんだん細かくなってくると、こいつはもう死ぬに違いないと読者に予想されたりしましたけれど（笑）。

小説は男子一生の仕事

川上　北方さんの初期の頃の作品を拝読すると、簡潔で言葉もひとつひとつくっきり浮かび上がってくるような文体でしたが、あれはヘミングウェイあたりの影響ですか。

北方　いや、ヘミングウェイは小説を書く前ですね。『日はまた昇る』やニック・アダムズの少年時代を書いた短篇をよく読みましたけれど、ぼくの文体が作られたのは、純文学時代です。その頃、原稿をもっていっては返され、もっていっては返されという形で、ある編集者と十年間付き合ったんです。その編集者は原稿を間においてきちんと正対して読んでくれて、ここは無駄だろう、ここは「〜る。〜る。〜る。」と語尾が続いている。わざとだとしても意図がわからなければなんの効果もない……、そんな話を延々としたあげく書き直してこいといわれる。書き直してもっていくと、また叩《たた》かれて、もう一度書き直す。結局、書き直すというのは削る作業ですから、削って、削って、削っていく。そこで文章を鍛えられたんだろうと思う。

もう一つは、エンターテインメントを書き始めてから、たとえば五十枚なら五十枚という枚数制限の中で書くようになったわけですけれど、毎月毎月五十枚から一枚も減らさない、一枚も増やさないというかたちでやっていくというのはけっこう大変で、そこではやはり言葉を切りつめていかなくてはいけない。そういう訓練をずっとやっていたことも大きかったと思いますね。

川上　ぼくが小説を初めて読んだのは二十歳くらいで、それまでは小説を読んだことがなかったんです。高校まで野球をやっていたんですが、肩を壊してやめざるを得なかった。すると目標がなくなってしまい、東京に行けば野球に代わる何かがあるんじゃないかと思って出てきたんです。そういう感じですから、ちょっと危なっかしい生活をしていたわけですよ。その頃に好きになった女の子が文学少女で、その彼女が、危なっかしいぼくを見て心配したんでしょうね。ちょっとこれを読んでみない、といって貸してくれたのが、五木寛之《いつきひろゆき》さんの『青年は荒野をめざす』と『海を見ていたジョニー』でした。それを読んだら、「あっ、世の中には野球と同じくらいカッと熱くなるようなものがあったんだ」と、初めて小説に目覚めたんです。

そのうちに自分でも書いてみたいと思うようになって、書いたものがたまたま新人賞を取ってこの世界に入るわけですけれども、それでも小説というのは自分の本当にやりたいものではないと思っていた。自分のやりたいことが見つかるまでお金稼ぎのために小説を書こうという（笑）、なんとも不遜《ふそん》な考えで小説を書いていたんです。その頃、あまりほかの小説は読まなかったんですけれど、北方さんの本を読んだときに、なんてわかりやすくて読んでいて気持ちのいい小説だろう、小説というのはこういう書き方もあるんだな、と。よし、だったらおれは、文章は嫌いだけれど物語が好きという人が面白いと思うようなものを書こう、そう考えたんです。

北方　これでも純文学をやっていたときには、けっこう難解なものも書いていたんです。やはり、小説というよりも文学という意識が強かったんでしょう。そのくせ、文学とは何かがわからない。で、あるとき読んだのが中上健次《なかがみけんじ》の『岬《みさき》』という小説で、これは芥川《あくたがわ》賞を取りましたけれど、読んでみたら下手《へた》なんです（笑）。文章を書く力においては中上に劣らない、しかしおれにはこれは書けない。世の中には文学をやるために生まれてきた人間がいるんだと気づいた。それが同世代では中上健次だったんです。

彼の場合はもっている血の問題とか、いろいろな問題を抱えていて、そうしたテーマを文学を通して表現していくことができる。しかし、自分には提示するものが何もない。ただ単に難しいことを考えて、それを小説にするというようなことばかりやっていた。おれは文学をやるために生まれてきた人間ではない。だけど編集者に叩かれながらも一所懸命書いてきて、文章はけっこう鍛えた。文学はできないかもしれないけれど、小説は書けるかもしれない。そんなふうに考えたんです。

そこで小説とは何かと考えると、小説は誰もがわからなければいけない、中学生が読んでもわからなければいけない、中学生が読んでも面白いと思わなければいけない。でも、どこかに誰にもわからない部分がある。それが小説、物語なんだ、そういうものを書いてやろうということで、エンターテインメントを書き始めたんです。

川上　それこそが文学なんじゃないですか。

北方　でも文学ではなく、小説、物語という言葉でいいたい。読んで難しいことなんか考えなくてもいい、読んでいる時間だけ楽しんでもらえればいい。酒みたいなもので、栄養にはならないかもしれないけれど、酔っていい気分にはなれる。だから、美味くて心地よく酔える酒をどうやってつくろうかということだけ考えているんですよ。

川上　しかし、この『水滸伝』はぼくには美味すぎて、悪酔いするし二日酔いするし（笑）。
　ぼくは四十のときに体を壊しまして、体を治すために八《やつ》ヶ岳《たけ》の方へ引っ越して、それを機に、小説を書くのをきっぱりやめたんです。それまで小説を書いてきたけれど、どうも衒《てら》いがあるし、本当に書きたいものが書けないし、自分には向いていないんじゃないかと。かといってやりたいことも見つからず、悶々《もんもん》としていたんです。それが五、六年経《た》ったときに、小説を読んでも、映画を観《み》ても、自分ならこう書くなとか、このシーンはこうすればもう少しグッとくるのにとか、そういう自分に気がついた。そのときにある一冊の本と出会いましてね。『リトル・トリー』というインディアンの少年の物語なんですけれど、その本を読んで、自分の心の奥底をさらけだされてしまった。ようやく、小説、物語は絵空事に違いないけれど、人間にとってなくてはならないものだと初めて気がついたんですね。

それと同じことを、この『水滸伝』は教えてくれたんです。男は自分がやりたいことを命を懸けてやって、それで散ろうが散るまいが、そんなのは問題ではない。やりたいことをやる、それでいいんだ、と。それまでは机に向かって頭をこねくり回して絵空事を書くというのは、どうも男の仕事ではないという気がしていた。根が体育会系だからかもしれませんが、男は体を使って汗流して、働いて金を稼いで、家族を養うもんだと。それが五十になって、小説を書くとか物語を作るというのは、男の一生の仕事として恥ずかしくないものなんだと気づいたわけです。

だから、もし二十歳くらいのときに北方『水滸伝』に出会っていれば、こんなに長いこと道を間違わずにすんだ。もう少し早く読みたかったですね（笑）。

北方　ぼくも十八のときに肺結核になったんです。これがかなりひどいもので、三・五センチくらいの穴が肺に空いていて、大学を受けようと思ったら健康診断書に「就学不可」って書いてあった。結局大学には行けず、一年間遊んでいたんですよ。

そのときに死と隣り合わせにいたことが、ある意味でぼくの価値観を変えたんだと思います。高校時代までずっと柔道をやっていましたから、先輩のいうことは絶対で、先生には逆らわず、親のいうことは正しい、という傾向がかなり強かった。ところが、大人たちのいうことをちゃんと聞いてやってきても、ひどい目に遭うときは遭う（笑）。

結核にならずに、そのまますんなり大学に入って司法試験の勉強なんかしていたら、デモに参加したり機動隊とぶつかり合いをやってるやつらはバカだ、という価値観から逃れられなかっただろうと思う。病気というのは、価値観に大きな影響を及ぼすものですね。

続編「楊令伝」がスタート！

川上　ラストシーンはよかったですね。よかったけれども、これで終わるわけじゃないだろう、次はどうなるんだという思いが強くて、最後に楊令が、「この楊令は、鬼になる。魔神になる」と叫ぶところが、何かを予感させますけれど。

北方　楊令は、この十九巻の中でほぼ完璧《かんぺき》な人間として出来上がっていく。だけど人間って、そんなものじゃないでしょ。自分の中の汚いものとか残酷なものとか、一回そういうものを通り越さないと、宋を倒すくらいの英雄にはなれない。ですから続編では、楊令が汚れて、傷つき、欠損していく中で、欠損したところに何を埋め込んでいくのかということを書こうと思っているんです。

たとえば梁山泊が国をつくろうとしたときに、国をつくったとたん彼らは体制になる。体制ができればそこから反体制が生まれてくる可能性があるし、腐敗も生まれてくる。そういうものを個人としてどう収斂させていくのか。それをぼくはこれからの楊令の課題として与えているんです。

川上　それは楽しみですね。続編はいつ始まるんですか。

北方　「楊令伝」は、二〇〇六年の秋の予定です。

川上　さっき二十歳くらいのときに出会いたかったっていいましたけれど、ぼくも世が世ならばこの中に出てくる人物のようになっていたかもしれない。何もわからず、何をしていいのかもわからず、結局行き着くところは、酒と喧嘩《けんか》と女ということになっちゃうじゃないですか。それが、これを読んでいると、ああ、おれみたいな者でもこういう物語に登場できるんだ、おれだって生きている価値があるかもしれない、そういう思いに行き着く作品だと思います。だから若い人、できれば中学生にも読んで欲しい。教科書を読むのもいいけれど、是非これを読んでもらいたいですね。

ぼくも来年の秋の再開に備えて、それまでは少しお酒を控え、続編が始まったらドンと飲むことにします（笑）。

（「青春と読書」二〇〇五年一一月号）

—対談—5
「水滸伝」続編、「楊令伝」執筆宣言

北上次郎
北方謙三

北方「水滸」は日本大衆小説の最高峰である

北上　とにかく『水滸伝』はすごい。どんなに力説してもいいと思うんだけれども、長いからなかなか皆さん読んでくれなくて。少しでも機会を見つけては周りの人に言いふらしているんですけれどね。北方「水滸」は日本の大衆小説の最高峰だと。ぼくは以前『北方謙三論』の中で、一九九〇年前後が作家北方謙三のターニングポイントだったとの趣旨を展開したことがあります。ハードボイルド作家として一家を成している作家なのに、あえてさまざまな実験を九〇年前後にしましたからね。ハードボイルドから、時代小説に取り組み、中国物に至った契機は何だったのですか？

北方　まず、物語のダイナミズムを求めていたんです。そのため、逆に内向的な小説を書いていたわけです。『棒の哀《かな》しみ』『帰路《きろ》』『錆《さ》びた浮標《ブイ》』がそうで、自分が本来的に何を書くべきなのかを探ってみた。その結論が、今まで書いていたハードボイルドとは違うダイナミックな物語、歴史小説だった。それで日本史を勉強すると、中国にたどり着く。それで中国を調べると、これが実におもしろかったんです。『史記《しき》』でも、『十八《じゅうはっ》史略《しりゃく》』でもね。

北上　その膨大な物語の中から、三国《さんごく》時代を舞台に取った理由は何だったのですか？

北方　日本の皇国史観です。ぼくは、歴史小説では南北朝を中心に書いたんで、皇国史観にぶつかることが非常に多かった。ぶつからずにそのまま書ける舞台が『三国志』だったわけですよ。魏《ぎ》は、日本で反皇国史観を実践しようとした藤原純友《ふじわらのすみとも》や足利義満《あしかがよしみつ》や織田信長《おだのぶなが》と同じ形です。覇者イコール王、覇道と王道が一致している。一方で蜀《しょく》は漢《かん》の王室を盛り立てていく。漢の王室は帝《みかど》で、その下で政治を行うのは覇者の仕事である。王道は不滅であり、覇道は覇者が獲得するものである。それが守られれば、国は秩序を乱さないで済むという。それが、秦《しん》の始皇帝《しこうてい》の登場によって覇道と王道は一致してしまった。そこが、中国の歴史の変化の多さなんですね。日本の場合は、覇道と王道は常に別々だった。稀《まれ》に一緒になろうとしたことはあった。それが義満であり、信長です。その違いを書きたかった。もう一つは、『三国志』が好きだった。やっぱり一番大事なのは、好きかどうかだろうと思うんですよ。

北上　最初に『水滸伝』よりも『三国志』を選んだのは、好きだったということなんですか。

北方　『水滸伝』も嫌いじゃないが、いろいろと問題が多すぎた。『三国志』は、『三国演義』、あるいは『正史三国志』も揃っていて『正史』から『演義』への流れがよく見える。自分の『演義』を『正史』に基づいて書くことだってできる。しかし『水滸伝』の場合は、物語の解体から始めないといけないので、大変な作業になるという予感があったんです。

北上　ある意味、『三国志』は『水滸伝』を書くためのジャンピングボードだったと。

北方　結果としては、そうですね。ただ『水滸伝』を書ききれるかどうかはわからなかった。

北上　『北方水滸』の凄《すご》さは、例えば、武術師範の王進《おうしん》の扱いです。中国版ではある種の引き立て役、九紋竜《くもんりゅう》の史進《ししん》を出すためだけの役が、北方版では、物語から消えないで、梁山泊に送り込む人物たちを人間的につくり直す、ある種の教育者として、山奥にいる。あれにはびっくりしました。「これ『水滸伝』なのかよ」って（笑）。もちろん嬉《うれ》しくてびっくりしたんですけれど。

北方　それがぼくの『水滸伝』です。原典の『水滸伝』をどうしても変えたかった。王進なんて、最初に出てくるだけ、逃げた話があるだけですよね。それでは、物語が閉じないじゃないですか。それが、作中のいろいろなところにある。それから、時制がいい加減です。もう物語が、初めから壊れているんですよ。

北上　『水滸伝』自体が、二百数十年にわたっていろんな民間説話が積み重なったものだから、ものすごい不自然な物語ですよね。人物のキャラクターもはっきりしない。最大の謎《なぞ》が、宋江という男がなぜリーダーなのかです。中国版を読んでもわからないんですよ。誰かの評論で『西遊記《さいゆうき》』の三蔵法師《さんぞうほうし》、『三国志』の劉備《りゅうび》、『水滸伝』の宋江、と並べてみると、中国のリーダーは、ある種凡庸で優柔不断な人物が求められるんだと説明してあったけれど、現代の日本人の読者が読むと、おかしいんですよ、あれ。

北方　俺が最初に思ったことと同じです。原典の宋江じゃ嫌なんだ。『三国志』の場合『演義』では、劉備はかなり凡庸だけれども、あれが曹操の物語だとしたら、悪役だがきちんと書かれている。ところが『水滸伝』は『正史水滸伝』なんてないから、「何じゃ、これは」となる。でも、一部の作中の登場人物に引き込むものがある。例えば、黒旋風・李逵は、人格統一されていないんですよ。あるときにすごい純真さを見せるが、急に殺人鬼に変わったりする。その妖しさが、小説家の想像力を刺激するんですよ。原典の『水滸伝』は、野菜、肉、魚といった素材の宝庫です。じゃあ、俺が調理して、カレーをつくるなりしてみる。そういう『水滸伝』があっていいんじゃないか、とね。

北上　『水滸伝』を全部解体して再構成する考えが、もう最初からあったわけですね。

北方　だから年代も十年早めてますよ。方臘《ほうろう》の乱が一つの契機になって、宋は潰《つぶ》れる。これは歴史の事実だから年代も確定している。そのときに、梁山泊の人物に働いてほしいと。だが、現実に勝つのではなく、いったん敗《ま》ける。そして、第二世代も含めた梁山泊の一統が宋を滅ぼす。宋は逃げて、違う系統の王室になり、南宋《なんそう》ができる構造を最初に考えた。

北上　それは最初からもうあったわけですか。

北方　原典では、百八人勢揃いして、招安《しょうあん》に応じ、みんな官軍になって、宋の敵を滅ぼしに行く。よくわからないような死に方をして、最後に三十人ぐらいが生き残って、終わる。それが嫌だったんです。物語は最終的には勝利か、あるいは、美しい敗北がないと駄目です。それをうまく書くための方法論が、全編解体し、人物を立ち上げることだった。原典を読むと、妖しい魅力を放っている人物はいるけれど、一割ぐらいです。それを全部書き分けようとしたんです。

北上　実際、原典では名前だけの人物が多いですよね。しかし言うは易《やす》し、行うは難《かた》しでしょう。

北方　ですが、『三国志』とは違って、非常に楽しかったですよ。原典を変えて、自分の『水滸伝』を書くと思った瞬間から。作家的想像力を抑制する必要がないですからね。

北上　宋江が女好きの人間として出てくるんでびっくりしましたよ。中国版では、その方面に興味がない、面白味のない人物なんですが、助平な男にしたので、非常に人間的な深みや、奥行きが増した。魯智深も、中国版では、ただ陽気な乱暴者ですが、北方版では非常に思慮深い、懐《ふところ》の大きなオルガナイザーに変わっていますよね。

北方　登場人物には、ぼく自身の青春、人生を重ね合わせて、それぞれに人生を与えようと思いました。小説家は、登場人物に人生を与えるのが仕事みたいなものなんだから。原典では最後のほうにちらっと出てくる鮑旭《ほうきょく》も、最初は獣同然の奴《やつ》が、子午山《しごさん》の王進の下でちゃんと成長して、きちんとした男になって山をおりてくる。そういう想像の楽しみに浸ってましたね。

北上　中国版に出てこない人物を何人も出すじゃないですか。楊令って中国版に出てこない。

北方　楊令は、楊志という男が拾った子供で、宋建国の頃の英雄・楊業《ようぎょう》の系統の人間と設定したわけです。楊業は楊令公《ようれいこう》とも言ったから、そこから名前を取って楊令にしました。

北上　闇の塩ルートの問題も、中国版ではたった数行だけなのに、北方版『水滸伝』では重要な経済の基盤として、最後まで続いていますよね。

北方　やはり権力の象徴、富の象徴は塩と鉄なんです。だから国家が専売・配給制にして管理する。その塩を闇で扱うことは反権力になる。だから塩を使って、領土を確保すると同時に、反権力の意味を象徴することを、宋の経済史を読んでいて、思いついたんですよ。

北上　闇の塩が、最後まで貫かれることで、物語がリアルになっていますよね。

北方　原典で梁山泊の連中が、近所の村を勝手な理由で襲って、食ってるのも不満だった。こいつらの経済的基盤は何なんだよと。小説的なリアリティー、彼らがそこに存在することのリアリティーを背景として書く際に、塩の道を思いついたのは、ぼくにとっては僥倖《ぎょうこう》でした。

北上　じゃあ、原典を読むだけではなしに、いろんなそういう資料にも当たったんですね。

北方　読みましたよ。『楊家将《ようかしょう》』で書いたんですが、宋で一番特徴的なことは、民の国家ということです。官が管轄していた経済などが民間に移って、産業が豊かになり、民が力を持つようになった。官は権限だけです。すると権限を使用するための賄賂《わいろ》が生じる。だから、宋の時代は腐敗がものすごく広がった。おもしろいですよ、調べるとね。

北上　それに、中国版に出てこない対立組織の「青蓮寺《せいれんじ》」を出すことによって、政治運動を描いていますね。

北方　現実的にＣＩＡみたいな諜報《ちょうほう》機関は、ある程度あったんです。堕落して実働的な効果は上げてはいないけれど、一応は民間に間者《かんじゃ》を放って情報収集、暗殺を担当したんですよ。

そこからヒントを得ました。作中では実力のある組織にしました。やはり梁山泊だけきちんとしていると物語の対立軸がないじゃないですか。対立構造がしっかり描ければ、物語のダイナミズムが増すはずです。

北上　なるほどね。あとすごいのが、戦闘の描写です。例えば、中国版では大して描写がない祝家荘《しゅくかそう》の戦いをあれだけ克明に描かれている。「見てきたのかよ」と突っ込みたくなるぐらい、すごい（笑）。最後の十八、十九巻と、二巻を費やす梁山泊と禁軍の童貫《どうかん》軍との全面戦争は、もう一気に読まされました。

北方　あれも完全にオリジナルです。『水滸伝』の約束事はいろいろあるみたいで、梁山泊に百八人の好漢が勢揃いする、これは一つの根本的な約束事らしい。でも、私は知りませんよと。だから青面獣《せいめんじゅう》・楊志を殺します。文句言われましたけれどね。その代わりに、忘れ形見として楊令を生かしておく。百八人全員の名前が登場したときは、もう何十人か死んでいる状態になっています。全部叩《たた》き壊して、名前だけ拾い上げて、性格づけて、宋の歴史に重ね合わせて、新しい小説を書いた。その中にも原典のエピソードを生かしたりしているんです。たとえば花和尚《かおしょう》・魯智深は、原典では最初は魯達で、人を殺して逃げこんだ五台山《ごだいさん》で出家して魯智深になる。それを、最初から坊主の魯智深で、腕を切り落として、髪の毛を伸ばし始めてから魯達になる、というひねった生かし方とかね。そういうことは随所でしています。

北上　中国版の不自然なところをもうひとつ挙げれば、公孫勝《こうそんしょう》が出てくると、突然ファンタスティックになるじゃないですか。北方さんはファンタジーの部分は全部切り落としましたね。

北方　公孫勝もそうですが、戴宗《たいそう》も足に紙を張ると、一日何百里も走れるとかね。一応は原典で書かれていることが何の暗喩《あんゆ》なのか、分析は試みましたよ。その上で、公孫勝が妖術《ようじゅつ》で天候を変えるのではなく、特殊部隊として立ち上げる。戴宗ならば、通信の担当者として立ち上げる。そうした原典の生かし方はしています。

楊令の戦いは、まだ続く

北上　世界の翻訳事情は知りませんが、『水滸伝』をここまで徹底解体して、不自然な点を全部克明に解消したのは世界初でしょうね。

北方　小説家の仕事を考えると、『水滸伝』を『忠義水滸伝』の名前で翻案をすることではないと思うんです。豊穣《ほうじょう》で不定型な『水滸伝』から、素材をつかみ出し、きちんとした公約をつくって、一つの世界を読者に提示することだとぼくは思いました。だから、ぼくの『水滸伝』は最初から時制を全部統一する。時代も少し前にして、続編の準備をしておく。十年前にしたのは、冒険だったんですよ。一応書き終わったので、次は楊令を主人公にした『水滸後伝』を、一つの国が国内から芽生えた勢力によって滅ぼされて新しい形になる小説を書けるんですよ。

北上　えっ、続編があるんだ。ということは、まったくオリジナルなものを次はお書きになるということですか？

北方　もちろんです。楊令の盟友が阿骨打《アクダ》でね。その阿骨打が金《きん》国を建国するわけです。あ、ここまでにしておきます。

北上　すごいですね。ぼくは、この北方『水滸伝』が、ある種の到達点かと思ったんだけれども、今の話を聞くと、ここから先に進むもっとすごい壮大な物語の序章なんだ。

北方　いや、序章じゃなくて本編がまだ続くということですね。これも楊令という人間を書くことが大事だったんですよ。出来すぎた男である楊令が挫折《ざせつ》して、再度立ち上がるときにある部分がどんどんこぼれ落ちて、人間本来の野蛮さ、残酷さが出てくる。それを克服して楊令が指導者になり得るかどうか、ですね。

北上　ある種、幸せな小説ですね。作家北方謙三の全美質がここに出ている気がする。

北方　だけど、これは中国のことを書いたわけじゃないです。日本人が、日本の読者に向けて、日本の感性で書いているんですよ。戦国だが武田信玄《たけだしんげん》も織田信長も出てこないとなると、想像力は無限に広がってくる。その中で物語を立ち上げて、読む人の心を打つ形になれば、これは書くほうとしては楽しいですよ。もともと書くのは好きですからね。こんなにおもしろいものを書いていいのかと（笑）。

北上　冒頭で最高峰だと言いましたけれど、楊令が主人公の続編があるならば、実はまだ、その上があるのかもと期待してしまいますね。

北方　ありがとうございます。この次は完全に小説家の想像力だけになるわけです。作家的な想像力を抑制されたところで、どうやってそれに反発して書くか。逆に全部解放した状況で書くか。歴史物を扱ったら、特にその二つはあると思うんですよ。『三国志』では『正史』のシバリの中で、『水滸伝』はありすぎるほどの素材の中で、どうやって作家的な想像力で一つの世界を構築するか、を経験しました。失敗するかもしれないというスリリングさがありましたしね。

北上　きわどいところを行ってるんですね。

北方　小説は、まずおもしろければいいんですよ。スリリングで、涙が出てきて、心が揺さぶられる、それが小説の形だと第一に思います。そして歴史を舞台にした『水滸伝』では、宋代の末がどういう歴史だったかわかるようになっているはずなんです。だから、気は遠いところへ行きながら、実は非常に正統的な小説の書き方をしたのかもしれない。ただ、原典を破壊することにはエネルギーが要《い》ります。落としたくないエピソードなどもあるわけですよ。この人格だったら、絶対それはあり得ない。そういうものがたくさんあるんです。魯達が肉屋を撲殺するとなると、あり得るじゃないですか。武松《ぶしょう》が虎《とら》を殴り殺すのはあり得るかというと、一応リアリティーがあるという感じはありました。だから、その程度まではやったし、人を食う場面もかなり出しました。

北上　そうですね。

北方　魯智深の切り落とした腕を、魯達と林冲《りんちゅう》と二人で焼いて食うというぐらいのことにしようとか。でも亭主を毒殺された孫二娘が発狂して、亭主を肉饅頭《にくまんじゆう》にして梁山泊の連中に食わせるシーンは考えたけれど止《や》めました。公孫勝という人間にどういう不幸な過去があるのか、全然わからんという意見があってですね。魅力的ではあるけれども、ああいう人格になった過去はわからない。だから、そこに人肉食を持ってきたんですよ。父と母と三人で閉じ込められた末に、父を食い、母を食って生き延びてきた男にした。人肉食を生かしてはいるが、形を変えて、憎らしいからこいつの肝臓は刺身にしてみんなで食べようという形では書かなかったんですよ。だから、それは僕の小説観で、『水滸伝』はこうあるべきと確信を持って書いたんです。人が集まるための理由も、逃亡や権力からの逃避だけではだめだ。もう少し違う思想性、国を変える、新しい国をつくる志が必要だというので、宋江に『替天《たいてん》行道《ぎようどう》』を書かせたわけですよ。原典にはあんな冊子はない。替天行道という旗を掲げていただけですからね。それはもう仕方がない。『水滸伝』は様々な説話の寄せ集めだから、私の『水滸伝』も説話の一つだと思ってください。

北上　原典どおりに書いたところは、あまりないだろうと思いますが。

北方謙三は、どう変容していったのか？

北方　『三国志』も『水滸伝』も根本的には冒険小説なんですよ。仲間が集結して、一つの目的をなし遂げようと戦っていく。冒険小説の王道でしょう。

北上　時代小説を書き始めたときに、どこかの対談で「冒険小説が書きたくなったんで、時代小説という枠の中でちょっと実験してみたい」との趣旨の発言をなさってましたね。

北方　我々が八〇年代ぐらいに書いたものは冒険小説と言われたけれども、どんどん変わってくるべきだろうと思うんですよ。ぼくは今、現代小説において内面の冒険しか書くことはない状態です。自分で壊れていく自分を書いていく形、自分の破壊衝動が相手の冒険小説も、ぼくの概念では成立する。それとは違う、広大な、いわゆる物語性を持ったものは、歴史小説で書こうという感じが強いですね。

北上　八〇年代を『冒険小説の時代』と名づけた本人ですが、九〇年代の半ばに懺悔《ざんげ》したんです。冒険小説の時代ではなかったんじゃないかって。あれはどう考えてもハードボイルドではなかったのかと。純粋な冒険小説の作家はもっと少なくて、ハードボイルドの文脈で考えたほうがいいんじゃないかなという気が後でしたんですよね。ただ、ハードボイルドと言っても、旧来のそれではなくて、確実に新しい小説だったことはたしかだと思います。その名称として『冒険小説』という、当時は新鮮なイメージを持っていた言葉で、命名してしまったのですけれども。

北方　ぼくの冒険小説の概念は、北上さんとかなり重なり合っていると思いますね。アリステア・マクリーンの冒険小説などとは全然違う形で、内面の冒険をする人間、世界を変革する人間、そういう形での冒険という意味においては冒険小説でいいと思っているんです。単なる名前の問題ですから。物語のダイナミズムがどう存在しているかといった小説の命の問題としては、名前もつける必要はないだろうと。

北上 だから、いわゆる旧来の自然を舞台に男が活躍する冒険小説と、チャンドラーを嚆矢《こうし》とする都会を舞台にしたハードボイルド、そのどちらでもない、新しい男の小説が八〇年代に生まれたことは事実だと思うんですよ。

北方 ぼくは、それを変えているつもりはないですよ。書いている時代、冒険の対象が変わってきた。そこで現代小説では、自分を変えられるかどうかという冒険になってきたということですね。歴史小説では、いわゆる戦争という形になっていますが、ぼくは自分が冒険小説も、ハードボイルドも書いてきたとは思っていないですよ。小説を書いてきたとしか思っていないです。小説の命である物語のダイナミズムが、中国を舞台にしたときに非常に大きく広がった感じはあります。どうしても歴史を書くと、市井《しせい》のちっちゃな物語以外は、政治が嚙《か》んでくる。日本では非常に枠がちゃちになる。中国の場合は、政治が実に野放図なんですよ。共産党も王朝政治ですよね。何も関わっていなくて、野放図で、そこに雑多な人間が蠢《うごめ》く混沌《こんとん》がある。それが物語を醸成するときに非常にいい作用を起こしている気がする。

北上 『水滸伝』にも『三国志』にも物語を創造する醍醐味《だいごみ》、快感があったわけですね。

北方 要するに、八〇年代前後に、ぼくや船戸与一《ふなどよいち》など、作家がかたまってデビューしましたよね。それを北上さんは、従来あったそれではない『冒険小説』と新ジャンルの形で名づけられた。それがどんなふうに変貌《へんぼう》すると思われました?

北上 十年から十五年単位で、日本のエンターテインメントは大きく変わっているんですよね。五木寛之、野坂昭如《のさかあきゆき》たちが出てきたのが七〇年前後でしょう。彼らが出てくる前は、旧来の小説があって、それがあの時代にがらっと大きく変わった。そして、北方さんはじめ、船戸与一、大沢在昌《おおさわありまさ》、志水辰夫《しみずたつお》が八〇年前後。その次の宮部《みやべ》さん、京極《きょうごく》さん、馳星周《はせせいしゅう》の時代が来て、この二、三年、伊坂幸太郎《いさかこうたろう》とか。ここ数年はライトノベル系と全部括《くく》っていいのかわからないけれども、全く旧来の小説ではないですよね。

北方　それはもう全然わからない。最近、説明と描写が多すぎるものがあるでしょう。三ページ費やしているけれど、三行で済むものは幾らでもあります。編集者が刈り込みを教えないんじゃないかな。旧弊な小説観のようですが、言葉を選ぶことは、小説を書くときに大事だと思うんですよ。今は過渡期なのかもしれないが、かつて我々が厳密ではないけれど、ぼくがこうありたいと思った小説観とは相反した小説が出てきて、それが読者から支持されると、自信がなくなってくることもあるんです。ぼくが最初に北上さんに論評してもらった作品は『逃《の》がれの街《まち》』だと思うんですが、あれから随分いろんな局面でいろんな作品について書いていただいているのですが、連続性がありますかね。

北上　連続性って、どういうことですか。

北方　つまり、ぼくの作家としての連続性が『逃がれの街』から『水滸伝』まで一貫して続いているかという問題です。『三国志』も『水滸伝』も原典をある意味では壊したにもかかわらず、借りている部分はあるわけです。借りたことによって、ぼくの作品に不連続性が出たかもしれない、という不安があるんです。自分では連続性を持って書いたつもりでいるんですけれどね。

北上　失礼な言い方をすると、『三国志』や『水滸伝』は十五年前では書けなかったと思うんですよ。その間にやってきたいろんな積み重ねのおかげで、北方謙三という作家の力量がどんどん増してきて、今度は逆に力量に合う物語がなくなり、遂に中国という非常にいい舞台を得た。そういう意味で連続性はあると思います。だから、すごく幸せな作品ですよ、『水滸伝』は。

北方　じゃあ、ぼくも幸せな作家ですね。そういう作品を見つけたんだから。

北上　この十九巻を読む読者も、すごく幸せですよ。ところで、続編のスタートはいつごろですか？

北方　二〇〇六年の秋ですね。

北上　何巻ぐらいですか？

北方　とりあえず、十巻ぐらいかな。

北上　この『水滸伝』十九巻は、これで実に見事に完結していて、その後の『楊令伝』の十巻も、たぶん見事に完結すると思うんですが、両方合わせるともっとすごいという、そういう意味ではどこまでの高みに登るのかわかりませんね。

北方　そう言っていただくと、作家冥利《みょうり》に尽きますよ。

（「小説すばる」二〇〇五年一一月号）

文庫版・特別増補の章

『水滸伝』の単行本全十九巻が完結した後も、『水滸伝』に関するエッセイや対談が数多く発表されました。

読本『替天行道』文庫版では、単行本に収録できなかったそれらの文章を特別に追加し、大幅な増補をいたしました。

完結後、それから

北方『水滸伝』は完結後、さらなる反響を巻き起こし、様々なメディアに取りあげられました。また、二〇〇六年には第九回司馬遼太郎《しばりょうたろう》賞を受賞しています。

二〇〇六年十一月からは文庫版の刊行が始まり、北方「水滸」ブームとなりました。文庫化に際して「毎月北方謙三からメールが届く！」と銘打ち、「Club 水滸伝」というウェブでの企画が始まりました。毎月一回、メールマガジンの形で作者から読者へのメッセージが送られるというものです。そこでは執筆時の裏話や、『水滸伝』に対する深い思いが語られ、好評を博しました。

本パートには、そのメッセージをはじめ、完結後に発表された文章や対談を収録しております。

わが「水滸伝」血と汗と涙の完結
――梁山泊の死に行く男達に書かされた九千五百枚――

北方謙三

五年十カ月の、月刊小説誌の連載を終えて、『水滸伝』が完結した。総計で、九十五百枚の作品である。見かけより勤勉なタイプなので、連載を休むことは一度もなかった。全十九巻の『水滸伝』が刊行されている間に、別の作品を十冊ほど上梓《じょうし》してもいる。旺盛《おうせい》に仕事をしていたのだ、とふり返って思う。

本を出しはじめて二十四年になるが、私の出発はハードボイルドと呼ばれるジャンルだった。特にジャンルに対する意識はなく、その前に、文芸誌に短篇《たんぺん》を発表した履歴がいくつかあったので、エンターテインメントに転向したのだ、という思いだけが強かった。書くものが、文学から小説になった。文学と小説の違いを語ると面倒なことになるが、前者は自己表現に軸足があり、後者は物語にあるという簡単な説明でも、私の概念を大きくはずれてはいないと思う。

ハードボイルドのインパクトはなぜか強かったらしく、いまでもハードボイルド作家とよく呼ばれる。あまり気にしない。私は最初から、男はいかに死ぬかということを、物語として書き続けてきて、いまに到《いた》るまでまったく変っていないからである。

現代小説と並行して歴史小説を書きはじめたのは、物語のダイナミズムを求めたがゆえだった。私は書くことが好きであり、枚数のつらさなども、何枚書こうと本質的な苦痛にはならない。しかし勉強は嫌いであり、小学校から大学まで、苦痛を感じ続けていたと言っていい。歴史小説を書くためにした勉強が、書くこととは比較にならない苦痛だった。すでに職業作家になっているのに、なぜこんな勉強が必要なのだと、二年ほどは思い続けた。それから調べることが少し面白くなり、実際に歴史小説を書きはじめたのは、勉強を開始してから、四年ほど経《た》ったころだった。

中世を、南北朝時代を舞台に選んだ。複雑で、虚妄に満ちていて、しかし私には面白いと感じられる時代だった。小説として、未耕の荒野である、ということもあった。そこに本格的に鍬《くわ》を入れてみたかったのだ。

勉強の甲斐《かい》あって、快調に書き進めることができたが、たえず微妙な欲求不満が残った。天皇制が乱れた時期であり、そこにもう一歩踏みこめなかった、ということによるものだった。差別の発生のころだが、やはりそこにもいま一歩踏みこめなかった。

それでも私は南北朝時代を舞台に、三作、四作と書き続けた。そして、歴史小説を書く作家としてある程度認知されると、時代小説の方に手を拡《ひろ》げた。歴史小説は史実の制約を受け、時代小説はフィクショナルなものという、いささか堅苦しい認識が、私にはある。きちんと歴史小説を書ければ、時代小説を書く資格も出てくると考えたのだ。

女子大生からの手紙

日本の歴史小説には、司馬遼太郎《しばりようたろう》という巨大な山があった。好むと好まざるとにかかわらず、影響を受けざるを得なかった。自らの歴史観を、小説の中で語りながら書き進めていく方法。読者が歴史を理解しながら読むという点において、歴史小説としてきわめて効果的な方法であった。しかし、私はそれに馴染《なじ》めなかった、というところがある。それで、物語だけを書く、という方法をとった。はじめは、時代背景もなにもわからない。読み進め、読み終った時に、物語を通して読者に歴史まで理解して貰《もら》おうと思ったのである。挑戦であり、それが成功しているかどうか、自分ではよくわからない。これからも、まだ挑戦し続けていく、ということになるのだろう。しかし、もともと日本の大衆小説というのはそうであり、私は格別新しいことをしているのではない、という気もある。

時代小説を書きはじめたころから、私の眼は中国史にもむきはじめた。ただ中国史に関しては、日本史ほど克明な勉強はしなかった。日本史を考える上で、中国史は無視できなかったが、のめりこむほどの対象ではない、とも感じていた。日本史を理解するためには、ひと通り概説を頭に入れればいい、というぐらいに思っていたのだ。

ただ、中国を舞台にした小説は、好きだった。中学生のころに、パール・バックの『大地』を読んだ時からだろうと思う。それでも、なにもかも読み漁《あさ》るということはなかった。

魯迅《ろじん》を読んだり、老舎《ろうしや》を読んだりはしたが、それより中島敦《なかじまあつし》の方に遥《はる》かに大きな影響を受けた。もうひとつ夢中になったのが、演義物である。『三国志演義《さんごくしえんぎ》』や『水滸伝』は、くり返し読み続けてきた。

自分が、中国を舞台に小説を書くことなど、考えたこともなかったのだ。確かに、広大である。舞台としてのスケールは、大きい。しかし、所詮《しよせん》は地球の広さを超えるものではない。登場人物の心の中に無限の拡がりがあれば、小説はそれでいいのだという気もした。

ある時、小説ではない正史『三国志』を、なんとなく読みはじめた。これは、あまり面白くない。曹操伝《そうそうでん》が柱になっているが、そこですら『三国志演義』にどう生かされているのか、という程度の興味で読んだ。

ところが、ふと感じるものがあったのだ。魏《ぎ》と蜀《しよく》のありようである。私は、南北朝を舞台に歴史小説を書きながら、澱《おり》のように堆積《たいせき》し続けていた欲求不満を、ここで解消できるのではないか、と思ってしまったのだ。

つまり、蜀は四百年続いた漢《かん》王室を守り続け、五百年、一千年の血の系譜にしようとする劉備《りゆうび》がいる。そうなれば、王室の血は侵し難い高貴なものになる。一方、覇者となって自ら王になろうとする、魏の曹操がいる。これは、日本に存在し続けている天皇史観と、時々歴史の表面に顔を出した、たとえば足利義満《あしかがよしみつ》や織田信長《おだのぶなが》の、覇者こそが王であるという帝王観、つまり反天皇史観の、その両方を映しこめるのではないか。これについては、私の心裡《しんり》をなぞるように、書け書けと唆《そそのか》した人物がいる。当時は刑事被告人であった、角川春樹《かどかわはるき》氏である。書こうと密《ひそ》かに思いはじめていたものを、正面切って書けと言われた。ならばあなたとの仕事にしようではないか、ということになった。

曹操の帝王観は、まあその通りだろうが、劉備の万世一系史観は、私の牽強付会《けんきょうふかい》と言ってもいいであろう。しかし私は、そうやって『三国志』を書く動機を得たのである。

二カ月に一冊の書き下しという、信じ難いような強行スケジュールを角川氏に強要されたが、書く作業そのものは新鮮で、感性が研《と》ぎ直されたという気がしたものだ。当時、四十代の後半であった。体力が充分にあることは、確認できた。追いつめられるところまで追いつめられると、イメージを醸成するために、潜在能力が出てくることも、改めて知った。二年で、十三巻を書ききったのだ。

一応は正史に準拠するというかたちで書いたので、史実の締めつけの中で、どれだけ人物を際立たせていくかが、勝負だった。たまには、史実を超えて人が動き出す。それはそれでいい、と思った。しかし、不安でもあった。演義では極悪人として描かれている呂布《りょふ》という男が、実に鮮やかに立ちあがってきて、実に見事に死んだ。『三国志』で最初に散る大輪の花が、呂布である。女子大生から、手紙を貰った。毎朝、赤兎《せきと》がんばれ、と言いながら駅まで走っています、というのだ。赤兎は、呂布が乗っていた馬である。その女子大生は、自転車を赤く塗り、赤兎と呼んでいたというのである。呂布のキャラクターが、鮮やかに立ちあがってよかったのだ、と私はその時思った。ひとりきりで書き続けていると、そういうことで救われたりする。

呂布は見事に死んでくれたが、それ以後も主要な登場人物が、次々に死んでいく。長く付き合うほど、死なせるのが苦しくなった。張飛《ちょうひ》など、なかなか死んでくれなくて、ついには女に暗殺される、ということになった。

オリジナルの登場人物も、少なくない。史実の締めつけが厳しく、息苦しくなった時、そういう人間を造り出した、という気もする。日本の天皇史観を移し替えようという動機は、そういう人々の中で、次第に曖昧《あいまい》になっていった。動機は、それでいいのだ、という気もしている。

心の熱さの再現

さて『水滸伝』であるが、『三国志』が終る前から、私の耳もとで囁《ささや》いた人物がいる。なぜかと反問すると、『水滸伝』には作家的創造力を抑制するものが、ほとんどないと言ったのである。史実の制約の中で苦しんでいる私を、しっかりと見抜いていたようだ。山田裕樹氏という、集英社の編集者であった。こちらは刑事被告人ではなかったが、文芸誌に作品を発表していたころからの私の担当で、自分の職務を全うする代りに、私にエンターテインメントへの転向を勧めた人物である。

角川氏の時と同様に、山田氏とも細かい打ち合わせはしなかった。というよりも、私にすべて任せた、という態度だった。いくらかの嫌がらせもこめて、他社で『西遊記《さいゆうき》』を書くと言っても、後悔しますぜ、と笑って返してくるだけである。最初の本を出す前からの担当で、二十七、八年の付き合いになる。性格は、ほぼ読まれていた。私にできることは、山田氏が唖然《あぜん》とするような、『水滸伝』を書くことだけだった。最初の読者である担当編集者を驚かせようというのも、書くための大きな原動力になる。読者にむけて書くのだが、読者の顔は見えない。いつも、本を介在させて出会うだけなのである。

私は、五十代に入っていた。『三国志』を書き終えたらやる、と約束していた仕事もいくつかあった。その仕事をすべて片付けるというわけにはいかず、半分は『水滸伝』を書きながらやる、ということになった。そして五十代になった私の、体力や気力も想定して、月に、百、百、百五十、百五十枚の連載ということを決めたのである。五百枚、四カ月で一巻であ る。これはすぐに、百五十、百五十、二百枚と、三カ月に一巻のペースに上げられたのである。私の余力を正確に測った、山田氏の陰謀に嵌《は》められたと思っている。

私は、自分の『水滸伝』をどう書くか、と考えることにすべてのエネルギーを注ぎこんでいた。『水滸伝』には、原典がある。まずは、それとの関係を考えることであった。二次作品として、『南総里見八犬伝《なんそうさとみはっけんでん》』が思い浮かぶが、『水滸伝』として完結したものはない。『水滸伝』に挑戦する私の使命のひとつは、きちんと完結させることであった。そこまで死ななければいい、と山田氏には言われたが、『三国志』の経験から、書きおおせるという自信が、私にはあった。

あとは、原典との距離をどう取るかであった。青年時代からの、愛読書である。愛読した分だけ、不満も大きかった。百八人のキャラクターの、すべてが立っているわけではなく、むしろ存在感のない男の方が多い。時制は相当にいい加減で、全体を通したストーリーは、支離滅裂とさえ思える。定番の百回本でも、七十回まではほとんど列伝体に近く、愉《たの》しめるのはキャラクターの部分である。

私は、「原典」を解体する、という作業からはじめることにした。そのためには、際立っている十数名のキャラクターも、あまり顧慮しない。とにかく徹底的に解体し、物語の本質が私にとってリアリティのあるものとして、再構築していく。『水滸伝』は、説話の寄せ集めだとも言われる。つまり、人がそれぞれの『水滸伝』を持ち寄って、七十回本、百回本、百二十回本ができあがったのだ。ならば、私自身の『水滸伝』があっても、許されるだろう。

作業は困難をきわめたが、同時に愉しいものでもあった。ほかの仕事を忘れて没頭することも、しばしばだったのである。再構築の段階になって、私はかなりの時間をとった。船で海に出て釣りをするのが趣味のひとつだが、そういう時も、頭には自分の『水滸伝』だけがあった。

やがて、見えてきたものがある。というより、心の底から湧《わ》いてきたというのだろうか。自分が、若いころに抱いた、心の熱さの再現を、『水滸伝』でやりたい、ということであった。『水滸伝』は、若者が読むと権力への反逆を考えるということで、何度か禁書になっている。しかし原典に、明確な反逆の思想はない。正邪の概念があるぐらいで、招安《しょうあん》を受けると、政府に帰順し、官軍となって対外戦に投入されたりするのである。つまり梁山泊《りょうざんぱく》の反逆は、せいぜい地方の軍や役人に対してで、頭領の宋江《そうこう》は、ずっと帝《みかど》に対して尊崇の念を抱いているのだ。そのあたりが、原典がややこしくなり、後半が希薄な物語になってしまう要因であった。

梁山泊第二世代の闘い

大学時代、私は全共闘運動の中にいた。少なくとも、変革の可能性は信じていた。もしかすると、革命を起こすのも不可能ではない、とさえ思っていたのだ。一九五九年には、革命キューバ政府が樹立され、六〇年代後半は、それは現実に起きたロマンチックな戦争、というふうに見えたのである。

私は、梁山泊のメンバーが、基本的に反逆の意思で連帯をする、というところから発想をはじめた。その闘いは、当然民の支持を受けはじめる。宋《そう》という国家との関係性においても、合衆国とキューバの関係を当て嵌めることができた。梁山泊は、梁山湖《りょうざんこ》に浮かぶ島である。カリブ海に浮かぶキューバ島は、すぐに連想できた。カストロとゲバラという指導者は、宋江と晁蓋《ちょうがい》であり、晁蓋はゲバラの如《ごと》く、理想への途上で死亡する。

誤解を招かないように言っておくが、これは発想のきっかけになったもので、実作段階に入ると、もう梁山泊の闘いでしかないのである。宋江は、カストロではなく、宋江であり、晁蓋もまた同じだ。そうやって、人が動き出していく。

まさしく、作家の創造力をまったく抑制することなく、物語を書きはじめることができたのである。次々と、私の頭の中には斬新《ざんしん》なアイデアが浮かんできた。原典では、強奪物に頼っている糧道を、きちんとしたものにした。宋では、鉄と塩が国家の専売であり、それを勝手に扱うことは、即《すなわ》ち国家に対する反逆となった。私は、闇《やみ》の塩を梁山泊の糧道に設定した。それによって、梁山泊の反政府、反権力の思想は鮮明になったのである。小説はそういう描写の積み重ねで、反権力と連呼すればいいというものではない。

組織も、きちんとしたものに作りあげていった。梁山泊内で通用する銭があり、やがてそれは梁山泊軍が制圧した、いくつかの自由都市でも通用することになる。独自の通貨を作るのも、大いなる反国家行為であろう。致死軍《ちしぐん》というものも、創設した。これはもともと、三国《さんごく》時代の呉《ご》にあった、山岳戦の部隊の名だが、『三国志』で書ききれていなかったという思いがあり、その名を借りて特殊部隊とした。

それに対して、宋側にも青蓮寺《せいれんじ》という組織を作り、特殊部隊も抱え、調略から諜報《ちょうほう》活動まで担わせた。これは、スパイ組織のようなものが、首都の開封府《かいほうふ》や大都市には実際にあったのである。活動が活動だけに、どれほどの成果をあげたか、はっきりしない。

小説であるから、地方軍も作った。実際の宋の軍は、禁軍と廂軍《しょうぐん》というものに分かれていた。禁軍とは近衛《このえ》軍という意味だが、これが戦闘部隊であった。廂軍は地方軍だが、実戦には堪えられない。道路や城郭、河川の整備などをしていた、と考えられる。しかし、梁山泊軍はまず地方軍を撃破し、禁軍との決戦に臨まなければ、物語としての盛りあがりに欠ける。そんなふうにして、梁山泊を何度も試練に晒《さら》した。

原典とは、大いに違う。まるで別のものだ。それはもう、気にしなかった。原典がさまざまな水滸説話の寄せ集めであるように、これはひとつの説話、私自身の『水滸伝』と思い定めた。だから、原典の約束事も守らなかった。たとえば、メンバーの百八名が梁山泊に勢揃《せいぞろ》いするまで、誰も死なないことになっている。早い段階で私は大物をひとり死なせ、原典の約束事は私の『水滸伝』に関してはなしだと、読者に伝えた。それで助命嘆願の手紙など舞いこむようにもなった。原典のエピソードも、大部分はそのまま生かさず、ひねったかたちにした。それよりも、割愛してしまったものが多く、ほとんどが私が創り出したエピソードである。

そしてこれは密やかにやったことだが、全体の設定を原典より十年ほど早くしてある。それによって、原典の最終部分の時期には、梁山泊のメンバーは歳《とし》を取りすぎて間に合わない、ということになる。自分の『水滸伝』に臨むにあたって、私は貪欲《どんよく》であった。梁山泊第二世代と宋軍の闘いまでをも、視野に入れて構想したのである。第二世代なら、宋の滅亡にも充分間に合うのだ。ひとつの国家、宋の滅亡に梁山泊が関わるというかたちで、私の反逆の小説は、はじめてその反逆の意味を全うすることになる。

死んだ登場人物の弔い酒

さて、登場人物のことであるが、これを書いたら際限がない。宋側も魅力的に書きたいと思ったので、描写しなければならない人間の数は、百八名どころではないのだ。原典ではほとんど忘れられ、ただの員数合わせのようにしか出てこない男たちには、できるだけ光を当てた。

人物は、それぞれ立ちあがってくる。そうすると性格を持ち、感性を持ち、独自の死生観のようなものも持つ、私から独立した男になってしまう。死なせまいと思っても、死に行く人格に育ってきてしまっているのだ。登場人物の生殺与奪の権を、作者が握っていると言えないことが、この物語では多かった。ひとり死に、作者の私が肩を落とし、その夜は弔《とむら》い酒というのも、しばしばであった。途中から、これは書かされているのだ、と私は思うようにした。男はいかに死ぬか、という現代小説から続いている私の命題も、私以外の人間が、登場人物自身が、決めているという心持ちになってきたのだ。

こんなふうに物語がふくらみ、書かされているとしか思えなくなったのは、はじめての経験である。書くことが好きで、それを生業とすることが許されて、しかも九千五百枚の連載ができる自分を、私は幸せ者だと思った。書き終った時は、達成感とか充実感があったわけではなく、安心感のようなものがあっただけだ。第二世代の物語を考えていて、よかったと思ったのだ。

九千五百枚というが、実感としては、三千枚か四千枚を書いた、という気分である。梁山泊は潰滅《かいめつ》したが、生き残ったメンバーは、すでに私の中で動きはじめている。

書きはじめる時に山田氏に言われた、完結まで死なないでくださいね、という言葉は楽々クリアした。それどころか、新たな力が湧いてきて、第二世代の物語に思いを馳《は》せたりしているのだ。幸福だが、考えようによっては、因果《いんが》な仕事ではないか、という気分もちょっとはある。完結したら、数カ月、熱帯の旅行をする予定だったのに、なぜか行きたいのも中国になってしまった。

小説は、面白く、誰にもわからなければならない、というのが私の考えである。しかし、ほんとうのところは、誰にもわからない。中学生が読めば、中学生なりに理解して面白がれる。大変な本の読み手が読んでも面白く、どこかに理解できない物語の不思議な深さがある。

誰にもわかって、誰にもわからない小説。私の『水滸伝』がそういう物語になっているかどうかは、読者が決めてくれることである、といましみじみ思っている。

（「文藝春秋」二〇〇五年一二月号）

現代性と男らしさ 筆力光る再創作大河

――『水滸伝』全十九巻・完結――

張 競

途轍《とてつ》もなくスケールの大きい小説がついに完成した。原稿用紙にして九千五百枚。気が遠くなるような分量だ。後半を読むと、さすがに細部の記憶はあやふやになり、あわてて前半のストーリーを確認したりした。だが、物語のリズムは始終乱れることはなく、語りの緊張感は最後の一行まで持続している。全書十九巻とは感じさせないほど、一気呵成《いっきかせい》になっている。円熟した作家の、見事な文章芸である。

かりに史実を下敷きにした小説は、歴史記述に対して、語りの自由を誇示する様式であるならば、小説を粉本《ふんぽん》とする再創作は逆の困難を抱えている。前者は歴史上の人物と架空の人物を登場させ、それぞれの役を演じさせることができる。しかし、古典小説のリメークにはその手が使いにくい。北方謙三は独自の手法でその問題を手際よく処理した。

物語の構築において、原作と北方の再創作はパラレルな関係になっている。しかし、人物中心の列伝という原型は排され、叙事的な展開になっている。人名は原作のままだが、人物像はまったく違うように造形されている。主要な筋から副次的な物語にいたるまで、原作と同じものはほとんどない。

物語を紡ぎ出す力には恐るべきものがある。ふつう十九巻百九章も書けば、筋も描写も何となく類似してくるであろう。しかし北方謙三の筆は反復を感じさせない。梁山泊以外にも活動拠点を作らせ、反乱軍の版図《はんと》を全国に拡大させた。水軍の戦いと騎馬戦の導入も類型化に陥りやすい戦争の描写に変化の幅を持たせた。

小説の末尾は再創作の独自性を示して面白い。原作では梁山泊の義賊たちが朝廷に帰順したが、北方謙三は梁山泊の軍勢が童貫《どうかん》が率いる官軍に鎮圧された、と改変した。

宋江の死に方も象徴的である。原作では自分の死後に仲間たちが反乱を起こすのではないか、と心配した宋江が李逵《りき》を毒殺した、と描かれている。北方版『水滸伝』では宋江は死の直前に「替天行道《たいてんぎょうどう》」の旗を次の世代の楊令《ようれい》に伝えたところで幕が閉じた。梁山泊の武勇伝に相応《ふさわ》しい、気の利《き》いた結末である。

文明批評の視点から見ると、作家の無意識の地平において、おそらく二つの可能性が指摘できよう。一つは、古典小説の発想を支配する価値体系の転覆であり、もう一つは現代人の精神性に対する審美的な批判である。

『水滸伝』の原作の前半は圧政に対する反抗の物語である。そこでは、忠義という儒教的《じゅきょうてき》な徳目は、擬似的な血縁関係における忠誠心にすり替えられた。謀反《むほん》の正当性は、儒教の基本教義に対するご都合主義の解釈によって保証され、掟破《おきてやぶ》りの山賊は世直しの英雄となった。

だが、小説の後半になると、官軍となった宋江の軍勢は遼《りょう》を討伐し、農民の反乱を鎮圧した。英雄はもはや英雄ではなく、ただの道化に成りかねない。さすがに原作者がそのことに気付いたのか、宋江が奸臣《かんしん》に毒殺されるという結末を用意した。しかし、全編において儒教的な発想の檻《おり》から出られなかったのはまちがいない。

現代人は『水滸伝』の物語に惹《ひ》かれながらも、古色蒼然《こしょくそうぜん》の倫理観には共鳴しない。古典小説を甦《よみがえ》らせるには、現代的な情緒に裏打ちされた物語展開が必要だ。まさにその点において、北方版『水滸伝』は現代人の精神性に相応しいオリジナリティを打ち出している。

原作の語りのスタイルとも関係するが、梁山泊の反逆は一人ひとりの恩讐譚《おんしゅうたん》として表徴されている。しかし、同じ「替天行道」でも、北方版『水滸伝』では、反権力の意志表示となり、公共のための組織活動となった。

統合された集団行動である以上、とうぜん綿密な計画性を伴う。闇の塩の道を切り開き、組織活動のための資金作りという設定は象徴的だ。この目立たない変更によって、同じ反乱の物語でも現代的な心象に沿って展開することが可能になった。

もう一つは、北方流の男らしさが理想的な人格として示されていることだ。いまの時代に男らしさを語るのは、いささか反時代的のようにも見える。しかし、北方謙三において、それは生きる美学とともに語られている。

現代人は他者との差異において、生き甲斐を見いだすことが多い。たとえその差異がどんな瑣末《さまつ》なものであっても。人生の夢とは言っても、出世や金儲《かねもう》けといったみみっちいことばかりだ。北方版『水滸伝』では、まったく違った生き方が示されている。弱者を助け、強き者に立ち向かう。勝ち負けはほとんど意に介さない。一旦《いったん》、目標を立てると、勝算がなくても、男のプライドを賭《か》けて死力を尽くして闘う。最後は格好良く、壮烈な死を遂げる。勝ち組に媚《こ》びる世の中にあって、それだけでも十分情緒的な感化力があるであろう。一見、派手な物語展開だけのようだが、快い夢想を掻《か》き立てるところにも独特の魅力がある。

（「毎日新聞」二〇〇六年一月二二日）

大いなる里程標
――第九回司馬遼太郎賞を受賞して――

北方謙三

水滸伝を書いていた六年弱の日々、私は幸福であった。

作家は、書きたいことを、書きたい。当たり前のことであるが、必ずしもそれができるとはかぎらないのだ。出版社からの註文《ちゅうもん》は、もう書き尽したと感じているジャンルのものであったりするし、書きたいものが読者の支持を受けるかどうか、という問題もある。

水滸伝に関しては、私は書きたいものを書きたいように書いてきた、という思いがある。そういう情況であれば、熱も入る。いや、自分が熱くなっていることさえ、自覚にはない。物語に没頭し、登場人物と正対する。

気づくと、その月の分は書き終えているのだ。ゲラを読み返し、こんなことが書けたのだと、自分で感心してしまったりする。

自分で感心するというのは、滑稽《こっけい》なことではあるが、何度も襲ってきた実感であった。つまり書いている時は夢中で、書き終ると放心し、ゲラで読み直すということだったのだろう。そしてまた、登場人物たちが、私の潜在能力を引き出してくれたのだ、という気もしている。

潜在能力が引き出されている時点では、忘我の状態で、書き終えて我にかえるのである。

そんなわけだから、水滸伝について、私はなにかやり残した、ということはないと思っている。自分が考えている以上に、書くことができた、と言っても過言ではない。

だから、賞ということを考えたことは、正直、ほとんど一度もなかった。仕事をしきったのだと思えるのが一番で、それ以外のものは求めない、という心境だったのだ。賞に馴染まない、あまりの長尺物だったというのも、理由のひとつだったかもしれない。

司馬遼太郎賞が水滸伝に与えられると連絡を受けた時、私はしみじみとした喜びを嚙《か》みしめた。期待していなかったから、不意の出来事ということになったが、欣《きん》喜雀《じゃく》躍《やく》よりずっと深いところから、気持が滲《にじ》み出してきたのだ、といま思っている。

六年弱の努力を、きちんと認めてくれる賞があった。私だけでなく、私の仕事に関わったすべての人々にとっても、喜ばしいことだろうと思った。私は最初に、長く担当してくれた編集者に、電話で受賞を知らせた。それから、家族に伝えた。

司馬遼太郎賞は、前回まで人とその業績に贈られていたものが、水滸伝からは作品に贈られるようになったことも、嬉《うれ》しかった。水滸伝は無冠だろうと言われていたが、輝かしいタイトルを添えることができたのだ。

賞は結果であり、水滸伝という仕事がそういう結果を迎えられたのは、作品にとっても幸福であった。

司馬遼太郎氏は、私が歴史小説を書きはじめた時、眼前に聳《そび》える巨大な山であった。その謦咳《けいがい》に接することはできなかったが、意識の中には、常に司馬氏の存在があった。

司馬氏と同じ山は、到底築けるものではない、と思わざるを得なかった。ならば後進として、別の可能性を、物語という自分の山を築くしかない、という思いを、さまざまな機会に、私は自分に言い聞かせてきた。それは日本の大衆小説の伝統に連なるものだったが、私はたえず司馬氏を意識してきたのだ。

私の歴史小説の方向は、司馬氏の存在によって決定づけられた、と言ってもいいであろう。司馬氏の名前を冠した賞を、人生で多分最大の仕事になるであろう、水滸伝で受けたことに、ある因縁《いんねん》のようなものを、感じずにはいられない。司馬氏に、見て貰っていたのだ、という気がしたほどだ。

私の作家活動は、これからも私の力が及ぶかぎり続いていく。まずは、水滸伝の続編を書き、作中で人生の結着をつけていない男たちに、それなりの生き方を与えなければならない。権力とはなにか、国家とはなにか、というテーマも、そこでさらにつきつめられていくだろう。

ほかに、中国を舞台にしたものを、何本か書く。日本の近代史も書き、現代ハードボイルド小説も、書かなければならない。当然、日本の歴史に材をとったものも、忘れてはいない。だからまだ、疾走中である。

そして、これまでにも何度かあったことだが、ふり返れば、賞というものがある。ふり返るのは、自分の道が正しかったのかと、ふと懐疑的になったりする時である。

何年か先にふり返った時、私は司馬遼太郎賞というものを、見るだろう。作品だけでは築けない、大いなる里程標なのだ。

その時まで、ふりむくまい。新しい作品は、むかっていく荒野にある。

その荒野は、いま私にとって無限である。

（「青春と読書」二〇〇六年三月号）

作者から読者へ　北方謙三

〈文庫企画「Club 水滸伝」登録読者にメール配信された、作者からのメッセージです。〉

ついに、文庫になった。第一巻五百枚で、それでこれ以降の枚数も決まることになった。巻ごとの枚数は決まったが、全何巻になるのかは、これを書いている時点では、まったく見えなかった。全十三巻などと、全貌《ぜんぼう》を知りたがる編集者を騙《だま》し、ひたすら書き続けることにした。登場人物が立ちあがってくれれば、ということだけが頭にあった。魯智深《ろちしん》は、魁偉《かいい》な容貌で立ちあがり、林冲《りんちゅう》も立ってきた。それらを立たせる存在として描いていた王進《おうしん》が、思いのほか鮮やかに立った。史進《ししん》に武術を教えるところで、うまく王進の内面に入ることができたからかもしれない。百八星には入っていない王進が、それ以降、特異な存在感を発揮することになったのは、実は作者の企みの外にあったのである。ゆえに、王進が登場する場面では、私は常に一礼してから筆を執《と》った。そういう人物に第一巻で出会えたことが、私に書き続ける力を与えてくれたことは、間違いないのである。

ともかく、書店へ行け。

二〇〇六年十月

そこで、いろんな人生に出会えるぞ。

二〇〇六年十一月

第二巻が、発売になったぞ。漢字が難しいと腰が引けていた連中も、一巻を読んで、難しい漢字は名前だけだと、よくわかっただろう。名前は記号のようなもので、ほんとうに印象深い登場人物になると、顔が、声が、その姿が、自然に浮かんでくるようになる。その時、記号もはじめて意味を持つのだ。名前を憶《おぼ》えようなどと、無理はするな。ガシガシ読み進めれば、それでいいのだ。俺も、しばしば書く時に名前を間違えたもんだよ。特に、李《り》という姓の人間が危険だった。しかし、その人間の描写まで、間違えたわけではないぞ。担当編集者は、俺が間違えるたびに馬鹿にしていたがな。

武松《ぶしょう》が暴れる。どんな風に暴れるかは、読んで貰うしかないが、俺は柱に拳《こぶし》を数度叩《たた》きつけ、その結果、盛大に腫《は》れた。その手で万年筆を握り、書き続けたのだ。暴れる場面を読んだ時は、北方も痛かっただろう、と思ってくれ。

魂の清らかさを書きたかった。書けているかどうかは、君の判断だ。読んでいる君の心を浄化する。それも、俺は小説の使命のひとつだと考えているのだが。

二〇〇六年十二月

三巻出たぞ。二巻までの読者から、三巻まだかと、ずいぶん言われた。一月《ひとつき》に一冊なのだ。

我慢してくれ。名前で苦労している読者が、まだいるらしい。気にするな、君よ。名は後からついてくると思え。人の顔、姿、声、そんなものが先に頭に入ってくる。物語を楽しんでくれよ。

三巻じゃ、史進が壁にぶつかる。誰もがぶつかる壁だ。俺はそのつもりで書いた。だから、読む人の心にも、その壁は存在していると言ってもいい。壁をどうやって破るかは、青春のテーマと重なりはしないか。書いている時、そんなことを考えたな。自分の青春を振り返り、あそこでもうひと頑張りしてたらな、と思ったりもした。

後悔など、屁《へ》のツッパリにもならないが、自分を振り返るのは悪くなかった。史進だけではないぞ。水滸伝は、青年の挫折《ざせつ》と再生の物語でもあるのだ。そこには君と重ね合わせることができるものが、必ずある、と俺は信じている。

また来月。つまり来年だな。よい年を迎えてくれ。

二〇〇七年一月

新年おめでとう。

もう四巻目の発売日になった。早いもんだな。これでも書く時は、結構時間をかけてるんだぜ。このあたりになると、終わりがどこだか見えなくなる。なにしろあっちでもこっちでも人が立ち上がって、わいわい言うし、暴れはじめたりもする。俺の制御が効《き》かないやつばかりになるのだ。それは物語が躍動しているということでもあるんだが。

李逵、登場。この男をどうするか、俺はずっと考え続けてきた。書き始めると、考えていたことは、みんな飛んだな。李逵は李逵としてそこにいた。もう何か、はじめから生きていたんだよ。それまでの登場人物たちが、なにとはなしに李逵という男を造形させていたのかもしれん。不思議なもんだろう。俺の李逵と、まあうまく付き合ってくれよ。人の心の純粋さとはなにかということを、俺は李逵と向かい合っている時、知ろうとしていたような気がする。自分が純粋だったころを、思い出そうとしていたのかもしれんね。読みながら、そんなこともちらりと頭に浮かべてくれないか。

またな、コンパニエロ、コンパニエラ。これ、俺が知ってるわずかなスペイン語のひとつだ。同志。そういう意味さ。

二〇〇七年二月

五巻の発売だ。待たせて申し訳ない。まだかという声が、さらに多く届くようになった。俺も困っているが、版元の販売戦略は決定済みで、変えるのは簡単ではないのだよ。どうしてもと言うなら、書店に十九巻まであるが、四六判のハードカバーだからなあ。財布と相談してくれよ。

さてこの巻からは、俺は七転八倒しながら書いた。人の死が、冗談ではなく身に迫ってきたのだ。登場人物を死なせるのは、これはエネルギーが要《い》る。滅多にないことなのだが、原稿用紙の前から逃げ出したくなった。書き終えた後は、弔い酒さ。あるバーで、酔いが回ってがっくり頭を垂れていると、どうしたの？　と女の子に訊《き》かれた。どうも、俺は涙を流していたらしいのだな。泣き上戸《じょうご》ではないのだぞ。友達が死んじまってな、と俺は言った。その時の、女の子のやさしかったこと。説明するのも面倒で、自責の念だけが大きくなり、逃げるように俺はその店を出た。

それだけの話だが、いま、まざまざとあの時の情景が浮かんできたよ。そんな酒も飲んでいたということだ。

人は必ず死ぬ。誰であろうと、その人のことを忘れさえしなければ、その人は心の中で生きている。生きている人間は、そう思うことで自分以外の人の死を、受け入れていくしかないのかな。

二〇〇七年三月

六巻だぞ。早いもんだ、と俺は思うが、遅すぎるという意見は相変わらずある。仕方がないんだ。もう言いっこなしにしてくれよ。

ところで、君は名前の漢字には、もう慣れたかな。ちょっと自慢だが、俺はすべて手書きで、それが嫌だとは一度も思わなかった。ただオリジナルの人名では、画数の少ない字を選んだことがある。初めての告白であるが。どこかで楽をしたかったのかもしれん。綽名《あだな》になると、結構大変だったたし。そういう点では、王定六《おうていろく》なんてのは楽だったたね。ただ楽だったのは字の画数だけで、こいつは散々俺を疲れさせてくれた。どんな風に疲れたかは、ま、読んで貰えば解る。書き終わった時、肺が痙攣《けいれん》してやがったよ。敵味方を問わず、登場人物とは本気で向かい合ってきた。自分の弱さもさらけ出し、そいつの駄目さ加減もしっかり描き出してやった。そうやって付き合っていると、ある時そいつは、俺が想像していた以上の活躍をしてくれる。この作品を書いている間、数え切れないほどそういう体験をしたよ。生身の人間と付き合っている以上に、スリリングだった。

それが小説の不思議さか、いや小説家の幸福か。これからも、続々とそういう連中が出てきて、そして『水滸伝』はまだまだ続くんである。

二〇〇七年四月

七巻の発売である。名前が憶えられないというクレームは、ひとつも届かなくなった。登場人物が、読む人の心の中で生きてきた、ということだろう。俺が言ったとおりだったな。それを記念してというわけではないが、水滸伝フェアーを、全国的に展開するぞ。もっと多くの人に、この物語を読んで欲しい。君も、君の目にかなったなら、友人に勧めてみてくれ。俺には、俺なりの自信がある。つまらなかったら、俺のことなど忘れていい。本との出会いも、縁のめぐり合わせで、俺は君とはいい縁なのだと思っている。書く俺がいて、読む君がいる。これからも続々出るぞ。七巻についてのメッセージだが、ここまで来るとなにを書いてもネタバレになりそうな恐怖感があるのだよ。だから今回は、ちょっと特別な話をする。七巻の発売と前後して、『楊令伝』の単行本、第一巻が発売になる。勤勉だからすぐに次を書いてると人は言ってくれるが、告白すると、楊令がどう生き闘うのか、俺自身が気になって仕方がないのだ。俺がもうこの物語にからめ取られている、という気までするよ。物語を書くというのは、本当に不可思議なものだな。七巻読んだら、遠い先のことまで、ちょっと思いを馳せてみてくれ。どうしてこんなことを書くかというと、ちょうどこれを書いていたあたりから、登場人物の数年先のことなどを、俺は考え始めたからだよ。考えた通りには、決して生きてはくれなかったが。君が考えた通りに、彼らが生きるかどうか。彼らの人生は、毎月君の心に押し寄せてくるぞ。

二〇〇七年五月

いつの間にか、八巻に到達してしまった。ここまで読んでくれて、ありがとうな。登場人物に成り代わって、作者が礼を言うのもおかしなものだが、気分としてはそうなのだ。作者の方は、君が一巻を手にした時から、感謝している。それにしても、まだ折り返し点に達していない。我ながら長い物語を書いたもんだと思うよ。

また人が死ぬ。祝家荘《しゆくかそう》戦は、激しい攻めの戦《いくさ》だったからな。戦場ではないところで、一人の男が死ぬ。つまり、犬死のようなものだ。担当編集者にも、水滸伝最大の犬死と言われたもんさ。そう言いながら、やつは泣いていた。俺は決して、その男を犬死させたわけではない。人が、人に対する思いに包まれて死んでいく姿。それを書きたかった。もし君の心を、少しでも揺り動かしたなら、束《つか》の間《ま》でいい、目を閉じて、その男を悼《いた》んでやってくれ。できることなら、いつかその男について、君と語り合いたいとも思うよ。人の死というのは、単純で複雑で、重くて軽く、どう受け止めていいかわからないところがある。それをそのまま俺は書いた。

人が死ぬ話はよそうな。新しい連中が、また入ってきた。彼らをよろしく頼むよ。みんな、いいやつさ。どんな働きをするか、見守ってやってくれ。

ところで、版元からの話だが、六月の九巻の発売は、二十八日ということになるらしい。いろいろなイベントなどと重なってそうなるようだが、毎月二十日を待っていた君には、俺から謝っておくよ。すまん。

コンパニエロ、コンパニエラ。また逢《あ》おう。

二〇〇七年六月

九巻だ。おい、九巻だぞ。

誰がこんな長いもの、書きやがったのだ。俺以外の作家が書いていたら、俺は絶対、そう思うタイプだ。半分行ってねえぞ。にやつきながら、俺はそう言う。大目に見ろや。長すぎるなんて言われると、つい書いた時の苦労を思い出して、俺もまあやったではないか、とまんざらではない気分になるのだ。次はまだかと言われると、嬉しくはあるが、む、手強《てごわ》いかも、と身構えてしまう。

この間、梁山泊の会というのが名古屋であって、百八人の読者が集まってくれたのだが、ここでの質問が厳しい。俺はもう『楊令伝』という続編を書いていて、細かいところはかなり忘れてる。忘れてないまでも、あれだよ、あいつあいつ、と連呼しながら、結局、固有名詞が出てこない醜態を晒す。目の前に座っている読者の一人が、小声でそっと教えてくれたりするのだ。しかし、いい読者を持つことができたと、俺はしみじみ噛みしめるよ。どんな醜態を晒しても、機会が与えられるなら、また読者に逢いたい。登場人物たちへの愛に溢《あふ》れた、書いてよかったと俺をして思わせる、実にいい会だった。

九巻を書いていた頃、俺は不安だった。書き終わる前に死んじまったらどうしよう、などと考えてしまうのだ。死んじまえば、どうしようもないんだがね。不安だったが、めちゃくちゃ緊張し、充実していた。これ以上はないぐらい、生きていたよ。人生で、そんな経験したことがあるかどうか。これは大きいぜ。生ききったと思えるものを、君も見つけてみろ。これが、今月のメッセージだ。

ところで、今月は発売が少し遅れた。ごめんよ。十巻が出るまでの間が、短くなる。そう思って勘弁せい。またな、友よ。

二〇〇七年七月

十巻に到達した。俺自身は、数年前に書き終えているわけだが、あの頃のことを、なにかしみじみと思い出したよ。ここまで読んでくれて、ほんとうにありがとう。小説家として、俺は幸せ者だと思う。

さて、この巻あたりから、相当激烈な戦闘が続くことになる。戦場の描写だけは、一行空《あ》けで、めまぐるしく視点を変えている。そうしないと、全体の戦況を描ききれないからだ。戦闘の当事者、両方から見る必要もあるしな。文学賞の選考などでは、俺は視点に関しては、相当うるさいことを言う。しかし戦場場面の描写における、頻繁な視点変換は、技術的にはやむをえないことだった、と思っている。ひとりの人間に入れ込んで、ずるずると書き続けると、齟齬《そご》が出てくるという気がするのだ。戦場では、同時にいろいろな場所で、衝撃的なことが起き続けているわけだから。

それにしても、戦闘場面は疲れるぞ。地図や地形を描いた小さなメモは持っているのだが、俺の頭にはもっと精密なものがある。メモは、他の場面に移行した時、即座に切り替えるための、スイッチみたいなものだ。戦場だから、人は死ぬ。死ぎりぎりで、闘い続けている者もいる。そこから、他の場面に飛ぶ。さらにまた、ほかの場面に飛ぶ。それを繰り返していると、俺が疲労困憊《ひろうこんぱい》してくる。槍《やり》で突き刺したのに、剣で斬《き》られ、馬で駈《か》け、地を這《は》う。頭の中に、視界を覆いつくす土煙が上がるのだ。そういう時、メモをちらりと見るのさ。

人の死を、いまは語るまい。いずれ、どこかで語るよ。死は語るべきものなのか、黙して受け止めるべきものなのか、これは現実の人生でも、しばしば直面する問題だ。水滸伝に関しては、俺は反吐《へど》が出るまで語るつもりでいる。生きるだけ生きさせた、俺の責務だと思うのだ。生きている人間に対する責務など、適当なものだが、死者に対する責務は、自分に一片の妥協も許す気はない。

しかし、一人で語るのか。どこかで、誰もいないところで、君と語り合ってみたいものだ。その時俺は、どんな言葉を持っているのだろう。

一月後、同じ時、同じ場所で、また逢おう。

二〇〇七年八月

暑いな。俺は毎日のように海の上で、漁師さながらの恰好《かっこう》で、釣りをしている。海の上が、これまた暑いのだ。海面の反射が、半端ではないのだよ。

十一巻を書いていたのは、何年か前の春ごろだ。迷いに迷っていた。それを思い出すよ。書くことについて、迷っていたわけではない。このころ、俺はもう作品の中に入り込んでいて、登場人物が夢に出てきて、俺になにか言ったりしていたものだ。目を醒《さ》ますと、内容はうろ覚えで、どうせ死んだことについて文句を言っているのだろう、と俺はあまり気にしなかった。

俺の迷いは、登場人物の一人についての、俺の感情の持ち方だった。はじめ、淡々とした気持ちで出した。それでは駄目だと考えたのは、その人間が重大なことをやるからだ。俺が考えたのではなく、そいつが文句を言ったのかもしれん。俺は描写を重ね、そいつを好きになったり嫌いになったりした。最後は、愛憎を抱いたと言っていいかもしれない。こいつが、俺の物語をぶっ壊す。しかし、壊れたところから、また新しい物語が始まってくる。こいつに、物語の新展開を預ける。しかし、それでいいのか。自問の毎日だった。そいつも、人間の魅力を湛《たた》え、存在感を増し、そして自分の意思どおりに動きはじめた。その過程で、そいつの心にも、俺と同じことが起きはじめたのだ。ほんとうに不思議なことだが、そいつに対する俺の愛憎がきわまった時、そいつもまた行動を起こし、あることをやり遂げた。十一巻が終わった時、俺は茫然《ぼうぜん》としていた。

なにを書いているのか、物語を読まないとわかりにくいだろう。勘弁してくれ。どんなふうに物語が書かれたか、作家は自己解析をしたりしないものだ。気づくと、書きあがっているる。そんな感じなのだよ。

俺はいま、あの時のことを思い出している。四年前、これから暑い季節を迎えようという頃だった。時がすぎるのは早いな。

明日もまた、俺は海だ。荒れていれば湾の中だし、凪《な》いでいれば、遠出しようかと思っている。俺に釣られる、魚もいるのだ。

またな、わが友。君がいてくれるので、俺はまた、新しいものを書こうという意欲を持つことができるのだろう。

二〇〇七年九月

みんな、変わりないか？

俺はこのところ、なぜか酒浸りだ。原稿が終わったその日に、飲みに出てしまう。飯を食ってから飲もうと思うのだが、気づくと、食わずに飲んでいる。それが、朝まで続くのである。体に悪いなあ。もう泥酔する歳でもないのに、酔い方といったら、かなりひどいもんだ。なにか切れると、ずいと踏み出して、喧嘩《けんか》でもしかねない。

心に溜《た》まっているものがある。これからさらに、溜まりそうでもある。その重圧が、限界に達しそうなのかな。時々、水滸伝で死なせた連中と、喋《しゃべ》っていたりする。そばで見ていたら、これ、かなり気持ち悪いだろうと思う。

そうやって何日か飲むと、さすがに動けなくなり、やっと立ち上がると、海へ行く。そこでも、夜には飲んでしまうのだがね。釣った魚は必ず食う、という鉄則を持っているので、なにも食わずに、酒を飲むことはない。

俺は、愚痴《ぐち》をこぼしているのかなあ。たまには、いいだろう。勘弁してくれ。

十二巻になった。どれぐらい死んだのか。これを書いていたあたりでは、俺は弔い酒を飲みはしたが、こんな酒浸りの日はなかった。人の死は、じわじわと効いてくるのかもしれない。ボディブロウを打たれ続けたボクサーさながらに、俺はフットワークを乱し、鈍い動きの中で闘っているのか。そんなことも考える。まあ、負けないよ。負けてたまるか。君が水滸伝を読み終わり、男たちの死を思い返している頃、俺は違う原野で、全力疾走しているかのだろう。とにかく十二巻だ。俺はこのメールで、ここまで読んでくれた君に、礼を言うべきなのだろう。今月は、内容に触れるのは、勘弁してくれ。

また来月、君にメールで語りかける。それまでには、体から酒を抜いておくよ。

二〇〇七年十月

白虎《びゃっこ》の章か。早いものだ。十三巻ではないか。

水滸伝を書き始めたとき、全何巻になるか版元に訊かれ、十三巻と適当に答えた。わかるわけないだろう、長い物語なんだから。案の定、終わりはしなかったが、読者も版元も、ある時点までは、ここが結末と思っていたのではないかな。俺のいい加減さを知らず、信じていた人には悪いことをした。そういうところ、駄目なんだよな、俺。だが、原稿は一度も落とさなかった。したがって、出版予定も、一度も延びてはおらん。男は、っていうか作家は、そこだろう。鼻の穴ふくらましてほざいても、当たり前じゃないか、という君たちの声が聞こえてくる。だよなあ。威張《いば》れるとしても、せいぜい担当編集者にぐらいか。

この章では、俺は粘ったつもりだ。生きて生き続けろと、いろんなやつに声をかけながら、万年筆を走らせていた。いくらか、効果はあったという気がする。粘った分だけ、強烈になったかもしれない。まあ、誰をどうしたというのは、控えておこう。ただ、死に方は選べるかもしれない、という気がしていたな。登場人物ではなく、自分の死に方だぞ。選べはしないな。自殺も、その人の生が、そこに行き着いたということに過ぎないと思う。選べるのは、生き方だけだ。

説教臭《くさ》くなってきた。俺は、食えない爺《じじい》になるつもりだが、説教だけはしたくない。これまで、人に説教される人生だったんだよ。とんでもなく、ガキのところがあるんで仕方ないんだが。説教されるのがいやだから、人に説教はしない。単純なことさ。

ところで、先月、酒浸りと書いたので、いろいろな人に心配をかけてしまった。未知の読者からまで、心配だという手紙を貰った。はっきり言うが、まだ酒浸りだ。ただ、アルコール依存症にはなっていないと思う。作家の名にかけて言うが、原稿用紙に向かった時は、一滴も飲まないのだ。まだ世に出ていなかった頃、飲みながら書いたことがある。言葉は次々に出てくるのに、それがみんな薄っぺらなのだな。小説の言葉は、氷山みたいなものだと、俺は考えている。海面に出ているのはわずかで、それが原稿用紙に書かれるわけだが、海面下にはそれと較《くら》べものにならないほどの、巨大な塊《かたまり》がある。その海面下が、飲むと無くなるのだ。だから、書いている間は飲まん。俺は執筆量が多いから、飲まない時も多いのだ。

心配してくれて、ありがとう。俺は大丈夫だ。再見。

二〇〇七年十一月

十四巻まで来たなあ。よくぞ、ここまで読んでくれた。佳境などという言葉は遣いたくないが、もう、物語に没頭すれば、結末まで行くと思うよ。ただ、身を切るつらさは、あるだろうと思う。みんなここまで、梁山泊の連中と付き合ってきたのだ。心は痛いはずだ。すまんなあ。書いている俺も、転げ回って呻《うめ》いていたから、まあ勘弁してくれないか。なにか言いだしそうで、とても内容には触れられない。

これを書いていた頃、俺はやたらに昔のことを思い出した。それも、学生時代にゲバルトなどをやっていたことではない。不意にあの頃、じっと聴いていた、音楽などを思い出したりしたのだ。笠井紀美子《かさいきみこ》の、スタンダードナンバーのジャズを聴いていた。笠井紀美子は、今でも聴けるが、明るく軽いカリフォルニアジャズ、というものしかCDでは手に入らない。俺が聴いていたのは、カーメン・マクレーを、やや日本的にした、感傷的な声だった。そのくせ、情念に深いものがある。世に入れられない屈託を、たっぷりとそれに重ね合わせていたものさ。

限定版のCDを、この間貰った。昔の歌声が、やっとミュージックテープではなく、CDで聴くことができるようになった。定価も入っていないCD、市販されているのかどうかも、よくわからん。車で、聴いているよ。爪牙《そうが》の章を書いていた頃は、昔自分で録音したテープで、その頃の俺のように、ズタズタだったのだ。ま、それにも味はあったのだが。

水滸伝の話、やっぱりできないな。死んだやつは、死ぬ時が来ていた、といまは思うしかないが、書いている頃は冗談ではなかった。俺のいまの酒の状態は、そのあたりから来ていると言ってもいい。へべれけにならなきゃ、眠れない、というのが何日も何日も続いたな。まだ生々しい記憶だ。しかし、酒を制御する方法をひとつ見つけた。CDを聴くために、深夜車を出すのだ。一時間、ゆっくりと走っていると、戻ってきて、グラス一杯のアドベックで眠れる。ロックグラスというのが、いささか問題ではあるのだが。

君は、そんな音楽、なにか持っているか。あるなら、いつか教えてくれ。

またな。俺はこれから、車を出してくる。

二〇〇七年十二月

この間、十巻で折り返したと思ったが、もう十五巻に突入した。早く次を出せと、いろんな場所で言われたが、時が経つのは早いものだと、しみじみと思うよ。寒い季節にもなった。俺はカワハギを釣りに出て、二、三十枚釣れた時は、鍋《なべ》をやっている。肝《きも》を溶かしこんだ汁の中で、魚肉を煮こむのだが、つまり阮《げん》家の鍋の原形であるな。もっとも、実際にやるには、肝を裏漉《うらご》ししなければならない。小説でそこまで書くと、料理本のようになってしまうので、豪快でうまそうに見えればいい、という書き方になっている。

ほかの料理も、面倒な手順までは書いていない。李逵の香料にしても、細かい内容は書いていないし、解珍《かいちん》の秘伝のタレなど、なにが入っているか、俺自身にもよくわかっていないのだ。顧大嫂《こだいそう》の焼饅頭《やきまんとう》を作ってみたという読者から手紙を貰い、これはたやすくできたらしい。ひとつ教えておくと、ニンニクを漬けこんだオイルを使うのだ。それに塩と胡椒《こしょう》を少量加える。これで、味にコクが出るぜ。まあ、臭《にお》うけどな。

原稿に疲れると、俺はしばしば料理を作る。まだ書いていないものもかなりあって、これなら出せると思ったら、作品に登場させようと思っているよ。

いろんなやつが、いなくなった。俺はぼんやりと、そいつらのことを思い浮かべたりするが、もう飲んだくれたりはしないよ。その代わりに食いものを作って、ひとりでしみじみと味わってみる。口にも心にも苦いものがあるけどな。

今年は、これで最後だ。いい年をな。来年、また会おう。

二〇〇八年一月

新年おめでとう。今年もよろしくな。

さて、もう十六巻だ。ここまで読んでくれた君には、ただ感謝の言葉を捧《ささ》げるしかない。俺はだらしがなく、いわゆるずぼらで、メールの返事など滅多に書かない。それがこの一年余、こうやって君に手紙を書くのが、愉しみであり喜びだった。直接、言葉を交わしているような、心持ちになったのだよ。こういう場を作って貰ったことについては、出版社にありがとうだな。

十六巻について、これはこうだと話すようなことは、何もない。ここまで読んでくれた君には、余計なことでもあるだろう。ただ俺はこのころから、死の恐怖に襲われるようになった。完結する前に、死んだらどうしよう、と考えてしまったのだ。だからといって、節制していたわけではない。いい歳をして車をふっとばし、高速道路で走り屋とバトルになることは、一再ではなかった。勝率五割ぐらいだったけどな。時化《しけ》た海にも、平気で船を出した。そして浴びるほど酒を飲んだ。ようやく眠り、ふっと目覚めて、俺の水滸伝も、未完に終わるのだろうか、と思ったりしたものだよ。あれは、どういうことだったのだろう。小滸伝を、敗北で終わらせてはならない、と考えはじめたのだろうか。それでは、死んだ漢《おとこ》たちが許さない、と考えてしまったのだろうか。今では定かではなく、遠い混沌《こんとん》の中にある、自分でも不思議な情念だよ。

水滸伝はまだ続き、遠い情念として、いまでは折にふれて、思い出すだけだが。新春早々、つまらないことを、書いてしまった。十九巻まで、もう少しだ。俺の愚痴に付き合ってくれよ、わが友よ。

来月、またここで逢おう。

二〇〇八年二月

夢のような、日々があった。

何千枚という原稿を書きながら、俺にはそれが、現実とは思えなくなっていた。物語は、確かにある。人もいる。しかしそれが遠いのか近いのかも、判然としない。俺はただ恐怖に震え、歓喜し、眼の前にいるやつに問いかけた。俺がいるところはどこだ。お前は見えているが、本当にいるのか。

すべてが夢で、目覚めると、ただ白紙の原稿用紙がある。完結目前まで来た水滸伝なんて、夢の中のことさ。そう思いたい気分と、夢であってたまるかという思い。それがせめぎあう。君は笑うかもしれないが、終盤あたりを書いていた時の俺は、そんな混濁の中にいた。それが、いきなりクリアーになるのは、万年筆のキャップをはずした時だ。一人一人の姿が、はっきり見える。心の中まで、見えてしまう。行くなよ、と俺が言うと、そいつは必ず行った。目を閉じる。そっちには、滅びしかないぞ。なぜお前は、それを選ぶ。

ふと気づくと、十数時間が経っていて、六本の万年筆のインクは、すべて空になっている。

そして俺は、再び混濁の中にいる自分を見る。
こんなこと、語ったことも書いたこともないが、そんな日々だったのだよ。
小説家として、得がたい時が与えられていたのだろうか。いつの間にか一巻分を書き終え、
俺は原稿用紙の束《たば》を前に、戦慄《せんりつ》するだけだった。これから、まだ書くのだ。
友達はいたよ。原稿用紙の中にいた。街に出ても、海に出ても、誰かしらいたさ。しかし
孤独で、酒瓶《さかびん》の中に懺悔《ざんげ》してばかりだった。
見苦しい。もうやめよう。次はもっとましな手紙を書くよ。
もうひとつだけ言えば、君がいてくれたのが救いだった。逢うこともないかもしれない君
に、しかしやはり礼を言おう。そして、いつかどこかで、必ず逢えるのだと思おう。

—対談—6
ロックンロールと水滸伝

吉川晃司
北方謙三

史実の穴にはロマンがある

吉川　北方さんとは遠い昔から書物で間接的には出会ってますけど、直接お会いしたのは、一昨年、上野の森美術館でやっていた「大兵馬俑《へいばよう》展」の産経新聞の取材で対談したのが最初ですよね。

北方　そう。だけど、中国史にえらく詳しくて、やたらと専門的なことを訊くんだよな。

吉川　訊きたいことがいっぱいあったんですよ。北方さんは『三国志』や『水滸伝』を書いているわけだから、中国史に関する知識は基本的に全部網羅されているんだろうと。

北方　そりゃ甘いよ（笑）。三国時代や宋代だったらともかく、殷周《いんしゅう》時代のことなんか細かく訊かれたってわかるわけがない。

俺としては、始皇帝《しこうてい》というのは小説的にどんな魅力があるのかとかいった話をしたかったわけ。ところが、やたらに細かいことを訊きたがるから、こいつはなんでこんなに勉強したがるんだろうと思ったね。

吉川　そういうとかっこ悪いじゃないですか。勉強したがるんじゃなくて、夢を見たがるとでもいって欲しいな（笑）。

北方　夢を見たがるやつが、ふつう『史記《しき》』は読まないぜ。

吉川　だって、未来よりもむしろ過去のほうがロマンがあるじゃないですか。北方さんだって、ハードボイルドを書く土壌を過去に求めたというのがあるわけじゃないですか。

北方　そうよ。

吉川　史実といっても実際にはわからない部分があって穴だらけだし、そこにロマンがあるわけですよ。

北方　その穴を埋めるのになんかやってるの？

吉川　勝手に空想して面白がってる。

北方　空想して考えるのは小説家の仕事だよ（笑）。

吉川　いや、読んでるほうもそうなんですよ。たとえば、『三国志』も北方さんのだけじゃなくていろんな作家の方のを読んで、それぞれにいろいろな空想のかたちが出てくるのが面白い。

北方　俺の『三国志』は、よく読んでくれたみたいだな。

吉川　何度も読み返しましたよ。これはご本人の前では恥ずかしくていいにくいんだけど、自分が人生に二回か三回あるかないかの大きな岐路に立ったとき、ちょうど北方さんの『三国志』に出会って、そこからずいぶん学ばせてもらいました。自分にとっては教科書みたいな感じでしたね。

それを読んでかなり助かった。だから、ひとのいうことをほとんど聞かずに生きてきたんだけど、北方さんのいうことだけは聞いてるんですよ。

北方 吉川は、ひとのいうことを聞かないわけ？

吉川 ひとのいうことは聞かずに、書物の中に師を求めるというか。大体、ロックとかやってると、ひとに指示されるってことがないし、むしろ指示されたくないからやってるわけですよ。どいつもこいつもつまらない――みたいなところから始まるわけじゃないですか。

北方 ともかく、そうやって芸能界で二十年生き残ってるんだから、そこは評価できるよ。

吉川 そこだけですか（笑）。

北方 まずはそこだよ。

その「大兵馬俑展」の対談の流れで酒を飲んでいるとき、『三国志』の話になって、たしか呂布の話が出たんだよな。

吉川 「北方三国志」では呂布が一番好きなんですが、北方さんはなんで呂布をあのように描いたのかというのが、まず最初の質問で。

北方 呂布の本当の姿がどういうものだったかは正史『三国志』の「呂布伝」を読んでもよくわからないんだけど、「呂布伝」以外の記述で、呂布は実は家族愛が強かったというのがチラッと出てくる。そういうのを少しずつ拾い上げながら呂布という人間を造形していく。

吉川　面白いなと思ったのは、善悪で分類すると、ふつう呂布は悪ですよね。それを北方さんはあえて善にしている。

北方　人間を描くときには、まずその人間の本性として何があるのかに目を向けなくてはいけないわけだよ。呂布の場合は、母の存在が大きい。幼い頃から母ひとりに育てられ、母に対する憧《あこが》れを呂布は最後まで捨てきれなかった。逆に彼は父性というものが理解できない。だから、実際の父親ではないけれども、主君の丁原《ていげん》や養父の董卓《とうたく》という彼にとっての「父」を殺すのになんの躊躇《ためら》いもない。

吉川　そういう基からキチッとキャラクターを作っていくわけですか。

北方　その人間の根本を決定しているのは何かということを考えて書くね。

吉川　それは書きながらですか。

北方　最初から考えて書くこともないことはないけど、そういうのはあまり面白くない。

吉川　辻褄《つじつま》合わせをしなきゃいけないとか。

北方　いや、そうしないと人間が生きない。人間というのは、自分が吐いた一つの言葉で生きたりするんだよ。

吉川　かっこいいな、「一つの言葉で生きたりする」って。出てくるセンテンスが全部ハードボイルドなんだよね、北方さんは。

北方　いや、俺のは的確なだけだよ（笑）。

読み出したら止まらない面白さ

吉川　呂布もそうだけど、北方さんの小説で、好きだなあと思うやつは何頁後かに死ぬ。

北方　小説の中での死に対して、俺はある種の憧憬《しょうけい》を持っている。だから死に方というのが大事なんだよ。

吉川　『水滸伝』では林冲の死に様がよかった。

北方　林冲が死んだとき、吉川からメールが来て、「いやー、英雄の最期というのはなかなか泣けるもんですな」って。

吉川　二十歳くらいの連中が読んで好きそうなキャラクターというのが好きで、戦略が云々《うんぬん》とか器《うつわ》がでかそうなやつよりも、何か半分欠落していて自分にないものを敵に求めちゃうようなタイプが、読んでて熱くなれる。

北方　俺は『三国志』で呂布を書いたことで、林冲をすっきり書けたわけ。つまり、呂布というキャラクターを造形するためいろんな複雑なものを与えなきゃいけなかったのだけれど、林冲の場合はもっと単純でね。

林冲は開封府にいたときに妻をもらうのだけれども、自分が妻を愛してるかどうかよくわからず、ただ毎日可愛《かわい》がっていた。ところがあるとき林冲は罠《わな》にかけられて牢獄に入れられ、その間に妻が高俅《こうきゅう》一派に陵辱《りょうじょく》され自殺してしまう。それを知ったとき初めて、自分にとって妻がいかに大事な存在だったのかに気づく。
妻に「愛している、お前は本当に大事なやつなんだ」といえないまま失ってしまったことが終生心に引っかかっていて、それが林冲の弱さでもある。そういう心の弱さを持つ者の武芸の強さみたいなものを書いてみたかった。
吉川　そういうキャラクターは好きですね。
ただ『水滸伝』は、新刊がなかなか出なくていらいらしました。
北方　既刊を読み終わったら、次はいつ出るんだって、うるせえ、うるせぇ（笑）。
吉川　だって、俺は全巻出てから読みますよっていったら、北方さんがさっさと読めっていったんじゃないですか。
北方　たしかに、いった（笑）。でも、そんなに速く読むとは思わなかったんだよ。
吉川　忙しいときでも二日で一冊くらいのペースで読んでいたし、最後の方は一日に一冊読んでいた。北方さんのってほかの本もそうだけど、読み出したら止まらない、かっぱえびせんみたいなところがあるじゃないですか（笑）。それに、「続く」というところの出し方が実にうまいというか……。
北方　「あざとい」っていってたぞ。
吉川　そうそう。いいにくいところをありがとうございます（笑）。それは読み続けさせる一つの技だと思いますね。しかも、最終巻があの終わり方でしょ。これは絶対続編があるぞ、と。これって……、さっきなんていいましたっけ？

北方　あざとい（笑）。

吉川　待たされる身としては非常につらくて、レストランに行ったはいいけど、最後のメインを目の前でさっと持って行かれた感じ？（笑）

北方　メインは出しそうでいて出さずに、みんなが欲しがるかなあと思って見てる。で、欲しがれば出すわけよ。歌だってそうだろ。

吉川　歌って、いちいち完結しちゃうので、「続く」ってつきにくいですよね。

北方　つきにくいけど、次の歌を聴きたいというのはあると思う。この間の新曲だって、俺は何回も聴いたぜ。で、おお、自分で作詞してるじゃねえかって感心したんだけどね。

たとえば「大丈夫さ　俺はいつも　そばにいるよ」っていうフレーズがあるじゃない。

吉川　ああ、劇場版「仮面ライダーカブト」の主題歌ね（「ONE WORLD」）。

北方　「そばにいる」ってフレーズは割とありふれているわけで、それをどうやって歌うかというのが問題になってくる。それは小説も同じで、大体わかっていることをどうやって書くかなんだよ。だから、どうやっても死にそうな林冲をどうやって死なせるか。

吉川　なるほど。どこにでもありそうだけどどこにもない。

北方　誰にもわかるけど誰にもわからない。

吉川　この間、二十周年記念のセルフ・カヴァー・アルバム「Thank You」を北方さんに聴いてもらったときに、お前の歌詞の欠点は普遍性のないものが多いことだといったでしょ。いわれてから、大分意識するようになったけど、多くのひとにわかるように書くというのは難しいですね。

北方　大分うまくなってきたよ。そういうのがロックの中に出てくると、面白いと思う。たとえば、矢沢永吉《やざわえいきち》の「長い旅」なんて相当なバラードだけど、いいものな。

吉川　おっしゃるとおり。やっぱりわかりやすいというかね。

北方　大沢在昌《おおさわありまさ》は、矢沢永吉の歌をいつもオトシ歌として使ってる。

吉川　オトシ歌？

北方　女の子を最後に落とすときの歌（笑）。

吉川　なるほどね。俺もそういう歌を作らなきゃいけないのかな。

北方　吉川晃司には、まだオトシ歌はないだろう。

吉川　五十までに作りますよ。

北方　もっと早く作ってくれよ、俺がオトシ歌として使うから（笑）。

ロックンローラーの理想の生き方

吉川　ご本人を前にこんなことというと怒られそうだけど、読んでいて、ときどき腑《ふ》に落ちないというか、ウンッ？　というのがある。地図を見ながら読んでいると、「ムリ！」とか思うわけ（笑）。

北方　俺は、ディバイダーを使ってちゃんとここからここまで直線で何キロってまず距離を測る。で、ここには山があるなと考えながら書いてるから、無理なことはないはずだよ。吉川がいったのは、関勝《かんしょう》が勝って山の中に……。

吉川　ああ、それもありました。でもよくそんな細かいこと覚えてますね。

北方　めったにケチつけられることないからよく覚えてるんだよ（笑）。

山に籠《こも》っていた董平《とうへい》の一軍を殲滅《せんめつ》しなかった関勝の行為がどうしても理解できない、整合性がないって。

吉川　関勝がいずれ梁山泊に加わるということを前提にしてあの場面を書いてるって感じがちょっとしたのかな。

北方　鋭いとこあるんだよな（笑）。

吉川　でも地図を片手に地形を調べたり、この戦術を絵に描いたらどうなるかなんて考えながら読んでいると、いまの若い連中がロールプレイングゲームをやっているような感じで、夢とかロマンとかが自分の中でどんどん膨らんでいく。

それに、『水滸伝』に出てくる男たちの生き方は俺の理想なんですよ。ロックンロールというのも反体制で、ロックンローラーは体制の中で埋もれて汚れてしまったものとか、生きてるんだけど実は死んでしまっているようなものに対して咬《か》みつくという人間だから、もしあの時代に生きていたら、自分もこういうふうに生きたかったんだろうなと思う。

とくに北方さんのは、原典から離れてより現代的になっているから、現代の若い連中が読んでも絵空事に思わないような方向性を作っている。ただし、そう客観的に思うのは後からであって、読んでるときはそれどころじゃない。次はどうなってんねんという、ともかく続きを読まないと気がすまない。

北方　俺はね、小説を一度でもそんなふうに興奮して読んでくれればいいと思ってる。一度でいいから、絶対に泣かしてやろう、叫ばせてやろう、喜ばしてやろうという感じで小説を書いてる。『水滸伝』のときは、ここで泣かしてやろうなんて考えなくても、ここで泣いちゃうだろうなと思う場面がいくらでもあった。現実にそこで泣きましたなんて手紙もずいぶんもらった。

締め切りまであと何時間という状態のときに、たとえば楊令と林冲の別れの場面で、林冲が楊令をめった打ちにしていると、最後、パッと立ち上がった楊令をふっと林冲が抱きしめていた。最初からそんなことは考えてなかったんだけど、もう締め切りだ、時間がないと思って夢中で書いていて、気づいたらなぜか抱きしめていた。そういう期せずしてできたものがあればあるほど、小説というのは面白くなる。

吉川　締め切りに追われて、ギリギリのところでなんか出てくるんですよね。

北方　潜在能力ってのが、多分歌手にもあると思う。ステージの上でふだん歌えないような歌を歌えちゃったとか、ふつうはできないような歌い方ができちゃったとか。

吉川　ぼくらも年に何回かはアルバムの締め切りがあって、おなじような状況ですよ。これを出さないと契約違反になるし、待っている人もいる。何日も寝ないでやっていると、思ってもみないフレーズが書けたり。

——文庫化ということで読者の層も広がると思いますが、今度の文庫版はどういう読者に読んで欲しいか、お聞かせください。

北方　基本的に、作者は読者を選ぶことはできないと思うし、また望むべきものでもないと思う。ただ、あえていわせてもらえば、ひとの生き方の物語、人生の物語として読んで欲しい。それからできれば女性に読んで欲しい。

吉川　やっぱり読者は圧倒的に男ですか。

北方　最近では女性もけっこう増えてきて、七対三くらいかな。『冬の眠り』とか『白日《はくじつ》』といった現代小説では六対四あたりまできてるんじゃないかな。

女性というのは、どちらかというと割と感情的に物語を読むことが多く、たとえば権力の有り様とかを客観的に考えたりするような性ではないとこれまでは思われていた。ところがこの『水滸伝』の場合は、女性もそうした問題を考えざるを得ないんだということを読み取れるはずだし、そういうところを読み取って欲しいというのが一つ。

それから女性というのは、実はダイナミックな物語がけっこう好きなんだよ。その点、この『水滸伝』はダイナミズムに溢れた物語だから、そこを存分に味わって欲しい。それから、扈三娘《こさんじょう》という女性などは切ない恋をしながら波瀾万丈《はらんばんじょう》の物語を生きている。彼女が、続編で子どもを育てながら自分の人生をどう貫いていくかというのは、女性の共感を得るところだと思うし、その生き方について意見も聞いてみたい。

吉川　その続編ですが、楊令はどうなっていくんですか。

北方　読めばわかるように、これまでの楊令というのはできすぎの男なんだよ、できすぎ君《くん》。できすぎ君は一度汚れなきゃいけない。汚れて立ち上がったときにはじめて人間的な味が出てくる。

吉川　一回汚れて立ち上がらない限り器は具《そな》わらないですからね。

北方　それから楊令は権力を倒すことが目的なんだけれども、権力を倒すということはジレンマなんだね。倒した瞬間に自分が権力になる。そのジレンマをどう克服させるかという問題もあるし、続編の中にはまだクリアしなければいけないいろんな問題がある。

吉川　そこがどういくのか楽しみですね。

北方　ところで、吉川は『水滸伝』をどう思ってるんだよ。なんかいろいろいってるけど、肝心の感想をいってないだろ。

吉川　好きですよ（笑）。素晴らしいと思うからここにいるわけで。

　だって、たとえばこの曲はどうですかって訊かれても、「聴いてくれたほうが早いよ」というタイプなんで、どこがいいとかいうのはねえ。

北方　そりゃそうだ。読んだらわかるということだな。

吉川　ファンクラブの会報誌に『水滸伝』のこと書いたりしてるけど、あまり細かいこと書いても仕方ない。読みたいやつは読むだろうし。ただ、いまは夢とかそういうのが恥ずかしかったり希薄になったりしている時代で、その中にあってこの『水滸伝』は夢というものをリアリティをもって読める本だと思う。

俺なんかはけっこうどっぷりはまれちゃうけど、若い男の子たちはどういうふうに見るのかなという興味はありますね。

北方　でも若い男の子からの手紙って多いよ。

吉川　彼らが読んで、ちょっとでも体温が上がって前向きになってくれると素晴らしい。

北方　『水滸伝』のサイン会に中学生が来て、ちょっと忘れちゃったけど、ある登場人物のことをもう書かないんですかって訊くから、「書かない」といったんだよ。そしたらその子が俺をじーっと見て、「ぼくが書きます」っていった。

吉川　ヘエー、それは頼もしい。将来この読者の中から新しい『水滸伝』が出てくるかもしれませんね。

（「青春と読書」二〇〇六年一一月号）

いきなり場外乱闘が始まった。

シンクロニシティ、というほどおおげさなものではない。ただの偶然である。

「小説すばる」の編集長だったころ、サイトで二年間「編集長日記」の連載をしていた。×月×日　ミステリー作家のＡＡ氏と会食。フグのコースだった。話、なにもまとまらず。食い逃げではないか。×月×日　時代小説の若手ＢＢ氏とすき焼き。担当の若者の肉の喰《く》い方が気にいらんので、えんえんと仕事そっちのけで説教。快感。

などという、いかにもありがちな「日記」を書くつもりははなからなく、小説、作家、物語に少しだけ触れたおばかエッセイのようなものを自由に書かせていただいておったわけだが、時としてネタがなくて困ることがあった。するとキタカタ先生ご登場、ということになるのである。

「楊令伝《ようれいでん》」の中国取材における私の悪口を北方さんが小説雑誌に書いた同じ時に、私もサイトで同じ中国取材ネタで北方先生を褒《ほ》めまくった。これは、ただの偶然である。

またどこかの週刊誌で北方先生が「団塊《だんかい》の世代」の擁護文を掲載された同じ時に、私もサイトで「団塊」を擁護していた。これも、ただの偶然である。

蛇足を言えば、小説とは壮大な偶然を作出することであり、小説の技術とはその偶然が必然であったかの如く、読者をだまくらかすことである。

ともあれ、あまりの偶然に唖然《あぜん》とした私は、この四編を収録することを北方先生に提案し、半ば強引に了解を取ったというわけなのであります。

（山田）

食と空気と、体力と。

北方謙三

旅のはじまり

三月九日

帰宅。ひたすら原稿を書き、明け方から旅の仕度をする。中国取材で、S社のYとIが六時に迎えにきた。成田で朝食をかきこむ。こんな時でも、Yは食いものについて、ぶつぶつなにか言っている。癖なのだ。

眠っている間に、広州《こうしゅう》到着。食は、広州。なら食ってやろうと、気負いこんで中華の食卓にむかったが、私は減量中なのであった。そこそこの量を、腹に収める。

翌日は、地元の雑誌の取材を受け、講演。航空会社にいる旧知のKは、支店長になっていた。夜は、なぜかフランス料理。これからずっと中華だから、とKが言う。総領事御夫妻も同席され、外交官の慎み深さを見せていただいた。

食物三十年戦争

三月十二日

事の起こりは、二十数年前の冬のパリだった。そこで、いまは編集長になっている当時ヒラのYと私の間に、食物戦争が勃発《ぼっぱつ》したのである。牡蠣《かき》を食っていた。Yがいきなり、音をたててフォークをテーブルに置き言った。

「北方さん、牡蠣をひとつ多く食いました」

思えば、あれがYの私に対する宣戦布告であった。以来、Yとは必ず食い物のことで対立する。なにを食うかは当座の流れだが、とにかくYは、これは自分のものとなんでも囲いこむ。かわいそうな男なのだ。うまいものは、常に団塊《だんかい》の世代に取りあげられ、残りものを食って大きくなったことが、トラウマになっている。中国に来てからは、まだ睨《にら》み合いという状態が続いていた。この日あたりから、不穏な気配が漂いはじめる。無錫《むしゃく》に入ってからひどく寒いので、Yは機嫌が悪いのだ。私の二倍は着こんでいる。

三月十五日

揚子江《ようすこう》を取材し、揚州《ようしゅう》へ。なんだかんだと、Yは食いものについて駄々をこねはじめる。通訳のK君は呆《あき》れているが、部下のI青年は落ち着いたものである。編集部でも、いつもこんな調子なのであろう。

古書店。なかなかいい画集などを見つける。Yがそばへ来て、便意を訴えた。下痢という表情でもないので、道端でしろと突き放す。鬼、などと私を涙目で罵《ののし》っていたが、厠《かわや》と紙に大書して店員に見せ、そばの公衆トイレを教えられたようだ。戸がなくて外から丸見えの、いわゆるニーハオトイレというやつで、そこで用を足さなければならなかったことについて、ねちねちと私を非難し続けていた。トイレに戸がないのは、私の責任ではない。

三月十六日

鎮江《ちんこう》などを回り、無錫へ戻る。夕食は、私たちがワンタン屋と呼んでいる店である。ワンタンは、メニューにない。というより、メニューらしいもののない、大衆食堂である。無錫の最初の日、歩き回っていてそこを見つけた。洗面器のような容器に、白いワンタン状のものが浮いている。草魚《そうぎょ》をスライスしたものが、丸まっているのであった。

今回の旅行で、どこがうまいか一軒挙げろと言われたら、その店である。猥雑《わいざつ》で、いくらか不潔で、エネルギッシュで、そして友好的であった。値段は、悲しいほど安い。

三月十七日

宜興《ぎこう》市へ。日帰りの取材である。太湖《たいこ》の周辺は、すべて見ておこうという意気ごみだが、広すぎて、ひと月かけても無理だろう。五、六年前と較《くら》べると、高速道路網が飛躍的に発展しているので、かなりの移動は可能なのだが、やはり奥深い。新はどこまでも新で、旧はどこまでも旧で、それが混在すると、人間の営みの複雑さと単純さが垣間見《かいまみ》えてくるのだった。さらにその先までと思っても、霞《かすみ》がかかったような視界になり、同時にぼやけた頭に、歴史という言葉が浮かんでくる。この国の歴史に材をとって小説を書こうなど、即物的な私が大それたことを考えたものだ。

夕食は無錫へ帰り、タクシー運転手などが集まる、大衆的な店へ。私が食べ過ぎていると、Yが非難しはじめる。帰国したら奥さんに言いつけるからね、と反則技まで出した。しかし、私は食い過ぎていない。そう見えるだけなのである。たとえば、魚が一尾出てきたとする。私は、頭をごっそり取る。負けじと、Yが身をごっそり取る。頭には、実は身は少ない。食うのに時間もかかり、皿には骨が大量に残る。Yの皿はきれいだが、それはすべて腹に収めているからだ。愚かな男なのである。減量中の私が、戦術転換をしたことに気づかず、ひたすら最初に皿に取った量にこだわっている。Yの顔も腹も丸くなり、私は変らない。大艦巨砲主義の、旧帝国海軍の発想から、Yは脱《ぬ》けられないのであった。

撃破さる

三月十八日

馬山鎮《ばさんちん》という、太湖の半島のひとつへ。太湖を見尽したわけではないが、空気は肌で感じはじめた。取材で、私はそれを最も大切にする。空気以外のものは、文献で調べることが可能で、特に歴史に材を取るとなれば、資料の渉猟《しょうりょう》がまず基本になるのだ。

夕食、牛の陰茎をYと争う。私が勝つと、この旅行の間、苛《いじ》められ続けている、とYは愚痴《ぐち》りはじめた。私はただ、スッポン風味だね、と言っていただけである。どんな料理も、スッポン風味。Yは、スッポンアレルギーで、エキスが二、三滴入っているだけでも真赤になり、ぶっ倒れる。何度か私は目撃したが、救急車を呼ぶべきかどうか、本気で思案したくなるほどなのである。同情すべき男でもあるのだ。私はそのYのため、いつも毒味を買って出てやっているのに、やさしさを理解しようとしない。当たってしまえ、死なない程度に。帰国したら奥さんに言いつける、とYはまた反則技を出したのである。

三月十九日

上海《シャンハイ》へ。偶然だが、通訳のK君の弟の結婚式があり、それに出席させて貰《もら》う。K君が、太極拳でも実戦的な、陳《ちん》式の達人であることが判明。ならば、もっと危険なところにも入っておくべきだった。五、六人なら、相手ができるという。私が二人。YとI青年でひとり。八、九人の暴漢なら、撃退できた。

中国の一般的な結婚式らしいが、どこまでも陽気で大らかで、同時に興味深いものであった。独身の男女だけが集まるテーブルがあり、Yは私のそばよりそちらへ行きたそうだった。日本から来たということで、乾杯攻勢に遭い、I青年はすぐにダウン、私とYも、気張ったものの、腰が抜けたのであった。

三月二十日

帰国。家へ入るやいなや、体重計に乗せられる。私の自制心は、賞賛されて然《しか》るべきであろう。二百グラム、減っていたのだ。Yは五キロは肥《ふと》ったらしく、帰国時の体型は、達磨《だるま》さながらであった。

なにゆえの減量か

三月二十一日

原稿を書きはじめる。締切が続けざまに襲ってくるのだ。まさに襲ってくるという感じで、私はひたすら書き続け、どこで日付が変ったのかわからず、日に何度食事をしたかも、はっきりしなかった。

こういう体力は、まだある。十日に一度ほど爆睡すれば、ひと月は続けられるであろう。切迫した情況の方が、私の潜在能力は引き出されるらしく、自分を追いつめるのは悪くないという自覚が、作家になったばかりのころからある。程度問題で、寿命を縮めかねないことだ、と家人は言う。

三月二十九日

締切をクリアし、久しぶりに外へ出る。犬たちも一緒であった。なんと、桜が咲いているではないか。いつもの年より早いのではないだろうか。ならば海浜も同じで、魚のことなどを私は考えはじめた。早速、釣りの算段なのである。仕事のあとは、遊びのことを考える。当然の情動であろう。

しかし、帰宅すると、明日からの人間ドック入りを命じられた。体重も増えていないのにと抗弁したが、年に一回、二泊三日の恒例の行事が迫っていただけのことだった。

三月三十日

近所の、大学の付属病院まで、今年から就職という、下の娘に車で送って貰《かえ》った。相当細かいところまで検査するが、成人病が忍び寄る年齢の私は、検査のすべてを肯んじている。すでに、血圧は高いのだ。

口と肛門《こうもん》から管を入れられ、なにやらわけのわからない棺桶《かんおけ》のようなものに入れられ、工事現場の音のようなものを聞かされる。階段の昇り降りをさせられて心電図をとられ、きわめつけは肛門に指を突っこまれる。

その拷問《ごうもん》のごとき責苦にも、私は耐えるのだ。入院してすぐ、大量に血を抜かれた。

三月三十一日

午前中のさまざまな検査のあと、午後は大腸の内視鏡検査である。眼の前にモニターがあり、苦しくない時は、自分の腹の中の様子が観察できる。まるで、ケイビングである。こんな洞穴、どこかにあるだろうな、と真剣に考えた。

二日間、めしを食っていないので、部屋へ帰るとぐったりとベッドに倒れこんだ。

天井を眺めている。

私の抱えている、小さな問題はすべて、体重を減らすことによって解決するだろう、と医師には言われている。減らすだけなら、たやすい。私は、脂肪と筋肉を入れ替えながら、減量することにした。体力も、いくらかは若さを取り戻したいからである。

四十代のはじめぐらいまでに、私は世界じゅうのさまざまな土地を旅行した。相当、苛酷《かこく》な土地もあった。生きている間に、必ずもう一度ここへ来る。そう誓った場所がいくつかあり、いまの私の体力では、死ぬか、途中で挫折《ざせつ》である。

体力をつけて、私は必ずそこへ行く。そのための減量であり、トレーニングである。ただ年齢が年齢だけに、急激なものは控えている。一年か一年半かけて、徐々に高めていくのである。戻ってこようと誓った土地のすべてに立った時、私はもの書きとして、別の視野を獲得している、という気がする。

すべては、小説のために。書くことが好きで作家になれたのだから、そうするべきであろう。好きなことを、職業にしていられるほどの、人生の幸福はない。

ベッドから天井を見上げながら、私はそんなことを考えていた。

（「オール讀物」二〇〇六年五月号、「私の月間日記」より抄録）

取材の基本は食にあり

山田裕樹

北方謙三さんと中国に行ってきた。

「水滸伝」の続編「楊令伝《ようれいでん》」の取材で、四年前に開封《かいほう》とその周辺、去年は大連《だいれん》からロシア国境まで、今回は広州、揚州、太湖あたりをうろうろ、ということで、三回目なのである。

「楊令伝」はこの九月から執筆開始ということになるわけだが、それはさておき、困ったことになってしまった。

太ったのである。

中学校時代から四十年、朝食を摂《と》る習慣がわしにはない。

しかし、北方隊長は、毎晩わしらを従えて遅くまで飲んだくれておるくせに、朝八時には全員集合で、ホテルのバイキングで朝食なのである。全員集合が取材の基本だそうである。そして一日単位で借りきったワゴンでの取材が始まる。

日本では毎日二万歩は歩いていたのが、たちまち三千歩くらいになってしまった。

そして、昼飯。北方隊長が、まるでメニューを上から下に読み上げているのだと、知らぬ人は思うだろう。しかし、わしはよく知っている。あれは、注文をしておるのだ。そして、大量の料理が減ってくると、北方隊長のキメせりふがとんでくるのである。

「おい、ヤマダ、晩飯、どーする?」

スペインでもメキシコでもフランスでもホンジュラスでもそうだった。

この先生は日本を代表する作家であって、いちおう大家である。その大先生がだなー、食うことしか脳裏にないんか。情けなか。こげんこつはどっかちごうとるばい。そう考えてわあわあ泣いてしまった日もあった。

どーすると聞かれれば答えなくてはならない。マックが食いてえ、とか寿司が懐かしい、とかホテルの最上階にイタリアンがあった、とか言ってはみるものの、すべて却下、なのであった。

現地の料理を食い続けるのが、取材の基本だそうである。だったら聞かなきゃいいじゃないですか。というわけで、十一日三十三食連続で中華料理、というより、泥臭《どろくさ》い揚子江魚と人糞を常食しておるにちがいない豚と不健康そうな鶏と正体不明のドラッグを散布した野菜山菜香草の広州料理を食わされ続けたのでありました。

最初は控えめに食っておった。もともと中国に入る前から、打ち合せ飯で太り気味だったのである。しかしだなー、邱永漢《きゅうえいかん》氏の傑作料理エッセイのタイトルが「食は広州に在り」というくらいであるから、実は広州料理はうまい。

そして、「食う」という行為は個体保存の本能なのであって、本能は理性よりも強い。

結果として、わしは、朝バイキングで中華粥《がゆ》を中心に各種点心をまんべんなく食らい、昼にはビールをがしがし飲みながらテーブル狭しと置かれた山河の珍味を大量に喰《く》らい、夜には五十度だかの透明の酒と二十五度の赤い酒をだばだば飲みながら昼以上に喰《くら》いまくり、深夜には「作戦会議」と称して隊長のスイートルームで成田から買ってきたコニャック、ブランデーをぐびぐび飲みながらルームサービスの大量のツマミを食すのであった。

作戦会議は、取材の基本だそうだ。しかし、ここまでくると「取材の基本」というのは自分のわがままを通すためのありがたいお言葉であることはわかってくるのだが、手遅れである。

せめて腹痛だの食中毒だのを起こしてくればいいのだが、そこはそれ、このいちおう大家は、日本最強の五十八歳なのである。食い物が同じであきた、と突如あたりまえのことを言いだして、蟬《せみ》だの蟻《あり》だのでんでん虫だのタガメだのを食い始めても、つきあわねばいけん、というのは、四度目になるけれども、取材の基本なのであった。皮肉なことに蟻の佃煮《つくだに》は炒《い》りゴマみたいでうまさのあまりどんぶりいっぱい食ってしまった。

うーん、ちゃんこでどんぶり飯を七杯食ったあとに、バナナ六本と牛乳二リットルを飲まねばならない大相撲《おおずもう》の新弟子のつらさがすこしだけわかった。

そして、異変が起こった。

異変はまず、頰《ほお》に現われた。笑うと頰が重いのである。

異変は次に、足音に現われた。わしの足音が妙に重く響くのである。

そして最後の異変が腹に現われた。ズボンがはけなくなってしまったのだ。

まあ、あたりまえのことだが、摂取カロリーが二倍になって、運動量が半分になれば、人間はどんどん太っていくのである。不公平なことに隊長の体形はまったく変化しなかった。もともとデブだといえばそれまでだが、つまりは日本での摂取カロリーと運動量が中国の十一日間と同じだったのであろう。

歩くというよりころがっているようだ。顔

面肥大症という病気かもしれない。首がない。顎《あご》がない。笑うな。暑くるしいからそばに来るな。あんこ型。取的《とりてき》。まめだるま。コビトカバ。ハリセンボン。大隊長から罵倒《ばとう》された言葉だけで一冊の本ができそうである。

半村良《はんむらりょう》「英雄伝説」であるとかハリー・クレッシング「料理人」であるとかの人が急速に太っていく小説や、リチャード・マシスン「縮みゆく人間」などというその逆の話が脳裏をよぎりながら帰国したのであった。

しかし、このままでは終わらぬのがわしのしぶとさである。十一日間で五キロ太ったのなら、その逆をやれば五キロ減るのである。

まず、一日、断食をした。気合を入れるためである。

それまで一日二万歩は歩いていたので、それを三万歩にする。加えて朝と夜に四十分ずつジョギングをする。食事はとうふの味噌汁《みそしる》、納豆かけご飯だけを一日二回、サプリメントを各種。当然、仕事などはしない。会社には行くけどな、歩いて。

その結果、十日で四キロの減量に成功した。ざまみろ。

あと一キロである。詰めの夜道を走っておった時、その悲劇が起こった。突然わしを襲ってきた便意のために疾走せざるをえず、曲がり角から突進してきた中学生の操縦せる自転車と激突して、転倒、自転車は逃亡。股関節亜脱臼《こかんせつあだっきゅう》。これが、診断だった。画竜点睛《がりょうてんせい》を欠くのがわしの人生なのだ。おのれえ、半身不随でコンビニ弁当をダブルで食らいながら、ぷちりぷちりと体細胞がリバウンドしていくのを体感している今日このごろなのである。

（「小説すばるMAIL NEWS」第一七号、二〇〇六年四月一七日、「食は広州の蟻」改題）

俺たち団塊世代を悪者にしやがって！

北方謙三

俺たち団塊の世代は、事あるごとに「あいつらが悪い」と言われつづけてきた。

何が悪いかというと、まず人数が多い。だがそれは俺たちの責任ではない。戦争が終わって、戦地に行ってた人たちが帰ってきて、それで俺たちが生まれたわけだから、むしろ俺たちは戦争が終わった象徴だろう。

次に、その人数に任せて上と下の世代を押さえつけているのが悪いという。でもそれだって当たり前のことなんだ。たとえば、小学生のときに三角ベースをやるとするだろう。まず場所をとらなきゃいけない。俺たちは一番人数が多いから、場所取りはすぐに勝つ。上を追い出し、下を押さえつけ、自分たちが勝ち取った場所は手放さない。だけどこれは、人間の本性だろう。弱肉強食なんだよ。むしろ俺たちは、同世代の人数が多いから、その中での競争が激しかった。その中で成長してきたんだ。

そして次に何が悪いかというと、学園紛争が悪いという。あれが悪いのか!?　あれは変革の希望があった。変革の意志があった。そういうものがあったが故《ゆえ》に、非常に真面目《まじめ》なものだった。真面目に変革を求め、変革を信じて、そして連帯した。その連帯がよくないというけど、じゃあ連帯せずに何ができるっていうんだ。

団塊の世代が中心となった学園紛争の何が良いか。それは、セクトに頼らなかったことだ。それまではマルクス・レーニン主義に基づいたセクトに頼らないと、機動隊にぶつかるにしても、どこかに突っ込むにしても、できなかった。それはいやだと俺たちは思って、全共闘を作った。全共闘というものには、イデオロギーはなかった。これは運動体であった。運動体のエネルギーがうわーっと充満して、横溢《おういつ》して、大混乱に陥ったけれども、それで改革されたものはいっぱいあるし、これで世の中を変えられるかもしれない、という予感を持てた。

たとえば東大の入試を中止に追い込んだ。東大出身の奴《やつ》らが世の中を仕切っていて悪くしているから、東大を潰《つぶ》そうじゃないか、と俺たちは思って、それを実行したんだ。

そしてある日、カリスマみたいな連中が逮捕されて、いなくなった。七〇年も終わった。そして、ふっと全共闘は消えた。その消え方が美しいんだ。

全共闘は消えた。で、どうしようかとなって、みんな就職した。結構優秀な人間が多いから、ありとあらゆる企業に散って行った。そこで求められたのは、世界一になれということ。だから毎日毎日、しゃかりきになって、家庭のことも顧みずに、エコノミック・アニマルと言われながら、一生懸命仕事をした。そして世界一になった。

でもそのうちバブルが弾《はじ》けた。するとみんな俺たちを指さして「あいつらが悪い」と言った。たしかに団塊の世代が作り出した余剰金みたいなものが、バブルを生み出した、ということはあると思う。でもバブルの後始末を腰をすえて実行したのも、団塊の世代だよ。銀行の不良債権が少しずつだけど減って、企業も地に足のついた企業活動をするようになったのは、団塊の連中がいろんな局面で、自分ができることをやった結果なんだ。団塊は失敗したこともあったけど、きちんと落とし前をつけた。

そんな俺たちのことを、年金問題なんかに絡めて、厄介者《やっかいもの》みたいな扱い方をするのはけしからん。本当に腹が立つ。定年を迎えてそれで団塊の世代が終わりだと思ったら大間違いだよ。たとえば企業の中心にいる奴らは、まだ会社に残る。逆に気の早い奴は、とっくに会社に見切りをつけて違うことをやっている。終身雇用という幻想を信じていたのが、それが真実じゃないとわかったとき、パッと頭を切り替えて会社を離れられる。これは、全共闘がなくなったときに、じゃあ就職するかといって就職試験の勉強をできた柔軟性と同じなんだ。

ということは団塊の世代は、もうひと花咲かすんだよ。二〇〇七年からどうなるかというと、虎《とら》が野に放たれるんだ。まあ、虎がそんなに何頭もいるとは思わないけど（笑）。いろんな奴が、俺はここにいるぞ、と主張しだす。で、同じようなことをやっている奴がいると、連帯する。いざとなったら俺たちは、第二全共闘を作って立ち上がるぞ。

だから二〇〇七年問題というのは、ポスト団塊の世代が、俺たち団塊の世代とどう組み合うか、という問題なんだ。三角ベースの場所は、まだ譲らないんだよ。この場所は俺たちのもので、足腰立たなくなるまで動かないんだから。（談）

（「週刊文春」二〇〇六年一月一九日号）

団塊の恐怖

山田裕樹

さて、団塊の世代である。

堺屋太一《さかいやたいち》氏にまるしいいがあるとされている昭和二十二、二十三、二十四年生まれの日本人、あるいは広義には二十一年二十五年まで入るとされる日本人がこの世代で、きゃつらが近未来に定年をいっせいに迎えると、日本社会にまたまた悪影響を与えるのではないか、というような論も一部でされているようではあるが、わしもそう思う。

そも、わしは昭和二十八年生まれ、ポスト団塊である。多数をかさに着た団塊の世代によるる最大の被害者であって、被害者が加害者について語ることほど、説得力はないけど面白いことはないのである。

まず、団塊の世代は、ビンボーだった。家にテレビがないほどビンボーであった。今のパソコン、ケータイあたりまえの青少年とは年季がちがうのである。

ビンボーなきゃつらの家にも文明開化の波が押し寄せ、テレビが入ることになる。テレビデオなどという怪奇なものでないことはもちろん、カラーテレビでさえないことは言うまでもない。

想像するに、当時、ザンギリ頭の団塊少年たちは小学生。当然らんらんと目を輝かせてテレビという文明の利器に見入ったはずである。そのころのテレビといえば「月光仮面」「七色《なないろ》仮面」というヒーロードラマの全盛期であった。

そういうドラマは現在、苦労して入手してみると、懐かしくはあっても見るに耐えないものが多いのだが、そういうものを見続けたザンギリ少年はＩＱが低かろうという話ではない。ＩＱがとても低いのは実はわしなのだがそれはさておき、「仮面ヒーロードラマ」のパターンというものが明快にあった。一番強くて正しいのはタイトルになっているなんとか仮面。次に強いのはサタンの爪《つめ》とかコブラ仮面とかどくろ仮面とかキングローズとか幽霊党とかのライバル仮面。その次が正義の仮面の正体であるドラマの中の人物以外は誰もがみいんな知っているなんとか探偵。と、順番にランクダウンしていって、一番弱いのが警官隊であった。衆を頼んでどわどわっと現われ、たいして強くもないはずの悪い仮面の三下《さんした》たちに衆ごとなぎ倒されてしまう警官隊は、子供心にも心配になるほど弱かった。

ここで、団塊少年の脳裏に「警官隊は弱い」という情報がインプットされたことは記憶されるべきである。

ところで、きゃつら団塊の特徴とはなにか？　欺瞞《ぎまん》に満ちた戦後民主主義の洗礼を受け、民主主義とは多数決、多数決は正しい、ぼくらは絶対多数、するてえことはぼ、ぼ、ぼくらは正しい探偵団。ぼくらのやることなすこと考えることすべて正しい。

こういう不動の確信を持ってしまったのがきゃつらの特徴なのである。

日本は五十年以上前からこんなに恐怖に覆われていたのである。

さらに恐怖を増幅させたのが「昭和残侠《ざんきょう》伝《でん》」である。いくつか見たが忘れてしまったのだが、クライマックスは、雪の中を高倉健《たかくらけん》が長ドスをぶらさげて、たったひとり悪い親分の一家に殴りこみをかけに行く。すると街角にやっぱり池部良《いけべりょう》が待っていて、池部「あたしもおともいたします」高倉「こいつはあっしひとりのおとしまえでござんす」池部「それではあたしの男がたたねえ」というような国会答弁のような問答があったあとに池部良のさしかける傘で雪をふせぎつつ悪い親分とその一家にふたりで殴りこみ、池部良は斬死《ざんし》、高倉健は本懐《ほんかい》をとげる、というパターンドラマであって、「仁義なき戦い」が登場するまでは東映のプログラム・ピクチャーのドル箱だったのである。

　この映画に団塊がはまった。そして、「殴りこみは美しい」という情報が新たにインプットされたのである。

　そして、七〇年安保という政治の季節を迎えた時に恐怖の世代、団塊は大学生であった。もとより、IQの低い彼らに機動隊と警官隊の区別がつくはずもなく、「警官隊は弱い」「ぼくらは多数だから正しい」「殴りこみは美しい」という三種の思想をふりかざして、時代は学生運動の異常な盛り上がりへと突入していくのであった。

　その結果、その三種以外に何かの思想があったりするはずもないので、大学卒業と同時に政治も暴力も卒業して、火炎瓶《かえんびん》とゲバ棒のかわりにリクルートスーツと愛想笑いを身につけて、糾弾していたはずの巨大資本家の支配する企業に就職活動を開始したわけである。

　しかし、もともと人の数が多いうえに、企業としても前科がある学生よりも前科のない学生のほうを当然のように優先させた結果、優秀ではあるが企業に受け入れられない学生が、由比正雪《ゆいしょうせつ》の時代のように巷《ちまた》にあふれ、その一部が小説家になって、わしらの世代の編集者を育ててくれた、という本当のことを書いてしまうと論旨がよじれて、またしても何を言っているんだかわからなくなるからやめる。

しかし、である。これからおそろしいことになるのだ。

違法建築だの鳥インフルエンザだの郵政民営化だの平成大地震だのは、団塊の恐怖に比べれば、なにほどのことはない。

「騎馬民族来襲」「元寇《げんこう》」「梅毒伝来」「黒船」「本土決戦」「日本沈没」以来の国難がこの国を襲うのである。

団塊がいずれ死に絶えることを待てばいい、などという甘い考えは捨てたほうがいい。きゃつらには焼け跡と闇市《やみいち》の血笑の記憶はあるものの、テレビもコピー機もファクスもカップ麺《めん》もコンタクトレンズもハンバーガーも携帯電話もない時代の幼少時代を粗食と不便に耐えて生き残り、人工甘味料とかアスベストという劇薬に体を慣らし、校内暴力などという言葉のない時代に番をはり、少子化になればよいと皆が嘆くほどの多人数の受験地獄を勝ち抜き、雨にも負けず核にも負けず、エイズにもバブル崩壊にも負けず、いつも静かに日和《ひよ》っている。そんなきゃつらがついに歓送会もなしに（やってたまるか）企業から叩《たた》き出されるのであって、六十歳といってもかつての四十五歳程度の体力気力精力をもって、どどっと大坂夏の陣の後のように浪人化していくのである。

しかもある程度金を持っていて、団結力があり、警官隊機動隊自衛隊を馬鹿にし、殴りこみが大好きで（現在では自爆テロと呼ばれておる）、しかも絶対自分らは正しいと思っているのであり、しかもあと三十年は生き続けるのである。

その三十年におよぶ想定内・内乱時代に対応する政治的秘策はあるのか？

つまらないからやめろ、と言いに行けば済むはずもない。

さらに恐ろしいことに、この国難を解決すべき政治家たちも団塊の世代であり、政治家には年金と献金はあるけれど定年はないから、きゃつらと裏でつるんでいるのであり、対応の秘策はないのである。そう、なーんにもないのだ。

神風邪がやってきて、きゃつらが死滅する？　こら。わしのいままでのありがたい法話をどう聞いておるのか汝《なんじ》らは。そんな菌ばらまいても、病死するのは団塊以外の日本人に決まっておろうが。

そして、ポスト団塊であるわしらまでもが、若いものから「昭和もん」「団のウラ」「残俠爺《じじ》い」「団塊仮面」などと、きゃつらと一緒くたにされることは、もうたまらんのである。

というわけで、わしは定年後、国外逃亡をする。

真っ赤な太陽燃えていて、はてない南のカジノがある某国の不動産を物色しているところなのだ。


（「小説すばるMAIL NEWS」第一四号、二〇〇六年一月一七日）

そして、編集者は堕ちていく。

そもそも始まりはなんだったのか？　それは本書にも収録されている「北方「水滸」、新しい古典へのあくなき挑戦」と題する私の手になる怪文書である。

弊社には企画書、というものがある。出したい本はその企画書を提出せねばならない。そこに「企画内容・趣旨」というスペースがある。その内容・趣旨を書いているうちに止まらなくなってしまったのである。「三国志《さんごくし》」については日本人は詳しいのだが、「水滸伝」は必ずしもそうではないのだ。

スイコデンといえば居酒屋、リョウザンパクといえばパチンコ、クモンリュウといえば学習塾。これがこの国の民度である。

結局、「内容・趣旨」のスペースには一言、「別紙参照」と書いて長い別紙を添付した。やがて、北方「水滸」発売寸前の「青春と読書」の「水滸」の書評にアナがあいた時に、私の企画書添付怪文書を思い出して、転載を提案した人が社内にいたわけだ。

それが、ゆくゆく「編集者からの手紙」の強制収録につながり、さらに「青春と読書」での「ザ・水滸伝」の掲載となっていったわけである。

「あとがきに名前を出してもらって喜んでいるうちはまだまだである」

などと若いモンに説教こいとった私が、調子こいて書評やおばかエッセイを始めてしまったのである。「編集者からの手紙」が毒を喰《く》っていたのなら、この章はもう皿を啖《くら》っているようなものである。

これが編集者の堕落なのか変容なのか、私の知るところではない。

（山田）

男の約束

山田裕樹

拝啓　北方謙三さま

いやいや。完結いたしましたねえ。北方「水滸伝」、九千五百枚の全十九巻と読本《とくほん》一巻。快挙です。これは快挙でございます。しかし、その快挙のさなかに申しあげるのは心苦しいのですが、お詫《わ》びを申しあげねばなりません。北方さんとの約束が守れませんでした。そもそも、この「水滸伝」連載開始の前月、つまり六年前に私は文庫編集部に異動になり、しかし「水滸伝」の原稿だけは強奪させてもらい、「水滸」の本も作り、三年前に「小説すばる」編集長に戻ってきたわけでございます。その時おっしゃいますに、

「おまえも、もういい年である。雑誌が校了になったら、一日か二日は休んで、なにもせんで、脳を初期化すべし。約束をせよ」

ありがたいお言葉でございます。編集者なんぞは子供の使いと思っている作家の方が少なからず存続している昨今、慈父のごときお言葉でありますね。

私「かしこまりました。約束いたします」

こうして、男の約束の酒であるアドベックを酌み交わしたわけでございます。

しかし、でございます。世の中とかく画竜点睛《がりようてんせい》を欠くものでありまして、雑誌の校了のどさくさでスタッフが血走った目をしてどたばた奔《はし》りまわっている編集部でひとり悠然と別の本を作っているわけにはいきません。しかも、後半は年四冊にペースが上がり、初校だの校了紙だのカバーの色校正だの帯のネーム書きだのがいつもある、という状態になったのでございます。当然、「小説すばる」の校了業務が終了した翌日から「水滸伝」の本の制作にかかるということになってしまいました。

爾来《じらい》三年。ついに完結したわけでございますが、北方さんとの約束は守れませんでした。「水滸」のせいなのであります。ひとえに「水滸」が面白すぎたのが悪いのであります。

違約のこと、重ねてお詫びさせていただきます。

敬具
（「新刊展望」二〇〇五年一二月号）

ザ・水滸伝
――文庫化のための「北方水滸伝」創作裏話――

山田裕樹

王進と童貫

北方「水滸」がいよいよこの十月から文庫になる。

私が、映画は好きだけどもDVDでしか見ないように、小説は好きだけど文庫でしか読まない、という読者も多かろうから、また北方「水滸」がささやかな話題になることであろう。

一番この作品に近い関係者、つまり親本の編集担当者ということで、このコラムを書かせていただくことになった。

さて、文庫化にさいして、北方氏はかなりの手入れを行った。これは、北方氏にとっては、きわめて異例なことである。

その内容を、これからべらべら語ってしまいたい衝動にもかられるわけだが、それはさすがにいかんと思うのである。しかし、思わせぶりもいかんのであって、さわりをひとつだけ教えてさしあげましょう。

王進《おうしん》、という男が登場する。北上次郎《きたがみじろう》氏の書評によれば、この王進の造形が北方「水滸」のユニークな方向性の濫觴《らんしょう》だったとあるが、そのとおりなのです。

劈頭《へきとう》に現われて、折り合いの悪かった上司の高俅《こうきゅう》の機嫌をさらに損じる。そこで豹子頭《ひょうしとう》・林冲《りんちゅう》の手を借りて、老母とともに逃亡、史家村《しかそん》にたどりついて、九紋竜《くもんりゅう》・史進《ししん》と邂逅《かいこう》し、武芸十八般を教えて消えていく。原典中国版では、それだけが使命の男だったのだが、北方「水滸」では、そのあとがある。老母とふたりで、仙人のように山に隠遁《いんとん》している。そして、梁山泊《りょうざんぱく》の英雄・好漢たちが心に傷を負うと、王進の籠《こも》る山に滞在して、癒《いや》されてから戦場に復帰していくのだ。

この王進の性格造形には、全編まったくブレはない。

しかし、十九巻九千五百枚もぶっ書いてしまい、冷静にそれを通読してみると、さすがにいろいろと、かなり変なこと、普通に変なこと、少し変なことが出てくるわけなのでありです。

童貫《どうかん》、という武人がいる。これは梁山泊・矢吹丈《やぶきじょう》に対する官軍・力石徹《りきいしとおる》のような存在である。物語というのは対立軸が大きければそれに正比例して面白さが増すのであって、その意味では、童貫元帥という巨大な存在は、この物語にとって欠かすことのできない貴重な人材なのである。

宦官《かんがん》将軍・童貫は登場人物たちの話には当代きっての武人としてよく出てくるが、実際に北方「水滸」に姿を現わすのはかなりあとのほうだ。しかし、登場して戦闘を重ねるたびにさらに強く、りりしくなり、なぜ、そんなに剣の扱いにもたけているのか、というところで、北方さんは、「童貫は王進の剣の弟子であった」とついうっかり書いてしまったのである。

これがなにを意味するのか？

童貫は最初から元帥で、高俅ごときよりもはるかに高位であった。冒頭、高俅が王進をいぢめたおすあたり、私が王進だったらたちまち童貫元帥に電話だかメールだかをして、高俅を黙らせるなり左遷するなりしてしまうだろう。それが凡人というものである。

もちろん、北方謙三の造形した王進は廉潔の士であるからして、告げ口などはしない。しかし、そうではあっても一瞬、電話とかメールとか伝令とかを使って、告げ口しちゃおうかなあ、と思うのが人間であって、少なくとも王進が童貫のことを、

「思い出さないのは、おかしい」

という客観的矛盾が生じてまいるわけなのであります。

文庫化の劈頭にあたり、北方謙三の最初の直しは、王進の心をよぎった一瞬の迷い、を選びぬかれた短い一言の挿入から始まった。

それから、さまざまな十九巻分の「変になってしまったこと」に北方謙三は対応していったわけであるが、当然それ以外にも「小説すばる」で連載スタートした続編『楊令伝《ようれいでん》』への

布石も多々、含まれている。それに関しては、ぜひハードバックで読んだハードなファンの方も、文庫でもう一度どこが変わったかに着目しつつ、読み直すのも一興であろうと愚考する次第です。

最後は宣伝をしてしまう自分の本能が哀《かな》しいですねえ。（「青春と読書」二〇〇六年一一月号）

世界でひとつだけの地図

「地図が要《い》る。すぐに作りなさい」

電話ごしの神の声である。北方先生の要望である。北方「水滸」第三巻に梁山泊の地図をでっちあげてつっこめ、ということなのであるが、そんなものはあちこちの関連図書から梁山泊地形図をコピーして、適当にというか適切にというかともかくツギハげばよろしい。

楽勝である。胸を叩《たた》いて安請け合いである。

ところが、どこにも「梁山泊の地図」は出ていない。なぜかない。

これではしょうがない、自分でやるしかなかんべい、と手垢《てあか》と付箋《ふせん》だらけの吉川幸次郎《よしかわこうじろう》・清水茂《しみずしげる》訳岩波文庫『水滸伝』全十巻を積みあげて、そこから梁山泊の地形にまつわる部分を抜き出して、メモを取り始め、たちまち頭をかかえ、それでもメモを取り続け、どこにも梁山泊の地図がない理由をついに理解した。

昔の小説には時間とか方角とかリアリズムの概念があまりない。これは六年前のあいまいな記憶で書くのだが、梁山湖《りょうざんこ》の東西の幅よりもその湖に浮かぶ梁山泊のほうが横幅が広かったりするのである。あとは推して知るべし。天下の岩波書店の校閲・校正に間違いがあろうはずもなく、単に原典がええかげんという理由なのであろう。

とはいっても、雪の八甲田山《はっこうださん》の高倉健《たかくらけん》の如《ごと》く、突破しなくてはいけん時もあるのである。

さすがに聚義庁《しゅうぎちょう》、断金亭《だんきんてい》、金沙灘《きんさたん》、一、二、三の木戸の位置関係くらいは特定できたのだが、取ったメモの山ほどの矛盾点のネグるべきはネグり忍びがたきも忍び、東西南北、海岸線じゃない湖岸線、等高線などはえいやあとフリーハンドででっちあげ、速攻というか拙速というか、北方先生にただちに持っていったのでありました。

あくまでこれは、中国版「水滸伝」の地形図なのであって、北方「水滸」とはあまり関係ないのであるが、そこはさすが豪腕鬼北方、「ここには牧草地帯があって牧場があり、この北の端には獄舎、ここに替天行道《たいてんぎょうどう》の旗を立てて、こっちが病院あっちが鍛冶《かじ》屋そっちにパチンコ屋」と見てきたように付け加え、速攻で世界でひとつだけの「梁山泊の地図」が完成してしまったのである。

パチンコ屋は智多星《ちたせい》呉用《ごよう》の涙の懇願でなくなったが、その地図は文庫版でも三巻に入る。と見てきたように言ってしまったが、入るのではないでしょうか。


（「青春と読書」二〇〇六年一二月号）

梁山泊には志の匂いがする

街には、匂いがある。ムンバイの空港に降りたてばカレーの匂いがしたし、ソウルの街並みを歩くとニンニクの芳香がする。開封《かいほう》では黄砂《こうさ》の匂いがしたし、ラスベガスでは札束の臭《にお》いがするのである。

霹靂火《へきれきか》・秦明《しんめい》が入山した時の梁山泊は、やはり汗と血と志の匂いがしたのだろうか。

というところで、たちまち話は飛翔するのであるが、井伏鱒二《いぶせますじ》『荻窪風土記《おぎくぼふどき》』だっただろうか、あいまいな記憶で書くことを許して欲しい。先生が荻窪に不動産を借りた時に、契約書に署名をさせられ、そこには一家の排泄物《はいせつぶつ》の権利が、家主に帰属するか、地主に帰属するかが明記されていたそうである。当時、明らかに人糞は財であった。化学肥料の出現までは人間のひり出す「最高級有機質肥料」の入手は、農民には死活問題であったと推察される。

さらに時代を遡行《そこう》して、江戸時代。

江戸は当時すでに、人口世界一とも言われる巨大都市であった。当然その巨大都市は巨大胃袋を所有している。その食物を生産しているのは、今で言えば神奈川、千葉、埼玉といった衛星県であったろう。作物には、莫大《ばくだい》な肥料が必要とされる。江戸の人々の排泄物はもっこでかつがれ、はりめぐらされた運河を利用してえっさかほいほいと日夜、衛星県に運ばれて行ったにちがいないのである。

江戸の町の匂い。それは排泄物の臭いである。猛暑の夏はたまらんだろうなあ。

そこで、翻《ひるがえ》ってまた梁山泊である。

霹靂火・秦明が広域暴力団・梁山組傘下二竜《にりゅう》一家に入山して最初にしたことは、糞尿処理方法の確認である。何千人もの構成員をかかえ、牧場と農場を内包する梁山泊は、江戸の町の縮小版である。人糞山脈に加えて豹子頭・林冲がこよなく愛する馬糞の山。

梁山泊の志の匂い、それはすなわちウンコの臭いである。

梁山泊内の農場に、好漢たちの排泄物がえっさかほいほいと日夜運ばれていたのである。

ウンコの処理を気にする霹靂火・秦明のリアリズム。

その細密描写はしない北方謙三のアンチ・リアリズム。

この微妙なさじかげんに、純文学を経過したのちに不純文学に転じ、「日本大衆小説の最高峰」（北上次郎氏）といわれる「水滸伝」をものした北方謙三の凄《すご》みを感じるのでございます。


（「青春と読書」二〇〇七年五月号）

「読本」のてんまつ

「梁山泊の会」というのをやっている。

北方「水滸伝」が好きでたまらぬ百八人のファンと北方謙三のファンの集い、というべきものであって、全国を巡業して七年、この十一月の会で九回目を迎える。

前半、北方謙三さんのミニ講演があり、後半は手練《てだ》れのファンからのきびしい質問にたいして北方さんが誠意をもって答える、という形式のイベントで、京都をかわきりに佐賀、広島、仙台、静岡、新潟、東京、名古屋と回を重ねるごとに、当初のぎこちなさは薄れてきて、いい雰囲気《ふんいき》の会になってきた。なにより北方さんがいぢられるヨロコビに目覚めてしまったのである。

ともかく、集まってくれたファンの方々の「水滸伝」とその作者に対する愛が感じられるのがすばらしい。また、作者にとっても原稿用紙をひとりで埋めていく、という読者の見えない孤独な作業を続けていくなかでナマ読者の反応は貴重なものだったにちがいない。

勧進元は集英社宣伝部。立会いは編集部、すなわち私。

しかし、事故のほとんどが人災であるように、「梁山泊の会」の事故も油断から起こった。

北方「三国志」の別巻として「北方三国志読本」という文庫を「三国志」の文庫完結のときに、角川春樹《かどかわはるき》事務所がつくった。これが好評だった。北方先生、味をしめて「水滸伝」でもやるべし、とご下命をいただいた私であるが、私は言を左右にして確答を避け続けた。避けた、というより、やだもんね、ということなのですが。表向きは書評・対談を集めても、原稿が足りないという理由だが、本当は、手間がかかりすぎるから嫌だったのである。何十人もの執筆者が勝手なことを言うような本を作るとたいてい編集者の胃に穴があく。虫けらのごとき編集者にも、自分の精神と肉体を守る権利はあるのである。

まあ、落としどころとして、定価をつけずに、売る本ではなくプレゼントする本にしてしまう、という鬼手《きしゅ》を考えていた。それなら、管轄は宣伝部。穴があくのも、当然、宣伝部の担当の胃袋である。

ところが、長い付き合いのせいで、こちらの手口も知られているわけで、「梁山泊の会」でどこかのワカモノの「水滸伝読本のようなものはでないのですか？」という鋭い質問に対して、北方ヘンヘーは版元・担当編集者を完無視して「やります。必ずやります」と誠意たっぷりに抜かしてしまいおったのでございますよ。

おのれ。根回しもせずにマスコミ集めて馬場《ばば》さんへの挑戦をぶちあげるアントニオ猪木《いのき》と同じ手口ではないですか。

しかし、原稿の絶対量が足りない、という客観的事実をどうクリアするつもりなのか、という私の素朴な疑問には回答が用意されていた。私がいたずら半分に雑誌用に毎月でっちあげていた「カンシ」をすべて収録する。また私が原稿をもらうたびに北方ヘンヘーにファクスした膨大な私信感想手紙を収録する。

すでに絵は描かれておったのだな。

前半についてはしぶしぶOKさせていただいたが、後半は即座に拒否した。

手紙の著作権はだなー、というわけのわからん判例を持ち出す法学部卒のヘンヘーと私は冷戦状態に入ったのでありました。「半ば強引に了解をとり」などと後にお書きになっておったのだが、「じゃあ、『楊令伝』はどこの出版社で出《だ》っそーかなー」なんてのはただの恫喝《どうかつ》だと思うのだが、皆さんどう思いますか。

で、できるだけさしさわりのない手紙五本だけの掲載で手を打ったのであるが、悲劇は終わらなかった。続編『楊令伝』の取材で中国華北《かほく》に一緒に取材に行った時のこと。ハルピンから奥地に入るはずの飛行機が五時間離陸が遅れ、待合所に五時間幽閉されてしまったのだ。ニコチンの禁断症状に苦しむ私。根本近くまで喫《す》ったタバコを煙滸（喫煙室）の床に捨てるヘンヘー。中国の民に笑われながら床を這《は》ってシケモクをゲットする私。タバコ一本につき手紙五通の著作権が譲渡されることになったのでありました。

武士の一分《いちぶん》、せめて一太刀《ひとたち》、ということで、十パーセント支払うはずのヘンヘーへの印税支払いを五パーセントに値切って反撃したのだが、馬耳東風。お金よりも私をいぢめることが本懐《ほんかい》だそうです。

やがて、「読本」は無事にできて、強靭《きょうじん》なわが胃に穴はあかなかったものの、久しぶりに死域《しいき》に入りましたぜ。

ま、功罪こもごもの「梁山泊の会」であるが、次回は極寒の札幌で開催される。人災が起こらぬことを祈念する次第である。

（「青春と読書」二〇〇七年一一月号）

同じ試みをしたヒトがいた。

山田裕樹

日本テレビの開局二十周年企画、と銘を打たれていたと思う。昭和四十八年、「水滸伝」が連続ドラマになった。

主役は中村敦夫《なかむらあつお》演じる豹子頭・林冲。初回から丹波哲郎《たんばてつろう》・呼延灼《こえんしゃく》と土田早苗《つちださなえ》・扈三娘《こさんじょう》が登場していた。

林冲は、流刑地に送られる途中で立ち寄った村で、あおい輝彦《てるひこ》・九紋竜史進に出会って武術を教える。

ほほう、と思う人もいるだろう。

原典の王進と林冲を複合したのがこの中村敦夫・林冲であり、原典の柴進《さいしん》と史進を合成したのがあおい輝彦・九紋竜なのである。

つまり、北方謙三から遡《さかのぼ》ること三十年以上、同じことを企図《きと》した人たちがいたのである。

佐藤允《さとうまこと》演じる青面獣《せいめんじゅう》・楊志《ようし》と林冲の決闘は、扈三娘の取り合いといういささか不純だが立派な動機があったのだ。扈三娘の妹が登場し扈三娘に決闘を挑む。負けたほうが村に戻って老父を看取《みと》るのだが、この可憐《かれん》な妹は後に三田村邦彦《みたむらくにひこ》と結婚することになる中山麻里《なかやままり》が演じていた。

みんな若かったなあ。

すでに立派な「水滸伝」オタクだった大学生の私は、感心したり激怒したりここはこうすべきだとぶつぶつ言いながら、毎週毎週観《み》ていたのである。

惜しむらくは、たぶん視聴率という無敵の妖怪《ようかい》の前に日テレ「水滸」の好漢たちは敗れさり、場当たり的シナリオの羅列になっていったことである。月日がめぐってその大学生が集英社に入り、北方謙三さんのデビューにかかわり、その北方さんが「水滸伝」に挑戦すると言いだし、あの怒濤《どとう》の九千五百枚が始まったわけである。

今度は私はテレビの前でぶつぶつ言うかわりに、せっせと北方「水滸」の生原稿がファクスされてくる度に感想文を北方さんに送り続けた。

しかし、ものには終りというものがあり、北方「水滸」はこの度、完結してしまった。めでたい。誠にめでたいがとてもさびしい。

とは言いつつ、終りは始まりに続いている。来年秋から続編の「楊令伝」が始まる。

夢の続きが見られそうである。

（「青春と読書」二〇〇五年一一月号、「紋次郎水滸伝」改題）

—対談—7

北方謙三の起・承・転

——純文学時代から『水滸伝』まで——

北方謙三
山田裕樹
〈司会〉大沢在昌

大沢　きょうは北方謙三氏の続水滸『楊令伝』スタート前夜にあたって、作家北方謙三と北方さんと二十五年以上ともに歩んできた編集者山田氏との対談ということで、作家北方謙三を前期・中期・後期に分けて解剖していこうという趣向です。司会は、この企画の立案者でもあるこの大沢在昌《おおさわありまさ》が務めさせていただきます。まあ、北方、大沢対談にしたところで山田編集長は喋《しゃべ》り散らすはずなので、この際自分で対談しなさい、ということなのでございます。

夜明け前

大沢　さてさて、おふたりの最初の出会いからうかがいましょうか。

北方　最初に会った山田君は、ヒゲなしの純文学畑の編集者だった。

大沢　「すばる」の編集者だったわけ?

北方　いや、「すばる」に掲載された作品を本にするセクションにいた。

山田　入社して、最初はエンタテインメントの書籍のセクションに十四カ月いて、純文学のほうに異動になったのです。

大沢　そのころの山田氏はどんな感じでしたか?

北方　ただの小僧以外の何ものでもなかったね。

山田　二十四歳でしたから。異動して担当しなさいと言われたリストの末尾に「北方謙三」という名前があったんですよ。文芸誌に四編掲載されていて、あと一本載れば本になる分量になるから、検討しなさい、といわれて。

大沢　そのころの北方さんはいかがでしたか?

山田　ハン・ソロに似てた。

大沢　あのね、状況をしっかり話してください。

山田　はいはい。あれは一九七八年十月のことでございました。故森瑤子《もりようこ》さんが受賞された第二回すばる文学賞の贈賞パーティの席で、「すばる」の北方さんの担当者から紹介されました。もちろん掲載作品は読ませていただいておりましたが、「つまらないですなあ」とも言えず。

北方　おまえなあ。

山田　たまたま「スター・ウォーズ」の第一話が公開された年でありまして「『スター・ウ

ォーズ』、見ましたか？」と聞いたら「見ていないが、なんで？」と答えられ、「その映画に出てくるハン・ソロという宇宙海賊に似ておられる」と言ったわけです。

大沢　まず、お世辞から入ったわけだ。ハリソン・フォードに似ておる、と。しかし、通じたのかね。

北方　「アメリカン・グラフィティ」は見ておったから、まんざらでもなかったけど。

大沢　北方さんはいくつだったの？

北方　三十歳。

山田　今にして思うと小僧でしたなあ、お互いに。ちなみに今は、ショーン・コネリーに酷似しておられる。

大沢　顔とお世辞はいいから。

山田　北方さんはそれから「エンタテをどう思う？」と聞かれた。ぼくが「エンタテってなんですか？」と聞いたら「それはエンタテインメントのことである」と。

大沢　エンタメじゃないの？

山田　エンタテというのは、当時は純文学な方々の不純文学に対する蔑称《べっしょう》だったようですね。「いやあ、ついさっきまでそっちのほうにいたんですけど、そっちのほうが面白いですなあ」と言っていいものかどうか口ごもったわけですよ。すると北方さんは「今、エンタテを書いているんです」と。「北方さんにハードボイルドを書かせた男」ということにぼくはなっているわけですが、本当はすでに書き始めていたんですよ。

大沢　ふーん、本当に書いていたの？
北方　うん。エンタテになっていたかどうかは別として書いていた。
山田　で、ぼくは「楽しみですね。完成したらぜひ読ませてください」と言いました。
大沢　典型的なリップサービスというやつだな。ということは、北方さんは、そういう質問をした明確な意図はあったの？
北方　あるある。だって十年で百編も書いて、掲載されたのはたった四編だよ。それを次の十年、三十代もそれを繰り返そうという意欲がなくなりつつあったわけよ。同世代の中上健次《なかがみけんじ》のような純文学を書くべくして生まれたような男との差も見えてきたわけだし。まあ、作家をあきらめる前に、もう一度、別のジャンルに挑戦してみてからでもあきらめるのは遅くはないだろう、という感じだった。で、この初めて会った小僧が、そういう小説をどう思っているんだろうと聞いてみたわけだ。

それから

大沢　で、それからどうなったわけ？
北方　その年の暮れだと思うんだけど、「すばる」の担当者に原稿を持っていったら、飯を食おう、ということになった。そしたら、山田青年もついてきた。そして、神保町《じんぼうちょう》のカウンター・バーに行ったわけだ。そして、「すばる」の担当者がトイレに立ったときに、山田が小声で言ったんだ。例のエンタテは、進んでいますか、と。

大沢　運命の一言だったりして。

北方　そうか、ぜひ読ませてください、というのは必ずしも社交辞令だけじゃないんだな、と思い、とりあえず完成したらこいつに読んでもらおう、とその時、初めて思った。

山田　翌年、すなわち一九七九年の春ですね。北方さんから電話があって、「できた」と。「何が？」と言おうと思ったけどやめといて、「おう、できましたか」と答えて日を決めて原稿をもらいに行った。八百五十枚ありましたなあ。タイトルは『ふたりだけの冬』。

大沢　北方さんは手ごたえはあったの？

北方　わからなかった。必死で脱稿するだけで精いっぱいだった。

山田　その日のうちに会社に持ち帰って読み始めました。はっきり言って、前半はつまらなかった。しかし、日が替わるあたりに後半にさしかかると俄然《がぜん》、面白くなってきた。結局、午前三時までかかって読み終わりました。

大沢　ともかく、読み進めるに足る原稿だったわけだ。

山田　翌日の午後、北方さんに電話をしました。「まだ自分には力がないので、感想だけ言わせていただきます。前半はともかく後半の迫力は凄《すご》かった」と。たぶん、いろいろなことが、ここから始まったんだと思います。

大沢　本にする、とは言わなかったのね。

北方　おれとしては、次の日にはもう読んでくれていて、面白い、と言ってくれただけで、十分だったよ。

山田　このままじゃ駄目だろうな、というのはあったけれど、どうしていいのかがわからなかった。で、デビュー作としては八百五十枚という枚数が長すぎて、定価設定に困るからこれは置いておいて、次を読ませてください、と言ったわけです。

大沢　山田さんもスキル不足だったんだ。

北方　没とか保留とかには慣れていたから、そんなに気にならなかった。いままでみたいにどんどん書けばいいのだし。ある日、渋谷で山田とバーにいた。たまたまどういう経緯でそういう話になったか忘れちまったけれど、ヘミングウェイの話になったんだ。おれの大好きだったニック・アダムス・シリーズの「大きなふたつの心臓の川」という短編の話になって、「バッタが出てくる」とおれが言ったら、すかさず山田が、「そのバッタはまっ黒なんですよ。ニック・アダムスの心の色ですね」と答えたわけ。

山田　そんなこと、ありましたねえ。

北方　小説を読んで記憶に残るツボ、というのがあるじゃない。そのツボが共通であるということは、作家と編集者という関係では、けっこう大切なことだと思うんだよね。

山田　その黒いバッタは『水滸伝』にも出てくるのですよ。

大沢　話をとばさないでください。で、デビューにいたるまでには、道はまだ遠かったわけだ。

狭き門

山田　そのまたあとに一作預かりましたが、これは返却させていただきました。その次に預かったのが、『第二誕生日』という長編。ここいらへんで、そろそろいこうか、と思ったわけです。

大沢　ちょっと待って。それはいつごろの話？

山田　えーと、逆算しますと、企画が通ってから本ができるまでに十カ月かかっていて、その半年前だから、一九八〇年の夏ですね。

大沢　大沢在昌が小説推理新人賞で華々しくデビューした翌年だな。逢坂《おうさか》剛《ごう》日本推理作家協会前理事長が候補にもならず落選した年だもんね。

山田　その『第二誕生日』を部分的な手直しをして出すか、『ふたりだけの冬』を全面改稿して出すか、という選択だったのですね。

大沢　北方さんはどっちだったの？

北方　どっちでもいいから、早くデビューしたかった。

山田　たぶん、北方さんはどんどん書き続けるタイプで、手直しをすると迷宮に入るタイプじゃないかな、という漠然とした予感があったので、とりあえず微修正で済みそうな『第二誕生日』から行くことにしました。

大沢　微修正、というと？

山田　ベタ塗りの描写の部分的なカットと改行を増やして間《ま》をとること。で、完成稿になった時点で、上司に見せるとともに、宣伝部の先輩に読んでもらいました。

大沢　なぜ宣伝部なの？

山田　今でこそ、集英社でデビューして大きくなった作家はたくさんいますけど、あの当時は、皆無でした。いや、亡くなった森瑤子さんがそうなりかけていたかな。で、集英社の営業方面にも「おらが村の作家」を待望する人たちがいるのを知っていたから、企画をぶっ通すために応援して欲しかったからです。

北方　こいつは意外に寝技もやるんだよね。

山田　で、いろいろあって、北方さんが神経性胃炎になるわけですね。

大沢　また、なんかしたの？

山田　企画は通ったものの、なかなか予定表に入れてくれないのですよ。北方さんはなにも言わないだけにこちらも心が痛んで。

大沢　で、胃炎はどうなった？

北方　単行本用のゲラを見たとたんに治った。

山田　で、一九八一年の十月に『弔鐘《ちょうしょう》はるかなり』と改題されて、デビュー、ということになったわけです。帯に「ハードボイルドの新星」と書いてね。

ハードボイルド・ワンダーランド

大沢　そこからは私も記憶にあるわけですが、ほぼ同時に、楢山芙二夫《ならやまふじお》という作家がハードボイルド作品『冬は罠《わな》をしかける』を集英社から刊行したわけです。その二年前に、デビューしていた大沢在昌は、ハードボイルドの巨匠である生島治郎《いくしまじろう》氏と四人で飯を食おう、ということで四人で飯を食いに行ったわけですね。

北方　赤坂の中華だったよね。

大沢　そうです。信じがたいことに、当時の北方謙三は、もちろん今より体重が十五キロぐらい少なくて、ひげもなくて、非常に礼儀正しい男でして、先輩作家として私を遇してくれました。「大沢さんのお作はプロットがすごいですね」と言われた覚えがあって、私はそのころ「ほうほう」と聞いていました。当時北方謙三は酒を一滴も飲まないのに、なぜかホステスの尻ばっかりさわるんだよね。

北方　飲まないから間を持たせるためだよ。

大沢　別れて、生島さんと私は、ふたりで別の店に行って、あの北方君というのは変わった男だなと生島さんが言ったのが印象に残っています。生島さんもお酒を飲まない人だから、同じように酒を飲まないにもかかわらず、しかも新人で、先輩作家の前でホステスの尻ばっかりさわっていたわけだからね。

北方　先輩作家たちを前にして緊張していたんだ。

大沢　そこで生島さんがご下問をされたわけですね。「君はあの二人の作品を読んだのか」と。当然、両作を読んでいて、「あの檜山というのは何とかなると思いますが、北方はだめですね。すぐ消えると思います」と答えました。なぜかというと、「弔鐘」にはリボルバー拳銃の安全装置をはずす、という描写があって、ひっくり返ったわけです。リボルバーには安全装置なんかありません。枝葉末節であっても、そんな粗忽《そこつ》な書き手がただでさえ売れない日本のハードボイルド業界で生き残れるわけがない、とね。

北方　でもね、おれはあのときの大沢の目は正しかったと思っている。

大沢　何だよ、それ。

北方　「冬眠」というのは、ある意味で完成されているんだ、表現とか文体とかが。

大沢　そうね。だから新しいものではないけれども、従来のジャパニーズスタイルのちょっとウェッティなハードボイルド作品として見るべきものがあった。

北方　おれのは、はちゃめちゃなんだわ。こんな作品はだめだという見方が出てきて当然だろうと思う。しかも、それ題材が題材じゃない。横浜が舞台で、麻薬がらみで、やくざと退職刑事が出てきてさ。

大沢　そこで、山田さんにかねてから聞きたかったんだけど、そんなはちゃめちゃで、しかも古臭《ふるくさ》い、何ら新味のない題材の作品をなぜデビュー作に選んだの。

山田　「何ら新味がない」という点に、異論があります。この時点で読んだ一連の北方作品には、ひとつだけ突出したものがありました。それは、素手と素手での格闘シーンの迫力です。あのころのアクション小説やハードボイルド作品には意外なほど素手同士の格闘シーンを書きこんだ作品はありませんでしたから。

大沢　ハードボイルドは、生島さん、結城昌治《ゆうきしょうじ》さん、河野典生《こうのてんせい》さん。アクションというと大《おお》藪春彦《やぶはるひこ》さん、西村寿行《にしむらじゅこう》さん、勝目梓《かつめあずさ》さんというところか。

山田　拳銃を突きつけて、後ろを向かせて後頭部を銃把《じゅうは》でぶん殴る、というのが多かったですね。あの当時、素手同士の格闘の細部を書きこんだのはむしろSF系の人たちでした。

大沢　夢枕獏《ゆめまくらばく》さんとか？

山田　獏さんはデビューはしていましたが、『魔獣狩り』でブレークするのは一九八四年ですこし後です。この当時で迫力があったのは、平井和正《ひらいかずまさ》さんと高千穂遙《たかちほはるか》さん。

大沢　なるほど。

山田　しかし、平井さんのアクションは超能力者や狼《おおかみ》人間で、高千穂さんは世界一の拳法遣い対世界一のボクサーとかでやはりちとちがう。北方さんの場合は、たとえば秋田県警で三番目に強い警官と大阪で二番目に強いヤクザの殴り合いという感じでした。

大沢　マイナーだったのね。で、北方格闘シーンはどこが新しかったの？

山田　ぶん殴ったら、殴った拳も痛い。そこをきちんと描写している。相手の指の骨をへし折ったら、それが皮膚感覚として伝わってきて、読む側も痛いと感じさせる。その細部へのこだわりは、明らかに新しいものでした。

北方　おれもね、いろいろと国産のその手の小説を読んでみたわけ。暴力に関しては、なべて節度があったね。節度があるとリアリティに欠けるだろうと思ったわけさ。節度をなくして書いてやるぞというのが暴力描写に行ったきっかけなんだ。だから素手で殴りあうシーンは本当にしゃかりきになって書いた。書いていてくたびれた。

大沢　うーむ。そこに気づいたのは、山田さんと北上次郎さんだけだったんだ。

幼年期の終わり

大沢　で、「弔鐘」は売れた?

北方　初版六千部で、ぜんぜん売れなかった。

山田　これは「おらが村」の作家のために必死でがんばった、販売部宣伝部のスタッフの名誉のために申しあげますが、初版は八千部、半年後に三千部の重版をしております。

北方　そうだったっけ。

山田　そうです。

大沢　で、二冊目にかかったわけだ。

山田　その時には、『眠りなき夜』が脱稿していて、『さらば、荒野』を書いていました。で、こんどは「眠り」で行くか、『ふたりだけの冬』で行くか、という選択でした。

大沢　北方さんはどうだったの?

北方　ともかく、どっちでもいいから早く出して欲しかった。

山田　「眠り」で安全に行くのが手筋ではあったのですが、別の要因が発生しましてね。

大沢　何よ、別の要因って？

山田　志水辰夫《しみずたつお》氏のデビューですよ。北方さんの一カ月前にデビューして、すぐに読んで、やべい、と思いました。そこで、北方さんの作品世界の幅を拡げるべく「ふたり」で行くことに決めたのです。

大沢　でも、その原稿には、かなりの問題があったんでしょ。

山田　『ふたりだけの冬』は、三人称二視点で、青年と刑事の視点が交互に出てきます。青年視点のパートは自己投影がなされていて、実にみずみずしく清冽《せいれつ》なものがあった。しかし刑事視点のパートはおざなりなのね。いかにもありそうなふうにしか書かれていなかった。さんざん読み直した結論として、ここで、えいやあ、と刑事の視点を全部ぶったぎって、青年だけの三人称一視点で書き直しましょう、という打ち合わせをしたわけです。

北方　乱暴なことを言いやがると思ったけどね。ところが新原稿のつもりで書き始めていくと、いい感じなんだわ。どんどん自分がふくらんでいくような気がした。変わっていくような気がした。

大沢　そこで、北方文体が完成したのか。

山田　たぶん、このあたりでしょうね。結局、泣きが入って、部分的に刑事視点は残ってしまったわけですが、正直ここまで完全に直しが完成するとは思わなかった。いい意味で裏切られましたよ。志水辰夫にも負けないぞ、ってね。

大沢　それが『逃《の》がれの街《まち》』になったわけだ。

北方　そうそう。それで他社からもたくさん注文が来るようになったわけ。山田にはそれから半年おきに『眠りなき夜』（吉川英治《よしかわえいじ》文学新人賞、日本冒険小説協会大賞受賞）、『檻《おり》』（日本冒険小説協会大賞受賞）、『渇きの街』（日本推理作家協会賞受賞）と作ってもらったし、他社の仕事も、ともかく生き残ろうというつもりで書きまくった。

大沢　ここで、またかねがね山田さんに聞きたかったことがあるんだ。北方さんがその当時、ハードボイルドに関してアバウトな認識しかなかったことは、知っているんだけれど、「ハードボイルドの新星」と帯に書いた山田さんはどのくらいハードボイルドを理解しておったの？

山田　大藪さんは読んでいたな。

大沢　若干ちがうでしょう。

山田　ハメット、チャンドラー、ロス・マクドナルドも二、三作ずつは読んでいたかな。

大沢　つまり、それで止《や》めたということはあまり惹《ひ》かれるものがなかったわけだ。

山田　ハドリー・チェイスも読んどった。フランスのジョゼ・ジョバンニは大好きで北方さんにも読んでもらったかな。

大沢　そこで、体言止め、という影響が出てきたわけだな。しかし、チャンドラー道を極めたわしからみると、山田さんもなんにも知らんに等しいじゃないですか。

山田　でも、ヘミングウェイは全作品を読んでいましたねえ。確か、ハードボイルドというのは、ヘミングウェイの文体のことを言ったんじゃないかしら。

大沢　それは、アメリカでもハードボイルドがパルプマガジンの低級アクション小説として理解された中で、格好つけるべいとヘミングウェイをハードボイルドにひっぱりこんだ勢力があった、ということですね。

北方　わし、ハードボイルドを書いている、という意識はなかったもんね。

大沢　山田さんは北方さんがヘミングウェイだと思っていたわけ？

山田　わはは。帯にはなにか書かないといかんじゃないですか。

大沢　あ、地金が出た。うー、そういう低レベルの発想で歴史がゆがんでいくのかぁ。

北方　まあまあ、大沢くん、君が歴史を正常に戻したわけだからいいんでないかい。

名誉と栄光のためでなく

大沢　司会者の個人的な状況を話すと、好きで好きでたまらないハードボイルドを黙々と書いてはいるけど、ぜんぜん売れない。ところが、北方謙三だけは売れるし、文学賞をいくつも取る。ハードボイルドの世界に新たなスターとして登場してきて、やっぱりそれがうらやましいのと、悔しいのと、おれのほうが由緒正しいハードボイルドだという思いはあった。言ってみれば、没落名家がおれで、謙ちゃんは新興成金みたいなものだよ。新興成金ばっかりやたらスポットライトを浴びて、没落名家のおれはすごくくさっていたという状況があったよね。

北方 つらい青春だったのね。

大沢 山田さんには、あなたの不幸は北方謙三と同時代にハードボイルドを書いていることです、と言われるし。

山田 記憶にないなあ。

大沢 将来、直木《なおき》賞選考委員になった北方謙三があなたに賞をくれるかもしれない、とも言われた。

山田 いっさい、記憶にございません。

北方 こいつは都合の悪いことはみんな忘れちゃうんだよね。

大沢 さらに、北方さんに続くように、おれのあとにデビューした船戸与一《ふなどよいち》、逢坂剛、志水辰夫という人たちが次々と何か賞を取って売れっ子になっていったんだ。これはさすがにがんばらにゃいかんと思い、一年半ほかの仕事をすべてことわって、『氷の森』というのを書いたんだ。これが一九八九年。

北方 売れなかったよな、あれ。

大沢 売れないまでも、文学賞の候補とか書評でほめられるとかなにかあると期待していたのに何もなかった。かすりもしなかった。

北方 でもあのときに、今、名前を挙げた仲間うちの全員が読んだの知っている?

大沢　『氷の森』を。

北方　全員読んだんだよ。全員読んで、一皮むけたじゃないか、と言った。おれは、大沢の評価をしていくのは、多分、『氷の森』からだと思う。

山田　ぼくも「面白かった」という葉書を書きました。

大沢　記憶にないなあ。ともかくがんばったのに、また無視されてふてくされて、面倒な小説はやめだと思った。そして翌年、思い切り単純な『新宿鮫《しんじゅくざめ》』を書いたら、なぜか売れちゃって文学賞までもらっちゃった。

北方　おれが選考委員だったやつだ。

大沢　一九九〇年から一九九二年にかけて、まさに世の中全部がおれを見ているという状況が今度はおれのほうに生まれてきた。ハードボイルドは売れない。なのに北方は売れたと言われていたのが、もっと売れたのが大沢在昌だったというのをそのころやたら言われて、「何か、おれ売れっ子なんだ」と思い始めるわけね。どうも北方謙三よりおれのほうが売れているみたいだなという。

北方　おれ、歴史小説に行っていたから。

大沢　そうなんだよね。おれにしてみれば、やっとハードボイルドの世界で北方謙三に追いついたと思ったら、北方謙三はいつの間にか同じフィールドにいないんだよね。北方謙三は中期にあたる歴史時代小説に転進していたんだ。

大沢　月刊キタカタを続けてきて、北方ハードボイルドは疲弊してきた。それは本人が一番感じていることだと思う。だから時代ものに転進していくのかな、とも思った。しかし、ゼロから勝負を挑むという姿勢はすごいと思ったね。非常に危険な賭《か》けじゃないですか。最初の時代小説の『武王《ぶおう》の門《もん》』は一九八九年？

北方　うん、八九年。

大沢　北方さんが時代ものに行くのに、山田さんはどう感じて、どうかかわっていたかを聞きたい。

山田　時代ものをゆくゆくはやりたい、というのはかなり前から本人は言っておられました。周囲の編集者も北方さんなら、凄い殺陣《たて》を書けるだろうから期待はしてました。で、最初のはぼくとやると言っていて、Xデイを設定して北方さんは準備にかかっていったんですね。だから、疲弊したから時代小説に行ったのか、時代小説の準備で現代ハードボイルドが疲弊してしまったのか、鶏と卵みたいなもので、誰にもわからんのですよ。ただし、そのころもらった現代ものの原稿には確かに問題はあったけれども、何も言わないのがいいと思って。

北方　ところが、山田にごめん、と言って、「週刊新潮」で始めることにしたのだよ。

大沢　なんで？

北方　やっぱり、最初ということで不安だったので、読者のその都度の反応が知りたかったのね。時代小説というより、誰も書いていない南北朝時代の北九州を舞台にした歴史小説だったわけだから、なおさら単純なミスの指摘は連載中にインプットしておきたかったわけだ。

大沢　で、山田さんはどういう対応をしたの？

山田　二番目の歴史小説はぼくとやってくれるという確約はもらっていたから、観察することにしました。

大沢　観察、というと？

山田　歴史小説という新しいリングの中で、北方さんに何ができて、何ができないか。そのことを丁寧《ていねい》に読んで、こっちの頭に入れておくことですね。

北方　たとえば？

山田　たとえば司馬遼太郎《しばりょうたろう》のような神の視点を入れずに、北方謙三が一貫して使っている三人称多視点、という方法を歴史小説でも選ぶはずだが、成功するかどうか、とか。これに関しては完璧《かんぺき》でしたね。

北方　物語を書く、ということは解説部分があってはならない、と思っていた。神の視点で解説を書けばどれだけ楽だったかわからない。しかし、自分で課した制約は守らないと。

大沢　北方さんが、できなかったところは？

山田　ささいなことですが、たとえば、三百人対五百人のぶつかり合いと二千人対三千人のぶつかり合いは必然的に描写が違うはずじゃないですか。それはね、今後の課題だった。

大沢　次の柴田錬三郎《しばたれんざぶろう》賞をもらった『破軍の星』でクリアできた？
山田　「破軍」は創刊三年目の「季刊小説すばる」の最後の二冊に掲載されて、ラスト四分の一を書き下ろして本になりました。しかし、完全にそういう書き分けができたのは『水滸伝』からでしょうねえ。
大沢　話を戻します。いつだったか、ストーリーテリングの妙味に目覚めたのは中国ものからですか、と謙ちゃんに聞いた時、「いや、『林蔵《りんぞう》の貌《かお》』からだ」と答えたのが印象的だった。
北方　それまでもそうだったけど、間宮《まみや》林蔵には資料がないわけだ。地図があるだけで、史実がない。いくつかの事実があるだけで。それでも、物語の中でうわっと人が動いていく実感がつかめたね。
大沢　新しい作風を獲得した、ということ？
北方　いや、自分が考えていたことを初めて書けた、ということかな。歴史小説から時代小説に移る過渡期の作品だったんだ。
大沢　「林蔵」も山田さんとの仕事だったと思うんだけども、そのころも感想の手紙とか書いていたわけ。
山田　いえ。
大沢　あれ、急に静かだ。
北方　おれが書いているものに対してつべこべ言えなくなってきたんだよ。
山田　えー、そのころはもう月刊化された「小説すばる」に異動して久しく、変節してましたからなあ、なはは。

大沢　そうだそうだ。小説は書き下ろし長編です、と言っていたのが、短編こそ小説ですなんて言いはじめたりして。

北方　人は立場によって発言が変わるのである、と居直っておった。

山田　北方さんだって、正義は立場の数だけある、とか言ってたじゃないっすか。

大沢　北方謙三にとっての決定的な時代小説を書かせよう、という野心はなかったの？

山田　ないわけじゃないんですけどねえ。『林蔵の貌』にしても『草莽《そうもう》枯れ行く』にしてもいい作品なのに、他社より売れないんだもん。集英社には時代ものの伝統がなかったし、ぼくの本業は「小説すばる」だし。手詰まりだったんですよ、白状すると。

大沢　ふーん。何か妙に客観的な言い方だったけど。つまり、北方謙三と山田裕樹というのはちょっと特殊な関係だと思うのね。作品を通じて作家と編集者は同志的シンパシーを生むものだけど、中でも、北方謙三と山田裕樹という最強タッグの組み合わせをおれは昔からうらやましいと思ってきたわけだ。最もよき理解者であり、ある意味最も厳しい批評家でもあり、すべてをわかっている。しかも、非常に優秀な編集者がそういうふうに常に、並走してくれている安心感というのは、たとえ他社のものであっても、それに対していいものはいいと評価してくれるだろうし、悪いものはだめですよと言うだろうと。常にそういう存在がいる北方謙三、そしてまた、北方謙三がいるという山田裕樹、ふたりの関係が、すごくうらやましいなと思った。ほかの作家を担当しても、やっぱり山田裕樹にとって北方謙三は別格な存在なわけだから。

山田　現代ものの原稿ももらっていました。「神尾」シリーズでしたね。まあ、あれは外で忙しいから、こんなんで勘弁して、というのがみえたし。

北方　それについては反論しない。山田が白けているのがわかったけどね。

山田　くやしいことに、現代ものでも他社でいいのを書き始めたわけですよ。『棒の哀しみ』とか『白日《はくじつ》』とか『冬の眠り』とかね。なんか着実にズレが始まって、まあ、形あるものはすべて崩れるわけだからしょうがないかなと、思っていたわけです。

大沢　しかし、第三章があったわけだ。

戦争と平和

山田　ある日、北方先生がうれしそうに電話をしてきました。「『三国志』をやることになった。他社で」って。ぼくは、『三国志』はいけません、『水滸伝』にするべきです、と言った。

大沢　なぜ？

山田　『三国志』は原本が完成しているから、作家は腕をふるえずに結局、原本を写すだけの作業になってしまう可能性が高いんです。その点、『水滸伝』は原典がめちゃくちゃだから、作家の腕次第でどうにでもなる。それに集まったところで終われば反乱、革命の書になり、ばかばか死ぬところまでやればこれは体制側、官憲側の書になる。どこまでやるかだけでも、国家観、人生観が問われるわけで、『水滸伝』にしなさーい、と言ったら「うるさい。もう決まった」「どこでやるの？」と聞いたら。

大沢　角川春樹事務所だと。

北方　だって『三国志』をやりなさい、と初めておれに言ったのが角川春樹さんだったんだからしょうがないじゃない。

山田　で、当分それ以外の仕事はせんもんね、と言って電話を切っちゃった。

北方　あの時の山田はおれに冷たかったよなあ。

大沢　そこでちょっと聞きたいんだけど、北方謙三というのは、ハードボイルドの旗手と言われた時代に、もう一つ、全共闘世代の旗手でもあったわけだよね。今のこの堕落した実に資本主義化した北方謙三の姿からは到底想像もつかないんだけれども、全共闘世代で、ある意味、反国家というものを標榜《ひょうぼう》していた青春期を過ごしていたこと、『三国志』を書くということで、やっとつながったという気持ちはあったの？

北方　おれは、実を言うとハードボイルドを書いている時から、自分の全共闘体験とはずっとつながっていると思っていたわけ。

大沢　アンチ・ヒーローばっかり書いてきたというのは、それが理由だというのね。

北方　負ける男しか書けなかったという部分があったんだけど、『三国志』を書いた時につながったのは、全然思想的なこととか、自分がやってきたこととかということではなくて、熱かった時代がよみがえったというのかな、小説でよみがえってきた。熱かった時代ってあったわけだよ。

大沢　おれに言わせれば、全共闘世代は、しょせん負け戦《いくさ》だとわかっていて、そこの負け戦のところで自己憐憫《じこれんびん》にひたっている世代なのよ。反国家権力なんて勝てるわけないんだから、国家権力との闘争に。

山田　それは「月光仮面」と「昭和残侠伝《ざんきょうでん》」が悪い。

北方　おれたちの世代は月光仮面と昭和残侠伝だけで精神形成をしたらしい、山田からすると。

大沢　なぜ？

山田　「月光仮面」では警官隊がいちばん弱く、「昭和残侠伝」では、なぐりこみはひたすら正しく美しい。だから、官憲にカチコミをかけるのに抵抗のない世代だったのです。

大沢　幼稚なわけだよな。幼稚で、なおかつ、負けたとき、おれのしかばねは友が拾うと思い込んでいるのが全共闘世代で、しかばねはどぶにはまったまま人は踏みこえていくんだと思っているのがおれなんかの年代だから、そこら辺、妙におれからすると全共闘世代って甘ったれているなという気はするんだけどさ。

北方　まあ、ともかく他の仕事はすべて断って、二十五カ月で十三巻六千五百枚を書き下ろしでぶっ書いちゃったわけだから。書かないと角川春樹事務所は倒産してしまって印税をもらえないかもしれないし。必死で地獄のような締め切りをクリアしていった。

大沢　あのころ、日本推理作家協会の理事長もやってたよね。

北方　やってた。

山田　選考委員も十個くらいやってましたよね。

北方　やってたやってた。

大沢　よく、死ななかったもんだ。で、山田さんはまた観察していたわけだ。

山田　はーい。うちにある北方『三国志』は付箋だらけですよ。で、『三国志』が十巻を越えたあたりかなあ、また先生が電話してきて「『三国志』が完結したら『水滸伝』をやることにした。どっこでやろっかなー、けけけけけ」という猫なで声で言うのですよ。

北方　ポンツーンの下のクロダイに餌《えさ》をたらして、いじめるような快感があったなあ。

山田　ついに、ぼくもキレて、各社代表をひとりずつ出して『水滸伝』カルトクイズをやってくれ、と申し出たわけです。誰が出てきても優勝する自信があったから。

大沢　そんなに詳しいわけ。

山田　これは自慢ですが、新入社員だったころに、飲みに連れて行ってもらった時に校閲部長の人はすごい、なぜなら水滸伝の百八人の渾名《あだな》と名前をぜんぶ漢字で順番どおり書ける、と言う上司がおって、そんなことぼくでもできますよ、と言おうと思って止めといたわけですが、それほど年季が入っているわけですよ。

北方　確かにこいつは水滸伝オタクだったね。

山田　で、ついに北方さんがおまえとやるぞと言ってくれた時は、本当にうれしかった。四十年前からつきあっていた物語を、二十一年担当した作家がリメイクしてくれるというわけですから。しかも『三国志』でかなりのことができることが立証されていたわけだし。

大沢　本当にうれしそうだね。どのくらい空いたの、『三国志』完結から『水滸伝』開始までは。

北方　二年ぐらいかな。だって、『三国志』が完結したら書くって約束したものは書かないといけないじゃない。

大佐に手紙は来ない

山田　で、満を持して一九九九年の十月号から『水滸伝』が「小説すばる」で長期集中連載が始まったわけです。そして翌年の十月に一巻と二巻が刊行開始されました。さいわい『弔鐘はるかなり』をはじめとする当時の一連の作品を生原稿で読んでくれた宣伝部の先輩が、販売部で偉くなっておって、同窓会モードでがんばってくれたわけです。

大沢　うーむ、年はとったが、金と権力はあるというやつね。

北方　そういう身もふたもない言い方をするでない。なんか、必然的な人間関係の中でやってきたような気がするよな。

大沢　例の『替天行道――北方水滸伝読本』に入っている「編集者からの手紙」というのはどういうきっかけで？

北方　きっかけもなにも、原稿をファクスで送ると感想文のようなものがにょろにょろと返って来る。これが腹立たしいことに、予想予測の羅列なのね。仕事じゃなくて楽しんでいやがるなと思うと不思議な気分になったりして。

山田　いや、どうせ読まれていないだろうなと思ったから、勝手放題のことを書いていたわけです。もう現役編集としても十分トウがたっていたわけだし、一回くらいは「少年ジャンプ」方式で、多少怒らせてもいいから意見をぜんぶ言っちゃおうと思ってね。ある時、実に迫力のある「江州《ごうしゅう》に林冲騎馬隊、宋江《そうこう》を救う」というくだりの時に、すごいシーンだなと身を震わせて読んだんだけども、たまたまその時は別件で忙しかったので、五行くらいの手紙で済ませちゃったのね。

北方　つまらなかったと思うじゃないか。

山田　そしたら、次に会って飲んでいる時に、ちゃんと手紙は読んでいるから、きちんと手紙を書くように、と言われたわけです。

大沢　ふーん。

山田　そうですかそうですかと図にのって、ますます言いたい放題。まあ、ある年代以上の人なら子供向けの「水滸伝」なり、横山光輝《よこやまみってる》のコミックだったり、中村敦夫のドラマだったり、なんらかのかたちで「水滸伝」に触れているわけですから、それをコアな読者としてとりこむために今は原典と北方版の距離は五メートルです、今は一メートルですということを常に認識していて欲しい、という願いはありましたからね。しかし、やっているうちに、われながら僭越《せんえつ》の極みになってきました。そしたらある晩、十四巻のあたりの時かなあ、夜の銀座の路上で先生がいきなり怒鳴り出したのですよ。「おまえが書いているわけじゃねえんだから、くだらん手紙を寄越《よこ》すんじゃねえ」。「そっすか。じゃ、もう止めます」と言って三カ月くらい手紙は書かなくなった。そしたらある日電話がかかってきて、「山田くうん、このごろ手紙が来ないんだけど」。

大沢　おもしろいね。北方謙三と山田裕樹の関係というのは何なんだろうね。これだけ長くいて、本気で怒ったり、本気でむくれたりしている作家と編集者ってなかなかいないと思うんだよね。

北方　結局、分厚いファクスがこんなにたまってしまったわけだ。手紙の著作権はもらった側に帰属するらしいから、有効に使わせていただきました。

山田　著作権のことは知らんかった。

大沢　知らんて、あなたは編集長でしょうが。だけど、すごいつまんない愚問だと思うんだけど、例えば今から二十五年前にやたら原稿を書いてくるという北方謙三と、今そうやって、今度は毎月のように手紙を書いている山田裕樹という関係があるわけじゃない。

山田　編集者としては現役の最後ぐらいは勝手にやらせてもらおうと思っただけです。

大沢　最後なわけ？　そういう山田さんの意地みたいなものは当然感じながら書いているわけだよね、謙ちゃんは。

北方　山田の意地なんか、『水滸伝』を書くときはどうでもよかったのよ。とりあえず、はっきり言って、物語を書いている手ごたえはすごいあった。その物語について山田がつべこべ言おうが何しようが関係ない。あれを忘れないでくださいとか書いてあるわけ。それは忘れてねえやざまあみろと思う。一応客観的に書き終わった後に、そうか、あのエピソードをもうちょっとひねって入れる場所が次のあたりありそうだなとか思っていると、その間に手紙があのエピソード、あのエピソード、あのエピソードと言ってわっと来るわけよ。『替天行道』に収録したものは、無難なやつだけなんだけど、『水滸伝』以外のことでも、人の悪口とか、業界のゴシップなんかが、ちらほらと書かれていて剣呑《けんのん》なやつを公開したらこいつの社会的生命は終わるね。

山田　やっぱり、終わりますか。

北方　終わる。確実に終わる。

大沢　この対談も終わりましょうか。もう、疲れた。

山田　では、最後に読者の皆さん、**『水滸伝』の続編、『楊令伝』、次号からスタートでーす。**

北方　どこの雑誌でやるんだっけ？

山田　あの、なー。

（以下、省略）

（「小説すばる」二〇〇六年一〇月号）

執筆者紹介

井上紀良（いのうえ・のりよし）

一九五九年滋賀県生れ。漫画家。主な作品に『黄龍の耳』『夜王』など。「ＢＪ魂」で「北方水滸伝」を漫画化。

王勇（おう・ゆう／ワン・ヨン）

一九五六年中国浙江省生れ。中国浙江工商大学教授。中日文化交渉史が専門。日本語の著書に『聖徳太子時空超越』など。

大沢在昌（おおさわ・ありまさ）

一九五六年愛知県生れ。作家。『無間人形　新宿鮫Ⅳ』で直木賞を受賞。著書に『闇先案内人』『パンドラ・アイランド』など。

加藤徹（かとう・とおる）

一九六三年東京都生れ。明治大学教授。中国文学が専門。『京劇』でサントリー学芸賞を受賞。著書に『漢文力』『倭の風』など。

川上健一（かわかみ・けんいち）

一九四九年青森県生れ。作家。七七年『跳べ、ジョー！　Ｂ・Ｂの魂が見てるぞ』でデビュー。主著に『雨鱒の川』『翼はいつまでも』。

北上次郎（きたがみ・じろう）

一九四六年東京都生れ。文芸評論家。著書に『冒険小説論』『ベストミステリー大全』など多数。

吉川晃司（きっかわ・こうじ）
一九六五年広島県生れ。ロック・シンガー。八四年デビュー。音楽だけにとどまらず、俳優としても評価される。

茶木則雄（ちゃき・のりお）
一九五七年広島県生れ。「ブックス深夜プラス1」の店長を経てフリーに。書評家として活躍。

張競（ちょう・きょう／ザン・ジン）
一九五三年中国上海市生れ。明治大学教授。『恋の中国文明史』で読売文学賞を受賞。著書に『文化のオフサイド／ノーサイド』など。

西のぼる（にし・のぼる）
一九四六年石川県生れ。挿絵画家。時代小説の挿絵、装丁を多く手がける。著書に『さし絵の周辺』。

ムルハーン千栄子（ムルハーン・ちえこ）
元イリノイ大学教授。コロンビア大学より文学博士号を取得。著書に『妻たちのホワイトハウス』など。

吉田伸子（よしだ・のぶこ）
一九六一年青森県生れ。本の雑誌社勤務を経て、書評家に。著書に『恋愛のススメ』。

山田裕樹（やまだ・ひろき）
一九五三年東京都生れ。「北方水滸伝」の担当編集者。

JASRAC　出0803462−405

この作品は二〇〇五年十月、集英社より刊行されました。
文庫化にあたり、加筆修正と大幅な追加をいたしました。

月日《つきひ》は百代《はくたい》の過客《かかく》にして、諸行無常《しょぎょうむじょう》の響《ひび》きあり、
文庫《ぶんこ》刊行《かんこう》は壱年漆月《いちねんしちつき》、箭《や》の如《ごと》し飛礫《つぶて》のごとし。
汝《な》の名号《めいごう》は「北方水滸迷癖《きたかたすいこまにあ》」、
次《つぎ》に勧《すす》むは一杯《いっぱい》角の漿《さけ》と楊令《ようれい》の版《ほん》。
書肆《しょてん》へ奔《はし》りて、先《ま》ずは始《はじ》めよ、玄旗《げんき》の章《しょう》。

集英社文庫

替天行道《たいてんぎょうどう》―北方水滸伝読本《きたかたすいこでんとくほん》

2008年4月25日　第1刷
2024年9月17日　第5刷

定価はカバーに表示してあります。

著　者　北方謙三《きたかたけんぞう》

発行者　樋口尚也

発行所　株式会社　集英社
東京都千代田区一ツ橋2-5-10　〒101-8050
電話　【編集部】03-3230-6095
【読者係】03-3230-6080
【販売部】03-3230-6393（書店専用）

印　刷　TOPPAN株式会社

製　本　TOPPAN株式会社

フォーマットデザイン　アリヤマデザインストア　マークデザイン　居山浩二

ISBN978-4-08-746283-8 C0195